VORWORT

»Wir machen weiter, solange wir Rohmaterial haben, wen immer, was immer es kosten werde« – diesen Satz, einen Satz aus Miklós Mészölys Roman »Rückblenden«, höre ich gerade in dem Augenblick im Radio (am 23. Januar 2001, nachmittags, kurz nach zwei Uhr, ich habe versäumt, mir die Minute zu notieren), in dem ich nach langem Hin und Her endlich mit diesem Text begonnen habe; als würde mich mein alter Kollege ermutigen und bestärken, ein bißchen enttäuscht darüber, daß ich sein Drängeln nötig habe, es nicht von allein kann.

Dabei käme mir gerade jetzt jede Hilfe recht. Und gerade jetzt bin ich so allein wie noch nie. (Von jetzt an werde ich mich darum bemühen, Selbstmitleid zu vermeiden, aber ich sehe schon, glaube zu sehen, daß es vergeblich sein wird.)

Ich hätte gern, daß man dieses Buch nur liest, wenn man »Harmonia Cælestis« gelesen hat. Aber natürlich macht der Leser, was er will, und betteln will ich nicht. Obwohl … Sie werden sehen, beim Schreiben, genauer: inmitten der Ereignisse wäre ich oft zu allem fähig gewesen; Betteln wäre das wenigste gewesen.

Ich würde es vorziehen, weiter in Rätseln zu sprechen, aber das geht nicht.

Auch das ist Arbeit.

Im Herbst 1999 bat ich K. um Hilfe, ich würde gern im Amt für Geschichte meine Akten einsehen, falls es welche geben sollte.

Ich möchte wissen, ob ich seinerzeit überwacht oder abgehört wurde; hier glaubt ja jeder, daß die halbe Geheimpolizei mit ihm beschäftigt war, ich glaubte es aber nicht, war mir sogar beinahe sicher, daß es nicht so gewesen ist, aber ich wollte es definitiv wissen, und außerdem hielt ich es für meine staatsbürgerliche, demokratische Pflicht – wenn auch nicht die Klärung der Vergangenheit, so doch die Aufmerksamkeit ihr gegenüber, die sich in der Einsicht in die eventuell vorhandenen Akten offenbart.

K. ist Fachmann, er kennt sich aus und weiß mit Sicherheit, wie man an diese Sache herangehen muß. Bezeichnend ist, daß ich sofort eine privilegierte Hintertür suchte und es mir gar nicht in den Sinn kam, daß es reicht, einfach ins Amt zu gehen, das ja gegründet wurde, damit die Leute einfach hingehen. Und in der Tat, K. erklärte mir, wenn ich nicht nur meine staatsbürgerlichen Rechte in Anspruch nehmen, sondern das »Thema« quasi erforschen wolle, könne ich an mehr Unterlagen herankommen.

Und was ich denn eigentlich wolle. Nun, wissen, ob es etwas über mich gibt. Und dann würde ich vielleicht auch gleich die Akten über die ganze Familie einsehen. Kann sein, daß mein Vater abgehört wurde. (K. hatte eine Zeitlang mit ihm in der »Budapester Rundschau« seligen Angedenkens zusammengearbeitet, ich hatte vorgehabt, ihn für den Roman »zum Reden« zu bringen, aber das Gespräch war dann nicht zustande gekommen. Ich hatte auch mit Tanten und Onkeln, mit den legendären kosmischen »Tantis«, gesprochen, manchmal mit einem Tonbandgerät, und obwohl sich diese Begegnungen als überaus interessant herausstellten, war bald klar – klar, weil ich klar sah –, daß es damit nicht getan wäre. Denn ich hatte mir etwas ersparen wollen, Arbeit nämlich, und gehofft, daß es etwas gibt, was nicht ich zu machen hätte. Aber alles habe ich zu machen. So bedauerte ich für den Roman nicht, daß das Gespräch mit K. nicht zustande gekommen war, später, dachte ich, wenn ich fertig bin, würde ich

PÉTER ESTERHÁZY, VERBESSERTE AUSGABE

PÉTER ESTERHÁZY

VERBESSERTE AUSGABE

Aus dem Ungarischen
von Hans Skirecki

BERLIN VERLAG

immer noch gern dies oder jenes (über meinen Vater) erfahren, jetzt genügt es; es reicht.)

Ich habe noch den Zettel, auf dem ich mir damals Notizen machte, als ich mit K. telefonierte. Wie ein Kind schrieb ich mit, was zu tun war. Daß ich den Informationsdienst des Amts für Geschichte anschreiben und um ein offizielles Blankett – um ein was? um ein Blankett für wissenschaftliche Forschung ersuchen solle. Ich habe es mir zweimal wiederholen lassen. Und das Gesuch würde dann vom 1956er-Institut befürwortet. Und was soll ich nun als Forschungsthema angeben? Meine Rolle in der ungarischen Literatur seit den 70er Jahren. (Erst hatte es »P. E. und seine Zeit« geheißen, aber das mochte ich nicht hinschreiben.) Und mir scheint, daß ich es dann auf »die Familie E.« hätte erweitern sollen, aber daran kann ich mich nicht mehr genau erinnern. – Dieses Problem kehrt hier, wie bisher noch nie, ständig wieder: Ich muß mich jetzt der Wirklichkeit anpassen, bisher nur den Wörtern.

Mit alldem befaßte ich mich nur halbherzig, denn ich war dabei, »Harmonia Cælestis« abzuschließen und arbeitete Tag und Nacht wie im Rausch. Ich schloß die Arbeit auch mehrmals ab, das heißt, ich hielt sie mehrmals für abgeschlossen, beziehungsweise das, was noch zu tun war, für eine bloße Formalität. Dabei hätte ich natürlich wissen müssen, rein logisch und auch aus Erfahrung, daß es so etwas nicht gibt, es gibt keine bloße Formalität und keine »nur technische Frage«; solange etwas nicht *wirklich* fertig ist, kann alles noch Mögliche geschehen, steht alles auf Messers Schneide. Wenn etwas fast fertig ist, ist es nicht fertig.

Ich mußte die Arbeit für drei Tage unterbrechen, ein Coitus interruptus, eigentlich einem anderen Coitus zuliebe (in Anbetracht dessen, was nun folgt, ist das stilistisch mehr als bedenklich und schief, aber ich selber bin schief, ich lebe so, als ob es all

das gar nicht gäbe, worüber ich berichten werde) – in Wien
nahm ich den Österreichischen Staatspreis entgegen. Drei gute
Tage, elegantes Hotel, gute Restaurants, ungezwungene Spazier-
gänge, ein Festbankett im Bundeskanzleramt, leichter goldener
Ruhm. Und als ich der Saxophon-Laudatio von Dés lauschte,
war ich nicht einmal ungeduldig, es war eher wie ein großes, ruhiges Atemholen vor dem letzten Arbeitsgang. Ich wußte nicht,
daß es in meinem Leben der letzte Augenblick gewesen sein
sollte, in dem ich mich so freuen durfte, wie ich kann, wie nur ich
es kann, denn das kann ich sehr, es liegt mir im Blut, ich habe das
Talent, mich zu freuen, es ist ein Geschenk des Himmels (und
der Herr sprach aus den Wolken: Freue dich, verfickt noch mal!,
und es geschah so zu seinem Ruhme), ich wußte nicht, daß damit
in Kürze Schluß sein und sich ein solch großer Schatten in mir
festsetzen würde ..., also eigentlich ein gar nicht so großer: so
groß wie ich, und ich wußte nicht, daß mir in diesem Augenblick
ein letztes Mal leicht ums Herz sein würde. So wie niemals wieder.

Am 16. Dezember 1999 schloß ich »Harmonia« zum ersten
Mal ab, und es zeugt von der Ernsthaftigkeit meiner Absicht, daß
ich unbescheiden in mein Notizbuch eintrug: 23 Uhr 7 Minuten,
und dahinter: FERTIG. So, in Großbuchstaben. Der Anfang des
ersten Teils war noch nicht in Ordnung, den hätte ich zwar schon
im Sommer fertig machen wollen, aber dazu war ich nicht gekommen (die Zeit ging für die Eröffnungsrede zur Frankfurter
Buchmesse drauf), ich maß dem keine Bedeutung bei, techni-
scher Kleinkram, die Reihenfolge der ersten zehn Sätze mußte in
Ordnung gebracht werden, ein angenehmer Arbeitstag.

Und ich begann den angenehmen Arbeitstag, und er endete
in Entsetzen. Denn – ich vereinfache ein wenig – als die ersten
zehn Sätze ihren Platz gefunden hatten – ja, da sollte der erste
lauten: »Es ist elend schwer zu lügen, wenn man die Wahrheit

nicht kennt«, und an die zweite Stelle mußte ein neuer kommen –, und als ich nach dem 11. griff, wurde mir klar, daß der hier nicht stehen durfte, sondern an seiner Stelle (sagen wir) der bisherige 87. Satz. Und daß der 12. nicht der 12. ist, sondern der 301. Satz sein müßte. Das heißt, ich mußte das Ganze noch einmal neu durchdenken, wieder Listen erstellen, mir wieder alles neu merken, und weil das jedoch schwierig ist, mußte ich auch über die Listen Listen führen, aber vor allem mußte ich in voller Konzentration den ganzen ersten Teil neu durch- und überdenken, worauf ich nicht vorbereitet war.

Ich taumelte irgendwie durch die Feiertage, und es begann die vielleicht schwerste Arbeitswoche meines Lebens, ich zog mich nicht mehr ordentlich an, aß nur zufällig, rasierte mich nicht und fiel um Mitternacht so ins Bett, daß es im nächsten Augenblick schon sieben Uhr morgens war; ich tastete mich in mein Zimmer vor, niemand und nichts existierte mehr, nur der Text und die Zahlen, das heißt die Reihenfolge. Nachmittags legte ich mich für eine Viertelstunde hin, das tue ich gelegentlich auch sonst, aber jetzt schlief ich so fest wie ein Toter, in leichenhafter Starre (wie mein Vater, siehe »Harmonia Cælestis«, Seite 887).

Ich war an die Grenze meiner geistigen, physischen und moralischen Leistungsfähigkeit gelangt. Es ist ein gutes Gefühl, an seine Grenze zu gelangen. Man fühlt sich nur ein wenig ausgeliefert. Wenn mich jetzt einer bloß ansieht, dachte ich, heule ich sofort los. Oder ich haue ihm eine runter. Es muß in dieser Zeit interessant gewesen sein, mit mir zusammenzuleben.

Aber nur Miklós (13) begehrte auf, oder ich bemerkte es eben nur bei ihm. Ein Vater, der ist nicht so, ein ordentlicher Vater. Also, wie ist er?, fragte ich, apathisch in der Küche sitzend. Ein ordentlicher Vater beschäftigt sich mit seinem Kind, ein ordentlicher Vater spielt Tischtennis mit seinem Kind!, mit seinem Sohn!, ein ordentlicher Vater unternimmt Ausflüge in die Berge

9

der *Umgebung*! Aber ... Ich weiß, ich weiß schon, der Roman! Na siehst du! Nix, na siehst du! Zuerst kommt die Familie, rief er wie eine verbitterte Ehefrau, die schon jede Hoffnung verloren hat. Da kam ich zu mir, davon verstehe ich etwas, und wie ein Ehemann, den das Gewissen plagt, antwortete ich autoritär, er wisse doch sehr wohl, wie wichtig mir die Familie sei, aber zuerst komme die Arbeit! Woraufhin er, noch immer ganz beleidigte Ehefrau, davonstürzte. Ich zuckte die Achseln, rennt ihr nur alle davon, ich kann hier ja sowieso nichts mehr ändern. Er muß auch etwas von dieser Hilflosigkeit begriffen haben, denn als er nach einer Viertelstunde zu seiner Pizza zurückkehrte, sagte er zwar nichts – denn es gab auch nichts mehr zu sagen –, aber im Weggehen streifte er mir kurz über die Schulter, als wäre er der besonnene Erwachsene und ich das Kind, ist schon gut, du bist wie du bist, von jetzt an nennen wir das einen ordentlichen Vater.

Am 8. Januar wurde ich fertig und notierte wieder: FERTIG, Samstag mittag (die Minuten notierte ich nicht mehr), dann brachte ich die Hefte zu Gizella, die die Texte für mich abtippt. Ich kann Dostojewski gut verstehen, der sich in seine Sekretärin verliebte. Er diktierte ihr so lange, bis. Gizella ist der erste fremde Mensch, der meine Romane zu Gesicht bekommt, ihre Lage ist recht heikel, weil meine so ist. Sie ist eine feine, gebildete Dame, und obwohl sie sehr streng ist (insofern sie mir nichts vormacht), benimmt sie sich mir gegenüber in meiner schutzlosen Situation (denn der Text, den ich ihr gebe, ist noch feucht, er dampft geradezu noch vor Frische) tadellos, wofür ich ihr ewigen Dank schulde. Sie verletzt mich nie, schont mich aber auch nicht, ich freilich will ihr ein rasches Lob entlocken (mir wäre am liebsten, sie fiele in Ohnmacht ob der Wohlgeratenheit meiner Texte, ich würde ihr daraufhin die Wangen tätscheln, aber meine Gizella, kommen Sie zu sich, das ist doch nicht nötig, übertreiben Sie nicht, ich verstehe natürlich, was Sie meinen) und ihr mehrfach die Gelegenheit bieten, mich zu loben, also das, nicht wahr, vielleicht, im großen und ganzen, wäre eventuell doch eigentlich in Ordnung, oder?, aber sie redet nur, wenn sie will, nicht, wenn ich es gern hätte. Man könnte es so sagen: Sie ist gnadenlos taktvoll. Sie mag die sogenannten häßlichen Wörter nicht (sie hat kein leichtes Leben: Sie tippt auch für Péter Nádas), ihretwegen rügt sie mich gelegentlich, nur so zum Spaß, aber wenn sie fragt, fragt sie ernsthaft nach, warum, zu welchem Zweck, was hat das für einen Sinn, wo ist die Notwendigkeit.

Ich schwatze herum, vertrödle die Zeit, was falsch ist und auch unsinnig: Es gibt ja keine Zeit mehr. Was war, ist geschehen; alles andere ist Gegenwart.

Am nächsten Tag, dem 9. Januar, lag ich müde mit Kopfschmerzen im Bett, aber am Nachmittag habe ich doch mit der »Streichelei« des zweiten Teils begonnen, was ein geruhsames Herumpusseln zu werden versprach, die restlichen Zettel durchsehen und sie, falls noch Platz vorhanden, einfügen, und überhaupt: den Text noch einmal durchsehen, ihn hätscheln. Aber mein Körper erlaubte es nicht: Montag morgen stand er schon um sechs Uhr auf, um halb sieben war er in meinem Zimmer, noch nicht einmal richtig angezogen, im Dressing-gown, als ob er ein vornehmer englischer, dilettierender Literaturfreund in Wollstrümpfen wäre. Am Samstag, dem 15., stand ich wieder um sechs Uhr auf, und nachmittags um vier schrieb ich in mein Notizbuch: jetzt FERTIG!, dick unterstrichen. Und ich war wirklich fertig. Ich lief auch mit diesem Bündel von Heften zu Gizella, versuchte ihr etwas über das Bisherige zu entlocken, umsonst, machte dann zum Abendessen eine Flasche Sekt auf und schaute mir im Fernsehen noch einmal »Pulp Fiction« an.

Noch im Herbst hatte ich davon geträumt, wenn ich fertig wäre, mit meiner Frau (meinem Schatz) ans Ende der Welt zu reisen,

dorthin, wo es warm ist, ans Meer, auf die Malediven oder sonst-
wohin. Schließlich kam es zur letzten Variante, diesem »sonstwo-
hin«. Dichtung und Wahrheit*, wir fuhren für vier Tage ins Szigli-
geter Künstlerhaus. Es war schön. Am Sonntag, dem 23., fuhren
wir los, am Donnerstag, dem 27., kamen wir zurück. Wir gingen
spazieren, schliefen viel, mir schmerzte der Rücken ein wenig
(er macht mir öfter zu schaffen). Freitag abend vor der Abreise
erwartete mich die Nachricht, M. vom Amt für Geschichte habe
angerufen, ich solle bitte zurückrufen. Das tat ich noch von Szig-
liget aus, und wir verabredeten ein Treffen für Freitag, den 28.,
um ein Uhr.

Ich versuche, mich an diesen Donnerstag, der in gewissem
Sinne ebenfalls mein letzter war, genau zu erinnern, aber es will
mir nicht recht gelingen. Am Abend ging ich wie an jedem letzten Donnerstag des Monats zum gewohnten ÉS-Essen, es ist
meine einzige regelmäßige Teilnahme am gesellschaftlichen Leben, und ich gehe gern zu diesem (offenen) gemeinsamen Abendessen mit Redakteuren und Lesern, selbst wenn ich gearbeitet
habe und müde bin; als ob es ein Land, eine Stadt, eine Redaktion, Kollegen, Freunde, Freundinnen gäbe – und auch die Küche
ist akzeptabel. Der letzte alte Donnerstag meines Lebens nahm
ein gutgelauntes Ende.

Auch sonst begann die gute Laune allmählich von mir Besitz
zu ergreifen, mehr als gute Laune, weniger als Glückseligkeit,
weil ich das gute Schicksal meines Buchs vorauszusehen glaubte.
Noch am Dienstag, dem 25., zu Pauli Bekehrung, hatte mich Zs.
angerufen, sie habe das Manuskript gelesen und – und, und. Ich
stand gerade im Büro des Künstlerhauses. R., von der ich noch
ein halbes Jahr zuvor schöne, seltene Wörter geschenkt bekommen hatte (Langalló und Pupora), mit denen ich die Szenen der

---

* Unterstrichenes im Original deutsch

Zwangsaussiedlung realistischer beschreiben konnte (HC, S. 776), saß mir gegenüber hinter dem Tisch und sah mich taktvoll nicht direkt an, während ich glücklich und vor Freude etwas tölpelhaft strahlend Zs.' – vielleicht ist es nicht übertrieben – fast ergriffener Stimme lauschte und hörte, wie sie der Roman, wie sie mein Vater fasziniert hätten. Dies und auch die Begeisterung von G. aus dem Verlag waren für mich die reinste Freude, was den Roman betrifft, denn auf alles Gute, was später kam, legte sich der Schatten des darauffolgenden Tages, des 28. Januar, unter dessen Last ich seither und für alle Zeiten lebe.

Ich habe sofort nach dem 28. Januar begonnen, tagebuchartige Aufzeichnungen zu führen, die ich hier veröffentliche. Aber von diesem Tag selbst habe ich noch keine Notizen, was ich jetzt bedaure, denn bei dieser Suche kann ich, wie wir sehen werden, von meiner ohnehin ziemlich ärmlichen Phantasie keinen Gebrauch machen. Es war der Namenstag von Károly und Karola, ich könnte nachschlagen, wann die Sonne aufging und wann sie unterging, und ich kann bezeugen, daß sie auf- und unterging (ich habe nachgeschlagen: 7.16 Uhr, 16.38 Uhr), *1^h, Eötvös 7*, steht in meinem Notizbuch, und: *Erledigungen, schlechte Laune*, das bezieht sich auf den Morgen. Dann *1:!!!!*, mit vier Ausrufezeichen, und: *erstarrt → Buchhandlung, Mora, Goethe $\frac{1}{2}$ 8*. Das heißt, Terézia Mora las an diesem Abend im Goethe-Institut.

Natürlich dachte ich an nichts Böses, war aber trotzdem nervös, als ich die breite Treppe zu M.s Büro hinaufging, mit Krämpfen im Magen wie damals zu Kádárs Zeit. M. ist vor 1990 bestimmt eine Art Polizist gewesen, dachte ich. Er empfing mich freundlich, ja liebenswürdig. Wir tranken Kaffee, ein wichtiger Mann bei einem wichtigen Mann. Er schien verlegen, was ich für übertrieben hielt, da ich in meiner Eitelkeit annahm, er sei aus Snobismus verlegen. Vor ihm lagen drei braune Dossiers. Schau an, die Jungs haben ja wirklich gearbeitet, sagte ich mir hochmütig.

Nach einigem Hin und Her rückte M. schließlich mit der Sprache heraus, sie hätten meinen Antrag auf Forschungsgenehmigung erhalten, aber nur wenig an Material gefunden, und für Unterlagen aus der Zeit nach 1980 benötige man die Genehmigung vom Innenministerium, das gehe langsam, er entschuldige sich.

Leicht gereizt hörte ich mir diese Wichtigtuerei an. Hie und da berührte er die Dossiers. Daß er noch etwas sagen müsse, fuhr er fort, aber ich solle nicht erschrecken, verächtlich verzog ich den Mund, aber er halte es für seine Pflicht, mir diese Unterlagen zu zeigen und, ja ... ich würde daran, wie gesagt, keine reine Freude haben und, ja ... er wisse nicht recht, am einfachsten sei es vielleicht, wenn ich einen Blick hineinwürfe, dann würde ich ja sehen, was darin sei, beziehungsweise worum es sich dabei handle, und er schob mir die Dossiers zu. Diese knappe Bewegung hatte aus irgendeinem Grunde etwas Bedrohliches. Das sei ein Arbeitsdossier, ein Agentendossier, ein Agent, er seufzte ungewöhnlich tief, als ob die Existenz von Agenten ihm persönlich Kummer bereiten würde, dies hier seien Berichte eines Agenten.

Was muß man denn soviel herumkaspern, dachte ich, mich öden diese gehemmten, erwachsenen Männer an, wieso kann man nicht normal reden, und ich öffnete das Dossier.

Ich wußte sofort, worum es sich handelte.

Was ich sah, konnte ich nicht glauben. Ich legte schnell meine Hand auf den Tisch, weil sie zu zittern begann. Was soll ich jetzt machen. Als ob ich träumen würde. Gleich werde ich ohnmächtig, und alles ist vorbei. Oder ich springe durch das geschlossene Fenster und entkomme. Im nächsten Augenblick begann ich mich sofort zu benehmen (wie so oft danach), ich bedankte mich für das Vertrauen, und daß ich das dann gerne lesen würde. Darauf antwortete er so etwas Ähnliches wie, daß er es schon gelesen habe, und ich solle mir keine Sorgen machen, was mich hier erwarte, gehöre zu der besseren Sorte, ja, so ungefähr. Ich wollte nur noch von hier verschwinden, niemand sollte jetzt mein Gesicht sehen. Ich ging über die Andrássy-Straße, schaute die Häuser an, ob sie jetzt wohl einstürzten, aber nein.

Dies hier ist kein Krimi, bei dem ich darauf achten müßte – und könnte –, daß, falls es einen Mörder gibt, sich erst am Ende herausstellt, wer er ist (wobei ich nichts lieber täte, als diesen Moment möglichst lange hinauszuzögern). Als ich das Dossier aufschlug, hatte ich sofort die Handschrift meines Vaters erkannt.

Im folgenden veröffentliche ich die Agentenberichte, das, was ich aus ihnen abgeschrieben habe und meine dabei entstandenen Notizen. Ich will (wollte) nicht allzuviel daran herumredigieren, weiß indessen, daß auch das seine Form braucht.

Ich habe mich beobachtet, wie man ein Tier beobachtet: Wie ich mich in dieser Situation verhalten werde, was ich mache und was mit mir gemacht wird.

ERSTES DOSSIER

< Im Sommer 2000 war ich mit dem Abschreiben der Berichte und meinen spontan dazu verfaßten Notizen (auf Zetteln, in Heften, alles ziemlich durcheinander) fertig. Ich schrieb sie, ein wenig schon geordnet, erneut ab und versah sie mit neuen Notizen, im Grunde war es 2001, die ich in eckige Klammern setzte [ ]. Dann schrieb ich sie, schreibe sie nun ein drittes Mal nieder, jetzt, 2002, und sollten Texte hinzukommen, setze ich sie in spitze Klammern.>

[Die erste Eintragung stammt vom Sonntag, ich versuche mich zurückzuerinnern, was am Freitag und Samstag passiert ist. Ich ging die Andrássy-Straße entlang, taumelte dann in die Autorenbuchhandlung hinein. Wie gut es tat, wie irrsinnig gut es tat, von den »Buchladenmädels« umschwärmt zu werden, ich bin (und war) ihnen deshalb mehr als dankbar. Sie konnten ja nicht ahnen, in was für einer Not ich war. Ich selbst kam auch nur allmählich dahinter, daß ich nicht träumte. Mir war, als würde ich mich in Luft auflösen, ich zerfloß, mich gab's nicht mehr, als könnte jetzt alles Mögliche mit mir passieren, ich töte oder ficke jemanden, egal, das eine ist so gut wie das andere, und – dachte ich noch streitlustig – ich bin für nichts verantwortlich. Derart heimtückisch benebelt fühlte ich mich, als meine Mutter gestorben war.

Hatte es mit Kraft zu tun oder eher mit Hilflosigkeit, daß ich noch zu Terézia Moras Lesung ging? Oder mit Furcht vor dem

Alleinsein? Warum habe ich mich nicht nach Hause geschert? Mit den Kollegen ging ich sogar noch zu Abend essen. Auch Hochmut befiel mich, als wäre ich besoffen davon, daß ich soviel ertragen kann. Und daß ihr nicht einmal wißt, wer ich bin.

Samstag vormittag saß ich in der Probe zu »Eine Frau« im Víg-Theater. Zwei Wörter dazu im Notizheft: *ziemlich gut,* und: *starr.* Starr, das ist anscheinend ein Schlüsselwort.]

Sonntag, 30. Januar 2000

[mit Bleistift, sehr schnell geschrieben, ich wollte mit meinem Gehirn Schritt halten, mit meinem in Bewegung gesetzten Gehirn]

Was es noch nie gab: Ich habe Angst. Lebensangst. In mir steckt Angst, eine große Menge Angst. Zunächst die einfachste Angst: daß es publik wird. Ich habe es so verstanden, daß bisher drei Personen Kenntnis davon haben. Hoffentlich tratscht keiner. Obgleich es ein großes Thema ist. Ich muß auf alles vorbereitet sein. Dazu gehört auch dieser Text. Keine Rechtfertigung, keine Erklärung: eine Positionssuche. Ich suche meinen Platz, meinen neuen Platz. Ich möchte mein Verhältnis zu dieser Sache und deren Konsequenzen bestimmen.

Ich möchte nicht, vielmehr ich *will* nicht (das sage ich wie ein Kind, das noch glaubt, es selbst sei es, das sagt, wie die Welt aussieht) in eine Situation geraten, in der ich schamrot werden muß, wenn jemand etwas sagt. Ich schäme mich, ja, ich bin voll Scham, aber ich will nicht wie ausgeliefert erröten müssen.

Wobei ich doch ausgeliefert bin. Ich bin schwächer geworden. Es würde schon eine ziemliche Gemeinheit dazugehören – denn ich bin ja ich, und mein Vater ist mein Vater (zugegeben, mein Vater) –, aber in Zukunft kann mir jeder, jedes Arschloch, einen Halbsatz ins Gesicht schleudern, so daß es mir schwer fiele, etwas darauf zu erwidern. Bisher konnte mir die durchpolitisierte

Gemeinheit nicht viel anhaben (Schüler am Piaristen-Gymnasium, Vater von vier Kindern, gutes, reines, altes ungarisches Blut – sollen sie sich zum Teufel scheren). [Diese Situation nutzte ich das eine oder andere Mal aus, um primitivem Streit vereinfachend entgegenzutreten. Offensichtlich ein Fehler: Was ich sage, was ich vertrete, muß auch dann wahr sein, wenn ich KISZ-Mitglied, schwul, impotent und Jude wäre. Oder, um Gottes willen, ein Scherz, Protestant!]

Doch dies ist die geringere Angst, sie ließe sich mit etwas Demut (sowie ich dieses Wort hinschrieb, mußte ich kurz auflachen, ich wollte auch schon schreiben: Hihi, aber ich bin mir jetzt in Stilfragen unsicher wie nie) beheben. Die größere Angst ist die, daß ich entgegen der Empfehlung des Dichters mein Leben nicht würde ändern wollen. Und ich fürchte, es wird sich ändern. [Ich tappe in so viele Menschenleben, in so viele Interessen hinein...]

Auch da ist gleich etwas weniger Interessantes: Ich möchte nicht schlechter gelaunt, nicht schlecht gelaunter sein. Mit Trübsinn geschlagen sein. Die ontologische Heiterkeit, die Miklós Mészöly (nicht ohne Ironie) mir einmal nachgesagt hat, würde ich nicht gern verlieren. Ich gäbe sie nicht gern her. – Wenn ich fünfundzwanzig Jahre alt wäre (und nicht ich), könnte ich auf der Stelle Alkoholiker werden. Oder schwer depressiv. Denn das alles übersteigt mich. Es ist zuviel.

Ich will es nicht, will es nicht. Ich will auch nicht ernster werden. Den Ernst und die Schärfe hat mir die Sprache gegeben. Sie hilft mir, hat mir bisher immer geholfen. Ich spreche von der Sprache wie von meiner Mutter, ich denke auch so über sie, genauso gefühlvoll. (Über meine Mutter fällt mir mein Vater ein, und mir kommen die Tränen. Ich sage es lieber so, und nicht, daß ich weine.)

Ich will nicht, daß sich mein »Gang« ändert. Wo das Herz mir so schwer ist wie ein Gaffiot-Lexikon. (Noch bis zum letzten Atemzug werde ich intertextuell sein, sage ich mir.) Nicht das Herz ist mir schwer, sondern eher der Magen. Haargenau wie in HC [S. 890]: »Am Morgen beim Aufwachen, packte mich die Angst an der Gurgel. Das war was anderes, als was ich bis dahin kannte.« Nur daß ich dies aus dem Kopf geschrieben habe, aus der Phantasie. Ich hinke meinem Buch hinterher.

[Zwei Notizen noch von diesem Tag, auf der Fahnenrückseite des Romans von Kathrin Röggla. Danke, Kathrin.]

Auf Gott komme ich noch zurück (brüllend, Rechenschaft einklagend), aber ich bin (andererseits) irgend jemandem doch Dank schuldig, daß ich es erst jetzt und nicht etwa als Zwanzig- oder Dreißigjähriger erfahren habe. Nie hätte ich meine Bücher schreiben können, weder den »Produktionsroman« noch später die Zeitungsartikel in den neunziger Jahren, nichts, worin meine sogenannte Freiheit zu sehen ist oder wo sie funktioniert.

Ich habe nie zu meinem Vater *auf*geblickt, er war nicht mein Vorbild, aber ich habe ihn angeschaut und von ihm gelernt und ihn mit allem geliebt (wie jetzt natürlich auch – o weh, was wird jetzt daraus?; ich beweine mich schon wieder). Auch dachte ich – und schrieb es auch –, gewissermaßen an seiner Statt zu sprechen. Ich war stolz auf ihn. Daß man ihn nicht unterkriegen (!) konnte, er sich nicht frustrieren ließ, kein beleidigter Verlierer war, sondern ein *freier Verlierer*, das bedeutete für mich sehr viel. Seinetwegen konnte ich stolz auf unsere Familie sein – und (auch) das machte mich stark. Oder eher locker. Locker, das heißt ohne Getue selbstbewußt. Ich konnte in aller Ruhe unsicher und zugleich selbstsicher sein. Letzteres deshalb, weil ich nicht an mich selbst denken mußte. Kein Selbstlob singen mußte.

Denn ich hatte ein großes (familiäres) Hinterland – und alle Wege dahin führten über ihn.

Hätte ich um dieses Elend gewußt – ich hätte mein Leben lang an »Harmonia Cælestis« geschrieben, damit *es,* dieses letzte (!) Buch, irgendwie erträglich geworden wäre. Ich hätte es so sehr gewollt, wollen müssen, daß es naturgemäß nicht hätte gelingen können. [Ach wo. Hätte ich es gewußt, wie hätte ich wagen können, zur Feder zu greifen ... Der Haß, die Scham, die Angst hätten mich zugeschüttet.]

Mich von diesem Text nicht verführen lassen. Ihn nicht aus Eitelkeit veröffentlichen.

Manchmal erzittert mir die Hand.

Zwei Wochen Ruhe. Vierzehn Tage. Soviel wurde mir für neuneinhalb Jahre Fronarbeit zugestanden. Kein großzügiges Angebot, verdammt! Und jetzt wieder diese extreme Anspannung! Auf alles achtgeben, es sofort aufschreiben oder im Gedächtnis behalten, keine Minute lockerlassen ... Ich war voller Hoffnungen und Pläne (weil ich so, aber so glücklich war, als ich »Harmonia« beendet hatte, so erleichtert, daß sie *dennoch* gelungen war), daß ich jetzt ein halbes Jahr, ein ganzes vielleicht ausspannen, leichter leben könnte, ich lese herum, dachte ich, mache Notizen, bin faul und froh, daß ich lebe.

Statt dessen darf ich den ganzen Tag lang an diesem Dreck herumbasteln. Oder mit einem Wort des Romans: an diesem Kackmus (S. 889). Wenn ich es geschafft habe, werde ich, glaub ich, dieses Wort nie mehr hinschreiben können: mein Vater. Lieber Vater. Mein lieber Vater. Papa. Mein Alterchen. (Tränen.) Auch über die Familie will ich nicht, obwohl ... Meine typische Blödheit: Sieh an, ich glaube, der Herrgott ordnet die Schicksale, mein Schicksal nach meinen Romanen.

Vermutlich werde ich nicht nur »mein Vater« nicht mehr hinschreiben können, sondern auch nicht: »ich«. Beziehungsweise nur auf eine ganz andere Art, »mit mehr Distanz« oder »aus der Distanz vielmehr«. Jemand (ein Kollege) könnte sagen, hat der Schwein!

[Ich habe ein Heft mit der Überschrift »Verbesserte Ausgabe, 30. Januar 2000« begonnen.]

Viele gute erste Sätze wären möglich. Zum Beispiel: Es ist elend schwer zu lügen, wenn man die Wahrheit nicht kennt. Lügen fällt mir immer leichter. Der erste Satz aus dem »Produktionsroman« wäre auch nicht übel: Wir finden keine Worte.

Es gibt so viele gute erste Sätze wie Wasser in der Donau. Dabei habe ich noch keinen Text zu schreiben begonnen, von dem ich so wenig weiß wie von diesem. Wie er sein soll oder sein könnte. Und ob er überhaupt sein soll [sein kann, sein darf]. Wie gut wäre es, wenn ihn nicht geben würde. Wenn er nicht sein müßte. Ich säße nach dem groo-oßen We-ehrk vor einem weißen Blatt Papier in einem schwarzen Vakuum, schöpferische Krise, und brächte kein Wort heraus, das wäre gut. O mein Gott, was ich nicht alles dafür gäbe!

Bitte: Was? Wieviel? Nun ja: gar nichts eigentlich. Wie oft, o wie oft habe ich mich damit gebrüstet, wie sehr mich alles, was es gibt, überwältigt. Wie sehr ich alles, was existiert, respektiere. Weil mich das alles dermaßen interessiert! Da hast du es, bitte, interessier dich!

Zum ersten Mal in meinem Leben schreibe ich aus Hilflosigkeit. Ich gehe, wohin mich die Akten führen, und es kommt, wie es kommt. Ich würde gern schweigen. Ich würde es gern in mir begraben. Ich würde schweigen wie ein Grab. Dazu hätte ich die Kraft: das Geheimnis mit ins Grab zu nehmen. Ich rede nicht, um zu retten, was zu retten ist. Nichts ist zu retten. Aber auch damit will ich mich nicht brüsten.

Rudolf Ungváry zitiert Seneca: »Was zählt es, daß schändlich du handelst, wenn niemand es weiß? Du selber weißt es. Diesen Zeugen so zu mißachten, das ist wahres Elend.« Nicht ich habe das Schändliche begangen, aber auch kein anderer! In mir hat es ein »Wir« gegeben, ich habe mir alles einverleibt, auch meinen Vater, und wenn es damals gut gewesen ist und ich mich auf ihn gestützt habe, dann darf ich dieses »Wir« auch jetzt nicht mißachten. Oder ich tue es, und das ist wahres Elend. Ich will nicht elend leben. (Diese Perspektive ist bisher für mich, dabei bin ich jetzt fünfzig, nicht einmal andeutungsweise aufgetaucht.) Dieses Elend will ich nicht wählen.

Wir wollen es nicht: mein Vater und ich.

Also dies ist der schlechte Satz. Er wurde schlecht. Ich darf mich von ihm (meinem Vater) nicht lösen, doch diese Gemeinsamkeit gibt es nicht. Am Ende meiner Frankfurter Rede hieß es, mein Vater und ich danken für Ihre Aufmerksamkeit. Vorher hatte ich das erlauchte Publikum gebeten, auf meines Vaters Gesundheit anzustoßen, hatte der Arme im Laufe seines Lebens doch genug miserablen Tresterwein trinken müssen. (Bei dieser Passage waren mir immer die Tränen gekommen, und weil ich das in Frankfurt vermeiden wollte, hatte ich mir vorher diesen Abschnitt rund fünfzig Mal vorgelesen, so daß ich ihn dort nicht mehr lesen mußte, sondern auswendig psalmodierte, als hätte er schon keinen Sinn mehr für mich.) Das war meine Hybris, irgendwie stellte ich mir vor, ich könne ihn erlösen. Stimmt nicht, so schön ist es nicht. < Dabei ist es in gewisser Hinsicht heute noch so. Der Mensch bekommt Freiheit vom Himmel, mein Vater hat seine Freiheit genutzt, ich nutze meine Freiheit, und beide durchdringen einander. >

Montag, 31. Januar 2000

Ich kann das Material nicht ordnen, es rinnt nur so aus mir. Mein Schädel brummt: meines Vaters wegen. Während ich gerade geglaubt hatte, mit ihm fertig geworden zu sein, nicht als kleiner Ödipus, sondern weil das Buch fertig ist und steht – nicht der Vaterschwanz, auch kein Denkmal, sondern eine *große Gestalt*. Das hatte ich mir gewünscht: anhand meines Vaters eine große Vater-Figur, nun ja, zu schaffen.

Dieser Text hier ist die wahre Dekonstruktion. Daran habe ich schon die ganze Zeit gedacht: aus rein »künstlerischen Gründen«. Als Form weckt der Familienroman Verdacht, weil er unausbleiblich nostalgisch ist, und dagegen hilft auch die Ironie als Gegengewicht nicht (die Ironie als Würze: zum Lachen); man muß radikaler vorgehen, und im ersten Teil des Romans geschieht genau das, der Zerfall der Form des Familienromans. <Ich habe es mittlerweile an die tausend Mal gesagt, hier sei es rückwirkend zum tausendundersten und -letzten Mal gesagt. Obwohl: neue Übersetzung, neue Selbstwiederholung...> Es ist im übrigen nicht einfach, etwas wirklich zu zerrupfen, denn im Hintergrund bleibt immer irgendein Bogen, eine Art Hoffnung oder Zeichen, so daß das gerade in Zweifel gezogene »Ganze« irgendwie doch: vorhanden ist.

Darum wollte ich nicht (nicht im mindesten), daß die Familie, mein Vater, als Opfer gepriesen würden. Ich wollte zeigen, daß die Geschichte wirklich alles auffrißt.

Aber das gelingt mir erst jetzt.

»Dann sind wir also, möge passieren, was will – was dann auch wirklich passierte –, unbesiegbar?« (S. 447) Was dann auch wirklich passierte: Jetzt sieht man, wie wenig Phantasie ich für das »möge passieren, was will« besaß. Ich kann mir mancherlei vorstellen, aber das, was jetzt ist, worin ich jetzt stecke, nicht. (»Einmal habe ich eine Giraffe gesehen, auch sie war keine.« Einen solchen Tag gibt es nicht, wie er ist, heute.)

Bis zum Hals – nicht im Blut: im Rotz.

Ich bin ich. Daß es jetzt Leute gibt, die Argwohn schöpfen, verstehe ich. Ich habe viel für diesen Argwohn getan, es steckt viel Arbeit darin. Dieses Who's who, das Gesicht als Maske, Rollenspiel und Zitatkunst, überhaupt das Erforschen des weichen Grenzbereichs zwischen Fiktion und Wirklichkeit ist möglicherweise meine wichtigste... wichtigste was? Meine Fähigkeit, mein Thema, mein Gegenstand? Jedenfalls habe ich dem Leser über Jahrzehnte, auch in »Harmonia«, auf diese Weise etliche Fallen gestellt. Ich sage nicht, daß ich nun selbst in eine hineingefallen bin, aber wenn ich mich jetzt plötzlich auf die Aufrichtigkeit, auf meine persönliche, zivile Aufrichtigkeit beriefe, würde man mit Recht gleichgültig abwinken.

Mir erging es wie dem kleinen Hirtenjungen im Märchen, der (zum Spaß) ständig »Wolf, Wolf« schrie, und als der Wolf tatsächlich kam, schrie der Junge vergebens, da kam ihm niemand zu Hilfe. Gewiß, ich könnte losschreien, hier gibt es ja niemanden, der mir helfen könnte. Wobei auch. Einerlei, ich sage, wie es ist, wer's glaubt, glaubt es, ich kann nichts machen: Ich, Péter Esterházy, rede hier, geboren am 14. April 1950, der Name meiner Mutter ist Lili Mányoky (laut Personalausweis: Irén, aber Irén war ihr zuwider), der Name meines Vaters ist Mátyás, die Nummer meines Personalausweises: AU-V 877825. Das also ist »ich« (in die Einzelheiten gehe ich nicht, no details, please).

Wie gut wäre es, all das erst als alter Mann zu veröffentlichen. Als die mutige Auseinandersetzung eines Alten. Wenn alle Betroffenen bereits tot sind. Wenn meine Brüder tot sind. Ich. Jetzt wird unser Leben kompliziert. Meine Ärmsten. Was werden sie tun? Es gibt hier keine Bewegungsmöglichkeit mehr. Ich kann wenigstens meine Hand noch bewegen.

Ich wollte schreiben, daß ich nicht mehr weinen kann (mir keine Tränen mehr kommen), da ich mich bei dem Tod meines Vaters schon ausgeweint hatte, aber da fiel mir ein, was hier das letzte Wort sein soll, ein Schlüsselwort von »Harmonia Cælestis« – übrigens, fuck you und deine himmlischen Harmonien! –: mein Vater. Daraufhin öffneten sich meine Tränenkanäle noch nicht, erst als ich »mein lieber Vater« vor mich hin murmelte.

Wie üblich: »Ich konnte weder vorwärts- noch zurückschauen, schaue-n.« (S. 424) *(Stelle leer gelassen)*

Schreiben ist – jetzt bemerke ich es – eine fröhliche Sache. Alles ist düster, aber das Machen, das hier kann nicht anders als fröhlich sein. Jedes Werk ist heiter. (?) < Selbst das zweite Mal, als ich aus dem Heft und von den Zetteln abzuschreiben und das Ganze allmählich Form anzunehmen begann, überkam mich wie immer kindliche Freude. Doch dann wurde es zunehmend schwerer, den nervösen Schrecken, die Panik der ersten Tage von neuem zu durchleben, und wenn ich sie tatsächlich durchlebe, schmerzt es, und es schmerzt, wenn ich unempfindlich bin. Ein geruhsames Begraben wird es hier nicht geben. >

Marquis de Sade lesen: über die Einsamkeit des Menschen. Wie ist der Mensch, einsam und nackt. Denn mein Vater ist der einsame Mensch. Ihn schützte nicht das Gesicht eines anderen. Weder Gott noch Mensch schützte ihn. [Aber warum? Warum?!] Weder meine Mutter noch meine Brüder, noch ich, niemand … Vielleicht eine Frau.

Meine Güte, wie lächerlich, jetzt fällt es mir ein, es steht ja schon im Buch: »Das Leben meines Vaters kam [nach 1956] in geordnetere Bahnen. In geordnetere, aber nicht in geordnete, nicht in Ordnung, wodurch sich gerade dieser Unterschied als Frage aufdrängte, was denn jetzt mit diesen Bahnen sei. Vielleicht ist es doch schwerer, das auszuhalten, was auszuhalten ist, als das, was nicht auszuhalten ist, weil man sich bei ersterem die Frage stellen muß, was es ist, das man da aushält, hingegen wenn man etwas aushält, was man nicht aushalten kann, dann gibt es diese Frage überhaupt nicht, das wäre schon Luxus, dann gibt es nur noch das Aushalten.

Jetzt wurde mein Vater wirklich einsam. [...] Der wahre Moment der Einsamkeit war nicht, als er auf dem Melonenfeld stand, ein Bauer unter Bauern, erschrockenen Blicks in die Kamera schauend, sondern dieser jetzige. Wie dem Land, so blieb auch ihm nichts anderes mehr als das Jetzt, und an diese Einsamkeit war er in keiner Weise gewöhnt. [...] Wir konnten an dieser Einsamkeit nichts ändern. Niemand von uns. Nicht einen Deut.« (S. 899–900).

So steht es im Buch, ich wußte nur nicht, was es bedeutet. Ich konnte ausschließlich an das Leid denken (an seines und an das von ihm verursachte), nicht aber an die Zerstörung. Nicht an die Gemeinheit.

Dienstag, 1. Februar 2000
Ich geh morgen hin und sehe mir die Akten an.
Du hättest auch heute schon hingehen können.
Am Abend hab ich eine Lesung, was weiß ich, wie es mich mitnehmen würde, ich muß mich für den Abend schonen.
Dann schmorst du aber nur im eigenen Saft!
Dafür fallen mir viele schöne Sätze ein.
Oh, es ist schrecklich!
Was ist schrecklich! Was jammerst du? Was, zum Teufel, soll ich sonst machen?! Mach ich das nicht immer? Das mach ich mein Leben lang, oder? Ich halte den Stift und bewege meine Hand. Das ist alles, oder? Was willst du, soll ich tun? Was anderes kann ich denn tun?!

(Verficktes verhurtes Leben.) (Oh, Gizella.) [Ein, zwei Wörter davon müßte ich streichen. Aber mein Verlangen nach solchen Wörtern war so heftig wie nie. Ich hatte nicht nur das Gefühl, es der Lage vom Stil her zu schulden, die rosigen Wörter kamen mir nicht nur von Natur aus über die Lippen, sondern ich fühlte mich auch, wie ein Kind, freigesprochen. Wer sollte bei soviel menschlicher Häßlichkeit über ein fuck it stolpern, ohne sich lächerlich zu machen? Kein neubarockes pseudobürgerliches Augenverdrehen! Ja, sogar ein Jelenits nicht!]

Die Luft ist schwer, als hätte ich es getan. Als wäre ich ein Mörder. Auf diese Weise ein verkleideter Prinz. Im Zustand der Todsünde sein. Auch Kain ist auserwählt. Auch das Stigma ist ein Zeichen.

Der erste Satz ist irgendwie doch einer des ständigen Selbstmitleids, der gehobenen Quengelei. So mag es bei einer plötzlich auftretenden tödlichen Erkrankung aussehen: Warum gerade ich? Als ob es hier eine empörende Ungerechtigkeit gäbe.

Es gibt sie nicht.

Übrigens ist es immer noch besser, daß es mir passiert ist, als – zum Lachen: Ich wollte automatisch fortfahren, als daß es meinem Vater passiert wäre. Es tut so gut, ihn zu schützen. Jedem Sohn mag es so gehen. Das ist – irgendwo! – dasselbe, wie ihn an einem Dreiweg irgendwo (!) auf einer kahlen griechischen Hochebene zu erdolchen. Man muß und kann den schützen, der schutzlos ist, und ein schutzloser Vater ist wirklich herzerwärmend. Und falls er schwach ist, dann bin ich stark wie die Eiche (silnyj kak dub). Wie ein Vater. Q.e.d., etc.

Ich habe mein Leben lang nicht soviel psychologisiert wie jetzt an einem Vormittag.

Der Lügner wird schneller eingeholt als der hinkende Hund: Bisher habe ich mit den Fakten, Dokumenten und Schriften gemacht, was ich wollte. Was der Text wollte. Jetzt geht es nicht mehr. Ich muß alles runterschlucken. Bisher war ich es, der dem Leser in die Kehle drückte, was ich wollte, »ich war der Herr, die Wirklichkeit nur ein stummer Diener«.

Jetzt halte ich den Kopf gesenkt, man hat ihn mir gesenkt. Ja, mein Herr. Nein, mein Herr. Sofort, mein Herr. Verzeihung, mein Herr.

Kann man nach alldem schreiben? <Gibt es ein Leben außerhalb meines Vaters?> Typisch, daß mich das interessiert. Das interessiert mich. Sonst nichts. Beziehungsweise: Ich weiß es nicht. [Man kann schreiben. Ob man sprechen kann, weiß ich nicht.] <Angeberisch würde ich sagen: Ich weiß schon gar nichts mehr.>

Ich will kein Mitleid (für uns): Mein Vater hatte aber ein viel, viel schwereres und miserableres Leben, als ich ahnen konnte. Dabei sah ich ja, daß er es nicht so schön hatte, wie ich es von Zeit zu Zeit sah (Großzügigkeit, keinerlei Gekränktheit usw.). Die Möglichkeit zur Katharsis war verspielt (er hat sie verspielt). Das Leben ist schwer, aber. Dieses »aber« hat er vernichtet. Diesen besonderen, trotz allem *gehobenen* Status, von dem beispielsweise der Roman sagt: Wir waren nicht arm, wir lebten nur in Armut.

Gitta, die vielleicht noch erschrockener in dieser neuen Situation herumtappt, sagt einen nüchternen, gräßlichen Satz: Er ist so geworden wie alle anderen. Während die tagtägliche Schinderei geblieben ist, der graue Heroismus des Unterhalts einer sechsköpfigen Familie in den sechziger, siebziger Jahren.

Plötzlich fällt mir ein: Man hat ihn nicht einmal zu Großvaters Beerdigung nach Wien gelassen! Nicht einmal ordentlich bezahlt haben sie ihn!

Wie das Kind, das sich eine Wunde aufkratzt, spreche ich absichtlich schreckliche Sätze aus (was soll ich tun?!, mir fallen Sätze ein, wie immer). Meine Kinder. Euer Großvater war bisher Graf, jetzt ist er ein mieser Spitzel. – Ich reflektiere, also bin ich. Wie blödsinnig, was soll das heißen, er war Graf? Doch nicht ganz blödsinnig, er ist nicht ohne weiteres austauschbar gegen einen demagogischen »Menschen«. Er war Graf, und das heißt, er war, was er schien, ein in Ehren ergrauter usw. einer großen Familie.

Dies ist kein Bekenntnis, es ist ein Bericht. Das ist passiert. Derlei Dinge passieren in der Welt.

Hirtenjungen-Effekt: Ich hab's poetisch überzogen. (Das Ganze ist so düster, daß es guttut, aufzutreten wie jemand – ja, ja, wie ein Schriftsteller –, der bis zum letzten Atemzug allein mit dem Schreiben beschäftigt ist. Das ist auf nicht triviale Weise unwahr, es ist insofern nicht wahr, als es indessen wirklich so ist.)

Jemand am Telefon: Ausgerechnet dieser Rotztyp X.Y. von III/III riß das Maul auf! Bei Rotztyp zucke ich zusammen. So wird es werden.

Er hat uns verraten, sich, seine Familie, sein Vaterland.

[Ganz zu Beginn dachte ich noch, das alles in größere Zusammenhänge zu setzen, ich schaue mir die großen Mythen, die großen Verrate an usw. Aber dann verging mir die Lust, ich sah nach und sah nicht nach.

Demzufolge las ich auch über Judas dies und das. Aber aus

den Zetteln geht nicht immer hervor, wo ich zitiere und wo ich kommentiere; egal. Wolfgang Teichert: »Jeder ist Judas. Der unvermeidliche Verrat«. Der Autor hofft, daß die Judasgeschichte(n) nicht nur zeigen, wie man am Verrat scheitert und tragisch zugrunde geht, sondern auch einsehbar machen, daß der Verrat zum Leben gehört und damit unvermeidlich ist.

Ob Gott kein Verräter ist? (Auschwitz.) Weder der irdische noch der himmlische Vater antworten darauf. Auch das ist Teil des Verrats, dieses Schweigen.

Judas war einer der zwölf: einer von uns.

Der Judas bei Walter Jens (»Der Fall Judas«) ist kein Verräter, sondern eine Art notwendiger und unumgänglicher Heiliger, der die Größe des Menschen beweist, seine freie Rebellion, durch die die Notwendigkeit der Erlösung durchscheint. So ungefähr. – Demnach riß mein Vater dem verfaulten Kádár-System die Maske vom Gesicht, zeigte das wahre Ausmaß des Untergangs, sein Verrat war nicht persönlich, sein persönliches Scheitern das repräsentative Selbstbildnis der Gemeinschaft, der Nation. (Schön gesprochen, mein Junge, danke.)

Was hat Judas eigentlich verraten? Den Aufenthaltsort Christi. Was ja leicht herauszufinden gewesen wäre. Seine Identifizierung (der Judaskuß) dürfte auch kein Problem gewesen sein. Etc. Mein Vater notierte auch nur bekannte Dinge, hatte keine Hintergedanken. (Nur das Ganze war ein großer Hintern. Das paßt jetzt aber nicht in den Gedankengang.) <Und es trifft auch nicht zu, daß er keine Hintergedanken gehabt hätte.>

Die Untersuchung des griechischen Originaltextes brachte eine aufregende Entdeckung. Die Übersetzung der griechischen Wörter »verraten«, »Verrat« ist keineswegs eindeutig. Herausgeben, ausliefern, überlassen, übergeben, es bedeutet all das. Die lateinische Übersetzung benutzt »tradere«, wie in Tradition. – Hat

Judas also nur weitergegeben, was er sah und hörte, wie auch die anderen Apostel? Bemerkenswert ist, daß Apostel Paulus im Brief an die Korinther (1 Kor. 11,23) dieses Wort zweimal verwendet. Steht Paulus im Schatten des Judas, dieser in dessen Licht? Wer etwas weitergibt, ist ein Hermeneut. Der Spitzel als Hermeneut. Wen wir interpretieren, den liefern wir aus. Das Dolmetschen ist Ausliefern und Ausgeliefertsein. Mein Vater ist (war) »perfekt« deutsch-englisch-französisch.

Übergeben, hinterlassen, weitersagen: Das geht stets mit einem Risiko einher.

Röm. 1, 18–24. – Gott liefert den Menschen feindlichen Kräften aus, wie Judas Jesus.

Vieles wird noch über Judas erzählt, daraus geht jedenfalls hervor, daß Sein und Verrat, Leben und Ausgeliefertsein zusammengehören. Dort, wo die Menschen einander vertrauen, nur dort ist Verrat möglich. Nur der kann uns verraten (oder wir ihn), der uns nahe steht.

Ohne die Judasgeschichte und ohne die tausend Verratsgeschichten der Heiligen Schrift (Adam und Eva, Kain und Abel, Jakob und Esau, Josef und seine Brüder) hätten wir eine bessere Meinung von uns. Zugleich aber sehen wir: Man kann mit dem Verrat leben. Zumal es sein muß; denn er ist unausrottbar auf der Welt. So wird Judas nicht zum Ungeheuer, sondern eher zum Bruder oder Verwandten, ja zum Spiegel. (Na, Alter, soviel konnte ich heraushandeln für dich.)

Wie wird man Verräter?

Der Wunsch, ein anderer zu werden, begleitet uns unser Leben lang. Wie die Apostel zum Beispiel Haus und Familie verlassen, um einem Fremden zu folgen … Margret Boveri sagt in ihrem Buch »Der Verrat im 20. Jahrhundert«, daß jeder bedeutende Verräter eine heimatlose Kindheit gehabt habe. Nach der Judaslegende setzte man den kleinen Judas – wie Ödipus – in der

Wildnis aus, weil seiner Mutter träumte, das Kind werde böse sein. Und dann tötet Judas seinen Vater, heiratet seine Mutter und schließt sich Christus an. Der ihn aufnimmt (!).

Den Verrat beschließt man nicht, man wird von Furcht und Panik ergriffen. Und dann. Ich kann es mir gut vorstellen, ein enges, dunkles Zimmer, drohende Männer. Furcht, Panik, dann Gleichgültigkeit.

Schiller sagt, der Zweck der Tragödie ist Rührung und Ergriffenheit. Die Geschichte meines Vaters hat nichts von einer Tragödie. Weil sie kein Format hat. So ein III/IIIer ist nicht einmal der Erwähnung wert. Sicher, wenn von unserem Vater die Rede ist, kann man die Gründe aufzählen und die Möglichkeiten des Verständnisses noch und noch auflisten, aber eigentlich ist da nichts, Schwamm drüber. Von Judas aus auf meinen Vater zu schauen, das ist wirklich nichts. Hat kein Gewicht. Trotzdem, da der Name meines Vaters – zum ersten Mal sage ich es jetzt umgekehrt – mit meinem guten Namen identisch ist, bekommt die Sache etwas Metaphorisches.

Der Verrat ist wie ein Sturm, von archetypischen Dimensionen – doch es gibt eine Verantwortung. Die Verantwortung des Verräters, für den Verrat einzustehen. Mein Vater stand nicht für ihn ein. (Was wäre, wenn ich, es als Familienerbe ansehend – na, bis hierhin waren wir schon einmal gekommen. Dafür einstünde. So etwas gibt es nicht. Es wäre auch zu leicht, wenn auch schwer. Zum Beispiel habe ich nicht genug Gewissensbisse usw. Ich kann nur formal sein. Nur ein netter Sohn. Auf diese Weise würde ich guten Willen ertrotzen. Schon gut, lassen wir das. Ich möchte die Dinge nicht verrücken, sondern nur beschreiben.) Mag sein, mein Vater wollte die Schande auf sich nehmen, nur daß sie sich als zu schwer erwies. Zu schwer, weil es sehr schwer ist. Wie Judas. Der nahm sich das Leben, dieser, im kleinen, wurde Alkoholiker. So vielleicht war es.

Auf einem Zettel lese ich noch, in dem Moment, da ich verrate oder verraten werde, würde die Liebe auftreten und zu wirken beginnen, wenn wir auch zuerst nur Schmach und Kränkung sehen.

Schmach, Verunglimpfung, Verletzung, Verwundung.]

Während der Lesungspause, in der Garderobe, kurz nach dem Beifall, den ich, sagen wir es so, für die Schilderung eines Mannes von schwerem Leben und heroischem Schicksal bekommen hatte, kritzelte ich rasch folgendes auf die Röggla-Fahnen, auf die ich übrigens auch schon einige verbindende Texte für den Abend notiert hatte: Dann ist jetzt auch dies das »Ende eines Familienromans«, obgleich nicht so geplant. Der Mensch denkt, Gott lenkt.

Mittwoch, 2. Februar 2000
Gestern abend, nach der sehr erfolgreichen Lesung aus meinem neuen, allerhand Erfolge versprechenden Roman im vielleicht anspruchsvollsten Theater der Hauptstadt, ging ich ins vielleicht patiniertéste Theater der Hauptstadt hinüber, um an der kleinen Premierenfeier meines gleichzeitig mit der Lesung aufgeführten Theaterstücks teilzunehmen. Glanz, Prunk, Begabung, Erfolg – sagen wir's ohne Umschweife, das (aber schlimmstenfalls: auch das) war unverkennbar. Jetzt ist es acht Uhr morgens, ich kritzele dies hier krampfhaft nieder (um es nicht zu vergessen), ich stehe bis zum Hals in diesem Mist, ich habe mich vorhin mit allen im Haus zerstritten, bin so blöd wie ein richtiger Ehemann. Die Spannung in mir ist so groß, daß ich sofort ausraste, besonders wenn ich recht habe, eine solche Kleinlichkeit tobt in mir, was in der Tat erschreckend ist.

Halb zehn, das hier schreibe ich in der Schnellbahn, das Heft auf dem Schoß (wie bei Tibor Déry). Ich bin auf dem Wege zum Amt, vorher noch ins 56er-Institut, um meinen geänderten, jetzt auf die gesamte Familie erweiterten Forschungsantrag entgegenzunehmen.

Ich bin nervös wie in einem Film.

Als ginge ich zur (kommunistischen) Polizei. Das heißt, ich habe Angst. Nicht vor den mich erwartenden »Archivereignissen«, sondern daß ich eingelocht, verhört, zusammengeschlagen werde. Wie Béla Szász. Was man vor 1990 versäumt hat. Wahnsinn, die aus dieser Phantasiererei hervorquellende Angst: Sie ist echt. Pro-hoportions-gehe-gefühl!

Schade, daß ich vom gestrigen Abend nichts genießen konnte, denn er war ja dazu da: zum Genießen. Nur Gutes geschah, ich wurde geliebt, respektiert usw., doch mir war alles so fern, als wäre ich ein gestrenger, seriöser Mann, den die eitlen Freuden dieser Welt nicht mehr interessieren. Offenbar fürchte ich mich vor meiner eventuellen Ernsthaftigkeit. Zu Recht; ich fürchte, sie hätte kein Niveau. [Ernst ist zum Beispiel bei Imre Kertész gut. Wie er loslacht, nein, loswiehert, das ist ernsthaft! Ich sage es nicht aus Neid, sondern aus Stolz. Ich bin stolz auf sein Wiehern!]

Noch am Morgen, bevor ich aufbrach, habe ich nach Belgrad und Paris gefaxt (Großschriftstellerei), auf dem Tisch eine chilenische (oder argentinische?) Literaturzeitschrift, von deren Titelseite ich äußerst vertrauenerweckend herabblicke – auf mich selbst. Welches oder was für ein Leben ist es denn jetzt, mit dem ich zu tun habe? Hat es schon wieder nur mit Papier zu tun?! Daran bin ich ja gewöhnt, wohlgemerkt. (Selbstmitleid.) (Selbstmitleid und Batthyány-Platz: Endstation.)

Mir liegt diese realistische Prosa nicht. Ich müßte aufschreiben, was geschieht, nichts hinzufügen noch weglassen, ich bin fünfzig, aber so etwas habe ich noch nie gemacht. Ich möchte beständig ein Magnetophon und ein Video bei mir haben, in mir. Meine Sätze messe ich am Satz, nicht an der »Wirklichkeit«; so sehe ich jetzt ihre Kümmerlichkeit allzu deutlich.

Ich schleiche mich in der Tat wie ein Dieb ins 56er- Institut, jemand klingelte gerade und wurde eingelassen, ich geschwind hinterher, der Schleichdieb schleicht ein, an meiner Bewegung spürte ich sofort die Leisetreterei (ich hab's: Hasenhaftigkeit!) und auch meine Geschicklichkeit. Die Sekretärin zeigt mir die Genehmigung, kaum daß ich eintrete.

Bitte, ich hab's schon vorbereitet. Hoffen wir also ...

Was sollen wir hoffen?, fragte ich sofort zurück, ich glaube, nicht aggressiv, sondern eher tollkühn. Sie sah mich an, nicht freundlich, nicht unfreundlich.

Wir hoffen, Sie finden etwas. Daß Sie finden, was Sie suchen.

Ich suche nichts, ich sehe mir nur an, was es gibt. (Halt doch schon den Mund!)

Ja, gewiß. Wenn es das schon einmal gibt ...

Ich bedankte mich, versuchte, einen netten, ungezwungenen Eindruck zu erwecken. Guter Himmel, wird es jetzt immer so sein? [So.] < So. >

Das gleiche spiele ich auch jetzt, hier, im Lesesaal des Amts für Geschichte. Weil ich fürchte, daß man es mir anmerkt – meinen Vater. Daß ich sofort entlarvt werde. Sie sehen mich an, sie nicken, aber Ihr Vater ist ja doch ein Spitzel!

zel! schrieb ich gerade, da kam M. auf mich zu. Er brachte das Material meines Vaters (Träne; ich halte es nur als Video fest; warum ist nicht Mészölys oder Nádas' Vater ein Spitzel, sie könnten das Ganze viel exakter beschreiben, warum muß ich mich mit etwas abgeben, das meiner Be-ga-bung nicht entspricht! – oh, oh, die Blödheit, wenn die weh täte!; doch sie tut auch weh).

Er druckst herum, ist aber wirklich bereitwillig und auch taktvoll. Seine Aufgabe ist, kann man sagen, nicht einfach.

Wir haben auch das vierte Dossier gefunden, daraus geht hervor ... nun ... Und ... es ist also ein gutes Material. (Über das Wort »gut« freue ich mich sogar.) Sie werden es nicht mit unangenehmem Gefühl lesen ... (Oder: werden kein unangenehmes Gefühl haben? Dabei ist kaum eine Minute vergangen; Zsigmond Móricz machte auch ständig, unverschämt, Notizen.)

Er lächelt, ich auch. Ich vergesse, daß er alles weiß, ich könnte eigentlich auch normal sein. Er bietet mir seine Hilfe an, selbst in Fragen der Interpretation, ich denke nicht daran!, womöglich werden wir hier noch zusammen das Material durchschmökern?!, was ja übrigens sicher nützlich wäre. Für alle Fälle nehme ich sein Angebot dankbar an, ich darf ihn auf keinen Fall kränken, damit er sich ja nicht gegen mich wendet.

Zehn Uhr vierundfünfzig. Die vier Dossiers liegen vor mir, noch möchte ich sie nicht aufschlagen. Ich trödle mit der Zeit herum, mit meiner Zeit, die ich nicht habe. Ich erhielt auch ein paar andere Schriftstücke, die sehe ich mir zuerst an. Ein wenig feierlich öffne ich das erste. Uninteressante Beschreibungen darüber, was aus dem Ausland einreisende Aristokraten hier so tun. Den Grafen setzen sie immer in Anführungszeichen. Unsere Organe machten bis dato den Vorschlag, 18 Personen auf die Verbotsnamenliste zu setzen und baten um das Observierenlassen von 4 Personen.

Observierenlassen, ein gutes Wort. Ich stoße auf bekannte Namen. [Ich habe sie ordentlich herausgeschrieben, gebe sie aber nur in Abkürzungen wieder, dabei glaube ich zu wissen, daß

Namen wie Széchenyi, Károlyi, Zichy, Horthy sich ausgeschrieben interessanter lesen, aber es ist schon genug, sogar zuviel, daß ihre Namen einmal hingeschrieben und auf diese Weise mißbraucht, betrogen und so noch gedemütigt worden sind.] Ich finde eine I. Sz., die mit M. R. in Verbindung steht. Die Mutter meiner Zahnärztin, denke ich. Dann meine Großmutter. Meine Tante. Statt im Rennweg liegt ihre Wiener Wohnung im Rcnbcg. Blödmänner. Sie habe bei uns gewohnt, lese ich, bei Dr. Mátyás Esterházy. Ich schreibe es aus. Mama als Verbindung angegeben. Tante Mary, ihre Kontakte: Tante Zsuzsi, mein Vater und, die Rindviecher, sie selbst, die Großmutter gleich zweimal, einmal als Margit Esterházy, einmal als Frau Móric Esterházy.

Ich lese es nicht als Sohn eines III/IIIers, sondern noch mit meinem früheren Ich, verächtlich, überlegen. [Es gibt keine neue Situation, nur daß ich in den Haufen der Verachteten auch meinen Vater mit aufnehmen muß, (nur) das ist neu daran.]

Was für schöne, von fern klingende Namen: so eine Nadine, so eine Zenke.

Ein anderes dünnes Dossier über meine Tante, von der Unterabteilung III/II-2b an den Leiter der Abteilung III/III-3 übermittelt. Abteilungen, Unterabteilungen, Eintragung, Mitteilung: als würde sich eine ganz neue Welt auftun, eine andere, unsichtbare.

Jetzt (Viertel nach elf) kommt eine Mitarbeiterin mit freundlichem Gesicht vorbei, im Prinzip grüßt sie. Sie scheint beim Weggehen zu den Unterlagen meines Vaters herüberzunicken oder abzuwinken (Video!): besser so … Innerlich laufe ich Amok, was soll denn besser sein, als was?! Versteh ich auch nicht. Der Tausendfüßler verlor beim Verlust des tausendsten Beins sein Gehör.

Ich kann mich nicht zurückhalten und blättere ins vierte Dossier hinein. Was für eine wunderschöne Handschrift! (Auch im

Roman ist davon die Rede, unter Zuhilfenahme eines Textes von Laci Garaczi.) Als er so um 1960 regelmäßig zu übersetzen begann, arbeitete er anfangs mit Kladde, darin schrieb er mit Bleistift, dann warf er die Blätter auf den Boden. Ich sehe (sah) die Intelligenz, Entschlossenheit, Schönheit, den Schwung, in der Schrift ist alles vereint. Vielleicht war ich auch wegen dieses ödipalen Hintergrunds so erfreut, als einmal ein Kaffeehausgraphologe perplex und begeistert, fast betroffen auf meine Handschrift sah und aufgeregt sagte, er werde auf der Stelle, und sei es umsonst, eine detaillierte (sprich: fünfzig Forint teure) Analyse erstellen. Das war in der Béla-Bartók-Straße, vor dreißig Jahren.

Am Ende des Dossiers steht eine Namenliste, das ganze Oberhaus ist darauf, plötzlich erblicke ich meinen eigenen Namen, erröte, erschrecke mich, das Herz bleibt mir stehen, und mit großem Knall schlage ich die Akte zu. Was ich nicht sehe, existiert nicht. Mich aber sieht man, ich existiere. Sollte er auch über mich Berichte geschrieben haben? Minutenlang starre ich vor mich hin; doch meine unerträgliche Diszipliniertheit denkt auch noch daran, einen Füller in die Hand zu nehmen. Wieder möchte ich in Ohnmacht fallen.

Heimlich weine ich manchmal los. Ich bemerke es nur (Video!); wertfrei.

Ich öffne sie wieder, drehe sie, wie ein Gesellschaftsblatt. Ich lese nicht, betrachte es nur. Wie Fotos. Der Agent ist zuverlässig und wurde überprüft. Du, du Hurensohn bist der Agent! zischle ich reflexartig vor mich hin. (Mehrfach verwendbare Pointe: Nein, Vatersohn!) GI Dn. Csanádi, das ist mein Vater [also der »Geheime Informator mit dem Decknamen Csanádi«].

Am 21. XII. 1977 berichtet er auch. Schreibt. Ich auch, gerade sitze ich an den letzten Seiten des »Produktionsromans«. Ich bin glücklich wie seither vielleicht nie mehr. Der Glücksdurchschnitt von uns beiden blieb vermutlich unter dem menschlichen Durchschnitt.

So ist es nicht gut, methodisch muß es sein, Schritt für Schritt, ordentlich, wie aufgearbeitet. Mich befällt die flüchtige [und immer wiederkehrende] Versuchung, nichts zu machen, ich gebe es zurück, und fertig. Und schleppe es innerlich mit mir herum.

Ich gehe zu den Akten meiner Tante zurück, die 1950 oder '51 aufgrund erfundener Anschuldigungen oder ohne Anschuldigung in Kistarcsa interniert wurde. Eine kleine Perle vom 18. Oktober '52, im Stil einer Milieustudie (?): ... wurde nach der Befreiung Fuhrmann und fuhr mit eigenem Wagen und Pferd. Nachdem sie in geschickter und anpassungsfähiger Fuhrmannseigenschaft das Vertrauen ihrer »Berufsgenossen« erschlichen hatte, trank sie an Zahltagen mit ihnen in Kneipen. Mit ihren Gebärden und ihrem geschickten Benehmen machte sie ihre Komtessennatur den ihr gegenüber anfänglich abgeneigten Fuhrleuten vollkommen vergessen. – Von Zeit zu Zeit fuhr sie nach Budapest, wohnte dort bei ihrem Bruder, elegant angezogen amüsierte sie sich und entschädigte sich mit ihren aristokratischen Freunden für das zu Hause veränderte Leben.

Was für ein Schwachsinn! Nachdem sie ihre Komtessennatur schlau vergessen machte, entschädigte sie sich ... Wozu sind solche idiotischen Analysen gut?!

In einem anderen Dossier, über Großvater (28. Dezember 1945): Da Gr. Eszterházi keine antidemokratische Handlung belastet, bitte ich um Einstellung des Verfahrens in seiner Sache.

Für heute reicht's.

Auf dem Weg nach Haus in der Schnellbahn, 15 Uhr, das Heft auf dem Schoß. Müde, die gesegnete Müdigkeit nach gut getaner Arbeit. Scheiß drauf.

Vor dem Amt war mir die freundliche Historikerin (so soll sie heißen) über den Weg gelaufen, sofort und übertrieben plapperte ich drauflos, ganz locker (sehr locker – es gibt den Witz, der paßt jetzt zu mir, oben auf dem Felsvorsprung sitzt der Adler, fragt ihn der Falke, was er da mache, ich lockere, und wie? Na so, wumm und weg vom Felsvorsprung und runter im Sturzflug, runter, runter und im letzten Moment wumm und wieder rauf. Sitzt der Adler mit dem Falken oben auf dem Felsvorsprung, was macht ihr, fragt der Fuchs. Wir lockern. Kann ich mit euch lokkern? Na klar, wumm, alle drei runter im Sturzflug. Du, Fuchs, fragt der Adler, kannst du fliegen? Nein, kann ich nicht. Wendet sich der Adler zum Falken: Huh, ist der locker!) davon, daß ich dann am Montag wiederkäme und das *sonstige* Material schon durchgesehen hätte, manches würde ich auch schon kennen, zum Beispiel die Sache mit der Internierung meiner Tante, die ich in den »Produktionsroman« eingebaut hätte.

Ja, es gab einiges, was zurückgegrüßt hatte. (Lesen sie es vorher, oder wie ist das?) Und was so... aber ich sah, der Leiter hat dann angeordnet (unerschütterlich schweige ich, versuche herauszufinden, was sie weiß)... ich freu mich... weil ich... ich wußte ja nicht, wie ich Sie informieren soll... die Geheimhaltungspflicht... Ich kenne das Material nicht, wußte aber von seiner Existenz (weiß sie es jetzt oder weiß sie es nicht?)... kurz und gut...

Ich komme Montag früh, schloß ich. Sie sagte noch, das Material über mich müsse »zurückgestuft« werden, das dauere, aber sie würde drängen. [Seitdem keine Nachricht. Aber ich will auch nicht noch einmal dahin gehen. Oder vielleicht doch, wenn ich fertig bin? Wenn ich meine Freiheit (?) zurückgewonnen habe?]

< Ich warte das Erscheinen des Buchs ab. Ich sehe dann, welcher Wille und welche Wünsche mir geblieben sind. >

Donnerstag, 3. Februar 2000
Nachts um Viertel vor zwei im Bett. Das Heft halte ich immer bereit, jederzeit droht die Gefahr, daß mir etwas einfällt. Obgleich heute ... der Tag verflog, mit nichts. Ich schütze mich offenbar. Erste Reaktion meiner Hirnzellen, daß sie von einem Extrem ins andere fallen: eine Bagatelle, Nichtigkeit, er wurde gezwungen, hat es getan, schadete niemandem, er hat sie durchschaut in seiner Überlegenheit, der werfe den ersten Stein, der usw.

Ich habe am Nachmittag, nicht provokativ, das wäre übertrieben, aber immerhin doch *versuchsweise* (was? was, du guter Gott! [das eben, was von einem Vater wohl auf den Sohn übergeht]) einem Freund gegenüber erwähnt, daß der Abgeordnete, dessen Vater bei der Ávo war, vielleicht auch einen anderen Beruf hätte wählen können. Er begann sofort herumzubrüllen, ob ich übergeschnappt sei ... Es gibt anscheinend eine Grenze, die ich bisweilen nicht zu überschreiten wage oder vermag ... Bei dieser Argumentation hätten sie dich doch mit Recht niemals an der Universität aufgenommen, wegen deines Vaters!, seine Stimme sprühte Funken.

Komisch, auch interessant, wie er es ausspricht: »wegen deines Vaters«. Als ob er mich kitzelte; fast kichere ich. Sein Gebrüll tat mir gut. Ich dachte mir dabei etwas in der Art, Nebensache, daß er mit dem Aussprechen von »deines Vaters« unwissentlich in eine Falle getappt ist; Blödsinn. Der Vorgang ist wirklich trivial. Ich war einfach dumm, von den Ereignissen sicherlich nicht unabhängig. Ich sage Dinge von praktischem Sinn, wie »nicht gerade glücklich«, weil auch Politik praktisch ist. Aber so gesehen ist es nicht gerade glücklich (!), wenn ein Jude Politiker wird, weil die Antisemiten dann mißmutig werden (wenn es dabei bleibt).

<Heute morgen hat sich mein Rücken »eingestellt«. Ich krieche von Sessel zu Sessel. Auch im Sitzen schmerzt es. Mir fällt der eben erwähnte Freund ein, dem zufolge allerlei physische Dinge innere Ursachen haben. Es kann ja sein, daß mein Körper gegen das Schreiben dieses Buchs rebelliert; aber vergebens, Alter, du rebellierst vergebens, auch wenn du dran krepierst, werd ich es schreiben. Verlaß dich drauf, egal, was du machst. Ansonsten kannst du mich am Arsch lecken. Bis dahin nehme ich eine Voltaren ein.>

Die Fahnen von »Harmonia« sind gekommen. Das Auge des Verlags leuchtet. Ein guter Verlag.

Plan: »Harmonia« durchsehen und die Passagen und Sätze heraussuchen, die zu den neuen Fakten »in Beziehung« stehen. (Neue Fakten! – wie schön gesprochen, kleiner Ritter!) Und zwar so: Da gibt's den Satz, und sich daran zu erinnern versuchen, woraus er entstanden ist. Als würde ich eine familiäre Erinnerung an meinen Vater lesen, nicht aber einen Roman. Zum Beispiel: »Ich erfuhr erst später, daß man meinen Vater furchtbar zusammengeschlagen hatte, ihn geohrfeigt wie ein Kind, auf ihn eingeprügelt wie auf ein Pferd, in ihrer ersten Wut schlugen sie ihm auf die Nieren, dann systematisch den Körper, und besonders die Fußsohlen.« (S. 886) Ich hatte kein konkretes Wissen darüber, ob er '56 zusammengeschlagen worden war, nur soviel (scheint mir), daß er nach dem 4. November für zwei, drei Tage verschwunden war – beziehungsweise einmal ließ sich ihm etwas aus der Nase ziehen, nämlich daß man ihm mit dem Gummiknüppel auf die Beine (die Krampfadern) geschlagen hatte. Diese Ebenen miteinander vergleichen.

Auch die Notizhefte könnten interessant sein. [Ich blättere hinein, finde zufällig: *Leben meines Vaters: Lüge und Verrat. Und Schönheit.* – Das ist jetzt eine interessante Eintragung. Darunter:

Mein Leben: Lüge und Verrat. Schmerzlos. – Auch das ist jetzt interessant. < Mit besonderer Rücksicht auf Voltaren. >

Montag, 7. Februar 2000
Ich gehe zur Ávo. – Mit diesem Wort fällt mir das ein. Eine Übertreibung. Gleich bekomme ich das Material. Gestern habe ich »Jadvigas Kissen« gesehen, die Verfilmung des Romans von Pál Zváda. Wie anders seh ich es jetzt, wenn Ondris fast ohne eigenes Zutun in die Polizistenspitzelei gerät.

Jetzt (9 Uhr 20) stellt sich heraus (für mich), daß die Dossiers (meine Dossiers, deine Dossiers, unsere Dossiers [nein!]) beim Leiter selbst liegen, er sie also praktisch nicht aus der Hand gibt; aber er verhandle gerade, erzählt mir die Mitarbeiterin im Lesesaal, mit den Leuten von der Nationalen Sicherheit, deshalb könne man sie nicht herholen. (Die Leute von der Nationalen Sicherheit: Das Wort verursacht mir Gänsehaut. Geschieht dies wirklich alles gerade mit mir?) Die Frau zieht eine leichte kleine Grimasse, bittet um Entschuldigung, daß man mich bei der Arbeit behindere. Sie weiß nicht, daß ich mich selbst behindere.

Wenn der Herr Leiter uns beauftragt hätte ... doch nun ... (Magnetophon!)

Nein, nein, o nein, macht nichts, nicht das geringste, ich habe genug zu tun; ich ducke mich weg, rede drum herum, würde den Augenblick weitertreiben, um nicht irgendeine Komplizenschaft aufkommen zu lassen. Ich befürchte (alles), daß zuviel Geheimnis um die Dossiers entsteht und man auf sie aufmerksam wird. Und um Aufsehen zu vermeiden, bin ich auch nicht gerade das beste Objekt. Oder weiß inzwischen schon jeder Bescheid? Ach, wie gut, daß niemand weiß...

Elvis: Don't cry, Daddy. – Ich weine nicht los, aber Tränen netzen meine Augen. Aus irgendeinem Grund ist mir diese Unterscheidung wichtig geworden. Vielleicht, weil ich nicht bedingungslos hinter meinem jetzigen Weinen stehe, als würde es aus einem rein [?] <?> physischen Teil bestehen, der auf gewisse emotionsgeladene Wörter und Situationen losgeht – wie Pawlitscheks Hund! Die Stellen, an denen Tränen auftreten, vermerke ich meinem neuen, realistischen Arbeitsfeld entsprechend, und zwar – wie mein Urgroßvater das Unernste mit dem Buchstaben U – mit T = Träne, Tränen fallen.

Wenn ich hierherkomme, halten sich immer Leute an der Information auf, meistens alte Männer. Einmal hörte ich, »er hatte einen verbotenen Grenzübertritt«, dann wieder »im Mindszenty-Prozeß«. Wie viele (kleine) Leiden und Ungerechtigkeiten haben sich in fünfundvierzig Jahren angesammelt! Die Menschen versuchen jetzt, ihr Leben aufzuklären. Sie kommen hierher, um sich zu beruhigen – in einem Archiv!

Wer das Amt geißelt, hat recht. Wenn es schwer oder umständlich ist, an die Akten heranzukommen, wenn die menschlichen und persönlichen Rechte der Vernehmer beinah wichtiger sind als die der gedemütigten Beobachteten, ist das gefährlich für die Demokratie, weil es Angst und Zorn konserviert, frustriert macht. Der Frustrierte ist gegenüber der Demagogie wehrlos, die gerade soviel Wahrheit enthält, daß sie nur auf die Angst und den Zorn einwirkt. Auch ich wäre nicht an die Akten herangekommen, wenn ich nicht in einer privilegierten Lage wäre. Zugegeben, ich würde dann ruhiger leben … Ich hatte mir die nächsten zehn Jahre als so gut vorgestellt. Jetzt stellen sich die zehn Jahre mich vor; keine Frage, spannend ist es.

Ich habe aus dem Nichts ganze Welten erschaffen, sagte János Bólyai, da er dereinst (ich lasse es so stehen: da er dereinst) die nicht-euklidische Geometrie ersann. Ich schuf mit »Harmonia

Cælestis« ganze Welten aus allem – und jetzt aus allem nichts (das Nichts). Mein Vater ist jetzt, erst jetzt zum Grafen des Nichts geworden. Das hat (wird) jetzt einen schwerwiegenden Sinn bekommen. Bisher war es eher ein schöner und treffender Ausdruck. Ein wahrer Ausdruck, doch siegreich irgendwie: Diese Nichtse, diese Niemande sind deutlich keine Niemande, keine Nichtse, sie sind deutlich äußerst reich (sie zahlen nur weniger Umsatzsteuer als vor hundert, zweihundert, dreihundert, vierhundert Jahren), reich, weil sie ihr Wichtigstes erhalten haben: sich selbst.

[Es gibt bei »Harmonia« eine softe Lesart, die, glaube ich, ihrem Erfolg sehr zuträglich ist. Der Leser erlebt seine *eigenen* Leiden von neuem (soweit ist es noch in Ordnung, soweit ist es nur Eigenlob) und bezieht daraus seine Ruhe, das Buch bekräftigt ihn gewissermaßen, daß, *was auch geschehen ist*, wir jetzt doch da sind. Meine Leser sahen mich manchmal ruhiger und glücklicher an, als ich es (in meinen Träumen) gewünscht hätte. Als hätten sie sich die Rosinen aus dem Buch gepickt und ließen außer acht, was nicht auf dieser Beruhigungslinie lag. Das also hat ihnen das Buch erlaubt.

Zwar wußte ich, daß viele das Buch eins zu eins lesen werden, spielt (arbeitet) es doch ständig und ordinär mit den Grenzen von Fiction – Nonfiction. Die Folgen davon jedoch, daß im Buch die *Geschichte* selbst zutage tritt, übersah ich nicht; auch nicht, daß das Buch nicht nur eine Familiengeschichte, sondern auch eine Geschichte des Landes ist. Und in diesem Fall ist das gerade erwähnte *Was auch geschehen ist* schärfer zu stellen, also: was wie geschehen ist. In schöner Reihenfolge rückwärts: Wie lief das Kádár-System, wie '56, wie die Rákosi-Epoche, was war unsere Rolle im Krieg, im Zusammenhang mit dem Holocaust. Das Buch hat diese strengere Konfrontation versäumt. Ein Fehler. »Später werde ich über das alles Genaueres schreiben.«

Ich sitze in meinem Zimmer, drüben findet eine Art sonntäglichen Familienessens statt, mein Schwiegervater ist da und alle Kinder, auch die »Großen«, aber ich schaffe es nicht hinüberzugehen, ich kann bei dieser Geschichte nicht einfach so ein- und aussteigen. (Den »Produktionsroman« habe ich in einem Büro geschrieben und währenddessen fachliche – wenn auch nicht besonders niveauvolle – Gespräche geführt ...) Hübsche kleine Stimmen sickern herüber, das klingende Lachen von Zsozsó, Marcells stilles, männliches Brummen, wie gut sie miteinander sind, es ist eine Freude, sie zu hören – während ich hier in dem Müll ihres Großvaters herumwühle. Sie hatten nicht viel mit ihm zu tun (höchstens Dóra), sie fürchteten und bewunderten ihn von ferne; in der Rolle des Großvaters schuf er nichts Bedeutendes.

Auch sie werden schön heulen. Zsozsó wird es nicht einmal verstehen (begreifen). Mit kindlichem Hochmut denke ich daran. Wie mein armer entfernter Vetter beispielsweise nicht aufhört, beleidigt über einen ihn kränkenden Passus zu toben. Sein Schmerz ist echt, was ich bedaure. Kleiner Idiot, denke ich mir jetzt in meiner Not, du jammerst über eine lumpige abgefaulte Hand, während mir hier mein ganzer Vater abgefault ist?! (Ich will dir nichts antun.)

Übertrete ich etwa eine Grenze, die man nicht übertreten darf? Sollte man sich besser nicht so sehr auf die Aufrichtigkeit stützen? Denn das tue ich jetzt. Daß das Schweigen gelegentlich unser aller Interesse ist? Das ist wahr; aber wer bestimmt, wo die Grenze ist?

In der »Abschiedssymphonie« steht: »Bittet den Sohn ihn nicht zu schlagen / nicht zu treten / wobei er seinen Standpunkt verstehe / (...) Sein Verstehen erläutert er ausführlich / schmückt es aus mit Beispielen der griechischen Mythologie / Seine Begründungen sind vor allem physischer Natur (Es tut weh mein

Kind) (...) Um die Begründungen für seine Bitte nochmals zu-
sammenzufassen/beruft er sich nicht auf die Stimme der Liebe/
beruft sich nicht auf die Pflicht die Eltern zu lieben/ nicht auf die
Gewohnheiten/den Anstand/Er bittet/er bittet den Sohn zu
überdenken/ob es lohnenswert sei die Schmerzen in der Welt
noch zu vermehren/(Ob es lohnenswert sei die Schmerzen in
der Welt noch zu vermehren?) Um dieses eine bittet er/und um
einen Schluck Schnaps.«
Es ist, als spräche und flehte er hier. Zum Teufel. Ich bin an
den Mast gebunden, der Sirenengesang kann beginnen. Zuviel.]

Mein Herz machte einen kräftigen Sprung: Man bringt die Dossiers. Wir lächeln. Ich bin scheußlich, alles, was ich hier mache,
ist in einem Maß verlogen, daß es schon wie ein großer Witz ist.
Vor allem und jedem hier habe ich Angst, sinngemäß, deshalb ist
es so, als wäre ich in die Kádár-Zeit zurückgestürzt, deshalb sage
ich jeden Morgen, »ich gehe zur Ávo« – während ich auch unverhältnismäßig dankbar bin. Also Angst (eine Leiche im Keller),
von daher kompensierte Wut und Haß und Kriecherei: Schon
kann ich an mir die Erkennungsmarke der postkádárschen Gesellschaft sehen. Müßte ich mich jetzt »lebensnah«, echt verhalten,
handeln (und nicht nur kuschend abschreiben), wäre es schwer
für mich, normal zu bleiben. Wie weit wäre ich von dem selbst-
bewußten Citoyen entfernt, der Rechte hat (Einblicke in die Akten) und Verstand (keine Ávo-Phantasien, denn das ist blöd)!
M. scheint mich zu beobachten, wie ich mich in dieser Situation verhalte. Wie wir in der Kindheit Fliegen ins Spinnennetz gesteckt haben, um zu sehen, was passiert. (Das ist jetzt ein wenig
ausgemalt.) Vielleicht ist er einfach nur ein Freund der Literatur.
Und beobachtet mich auch nicht, und ich bin nur hysterisch.
Ich bekomme, was ich verdiene. – Das Selbstmitleid, das anscheinend reflexartig über mich hereinbricht, werde ich mit S

bezeichnen, S. Das T sind die Tränen, das S ist das Selbstmitleid. Dann beginne ich jetzt die neue Geschichte meines Vaters zu lesen. S <Ich lese: »... Herodot schreibt: Ich werde sehen, wer du bist, wenn die Geschichte zu Ende ist.« Ich erinnere mich, daß es so geht: wenn deine Geschichte zu Ende ist, das heißt, ich dich außerhalb der Geschichte und nicht durch sie erkennen kann. Das scheint wahr zu sein.>

Bezeichnung des Schriftstücks:	M-37234/1 (2 Dossiers)
	M-38203/1 (2 Dossiers)
Auf dem Deckel steht:	Geheim Streng vertraulich
	Organ: Politische Abteilung
	Arbeitsdossier
	Zuordnung: Agent
	Deckname: Csanádi
	Dossier-Nummer »B« (der Zuführung): H-177 99
	Laufende Nummer d. Bandes: 1
	Eröffnet: 5. III. 1957

Mir zerspringt fast das Herz. <Jetzt zwei Stunden Pause bei der Arbeit, auf den Vorschlag meines Bruders kam eine Fußmasseuse. Sie sieht mich an, meine krumme Haltung, den Rücken: Sagen Sie, was schleppen Sie mit sich herum?! Es muß ziemlich schwer sein. Das ist meine Arbeit, stöhne ich hochmütig.> [Ich habe versucht, genau abzuschreiben, aber ich erinnere mich auch an meine Hektik, und die Abschrift habe ich nicht mit dem Original verglichen. Manchmal entsinne ich mich nicht, ob zum Beispiel die Abkürzungen von mir sind oder nicht. Einen flüchtigen Augenblick lang dachte ich auch daran, die Philologie des Textedierens bei Jóska Jankovics zu erlernen – ach was! Soviel Respekt will ich diesen Texten nicht zukommen lassen.]

Inhaltsverzeichnis; Bericht, wer es ist, Datum. Viele bekannte Namen, Namen meiner Kindheit, die viel besungenen Tanten und Onkel, Namen vom Olymp der Erwachsenen. (»Während Sie schlafen, arbeitet Darmol« (mein Vater).) Dann eine Namenliste in ordentlichem ABC. Name: A. A., Beruf: Graf, Seitenzahl: 61. Fünf Esterházys, auf Seite 219: Großvater. Soll ich vorblättern? Oder, diszipliniert, schön der Reihe nach? Unser Name immer wieder mit sz und mit i. Rache der Diktatur des Proletariats. [Daß ich mich gerade daran störe! Lächerlicher als lächerlich!]

Auf Seite 29 der erste Bericht. Rechts oben:
Gegeben von: »Csanádi«
Genommen von: Oltn. Varga
Datum: 2. III. 1957
Das tut wirklich weh, es gibt mir einen Stich, seine Handschrift ist zu sehen, die ich so sehr liebe. Und ich war (bin) auch stolz darauf. Vom Schreiber dieser Schrift konnte ich mir alles Gute vorstellen. T Ich schreibe ab, auf daß es mir in die Hand hineingehe, die Wörter in sie hinein. Mal schreibe ich Ottlik ab, mal dieses hier, meine Spannbreite ist groß.
Über die Entwicklung der Budapester Demonstration vom 23. Oktober 1956 zu einem bewaffneten Aufstand verschaffte sich die Bevölkerung in Csobánka am Tag darauf, dem 24. Oktober, Kenntnis. Wegen der Einstellung des Verkehrs blieb auch eine hohe Zahl von Arbeitern aus Budapest, Budakalász, Pomáz und Szentendre zu Hause, durch erhöhte Gesamtzahl wurden in der öffentlichen Versorgung einige Störungen verursacht. Worüber auch Pascal schreibt – beim Abschreiben befiel mich eine heftige, schreckliche Langeweile. Ich sehe mir unsere Schrift an, seine ist besser. Meine ist nicht gleichmäßig, ist hastig, Buchstaben verwischen sich, ich lasse Buchstaben aus (Gizella wird's schon korri-

gieren), hätte ich's bloß hinter mir. Seiner sieht man's an, daß er auf Lesbarkeit achtet. Eine schöne, sorgfältige Arbeit. (...) Von Atrozitäten gegen kommunistische oder staatliche Funktionäre habe ich keine Kenntnisse. Anfang November war die Rede von einer Liste, die angeblich die Namen der Hinzurichtenden enthielt, aber ich habe mit keiner Person gesprochen, die die Liste gesehen beziehungsweise gewußt hätte, wer darin wen zusammenschrieb. – Nach dem 4. Nov. ereigneten sich zwei Todesfälle, den jungen Mann Sz. erschoß sein Gefährte zufällig, und jener namens H. befolgte nachts nicht den Halteruf der Nationalgardisten, woraufhin man ihn erschoß. Gerüchten zufolge sind beide Täter ins Ausland gegangen. – »Muk« hält man im allgemeinen für einen Witz.

Csanádi

Noch zwei kurze Meldungen mit demselben Datum. Ich betrachte das vergilbte Papier, das also war damals in unserer Wohnung, mag sein, daß ich es berührt habe und mein Fingerabdruck darauf ist. Es hat immer im Stapel auf der linken oberen Ecke seines Schreibtischs gelegen. Mein Hirn spuckt ohne nachzudenken noch folgenden Satz aus: Nicht nur das Papier war dort in unserer Wohnung, sondern auch mein Vater. Ich überlege, ob ich »mein Vater« oder »mein lieber Vater« schreiben soll. Jedenfalls waren beide dort, das Papier, und auch der Papi...

Bericht. S. W. wohnt in Pomáz. Er hatte einen Besitz in Dános, war bereits vor dem Ersten Wk. Abgeordneter, in den 20er Jahren Finanzminister. Ungefähr 80 Jahre alt, lebt zurückgezogen.

J. P. (Irmikes Mann! – Sieh an, so beziehe ich mich auf HC, den Roman, als sei er die Wirklichkeit; Irmike, die der Leser so kennen kann) wohnt in Csobánka, besaß ein Grundstück in Nógrád und übte keine politische Tätigkeit aus. Er arbeitet bei der örtlichen Forstwirtschaft. Während der Oktoberereignisse er schreibt nicht Konterrevolution [später wird er!] legte er ein passives Verhalten an den Tag.

Csanádi

Schöne, annehmbare, in Anstand ergraute Texte.

Auswertung: Agent ich kann es kaum niederschreiben, aber ich gewöhne mich daran gab den ersten Bericht. Seine Aufgabe war es, über zwei Personen nähere Informationen zu geben und die Ereignisse nach dem 23. Oktober darzustellen. Dies löste er nicht gerade bestens. Was soll das heißen, nicht gerade bestens! Würdest du es beim ersten Versuch vielleicht besser machen? – Ich möchte keine Witze reißen, »aber es ist schon zu spät, jetzt sehe ich, wie groß er war«. Ich sehe nichts. Ich schreibe, wie es kommt.

Aufgabe: 15. März. Welche Vorbereitung und Organisierung auf seinem Gebiet stattfinden. Das ist aufzuklären. Welche Acktiwitäten (sic!) lerne anständig Ungarisch! – Mir fällt ein, daß mir einmal, vielleicht von Radnóti, moralische Zimperlichkeit vorgehalten wurde; hier hätte er vollkommen recht gehabt, ich will nur zeigen, daß ich bei alldem den Text zugleich als Text sehe und mir auch dessen Zustand *weh tut*, so lächerlich es auch ist, wenn man bedenkt, worum es eigentlich geht ... die in die (sic!) Konterrevolution Funkzionen (sic!) tragenden Personen entwickelten.

16. III. 1957

1. Im Verlauf eines Kneipengesprächs habe ich von einer mir unbekannten Person in einer Dorfkneipe gibt es keine unbekannten Personen! Das können wir ihm doch gutschreiben, oder? T gehört, daß die Liste auf Nationalitätenbasis erstellt wurde, da aber seines Wissens niemand diese Liste gesehen hatte, beargwöhnten sich die Leute gegenseitig nach Maßgabe dessen, ob sie ungarischer, deutscher, serbischer oder slowakischer Herkunft

52

waren. Nach dem 4. Nov. gab es im Rathaus eine öffentliche Versammlung, auf der über die sog. Listen-Angelegenheit gesprochen wurde, man kam aber weder bezüglich der Verfasser noch des Inhalts zu einem Ergebnis.

2. Über »Muk« war nur zu erfahren, was auch aus der Presse und dem Radio zu hören gewesen ist, Muk bedeutet auch noch, »macht uns kaputt«. Von organisatorischen Maßnahmen habe ich nichts gehört. Meines Wissens gab es am 15. keine Ordnungsverstöße. Einige fallengelassene Bemerkungen: »Dergleichen ist verantwortungslose Propaganda«, »das soll der machen, der's erfunden hat«.

Csanádi

Sowie ich Csanádi hinschrieb, fiel mir plötzlich ein, daß auch ich Berichte schreibe. »Bericht von fünf Mäusen«. Bericht vom Menschen. Zuviel. – Hoppla, auch das ist sein Wort. Ich käme in Not, wenn ich mit allem vor ihm flüchten wollte. Wohin bloß. »Wofür. Wohin. Wozu.« (S. 846)

Bisher hatte es übrigens nichts Gefährliches. Er achtet eindeutig darauf, ausschließlich zu sagen, was sie ohnehin wissen.

Auswertung: Ein Bericht hat viel konkreter zu sein. Der Agent beginnt gerade erst sich in die Arbeit zu finden. Die sind auch keine Idioten. Offenbar schieben sie ihre Leute in Richtung Konkretes, man kann nicht immer nur bluffen. Sehen wir, wie es uns ergeht.

Aufgabe: Wer die Liste angefertigt hat und welche Tätigkeit dabei entfaltet worden ist.

23. III. 1957
Das ist schon konkret. Meines Wissens nahmen aus Csobánka die Anwohner L. R., T. und Sz. in Budapest an bewaffneten Handlungen im Laufe des Oktobers teil.

[Als ich diese Passagen aus dem Dossier abschrieb, war ich in einem großen Schwung, fast in einem Rausch. Ich schrieb und schrieb, wagte nicht, zum Fotokopierer zu gehen, arbeitete so bis zum Nasenbluten. Und jetzt mache ich nur rum, und ich weiß, es ist zu zimperlich, aber ich schreibe es, weil es so war: Ich sehnte mich nach etwas Reinem, nach menschlicher Reinheit, und deshalb las ich die vergangene halbe Stunde Kant. Kant fiel mir ein, weil sich ein Freund von mir gestern beschwert hatte, er habe sich im Fernsehen nicht den süßlich-zuckrigen Hölderlin-Film ansehen können und sei hinausgegangen, um ein wenig »Hyperion« zu lesen. Deshalb ist es gut, wenn man einen Freund hat. Und einen Kant. – Lachhaft. Die Wirklichkeit, sage ich weise und als Schriftsteller, ist nicht zur Beschreibung, sondern zur Verwendung da. Oder wie Mikszáth sagt (ca.): Die Frau ist zum Lieben da, solange sie jung ist, und zum Hacken, wenn sie alt ist.]

Im folgenden stellt sich heraus, daß Sz. in den Westen geflüchtet ist. Gut wär's, wenn die anderen beiden auch. Aber das ist ein gefährlicher Bericht.

Aufgabe: Beschaffung weiterer Angaben über die genannten Personen. Besuch der Österreichischen Botschaft. Schau an.

30. III. 1957
In Csobánka wurde während der Oktoberereignisse der rote Stern vom Heldendenkmal entfernt. Wie ich hörte, war der Täter Sz., der Schwiegersohn des Schotterhändlers B. S. Nun ja, wie schon Winnie-der-Pu bemerkt, es geht nicht an, daß nur gehämmert und gelämmert wird.

Auswertung: Agent liefert in seinen Berichten zunehmend mehr. Dabei ist doch noch nicht einmal ein Monat um. – Die Auswertung steht auf der Rückseite des handschriftlichen Berichts meines Vaters, geschrieben von Oberleutnant Lajos Varga. »Csanádi« hat sehr ernsthafte Möglichkeiten, die feindselige Aktivität

der sich in Csobánka aufhaltenden horthyistischen Offiziere aufzuklären. Darauf muß er gezielt zurechtgestellt und hingewiesen
werden. Csanádis Beziehung zu uns ist sehr gut, und wir müssen
es ausnützen.

Verdammter Mist. Was heißt das jetzt? Was soll das heißen,
sehr gut? Ich möchte glauben, dann würde ich irgend etwas begreifen, daß er zu Brei geschlagen wurde, und er deshalb pariert.
Aber das ist durchaus nicht sicher.

13. IV. 1957

Er war auf der Österreichischen Botschaft. Agent vollzog die ihm
übertragene Aufgabe, jedoch ohne Ergebnis. Seine Aufgabe bestand darin, eine Charackterisierung über den Csobánkaer Ein-
wohner A. B. zu geben. Waren wir im April nicht schon in Római-
Bad? – Charakterisierung haben sie mit ck geschrieben, die Kommata muß ich selber setzen, o was für ein Land!

20. IV. 1957

Auf einem Zettel: Bericht: A. B., wohnhaft in Csobánka, verheiratet, 1 Kind. Arbeitete in letzter Zeit als Gärtner auf dem Staats-
gut Kiskovács und fährt z. Z. nach Budapest zum Arbeiten. Soviel. Na, Papachen, ich würd mich wundern, wenn Oberleutnant
Varga das alles schlucken würde. Auswertung: Der Bericht ist
kurz und knapp, er könnte viel ausführlicher ausfallen. Beim
Treff wurde er diesbezüglich behandelt.

Treffs also, und diesbezüglich behandelt: Würde es nur bedeuten, daß er verprügelt wurde. Denn einerseits, einfach gesprochen, hat er es verdient [was für ein Unsinn?!, man verprü-
gelte ihn, also wurde er Spitzel, und weil Spitzel geworden, verdient er die Prügel?!, wovon er noch mehr Spitzel wird, was nach
noch mehr Prügel verlangt! < gar nicht so ein Unsinn >], andererseits ist es so heroisch! Oder haben sie ihm nur den Kopf mit dem

Blödsinn vollgestopft, und der Quatsch ging ihm nur in sein schönes Hirn hinein … T

27. IV. 1957

Habe Kontakte zu ehem. Militäroffizieren die Namen lasse ich weg aufgenommen bzw. weiterentwickelt. Kontakte weiterentwickeln: Wie er diese viehischen Ausdrücke gelernt hat! An den Oktober-, Novemberereignissen nahm meines Erachtens keiner von ihnen teil. Im Laufe unserer Gespräche bildeten Fragen des Lebensunterhalts das Hauptproblem. Man hätte das doch, Kollege, diesen Satz, noch schleifen können. Aufgabe: Weiterer Ausbau der Kontakte und Erläuterung der Stimmung am 1. Mai.

4. V. 1957

In Csobánka fand das Fest zum 1. Mai im Kulturhaus statt, die Zahl der Besucher war angemessen. Schulkinder rezitierten Gedichte, die Festrede hielt ein Kreistagsdelegierter. – Danach wurde für 6 Forint Gulasch ausgegeben. – Am Nachmittag hob sich die Stimmung beträchtlich, es kam auch zu einer Schlägerei (angeblich wegen einer Weibergeschichte), an der sich nach meiner Information auch der Redner vom Vormittag beteiligte.

Witzig, fast schon frech. Aber diesmal knurrte unser Oberleutnant nicht.

12 Uhr 32. Jetzt mache ich Schluß. Zur Analogie von: Ich hab mir die Hacken abgelaufen – ich hab mir die Hände abgeschrieben. (Habe meinen Vater abgeschrieben.) Am Nachmittag muß ich zu verschiedenen Verabredungen, meinem Habitus entsprechend werde ich überall heiter und freundlich auftreten, mich freuen, gute Menschen zu treffen.

Mittwoch, 9. Februar 2000
Am Morgen murmele ich: Wie schade, wie schade. T

Das paßt nicht in meine Vorstellung von deinem (lieben) Vater. – Aus irgendeinem Grund stört mich, daß auch Gitta ständig darüber nachdenkt. Vielleicht erwarte ich von ihr, daß sie es nicht glaubt. Daß sie sich nicht damit abfindet. Daß sie mich eher für einen Lügner hält, ich das Ganze nur erfunden habe. Daß sie, wie üblich, die Welt verändert. Aber nein.

Ich habe mit Márta über den Fall Tar gesprochen, erzählt Gitta, sie äußerte sich ziemlich nachgiebig, woraufhin ich sagte, es war ja keine Pflicht, Spitzel zu werden, mein Vater war auch kein Spitzel, auch mein Schwiegervater war kein Spitzel! Das rief ich kämpferisch.

Und sie hat es nicht gewußt, und du hast es vergessen, daß du eine Pointe gesetzt hast.

Gestern habe ich den ganzen Tag mit Zs. an »Harmonia« gearbeitet. Einer der schönsten Tage meines Lebens. Zs.' strenge Sachlichkeit, ihr objektives Mitwirken am Text sind an sich schon, ohne Worte, ein großes Lob, das kaum meiner Person, sondern der von mir geleisteten Arbeit gilt. Deshalb kann ich es hemmungslos genießen.

Ein guter Tag, vollkommen. Sie erzählt, sie habe an ihrem neuen Arbeitsort (ein staatliches Amt) erfahren, der Vater von Z. sei beauftragt gewesen, auswanderungswillige Juden zu beobachten, die dann aufgrund seiner Berichte aus dem Zug geholt wurden. Sie wüßte aber nicht einmal, ob Z. es weiß. Ich höre ihr reglos zu, ein Buster Keaton. Ich überlege [wie später noch <so> oft!], ich müßte mich jetzt so verhalten, daß es mir später (wenn die Wahrheit, genauer, die Wirklichkeit, ans Licht gekommen ist) nicht vorgeworfen werden kann, konkret: Zs. soll sich nicht vor meiner

Falschheit ekeln, wenn sie sich später einmal an diese Szene erinnert. Auch dies ein Problem aus dem Kádár-System: Wenn alles verlogen ist, und es ist alles verlogen, wie steht es dann mit uns? Contradictio in adiecto: Ich selbst bin die Falschheit. S Das Große Falsche Buch, schrieb nicht Radnóti etwas Ähnliches über »Einführung in die schöne Literatur«? Anscheinend ist jeder Prophet im eigenen Land. S

Und dort, im Amt, woher wissen sie es? fragte ich leicht, wie beiläufig. (Ich bin ein reflektierender Typus, aber alles hat seine Grenzen.)

Weil sich Sch. mit den Judenräten befaßt hatte, und so.

Und dabei ist er auf diese Schrift gestoßen?

Ja.

Heftig schiebe ich das Manuskript hin und her, suche in meiner legendären Werksorgfalt sichtlich nach etwas. Das bedeutet, wenn jemand damit anfinge, die ungarische Aristokratie zu erforschen, würde er auf die Schriftstücke meines Vaters stoßen, und obwohl sich dort keine Auflösung befindet (als wäre das Anwerbungsdossier verschwunden <und wenn nicht, so sähe ich es gern, aber vor dem Erscheinen des Buchs wage ich keinen Schritt mehr zu machen>), würden drei Sekunden reichen, um dahinterzukommen. Oder doch nicht? Ich gebe zu, am liebsten würde ich es sperren lassen. Laut M. könnte ich es tun. Nur mag ich mich nicht mehr rühren; was ich auch tue, es fällt auf. Schon mein Besuch im Lesesaal ist zuviel.

Später sagte sie, was für ein trauriges Buch, wieviel Leid darin ist. Das Leid deines Vaters.

Ich holte tief Luft und erwiderte: Ich wußte nicht (ein Knoten wuchs mir im Hals)... ich wußte nicht, daß er soviel gelitten hatte. T Wegen der T sprang ich auf, ich müsse jetzt sofort pinkeln gehen. Worüber wir schamhaft lächelten.

Als ich zurückkam, sagte sie, quasi unabhängig von mir, daß sie beim Lesen hin und wieder geweint habe. Ich glaube nicht, daß ihr das öfter passiert war, ein bißchen kenne ich sie. Das ist gut!, johlte ich auf, ich mag es, wenn dem Leser Rotz und Spucke zusammenfließen.

Zs. ist eine feine Literatin, ihr käme nie in den Sinn, den Autor, sagen wir, zu verwechseln, das Ich mit dem erzählenden Ich zu verwechseln, doch sie spricht jetzt immer von »meinem Vater«. Als ich es erwähne, zuckt sie einfach mit den Schultern. Ich bin überrascht und begreife erst allmählich, was für eine poetologisch exakte Bewegung das ist.

Du, was für eine erschütternde Szene, als dein Vater etc.

Ich sage stolz, aber ja, mein Engel, Zitate, von hier und da. Sie ist verblüfft, denkt kurz nach, ja, ich verstehe, dann also die nächste Szene, über das Feuerlöschen, ist auch von ... O nein, das ist angeblich in der Tat so gewesen. Und es begann ein Spiel, bei dem sie herausfinden wollte, was Fiktion ist und was nicht, und sie traf (für mich) beruhigenderweise oft daneben.

Das aber stimmt, auf Ehrenwort! Sie winkt nur noch fröhlich ab.

Beim Abschied umarme ich sie, lange, dankbar. Ich schulde ihr großen Dank. Sie hat meinen Vater liebgewonnen, glaube ich. <Gestern rief anläßlich des Dóra-Namenstags die vielleicht genialste sogenannte Tante an. Ich würde dein Buch so gerne noch einmal lesen, nur daß ich nicht mehr lesen kann. Als ich es las, habe ich mich sofort in deinen Vater verliebt. Und das gewiß nicht zum ersten Mal. Aber nur, wenn ich ihn sah. Wenn ich ihn sah, hopsasa, war ich verliebt in ihn. Seid ihr gute Hunde...>

Es wäre gut, es nicht sofort zu veröffentlichen. Meinem Vater ein wenig Lauf zu lassen, einen Vorsprung, vielleicht verlieben sich noch andere in ihn, sie sollen ihn noch in aller Welt ein bißchen lieben, bedauern, beweinen, achten. Er soll noch ein wenig Zeit haben. Und dann erst sollen sie ausspucken. T [T] [Mich befällt ein unglaublich starkes, zitterndes Schluchzen – lachhaft: Sofort lehne ich mich vom Tisch zurück, damit das Heft nicht verschmiert –, es ist lange her, daß ich ihn sah, gesehen haben muß, diesen Text, fast habe ich ihn vergessen. Und jetzt, wie nach einem schnellen morgendlichen Erwachen: Nein, ich habe es nicht geträumt, es ist alles wahr, alles. Lange schüttelt mich das Schluchzen. Jetzt laufen mir Rotz und Spucke zusammen.]

Ich zeige Marcell meine Widmung in den »Fuhrleuten«: »Für Má-tyás Esterházy, unbekannt und in Liebe: Péter Esterházy.« Das hatte ich in sein Exemplar hineingeschrieben. Ich glaubte damals zu scherzen. Mein Sohn schüttelt unzufrieden den Kopf.

Dieser Dreckskerl von III/IIIer.
    Werden wir von nun an immer so reden?
    Nein. Von nun an werden wir so nicht ... – Nicht reden, aber auch nicht kuschen, das wäre gut.

Donnerstag, 10. Februar 2000
Ich warte auf meinen Vater.
    Ich bin vom Heldenplatz heraufgekommen und habe mir, nicht zum ersten Mal, das Haus in der Andrássy-Straße 60 (das berüchtigte Ávo-Haus, das einmal sogar das Pfeilkreuzlerhaus war) angeguckt. Ein öffentlicher Bau in Budapest, nichts Besonderes ist ihm anzusehen. Blutgeruch, fällt mir ein.
    Morgendlicher Dialog: Gehst du zum Verlag? Nein, zur Ávo.
    Am Morgen habe ich mir noch den Anfang von HC angesehen. Aber den kann man nicht mehr anrühren, *so* geht das nicht mehr. Zs. meint, ein wenig müßte es schon noch sein, damit am Anfang gleich das Drama da ist, der Schatten, der Schmerz

(wenn ich's richtig verstehe). Ich kann nur eins tun, den folgenden Satz nach vorn stellen: »Mein Vater gab nur langsam klein bei, er vertraute seinem Sohn nicht wirklich. Und der schlug und schlug nur auf ihn ein.« Das ist der 8. »Numerierte Satz aus dem Leben der Familie Esterházy«. Was ich mit dem Text jetzt auch täte, es wäre eine Lüge.

Vor mir biegt Gy. [ein Kollege] ins Amt ein. Beinahe renne ich erschrocken davon. Warum eigentlich? Sofort nenne ich ihn einen Verräter, ein kádáristisches Gummirückgrat. Warum eigentlich? [An meinen reflexartigen Affekten sind die der Gesellschaft ablesbar. Aus dem ungeordneten Ich quillt all der ungeordnete Haß hervor. Gedemütigt sein und demütigen lassen: Wie wir uns an anderen zu schaffen machen. Wie unser Kind von Zeit zu Zeit eins abkriegt, weil die Frau (der Mann) keins abkriegen kann.] <Aus Samuel Pepys' genialem Tagebuch: »1. Januar 1662. Heute morgen plötzlich aufgewacht, geb ich mit meinem Ellenbogen meiner Frau einen starken Schlag auf Gesicht und Nase, daß sie unter Schmerzen erwachte, was ich bedauerte, und ich schlief wieder ein.«>

Zs. erzählte gestern, einmal sei sie, vor noch gar nicht langer Zeit, meinem Vater begegnet, der irgendeine Übersetzung zum Verlag brachte. Sie selbst habe erst nachträglich erfahren, wer der »bemerkenswerte Mann« gewesen sei, was sie bedauerte, weil sie ihn gerne begrüßt hätte.

[Gerade kam eine Buchbesprechung mit der Post, einen Teil davon zitiere ich hier. Alles wird zum Witz; ich möchte nicht blasphemisch werden, aber es ist ein Witz Gottes, irgendein Großer Scherz ohne Humor; denn Humor ist menschlich. Obwohl, was menschlich ist, lerne ich gerade eben neu. »P. E.s Buch ist – es seien mir ein paar winzig große Worte erlaubt – der Roman des

Einklangs, des gegenseitigen Verständnisses und des Friedens. Er schafft eine gegensatzlose, friedlich-gute Beziehung zwischen den Dingen, zwischen den Welten, zwischen den Sätzen. Zwischen Wahrem und Falschem, zwischen Geschichte und Geschichten, zwischen Roman und Buch. Zwischen Vater und Sohn. Dieses Buch ist die Seele dieser Heiligkeit.« Verbesserte Ausgabe, deshalb heißt dieses Buch so.

Was hattet ihr doch für einen phantastischen Vater, sagte eines Tages V. nach der Lektüre und nickte dabei. Auch ich nickte dazu, aufrichtig und routiniert. Fürchte, ich habe sogar gelächelt.

Gestern in einem Interview auf die Frage, weshalb meine jetzige Arbeit schwer sei: weil ich die Positionen skrupulös und unablässig auszumachen, das heißt Liebe und Verachtung in mir zu trennen habe. Und daß es eine hohe Konzentration verlange. – O ja, o ja...]

Der Mantelfall, erzählt Zs. weiter, einzig und allein diese geschlagene Generation trug den Mantel so. (In Péter Gothárs Film »Die Zeit bleibt stehen« gibt es diese gedemütigten, nach Wein riechenden, aufgelösten Männer; ad notam Lajos Öze. Gothár ist in Sachen Vater gut.) Wie im Mörser zerstoßen! Im Vergleich mit dir...

Ich erröte schamvoll, aber ich nehme an, es fiel nicht auf.

Obwohl er dadurch, daß er abgenommen hatte, wirklich niedergeschlagen aussah. Die letzten drei oder vier Jahre war er schwach geworden, ausgezehrt. Ein *Gaulvogel*, aber dieses Wort habe ich 1977 schon im »Produktionsroman« verwendet (er war damals achtundfünfzig Jahre alt, kaum älter als ich jetzt). In Gesellschaft gleichaltriger Freunde (Onkel Zoli, Onkel Lajos) wirkte er kräftig, ja jugendlich, wie ein Mann und nicht wie ein Greis.

Ich erinnere mich, aus meinem Zimmer sah ich einmal, wie er

mit dem Gegenwind kämpfte, leicht vornübergebeugt, als würde er durch schweres Material, Teer oder Honig, gehen, kraftlos und bedauernswürdig.

Vorgestern habe ich durch dasselbe Fenster hindurch etwas Phantastisches gesehen. Miklós trampelt mit dem ganzen Überschwang seiner dreizehn Jahre die Treppe hinunter, ja, ja, bin fertig, klar doch, natürlich, gleich, jetzt, wirft er seiner Mutter hin, woraus klar hervorgeht, daß er mitnichten fertig ist, und es fragt sich, ob er das Lehrbuch überhaupt aufgeschlagen hat (er verfügt im Hinblick auf schlechte Noten über unglaublich schöne und gewundene Erklärungen, beispielsweise wie falsch ich es sähe, wenn ich das Nichtlernen des vorangegangenen mit der schlechten Note des folgenden Tages in einen kausalen Zusammenhang brächte, er ließe zwar gelten, daß meine Prämisse zunächst einmal logisch erschiene und ich, nebenbei bemerkt, sehr recht darin hätte, daß er viel mehr lernen müsse, er plane, vielmehr habe sogar auch schon beschlossen, daran etwas ändern zu wollen, aber jetzt sei doch gar nicht davon die Rede, sondern und so weiter), so daß ich mich schon kraftvoll-väterlich erheben will, aber zu spät, schon öffnet und schließt sich die Tür, er hat uns das Haus zugeknallt.

Ich sehe durchs Fenster, er steht ganz in meiner Nähe, eine Wand trennt uns. Er holt tief Luft, als käme er aus dem Wasser, ein breites Grinsen zerteilt sein Gesicht, er blickt sich um im Garten, in der Welt, nimmt alles mit den Augen auf, die Sonne scheint, ein strahlender Frühlingsfebruar – und, einem närrischen Spürhundwelpen gleich, beginnt er herumzulaufen, ohne Ziel, »sein Ziel wird ihn schon finden«, schwimmt in der Luft, seine Arme wie Flügel, er kurvt herum, stutzt, zurück, sprintet, läuft geradezu den Apfelbaum hinauf, tobt, lacht, rennt, alles an ihm ist Bewegung. Eine herrliche Erscheinung. Ein großer

Moment. Aber was hat er anderes im Kopf ... er denkt über die Freiheit nach, ich dagegen ... ich auch, im wesentlichen.

Das aber ist ein kleiner Moment: Dort liegt die Csanádi-Akte, ich gehe dorthin, zu ihr.

1. VI. 1957
Der Bericht geht über die Mitglieder der Nationalen Wache. Sechs Namen. Davon einer in Haft, einen haben sie im November erschossen, zwei setzten sich in den Westen ab. Zwei aber sind noch hier! Dann eine Liste von ehemaligen Militär-, Polizei- und Gendarmerieoffizieren. Wie es in der »Auswertung« heißt: wortkarg. Und »ordentlich«. Nahm an konterrevolutionären Handlungen nicht teil, während dieser Zeit hielt er sich zu Hause auf. – Herzkrank. Oder: Als Imker zu Hause tätig.

< Zur Erinnerung daran, wo wir leben, gelebt hatten: Eine Woche zuvor, am 23. Mai 1957, wurden Zoltán Tildy, István Bibó und Árpád Göncz verhaftet. Dabei, ich lese all das in den Jahrgängen des »Beszélő« nach, fing man in derselben Woche mit der Sendung halbstündiger Religionsprogramme im Ungarischen Rundfunk an.>

Damals wohnten wir mit Sicherheit schon an der Római, das nächste Treffen mit dem Verbindungsoffizier wird am Peter-und-Paul-Tag vormittags um 11 Uhr im Lux-Espresso stattfinden. Wie konnte er bloß vormittags in diesen Espressobars herumsitzen?! Vorgabe: Agent erhält die Aufgabe, das Verhalten und die Beziehungen der Person Sz. U. zu melden. Über das Wort Agent entrüste ich mich reflexartig (Terminus technicus: Scheiße überflutet mein Hirn; hier: wortwörtlich), wieso nennt er meinen Vater einen Agenten, nenne deinen eigenen so, Kommunistenwichser! S T – Das ist aber ein enormer Aderlaß, daß man ab jetzt nicht mehr mit gutem Gefühl auf die Kommunisten schimpfen kann.

In Wirklichkeit: Man kann es noch mehr. Und in noch mehr Wirklichkeit: Man sieht, wie wenig Sinn es macht, jemanden einen Kommunisten zu schimpfen. Was ich natürlich immer schon gewußt habe.

<Bei den Kommunisten fällt mir ein, bei den Kommunisten und meinem Vater: Ich lege hier eine Liste der 1957 Hingerichteten bei. Am 19. Januar wird József Dudás hingerichtet, Leiter des Nationalen Revolutionsausschusses, János Szabó wird hingerichtet (Onkel Szabó), Leiter der Aufständischengruppe am Széna-Platz, am 26. Juni werden hingerichtet Ilona Tóth, Miklós Gyöngyösi, Ferenc Gönczi und Ferenc Kovács, am 20. Juli werden die im Prozeß im Zusammenhang mit dem Miskolcer Volksgericht verurteilten Géza Balázs, László G. Tóth, Zoltán Szász, László Lengyel, Ferenc Komjáti, Dezső Sikó und Zoltán Nagy hingerichtet, am 12. August begeht in der Untersuchungshaft Attila Szigethy Selbstmord, inhaftierter Leiter des Transdanubischen Nationalrats, am 10. Dezember wird Major Antal Pálinkás (Pallavicini) hingerichtet, einstiger militärischer Koordinator der Widerstandsbewegung von Bajcsy-Zsilinszky, der den Fürstprimas József Mindszenty während der Revolution nach Budapest begleitete, am 21. Dezember stirbt in der Haft Géza Losonczy, nachdem die Behörden es bewußt unterlassen haben, Schritte zur Erhaltung seines Lebens zu unternehmen, am 30. Dezember wird László Iván Kovács, erster Befehlshaber der Aufständischen der Corvin-Passage, hingerichtet, am 31. Dezember die im Prozeß im Zusammenhang mit dem Mosonmagyaróvárer Volksgerichtsurteil zum Tode verurteilten Árpád Tihanyi, Lajos Gulyás, Imre Zsigmond und Antal Kiss.>

An meinem Namenstag erhielt der Oberleutnant den Bericht über Sz. U., nichts Interessantes und nichts Negatives. – Ob er ordentlich heimkehrte zum Namenstagsessen? Oder hat er sich einen Obstler reingeschüttet, einen nach dem anderen, um nicht an Lux-Espresso, den Oberleutnant und sich selbst denken zu müssen? [Ich sage zu Gitta: Ich stelle eine Liste aller Espressobars zusammen, in die sie meinen Vater gejagt haben, wo er sich mit denen zusammenkuschelte, und wenn ich sie nicht mehr zusammenkriegen sollte, gibt es sicher jemanden, der Bescheid weiß, Péter Lengyel oder Imre Kertész kennen die Stadt gut, ich gehe in jedes einzelne und trinke einen Obstler, irgendwas, dann komme ich mit dem Taxi nach Hause, würge ein wenig, und du legst mich hin, packst mir ein nasses Tuch auf die Stirn. Gut, sagt Gitta schlicht.] <Aktion aufgeschoben, weil mein Rücken nicht mitmacht. Mein Körper. Mein Körper, das Ferkel, wie Gruber sagt (unter anderem in »Eine Frau«, S. 47). Das Schweindl sträubt sich. »Da werden wir noch ganz andere Saiten aufziehen, wenn er glaubt, er kann mich papierln! Yoga-Übungen statt Gulasch! Drei-Tage-Wanderungen statt Wirtshaussitzungen! Hallenturnen statt Verhackertbroten! Radfahren statt Fernsehen! Sauna statt Sex! Obersteiermark statt Toskana! (...) Wenn er frech wird, schick ich ihn (...) zur Urania, zum Anfängerkurs für Bauernmalerei. Bleibt dann noch ein Rest von Aufmüpfigkeit, dann nehmen wir Immanuel Kant durch, Seite für Seite, besonders den kategorischen Imperativ. Wir werden schon sehen. Jetzt lacht er noch, aber wart's nur ab, bis wir zurück sind!« Aber ich werd's tun.>

<Am 4. Juli 1957 wird das gegen Gyula Obersovszky und József Gáli erlassene Todesurteil als Resultat des weltweiten Protestes vom Präsidialrat in eine Haftstrafe umgewandelt.>

Zum 13. Juli wurde ein Treffen im Paris-Espresso vereinbart. Der Bericht spricht von einem ehemaligen Gendarmeriehauptmann: Auf meine Frage bezüglich seiner Rolle bei den Oktoberereignissen antwortete er, er sei zwei Tage Nationalgardistenkommandant

gewesen, um das Überhandnehmen randalierender Elemente zu verhindern, sei jedoch zurückgetreten, als er sah, daß die Leute trinken und »grölen«.

Papa sieht hier so aus wie eine Marionette. Als würde er sich auf ein Gespräch nur einlassen, um diese schäbigen Berichte schreiben zu können, die aus nur wenigen Zeilen bestehen, selbst in dieser Hinsicht wertlos sind, nichtssagend. Oder klein. Nichtse.

Nicht Nichtse. [Ein Bericht ist nie nichtssagend. Nie sagt er nur nichts. Auch wenn er leer ist, sagt er etwas aus. – Vor mehr als fünfundzwanzig Jahren schrieb ich in der »Spionnovelle«, ohne zu wissen, daß ich zwischen den Hörnern das Euter traf: »Was im Bericht ist, ist zweitrangig. Wichtig ist das *ist*. Die Ist-heit. Auch ein blindes Huhn ist mal sein Korn.« – Dieses »ist« mußte ich in den Fahnen mindestens dreimal korrigieren.]

Maßnahme: Hat keine weitere Aufgabe erhalten, da er dem zuständigen Bereich zu überstellen ist. Man schiebt ihn hin und her. Anstelle von Varga trifft er sich jetzt zweimal, am 7. und am 10. September (neue Besen kehren gut), mit einem Leutnant, István Tullner, im Paris-Espresso.

10. IX. 1957

Der Geburtstag meines Bruders György. Aktenvermerk: Ich melde, daß ich mit dem Agenten mit dem Decknamen »Csanádi« gerade tritt Gy. (nicht mein Bruder!) an meinen Tisch heran, ich krieche in den Text hinein, tue so, als ob ich ihn nicht sähe; ich bin ein großes Als-ob, nichts anderes; diese Texte abzuschreiben ist wie eine Pönitenz; Rosenkranz; langweilig und notwendig; wie ich Wort für Wort im Elend meines armen, armen Vaters herumtappe; so anders ist es, sich etwas vorzustellen, zu durchdenken, als zu erfahren, daß es tatsächlich auch so ist! am heutigen Tag einen Treff durchgeführt habe. Erneut erstattete der Agent bei diesem Treff keinen Bericht. Auf meine Frage äußert er sich, daß er es nicht für notwendig hielt, die von ihm beobachteten Äußerungen festzuhalten, da ein Artikel in der heutigen »Népszabadság« mit seinen Erfahrungen völlig übereinstimmt. Ein klasse Spruch, geistreich, frech. Vielleicht versucht er jetzt aufzuhören. Der erste Schreck konnte vorüber sein, und er kommt zu sich. Vor mir liegen drei weitere dicke Dossiers, so daß ich das Ergebnis seines Versuchs vorhersagen könnte. Diese Behauptung des Agenten deckt sich nicht mit der Wirklichkeit, da sich in seiner Gesellschaft Personen befinden, deren Ansichten zu einzelnen politischen Fragen, wie frühere Hinweise zeigen, in vollem Maß anders ausfallen.

Ich machte ihn darauf aufmerksam. Wie denn? Ich mache Sie darauf aufmerksam. Und überhaupt, haben sie sich gesiezt, geduzt? Bei dem Treff brachte ich in Erfahrung, jetzt kommt Gy. von der Zigarettenpause zurück, schon vorhin habe ich, verblüffend listig und erfindungsreich, ein Blatt Papier auf das Dossier gelegt, damit dessen Nummer nicht zu sehen ist – es ist elend schwer sich zu fürchten, wenn man nicht weiß, wovor man sich fürchten muß, denn ich fürchte mich vor allem wahllos –, jetzt, als er die Tür öffnet, weht der Wind das Blatt hoch, schnell lege ich mein Notizbuch darauf: Die Angst ist ermüdend daß der Agent die Gelegenheit ergreift, keinen schriftlichen Bericht zu geben, er will seine Person nicht kompromittieren. Nach meiner Feststellung war so seine Einbindung nicht angemessen durchgeführt, des weiteren wurde er in seiner bisherigen Führung allzu locker gehalten. Fick dich T Ich erachte es als notwendig, daß wir uns in nächster Zukunft länger mit dem Agenten befassen.

Locker gehalten: wie ein Tier, ein Hund. Damit hat es jetzt auch seine Ordnung mit dem Hundemotiv aus der »Abschiedssymphonie«. Daß in Mittel(ost)europa Intertextualität so funktioniert, wußte ich (theoretisch) auch schon vorher. Du hast

Verfolgungswahn, weil du verfolgt wirst. Er war zu dieser Zeit achtunddreißig, ich hatte 1988 dieses Alter. Er hatte vier Kinder, 7, 6, 4,1 Jahr alt, ich habe auch vier, 13, 11, 6, 1 Jahr alt. Wie der Dichter sagt: Aber neben den Unterschieden gibt es auch noch andere Ähnlichkeiten.

Im Bericht vom 23. IX. gibt es ein paar zwei-, dreizeilige Notizen über Aristokraten, unter anderem über Onkel Gy. B. Ich erinnere mich an ihn, er war ein freundlicher Mann vom Typ Gothár, gebrechlich, wir waren ein paarmal bei ihm am Béke-Strand. Hier, bitte, der Agent schreibt: Zur Zeit ist er Bootsmeister am Római-Ufer, am Béke-Strand, wo er auch lebt, politisch ist er völlig passiv. Auch am 7. X. über ihn: Als ich ihn zum zweiten Mal aufsuchte, war er gerade im Aufbruch, darum lud ich ihn zu Besuch ein, er kündigte sein Kommen zum Ende der vergangenen Woche an, was jedoch nicht geschah.

Oder doch kein ewiges Herumzerren, sondern er lebt sein Leben, lädt seinen Freund (?!?) ein und tut hier so, als hätte er ihn eingeladen, um berichten zu können? Auch in Csurkas Bekenntnis war das Überraschendste vielleicht, daß er quasi auf Befehl beim Pferderennen setzte. Daß seine linke, verantwortungslose, verspielte Seite (und sein Image), die an ihm der sympathischste Zug war (und die stärkste innere Triebfeder seiner frühen Novellen), eine Polizeiidee ist, oder zumindest ein Teil davon. Heisenberg sollte man in diesem Zusammenhang vielleicht nicht erwähnen, aber die Beobachtung verwandelt sichtlich den Beobachter.

Der Alltag eines Agenten; am 21. Okt. werden sie sich um 11 Uhr im Café Művész treffen, Aufgabe: Mit K. L. in Leányfalu Kontakt aufnehmen. Und sehet das Wunder, laut Bericht vom 21. Okt. haben wir die betreffende Person aufgesucht. Doch weder er noch seine Frau waren zu Hause. Am Nachmittag gelang es ihm, mit der Frau zu sprechen; also hatte er dort den ganzen Tag herumgelungert.

Hiermit melde ich, daß die Zs. Móricz-Straße und die Visegrádi-Str. ein und dieselbe sind, letzterer ist ihr alter Name. Das ist entsetzlich. Das liest sich jetzt schlimmer, als wenn er jemanden denunziert hätte. Jetzt keine T, obwohl mir danach ist. Weder S noch T. Nichts ist, nur dies. Auswertung: Agent hat die Aufgabe erledigt. Im späteren werden wir von ihm mehr Strebsamkeit und gründlichere Arbeit einfordern. Recht so.

Schon zwei Tage später, am 23., treffen sie sich wieder im Café Művész. Da kann ich mich künftig auch nicht mehr hinsetzen, ohne daran zu denken. [Ich konnte es. Der Mensch ist zum Vergessen verurteilt.] An einem Tisch saß Mándy, an einem anderen mein Vater. Letztendlich schrieben beide Berichte, der eine für den Herrgott, der andere für den beschissenen kleinen Oberleutnant. Jetzt T.

Der Bericht über diesen Tag enthält eine glückliche Wende: Im Asylgebäude bei Szentendre suchte ich den damals dort als Zapfer arbeitenden J. L. auf. Er kam später oft zu uns, wenn mein Vater und seine Freunde eine Party geschmissen haben. Seine Augenbrauen waren exorbitant, kräftig, schwarz, buschig. Üppig, um nicht drum herum zu reden. Nach meiner Erinnerung redete er immer zu laut, war wie eine Parodie, eine historisch ungerechte Aristokratendarstellung in einem ideologisch sich kämpferisch gebenden ungarischen Film aus den 50er Jahren. Er schien immer bester Stimmung zu sein, lachte viel, wieherte und schlug sich dabei auf die Knie. Ich sehe ihn vor mir, höre ihn. [Wie gut, daß auch er schon tot ist. Sie besprechen es dann schon oben oder unten oder nirgendwo.] Und der unerwartete Zufall (blinder Agent findet auch ein Opfer): Er sagte über eine zuletzt ankommende Touristengruppe, daß das K. L. und seine Familie sei. Usw.

Usw.: Ich hatte es plötzlich satt. So satt, daß ich fast keine Luft mehr bekam. Gegenhalten!

Am 26. Okt. erneut im Café Művész. 21., 23., 26., gütiger Gott! Wir aber warteten auf ihn, warteten nur, nahmen devot das Zittern unserer Mutter an. Dieses Warten voller Einschüchterung, ob er beschwipst sein wird, und wenn ja, wie sehr. »Gestern haben wir deinen Vater in der Schnellbahn gesehen, er schlief.« Der Bericht des Agenten ist kurz und inhaltslos. Wir führten mit ihm ein längeres Gespräch über seine bevorstehende Arbeit. Der Alte versucht es. Und wie hoffnungslos es aussieht. [Ich habe viele Stasigeschichten gelesen, alle versuchen es irgendwann einmal, geraten quasi in eine schöpferische Krise, dann bringen Angst, Drohung oder Erschöpfung sie mit neuem Schwung weiter. Oder sie steigen, seltener, aus.] Als Aufgabe erhielt er, über seine näheren Bekannten eine umfangreiche Charakteristik zu liefern. Als würden wir ein Training abhalten. Ich erinnere mich, zehnmal bis zum Sechzehnmeterraum, dann zweimal bis zur Spielfeldhälfte, und danach ein Vierhundertmeterlauf: tödlich. Kein Mensch hält das durch. Und dann das Ganze noch einmal.

1. Nov., 8. Nov., 12. Nov., das ist zuviel. Soll sich ein bißchen ausruhen dürfen. Bitte meinen Papa ein bißchen in Frieden lassen. [T Sieh an, neue Tränenplätze entstehen. So langsam könnte ich mich bei László Darvasi melden, er soll mich nachträglich in seinen Roman »Die Legende von den Tränengauklern« aufnehmen, oder wenigstens in die deutsche Ausgabe, Suhrkamp Verlag.] Da habe ich ihn im Roman doch schon längst gerettet.

Berichte, vor allem über ins Ausland gegangene Aristokraten, glanzvolle Familiennamen der ungarischen Geschichte. Leidenschaftsloser Vortrag bekannter Daten, aber wohl wahr, auch Varga ist zufrieden. Aber schon einem solchen »guten« Bericht sieht man an, wie beschädigt vieles wird, wie schamlos und geschmacklos

das alles ist – und vor allem, wie er von Nichtigkeiten Rechenschaft ablegt, wie zuletzt von den beiden Straßen oder einer
Wortwendung. Hierauf sagte ich – auf die Zeit zwischen dem
23. Okt. und dem 4. Nov. zielend –, daß ich mich freue, daß er die
kritischen Tage problemlos überstanden habe, woraufhin er nur
soviel antwortete, daß sie seiner Ansicht nach gar nicht »kritisch«
gewesen seien.

Am 12. Nov. besucht er die J. P.s, die um ihre Tochter trauern.
Und der Agent fragte seiner Aufgabe entsprechend nach ihrer anderen Tochter, die mit A., dem Sohn des ehemaligen Ministerpräsidenten M. K., verheiratet war. Taktvoll würde ich ihn nicht
nennen.

Zum Dezember haben wir einen neuen Leutnant, Sándor
Vörös. (Ein klingender Name. – Ich sehe immer noch von oben
auf sie herab, dabei wäre es wirklich nicht nötig, ich habe keinen
Grund: ein reiner Reflex.) Vermerk: Für den Agenten ist es
schwer, den Kontakt zu halten, da er aus Budapest nach Leányfalu zu ihm rausfährt. Zu K. L., von dem ein persönliches Dossier
angefertigt ist, deshalb der Nachdruck. Er ist der Ansicht, K. L.
hat betreffs unseres Agenten kein Vertrauen.

Jetzt geht Gy. Ich blicke nicht auf (ich schreibe gerade dieses).
Ich denke, er weiß, daß ich's weiß.

25. I. 1958

Wenigstens über Weihnachten hat man ihn in Ruhe gelassen.
[Am 9. Januar ist der Altphilologe Árpád Brusznyai hingerichtet worden, und am 15. Januar im Prozeß im Zusammenhang
mit dem Mosonmagyaróvárer Volksgerichtsurteil die zweite
Gruppe der Verurteilten, Gábor Földes, Oberspielleiter des Kis-
faludy-Theaters in Győr, László Weintráger und Lajos Cziffrik.]
Die Familie kam zusammen, wie seit jeher und seitdem auch, wir

beteten, sangen, Wunderkerzen; meine beiden kleineren Brüder dachten noch, daß das Jesulein den Christbaum bringt, György und ich machten uns schon Gedanken, wollten uns aber noch keine Gedanken machen. Wir paßten auf unsere Unschuld auf, wollten auch den Baum nicht schmücken. Mein Vater spielte zauberhaft Klavier: Stille Nacht. Um Mama zu überraschen, hatte er uns im Dezember den deutschen Text eingepaukt, »allesz sléft, einzam vaht, nur der hejlige«, wir sangen ziemlich falsch, vor allem ich. Uns überraschte es immer wieder, daß er Klavier spielen konnte. Ich sehe seine Finger, keine Pianistenfinger, seine sind kräftiger, wie die eines Arbeiters, wie sie so über die Tasten hasten. Kein Gould, aber unschlagbar. Vermerk: Agent kann für uns keine angemessene Arbeit leisten, da er aus der Gemeinde Csobánka in die Stadt gezogen ist und so den Kontakt mit den uns interessierenden Personen nur selten oder überhaupt nicht halten kann.

Trotzdem muß er weiter <inzwischen beginnt, am 5. und 6. Februar, der Geheimprozeß gegen Imre Nagy und seine Gefährten im abgetrennten Trakt des Gefängnisses und Gerichts in der Fő-Straße; am 18. Februar jedoch erläßt eine Verordnung des Präsidialrats in breiterem Umfang die Genehmigung zu handwerklichen und gewerblichen Tätigkeiten, die Welt der Privatwirtschaft beginnt, man röstet nun die Zwiebeln unterm Gulaschkommunismus, nein, nicht röstet, nur dünstet, »die Vergeltung konsolidiert sich«>, im Sinne der erhaltenen Anweisung fragte ich sie nach ihrer Meinung über die außen- und innenpolitische Lage. Fade, wie sich Auswertungen, Vermerke und Aufgaben wiederholen. Anläßlich seines Besuchs soll er diese Personen in seine Wohnung einladen. – Ich erinnere mich nicht.

Vermerk: Agent erhielt diese Aufgabe, da T. M. Agent des Kreises Szentendre ist und unserer Kontrolle untersteht. Richtig. [Jetzt kann man in der Zeitung lesen, daß Bischof László Tőkés im Gegensatz zu seit langem kursierenden Gerüchten kein Agent gewesen ist. Ist das gut. Wenigstens er war es nicht. Wie gefährlich und hoffnungslos das alles ist. Wie es an einem festkleben kann, ohne daß ... Schon allein deshalb muß dies veröffentlicht werden.]

Der Agent erklärt, daß er die Beobachtung der horthyistischen Offiziere nicht ausführen konnte, weil seine Frau und seine Kinder erkrankt sind. Aber gewiß doch, die Familie geht vor! Beziehungsweise: Gott, Vaterland, Familie – und erst danach der Verrat. Er wird mit irgendeiner Aufgabe in Budaörs betraut und zum 20. März in die Konditorei Mecsek zu einem Treffen bestellt.

21. III. 1958

Gemäß der erhaltenen Anweisung suchte ich den ehemaligen Feuerwehrhauptmann J. K. in Budaörs auf. Aus dem Text geht hervor, daß wir mit ihm gemeinsam nach Hort ausgesiedelt waren. Es verschlägt mir die Sprache. Der Bericht ist in operativer Hinsicht nicht interessant.

Jetzt trat ein Forscher ein, ein hiesiger. Wie viele Forscher! Sie arbeiten auf, blättern die Dossiers durch. Dann wird ihnen über kurz oder lang auch dieses in die Hände geraten. [Was wäre, wenn es *jetzt* irgendwie durchsickerte? Schade. – »Mein Vater forderte seine Kinder auf, Sätze über ihren Vater zu sagen. Genauer: wenn sie einen Satz (ein Wort, eine Geschichte) sagen müßten, welcher dieser sei. (...) Sie schwiegen. Sie verstanden kein Wort. Mein Vater versuchte, ihnen zu helfen. Nehmen wir zum Beispiel, er stirbt, und was ihr dann, was ihr dann sagen würdet. Schade.« (S. 401)]

31. III. 1958

Erkennbar und zuverlässig, diese Welt, ich lese auf einem vergilbten Zettel, was Aufgabe ist und sein soll, und auf dem nächsten sehe ich, sie ist es geworden. Wir zogen wieder nach Budaörs, nicht gerade in der Nähe von Római-Bad. Ich fragte J. K. nach seiner Meinung darüber, daß Bulganin zurückgetreten und Chruschtschow sowjetischer Ministerpräsident geworden ist; schon immer habe ich die geschätzt, die das Semikolon organisch zu setzen verstehen; das Semikolon ist eine ernsthafte, eine europäische Gattung wie sich zeigte, wußte er am auf das Ereignis folgenden Nachmittag noch nichts davon. Auf meine Verwunderung hin sagte er, daß Politik ihn nicht interessiere, seine oberste Ambition sei es, seine vier Söhne ordentlich zu erziehen.

Vier Söhne ordentlich zu erziehen – T, ich stutzte und wollte so fortfahren, daß das aber wirklich keine allzu große Ambition ist! Oder eine andere Fortsetzung: Was weißt du schon davon, Alter! Aber hier ist kein Platz für Scherze. Wir vier Knaben sind ordentlich erzogen worden. [T]

2. IV. 1958

Wie häufig wieder! Vermerk: Agent bemüht, in letzter Zeit aktiver zu sein. – Erfordert jedoch immer noch strenge Führung und Erziehung. – Scheiße, knurre ich während des Abschreibens und schreibe es sofort auch und denke (ebenfalls sofort) daran, daß ich es jetzt nicht – nicht mehr! – realistisch festhalten müßte, dieses ewige Geknurre und Überraschtsein. Als könnte ich mich nicht damit abfinden, als würde es mich wieder und wieder überraschen. <Bei der Lektüre der Stasispitzelgeschichten sah ich, daß andere es auch überlebt haben, als sie die Akten lasen, auch Vera Wollenberger hat es überlebt, daß ihr Mann über sie berichtet hat, und auch Schädlich hat das mit seinem Bruder überlebt. Bei mir hat sich eine gesunde kleine Abgestumpftheit entwickelt.> Aufgabe: Der Kontakt zu seinen klassenfremden Bekannten ist weiterhin zu halten und über sie alles im Detail in Erfahrung zu bringen. Die klassenfremden Bekannten – s. wie oben,

schön der Reihe nach, nur jetzt gelingt es mir, mich zurückzu-
halten. Doch nicht: Sch …!

Also sehr viel davon ist nicht auszuhalten. [O doch, Engelchen. Alles.]

<Nach diesem Bericht, unabhängig von ihm, wie es scheint,
wurde zwischen dem 16.4. und dem 18.4. József Szilágyi unter
dem von Ferenc Vida geleiteten Volksgerichtshof des Obersten
Gerichts zum Tode verurteilt. Am 22. April wurden die im Prozeß der Bagoly-Gruppe zum Tode verurteilten Géza Pech,
László Bagoly, József Gerlei und Béla Békési hingerichtet.>

24. IV. 1958

Der Bericht ist in operativer Hinsicht ohne Wert, da darin nur
von Familienproblemen die Rede ist. Klingt wie eine böswillige
»Harmonia Cælestis«-Kritik. Der Agent wurde an diesem Tag
übergeben Waisenkind, eine Schachtel Pralinen an den Genossen Oberst Tóth, der ihn auf anderer Linie einzusetzen hat. Nun
haben wir einen Oberst bekommen! <Am selben Tag wurde
József Szilágyi hingerichtet.>

Erstes Treffen (ich habe vergessen aufzuschreiben, wann) mit
Tóth im Sziget-Espresso. Ein Halbsatz im Bericht: ihn habe ich
über meinen Vater kennengelernt. Wie in einem solchen Text das
Wort Vater hervorsticht. Eine Provokation, eine offene Obszö-
nität. Als hätte (könnte haben) ausschließlich ein ordentlicher
Mensch einen Vater. Ich habe die letzten zehn Jahre mehrmals
auf diesen Effekt gebaut. Aber daß er auch …!

Tóth, unzufrieden: Agent gibt noch nicht auf das Zufrieden-
stellendste Bericht. Er liefert immer noch oberflächliche Berichte. Früher hat man das auch mir vorgeworfen. »Tiefer schür-
fen!« Ja, aber: »Wie seicht die Tiefe ist« usw. Entschuldigung:
Mein Füller eilte nur voraus (Füllersucht). Jedoch kann er nicht

auf Wohnung gebracht werden, da er nicht hinreichend überprüft ist. Kleine ungarische Pornographie allenthalben!

Bisher hat keiner unserer Berichte sog. Maßnahmen nach
sich gezogen.

6. V. 1958

Jetzt schreibt Tóth. Daß wir keine Stimmungsberichte lieferten,
was wir damit begründeten, daß wir nichts haben, nirgendwo gewesen sind, niemanden trafen. (Er hat zu Hause an der Schreibmaschine gesessen, wir haben mit ihm vor dem Haus Fußball
gespielt, er hat Markknochen besorgt usw. Er lebte sein Leben.)
Allem Anschein nach sind wir noch stur. Wir waren noch nicht
völlig im Arsch. Oder geht »völlig« sowieso nicht?

Dann führte ich ein Gespräch mit ihm, im Verlauf dessen ich
Folgendes feststellte. Der Genannte lebt ein sehr eingeschränktes
gesellschaftliches Leben. Hauptsächlich seit er verheiratet ist
und vier Kinder hat, die alle sehr klein sind, gehen sie nicht aus.
Zum Teil, weil sie mit den Kindern nirgendwo »einbrechen« wollen, Vaters Ausdruck andererseits gehen Ehemann oder Ehefrau
allein nicht aus. Später änderte sich das, Ehemann ging allein. Im
folgenden gibt Tóth dem Agenten Tips, wie man einen großen
Bekanntenkreis aufbauen könne.

<Vier Tage danach, am 10. Mai, werden die im Prozeß gegen die
bewaffneten Widerstandskämpfer vom Schloß Schmidt zum
Tode verurteilten Lajos Pércsi, Lajos Csiki und Ferenc Erdősi hingerichtet.>

Wieder packt mich die Ungeduld, kleine Meldungen, Winzigkei-
ten, 20. Mai, 5. Juni. Einmal Sziget-Espresso, halb neun. Wie früh
der Tag beginnt! Zum Treff fertigte er keinen Bericht an, doch
Tóth ist nicht unzufrieden.

Das Telefon klingelt, guten Tag, Herr Eörsi, höre ich. (Beziehungsweise zu hören ist nur őrschi.) Wieder die Angst. War es doch ein Fehler, hätte ich nicht herumfragen dürfen? Maul halten und weiterdienen. (Von wem kenne ich den Satz? Bingo.) Wäre nicht vielleicht dieses aus Kenntnissen und verschmierten osteuropäischen Mutmaßungen gemixte Pseudowissen besser gewesen? O weh, was wird daraus!

Agent erfüllte den Auftrag nur teilweise, da sein Sohn erkrankt ist und seine Frau auch. Ich hätte ihm eine Bescheinigung geben müssen, so wie er mir. Es gab drei Versionen: leichtes Kopfweh, vorübergehendes Unwohlsein, Nasenbluten. [Unvermittelt dachte ich an den plötzlichen Tod – puff, und weg bist du. Das bitte nicht. Als handelte es sich um ein ordentliches Buch: Laßt es mich noch beenden! S]

Vermerk: Agent erstellt seine Berichte viel zu oberflächlich. Deshalb müssen die Treffs so ausgewählt werden, daß wir uns mit ihm befassen und ihn seine Berichte umschreiben lassen können. Was er dann noch erzählt, muß man ihn aufschreiben lassen, da er seine Aufgabe erfüllt, aber nichts aufschreibt. Das zum Beispiel unterscheidet ihn klar von mir, ich schreibe alles auf. Gerade das wäre ja meine Aufgabe. Oh, oh. Maßnahme: Ich nehme Verbindung mit den Ermittlern des III. Bez. auf und bespreche mit ihnen die Kontrolle des Agenten hurra! wir wurden also doch abgehört?!, pardon und seinen Bewegungsspielraum, da er auf ihrem Gebiet lebt. Aufgabe: man muß zur Trauermesse des Fürsten Miklós Esterházy (unseren Namen schreibe ich aus) hingehen. Wie die Ávo Familiengefühle pflegt! Ein Fundament ist auch in der Hölle eines! Dadurch können wir erkennen, wer die in Ungarn lebenden Sympathisanten und Verwandten der Familie Esterházy sind.

<Dazwischen, zwischen zwei Berichten, der Imre-Nagy-Prozeß. Der Volksgerichtssrat des Obersten Gerichts setzt unter dem Vorsitz von Ferenc Vida und unter der Mitwirkung von Frau Péter Lakatos, György Sulyán, Kálmán Fehér und Mihály Bíró die Verhandlung des vertagten Strafprozesses fort. Die Anklage wird von den Staatsanwälten József Szalai und Miklós Béres vertreten. Imre Nagy wird zum Tode, Ferenc Donáth zu zwölf Jahren Haft, Pál Maléter zum Tode, Sándor Kopácsi zu lebenslanger Haft, Ferenc Jánosi zu acht Jahren und Miklós Vásárhelyi zu fünf Jahren Haft verurteilt. Die Hinrichtungen wurden am 16. Juni vollzogen.>

Zwar erledigte er seine Aufgabe, Bericht über das Begräbnis schildert aber kein Ereignis, das für uns von Interesse wäre. Dann eine Liste, wen er alles kennt, sehr oberflächlich, viele mir bekannte Namen, Onkel Oszi, P. V. Das war am 25. Juni, zum 2. Juli hat er seine Hausaufgabe nicht gemacht – warum schickst du sie nicht zur Hölle?! –, aber sie unterhielten sich, Tóth schrieb mit, von Onkel J. L. (nichts), aber daß der Agent mit seinem Kind (hallo, hier bin ich!) bei Tante E. S. in Pomáz war (ich erinnere mich) mit dem Ziel, es bei ihr im Sommer unterzubringen. S. hat einen großen Bekanntenkreis, der Agent könnte sich so nach Personen erkundigen (allerhand). Laut Tóth müsse man dem Agenten noch manches beibringen, er sei dem Berichteschreiben gegenüber abgeneigt. Er ist abgeneigt… <Ödipus ist seiner Mutter gegenüber abgeneigt.>
Haha, auf diesem Blatt wird Tóth von seinem Vorgesetzten zurechtgewiesen: Agent ist dem Schreiben gegenüber nicht abgeneigt, er will einfach nicht berichten. Agent kann nicht auf Wohnung gebracht werden. Es ist eine Situation zu schaffen, in der man ihn zum Schreiben bringt.

Ab hier werde ich später weitermachen, ich muß jetzt gehen. – Auf dem Nachhauseweg, in der Schnellbahn, das Heft auf dem Schoß. Einmal hat I., meine entfernte Tante (die nach der Lektüre von »Harmonia« sagte, sie habe sich wieder in meinen Vater verliebt), mir erzählt, es hat eine Zeit gegeben, in der man selbst deinem Vater vorgeworfen hat, mit dem System paktiert zu haben. Damals habe ich es so verstanden, sie habe gemeint, daß er '56 nicht abgehauen oder Journalist bei der »Rundschau« geworden war, das heißt, die pragmatische Haltung der ganzen Gesellschaft geteilt hat; nicht der Rede wert. Heute: Kann sein, daß sie *dies* wußten, aber einen Schleier darüber breiteten? Weil es nicht länger auszuhalten gewesen wäre? Und ich in meinem Größenwahn usw. plump am Schleier reiße? Plötzlich denke ich, es sollte nicht an die Öffentlichkeit. Oder wäre es doch das Normale, das Erwachsene, das Citoyen-Beispiel? Mir könnte man doch unmöglich ankreiden, ich wolle Vorbild sein. – Zum Teufel, ich habe meine Fahrkarte nicht entwertet. (Glück gehabt, der Kontrolleur hat sich hingesetzt, um zu plaudern …)

Die Sonne scheint. Bei Sonnenschein fallen mir die Fußballplätze ein, der Csillag-Berg und seine Fans, Onkel Béla, Herr Pék. Wie sie den Alten verehrt haben! Sogar uns haben sie deshalb mit anderen Augen angesehen. Was haben sie, was haben wir an ihm gesehen, welche Größe? Viele haben ihn geliebt, viele ihn verehrt, unter anderem auch der Verfasser dieser Zeilen. (Sehr lustig.) Man müßte sich mit jemandem über den Habitus der Schöpfung unterhalten.

Zu Hause angekommen, fiel ich wie ein Stein ins Bett und schlief. Ich wachte über meinem Zischeln auf: Jede Diktatur verrecke! – Allein schon das Lesen zersetzt einen! Nur zum Lesen begebe ich mich zur »Ávo«, und schon handeln meine Tage von nichts anderem, nur davon, ich nehme nichts anderes mehr wahr, ich weiß nicht einmal, wo ich wohne, nichts anderes bedeutet mir etwas. Wie erst wurde sein Leben zersetzt, dieses ewige Herumspringen, die wöchentlichen Treffen mit diesen Säcken, sie haben ihn reden, ständig herumschreiben, von da nach da laufen lassen. Nicht das ist das Nichts, wovon der Roman erzählt, sondern das hier. Es so durchstehen (das Leben, uns), ohne ein inneres Gegengewicht zu haben! Die Zwangsaussiedlung war hart, aber man konnte sie in moralischer Erhabenheit absolvieren (ach, das hatten wir ja schon, macht aber nichts), nun aber bist du ein Stück Scheiße, eine Null, du hast dich verraten, deine Prinzipien, dein Land, selbst deine Klasse – was für eine Kraft bleibt dann? Mein Gott.

Freitag, 11. Februar 2000
Gleich bring ich es.

Gut, und ich lächle, als ob ich lächelte. Als ob – und tatsächlich – der Morgen strahlen würde und ich käme – ich kam – die Eötvös-Straße entlang, vom Licht geblendet, manchmal mehrere Schritte mit geschlossenen Augen: goldener Morgen, was könnte mir schon passieren?

Als ob. Im Innenhof grüßt mich der Historiker M. K., stöbern wir, stöbern wir herum? Wir geben uns die Hand. So kann man's auch sagen, und mich befiel Angst. – Die Angst, die ich im Roman als kleiner Junge verinnerliche, ist mit dieser verglichen nur ein Kinderspiel. Auch wenn ich sie damals aufrichtig durchlitten habe, und es fiel mir schwer, aus dem kleinen erzählenden Ich einen Spitzel zu machen. (Obwohl ich beim Schreiben im wesentlichen nur Sätze zu denken pflege, und auch in diesem Fall war es nicht anders: Sätze, Sätze; dennoch.)

Jetzt zu den Dossiers, nachsehen, wie sich das Schicksal meines Vaters weiterentwickelt. Wir schreiben 1958, ich gehe in die zweite Klasse. Frau Viola ist meine Klassenlehrerin. Neulich, im letzten Sommer, traf ich sie an der Donau (ich hatte mir vorgenommen, jeden Tag an der Donau spazierenzugehen, nach anderthalb Jahren war das die erste Gelegenheit <jetzt habe ich mir's erneut vorgenommen>), sie ging mit ihrem Mann spazieren; sie wußten nicht, daß mein Vater gestorben war. (Hatte ich keine Anzeige geschickt?) Bei meiner Mitteilung schüttelten sie unzufrieden den Kopf. Fast hätte ich mich entschuldigt, daß ich nichts dafür könne, ich sei nicht schuld, nicht ich sei schuld daran. Woraufhin sie bestimmt mit dem Satz von Camus geantwortet hätten, daß man immer ein bißchen schuldig ist.

Wie stolz dein Vater auf dich war! sagte Frau Viola unvermittelt und lächelte mich an. Jetzt schüttelte ich den Kopf. So etwas hatte auch schon H. gesagt, daß er auf meine Bücher stolz gewesen sei; aber hier hat er es ganz gut für sich behalten.

Auch ich bin stolz auf ihn, antwortete ich Frau Viola, die mich duzt und die ich sieze, jetzt und für alle Zeiten, und der ich genauso lange, genauso ewig verbunden sein werde, denn ich werde nie vergessen, wie sie mich angeschaut hatte, als ich acht Jahre alt war, ich hatte schon glauben können, daß… nun, daß ich wenigstens liebenswürdig bin, ja stolz, antwortete ich, auch ich etwas unvermittelt.

9 Uhr 55: Ich fahre mit dem gleichzeitig primitiven und klugen Lamento des Vorgesetzten von Tóth fort: Obgleich er über Personen wie J. L. nichts berichtet, sicher müßte es buchstabengetreu wiedergegeben werden, aber beim Abschreiben korrigiere ich, wie ich sehe, automatisch, setze die Kommata, dabei ist, wie ich schon sagte, diese grammatische Zimperlichkeit lächerlich (lächerlich, aber typisch für mich). Nun also ein letztes Mal: Lernt ordentlich Ungarisch, ihr Hunde! teilt er über Frau S. wertvolle Angaben mit (möglich, daß sie nur eine einfache Frau ist), ich bemängele, daß er in diesem Zusammenhang keine Aufgabe

hatte. Sehr schade, daß die Befragung erschöpft ist. Man hätte ihn weiter forcieren müssen, als er über das Zusammentreffen mit L. redete, was das gemeinsame Problem und das Gesprächsthema war, das gleiche gilt für Frau S., woher ihre Verbindung zu Diplomaten und Aristokraten stammte? Die Auswertung ist schlecht. Die Maßnahme mangelhaft. Warum er diese Aufgabe erhielt, was wir von der Durchführung erwarten und wie er sie erledigen soll. – Sándor Bíró, Polizeimajor.

Ist die Welt erkennbar? Denn was geschah eigentlich? Genosse Bíró ist, übrigens, wir haben es gesehen, zu Recht, unzufrieden. Folglich zerren seine Untergebenen heftiger am Agenten, der auf diese Weise öfter von zu Hause weg ist, seine Erklärungen sind, wir sehen es, zu Recht, konfus, sein Atem riecht nach Alkohol. Meine Mutter denkt, zu Recht, nicht nur, sondern sie sieht, es liegt auf der Hand, daß Vater sein Wort nicht hält, er trinkt, hat nebulöse Geschichten (»Geschichten«). (Die gestellte philosophische Frage wird ein wenig kompliziert, wenn Vaters Hemdkragen auch noch mit Lippenstift verschmiert ist, denn das, teurer Sohn, könnte ich nur um den Preis ernstlicher Schwierigkeiten der politischen Polizei unterschieben.)

Zur Aufgabe bekamen wir die Observierung von Dr. O. S. – Der Onkel Oszi! Obwohl er, scheint mir, Parteimitglied war. Seine Tochter ist – war, denn sie ist tot, eine der mutigsten und selbstlosesten Frauen. Entschuldigung, Tilike. Dieses Wort ist mir nur entschlüpft, denn wer bin ich, daß ich um Entschuldigung bitten könnte. Dabei würde ich am liebsten alle, die meinem Vater unter die Feder kamen, um Entschuldigung zu bitten. Ich schrieb absichtlich nicht: unter unsere Feder. Einerseits *kann* ich sie gar nicht um Entschuldigung bitten, weil ich sie nicht zu einer Entschuldigung zwingen kann, ja nicht einmal zu einer Entscheidung, im Zustand der Abbitte habe ich zu sein, andererseits wollte ich meine *Feder* nicht einmischen, S, ich wollte, ja, so, meine Feder nicht beschmutzen.

Mein Vater hat sich beschmutzt. Sollen wir »die Schande wegwischen«? Man kann die Schande nicht wegwischen. Mein Vater, mein lieber Vater hat sich schändlich verhalten. Ich suche jetzt nicht einmal nach den Gründen, daß er zum Beispiel eine schwere Kindheit hatte, deshalb also, ich zeige nur, was ist. [Wir machen weiter, solange wir Rohmaterial haben, wen immer, was immer es kosten werde.] Ich komme im Stoff voran, und ich zeige, ja, das, was interessant ist. Aber das Interessante – und ich sage es gewiß zu meiner Rechtfertigung, beziehungsweise es *ist* meine Rechtfertigung – interpretiere ich ziemlich weiläufig.

<Ein Schreck, aus dem Amt für Geschichte kam ein Anruf, sie hätten weitere Unterlagen gefunden, über mich?, über uns, ob ich sie sehen möchte. Keineswegs möchte ich! Statt dessen sagte ich, selbstverständlich, wann kann ich kommen. Wir werden sehen. (Aus den Aufzeichnungen eines Blinden.)>

Am 17. Juli haben wir einen gewissen Sz. charakterisiert. Vermerk: Hat im Gespräch mitgeteilt, der Betreffende ist kein Feind, sondern ein ordentlicher Genosse. Ordentlicher Genosse?! Hat er es so gesagt? Auswertung: Der Bericht ist wertlos und nicht zu verwenden. Habe ihm erklärt, daß über einen solchen Genossen nicht berichtet werden muß. Die sind ja übergeschnappt! Die haben ihn ja selber damit beauftragt! Maßnahme nicht erforderlich. Mit Füller dazugeschrieben: Halte es für äußerst sonderbar, daß ein solcher »Genosse« sich derart zu einem Grafen hingezogen fühlt!

Das ist aber schon ziemlich fürchterlich: Sie setzen den Grafen auf ihn an, der deshalb angeraunzt wird, und jenen verdächtigen sie – deshalb. Zwei Fliegen – ohne einen Schlag. Sie verplempern

84

ganz schön Zeit. (»Diese verhurte Zeit müßte man ernster nehmen.«) Hingegen eine wichtige Lektion: ES GIBT KEINEN GUTEN (ORDENTLICHEN) BERICHT. Sehr gut, der Agent behauptet, daß der ein guter Genosse ist, woraufhin Verdacht geschöpft und die Person unter Beobachtung gestellt wird. Nicht vergessen.

Allgemeinheiten über Onkel Oszi. Habe Agenten belehrt, belehre du deine Mutter, nicht meinen klugen, armen, leidgeprüften Vater! T T Wenn mich jetzt jemand im Lesesaal beobachten würde, käme ihm das Augenreiben komisch vor, ich tue deshalb schnell so, als ob mir etwas ins Auge geflogen wäre – eine reife Bühnenleistung, ganz Mari Jászai. Was für eine pingelige Arbeit! Aber was ist die pingelige Arbeit? Ist Angst pingelig? Oder Sohn zu sein? Der Sohn meines Vaters zu sein, ist das pingelig? Oder nur eines Spitzels? – Das hatte jetzt mit kindlichem Übermut zu tun, ob ich es hinzuschreiben wage. Erstens: Ich wage es. Zweitens: Ich sollte gefälligst nicht so tun, als sei dies glanzvoll und kühn, denn wir sollten nicht vergessen, daß das hier, Spitzelsohn, nur graue, alltägliche Wahrheit ist daß er uns im folgenden nur diejenigen Kontakte meldet, die aus irgendeinem Grund unserem System gegenüber kompromittiert sind. Bericht nicht wertvoll. Nicht verwendbar.

[In einem Gespräch gestern nach der Lesung erklärte jemand, warum es dem Kellner im Roman an Haltung fehle, während diese der gräflichen Familie, die doch, nicht wahr, so vieles erlitten habe, wohl gegeben sei. Ich betrachtete den enthusiastischen und sympathischen Exegeten und dachte wollüstig daran, daß ich ihm dieses Buch ins Gesicht stemmen werde, da, nimm, da hast du Haltung! »Harmonia« hat dadurch, daß sie der leidenden Existenz, dem Leiden, Form verlieh, das Leben, das Leiden auch bezähmt. Mich stört das jetzt.

85

Dann noch eine sanft nach Rechenschaft verlangende Frage-
rei nach den sog. häßlichen Wörtern. Aber soll man sich doch
bitte umschauen. Und mir dann erst Vorwürfe machen wegen
eines wohltätigen fuck you. Ich arbeite mit dem, was es gibt.]
<Das ist zwar noch nicht unbedingt ein Grund ...>

6. VIII. 1958
Das Treffen findet auf dem Gellért-Platz statt, um 14 Uhr. Ein
Bericht mit sichtlichen Folgen. (Weil alle Berichte Folgen haben.
In nicht vernachlässigbarem Maß verderben sie die Welt. Nun ja.)
   Meine Aufgabe war die Aufzählung meiner Kontakte, die mit
dem Ausland korrespondieren, gegebenenfalls mit wem und wohin. Schöne Arbeit, klar, übersichtlich, drei Spalten, Name,
Adresse, Auslandspartner und Vermerk. – Wieder: seine schöne
Schrift! Wie ungut, sie zu sehen.
   Dies habe ich vom Agenten verlangt, um seine Kontakte er-
fassen zu können. Sein Bericht ist wertvoll. Ich träume, tändle
mit der Mitarbeiterin im Saal, die sehnsüchtig aus dem Fenster
blickt, ich sage ihr, sie schaue so sehnsüchtig hinaus, als wäre sie,
als wären wir im Gefängnis, woraufhin wir über das Wetter reden und unserer Hoffnung Ausdruck geben, daß langsam der
Frühling doch noch komme, dann verstecke ich mich wieder
hinterm Heft und sehe: Sein Bericht ist wertvoll. Ich schüttle den
Kopf, wo bin ich? Wäre ich schon geneigt, es für einen Traum zu
halten, denn es ist fast nichts, nur ein freundliches, freundlich
sein wollendes, leichtes, hohles Gespräch, dann diese vier Wörter
– es ist ein solcher Bruch, ein solcher Abgrund, daß derjenige,
der zwischen beidem steht, und das bin ich, daran zerbrechen
muß, prinzipiell. Das begann nicht als S, mündete aber darin, die
Genannten nehme ich in der Kartei 6/a [eine für das Verzeichnis
wichtiger Kontakte eines inoffiziellen Mitarbeiters dienende Kartei im Netzverzeichnis] ins Verzeichnis auf. (!)

Was seine Aufgaben betrifft, so verfaßt er am schwersten Stimmungsberichte. Er erklärt ständig, daß er es für Unsinn hält, was die Leute reden, und deshalb berichtet er nicht davon. So daß er jetzt keine andere Aufgabe erhielt als die, das Gesagte schriftlich abzufassen, ganz gleich, welche Meinung er selbst darüber hat. In seinem Bericht soll er festhalten, was, wo und unter welchen Umständen er das Gesagte gehört hat, und von wem.

Zwanzig Jahre später habe ich meine Mutter in ähnlichem Geist erzogen, als ich sie bat, ihre Träume aufzuschreiben, ohne jede Hinzufügung und Weglassung, nur das Geträumte, ohne Färbung, Wertung und Reflexion, mich interessiert nur, was ist. Und fünf Jahre später habe ich es dann, nicht wahr, in künstlerische Form gegossen (»Die Hilfsverben des Herzens«). »So geht das«. (Vonnegut). Über die Liebe hinaus ist die Dankbarkeit mein stärkstes und handgreiflichstes Gefühl meinen Eltern gegenüber.

Mir kommt ein Wort des Romans wieder in den Sinn, Kackmus, obgleich ich nicht suggerieren möchte, daß ich alles, was mir in den Sinn kommt, aufschreibe. Das ist auch gar nicht möglich. Naturgemäß wähle ich aus. Alles ist Form. Nur habe ich jetzt als Form die (zivile) Aufrichtigkeit gewählt, ich mußte sie wählen, und auch, was schon Konsequenz davon ist, daß für mich die sog. Wirklichkeit als Wirklichkeit anzusehen ist (nicht die Sprache), und daß ich ihr gegenüber die Treue erweise. – Aus dem Zyklus mit dem Titel: »Die Winseleien des armen kleinen realistischen Bengels«.

Auswertung: Sein Bericht ist gut, obgleich wir die Aussage bereits auch an anderer Stelle überprüfen konnten. Aber dennoch wertvoll, da wir sehen, daß Agent einen gewissen Willen zur Arbeit zeigt. Vielleicht ist das der Augenblick des Sichabfindens.

19. VIII. 1958

< Der Volksgerichtshof des Obersten Gerichts unter Vorsitz von Ferenc Vida verurteilte an diesem Tag Sándor Haraszti zu sechs, Gábor Tánczos zu fünfzehn und György Fazekas zu zehn Jahren Haft; und mein Vater erarbeitet den gewünschten Stimmungsbericht.> Er hat den alten W. aufgesucht, K. R. war gestorben [o ja, das schreibe ich aus, Károly Rassai, ein Freund meines Großvaters], darüber sprachen sie ... Er frischte einige alte Erinnerungen an ihn auf (über die gemeinsame Aktion gegen das Judengesetz), er hielt den Verstorbenen für einen Mann mit Rückgrat, er besuchte auch Tante Erzsi, meiner Meinung nach enthält der Bericht nichts Interessantes (?), doch Tóths Perspektive ist anders, breiter: er nähert sich schon der Form, wie ein Stimmungsbericht anzufertigen ist, Tóth ist ein feiner Literat, er weiß, daß Schreiben in erster Linie Form ist (...) sein Bericht ist gut und als Stimmungsbericht verwendbar.

Ich bin manchmal versucht zu springen, den einen oder anderen Bericht zu überblättern, sie gleichen sich. Doch mehr fesselt mich zu sehen, wie er Schritt für Schritt *da hineinrutscht.*

Das nächste Treffen wird im Százéves stattfinden. Seinerzeit ein gutes Restaurant. Leben können die! Als Gymnasiast bin ich acht, neun Jahre später einmal dort gewesen, als debütierender Lüstling, in concreto Freßsack. Ich sparte mir Geld zusammen und ging dann von Zeit zu Zeit (nach dem Unterricht) in ein gutes Restaurant (meiner Erinnerung nach erzählte ich davon nichts zu Hause). Einmal bestellte ich Obst zum Nachtisch, und man brachte mir einen Apfel (Starking) auf einem Teller, mit Messer und Gabel. Ich saß fast in der Mitte, an einem auffälligen Platz. Wage ich es? Wage ich es nicht? Wenn ich weiß, was erlaubt ist und was nicht, dann mache ich (in einem Restaurant), was ich will (weil ich selbstverständlich nichts wollen werde, was ich nicht kann), so nahm ich, wie es normal ist, den Apfel in die

Hand und biß zu. Zufrieden und ermunternd grinste ich den Oberkellner an, der mit keiner Wimper zuckte, er sah, daß alles in Ordnung war.

Zu berichten ist von den Feierlichkeiten des 20. August.

22. VIII. 1958

Statt dessen sagt er, aus familiären Gründen in der Umgebung von Oroszlány gewesen zu sein – er muß offensichtlich die Groß-mama in Majk besucht haben, wo wir die Ferien verbracht hat-ten, s. Seite 577 ff., lyrisch schöne Passagen über Liebe, Moral, Tradition, Vaterland –, dort wird er des öfteren, zum Beispiel in der Schenke oder auf dem Bahnhof (S. 688), von Arbeitern die Ansicht gehört haben, daß es richtig sei, wenn die heimkehren-den Emigranten (von 1956) nicht benachteiligt würden. – Darin mag ein feiner Humor stecken. Als wolle er sie schlau beeinflus-sen. Nur daß es an Raum (Menschen) mangelt, wo dieser Humor hätte zur Geltung kommen können. < Aus der Lektüre der deut-schen Publikationen weiß ich, daß dies allgemein gebräuchlicher Selbstbetrug war, nahezu jeder Spitzel versuchte es so, bezie-hungsweise war es hauptsächlich seine Selbstverteidigung. Aber auch hierzulande dürfte uns dieser »Ich-zersetzte-von-innen-her-aus«-Quatsch bekannt vorkommen ...>

30. VIII. 1958

Irgend etwas, nichts, nur der Satz, lernte ihn als sehr gewissen-haften, zu selbständiger Handlung jedoch ungeeigneten Men-schen kennen, nichtsdestotrotz laut Tóth aber verwendbar.

19. IX. 1958

Gellért-Platz. Auf meine Frage nach seiner Meinung zur Lage im Fernen Osten antwortete er, daß wahrscheinlich beide Seiten nachgeben und es nicht zum Krieg kommen würde. In der Schnellbahn sprachen zwei mir Unbekannte davon, daß die Bischöfe Endrei und Papp – wie sie sich ausdrückten – festgesetzt wurden. Ist nicht dieser Einwurf zwischen den Gedankenzeichen ein Schritt zu einem »wir« gegenüber dem »sie«? Sie drücken ihn, und er drückt sich in den Dreck, Zentimeter um Zentimeter.

Vermerk: (...) sprach mit seinen aristokratischen Bekannten, jedoch nicht in der Art, wie von mir mit ihm abgesprochen. (...) Im Gespräch ist auf die materielle Lage und die eigenen schwierigen Bedingungen einzugehen. Die Frage ist aufzuwerfen, ob mit denen ebensolche Benachteiligungen gemacht werden wie mit ihm? Er sollte sich also beklagen. Ich wiederum pflegte immer zu sagen, wir hätten ihn niemals klagen hören, und daß das für uns stets ein wichtiges Beispiel war.

30. IX. 1958
Zu diesem Zweck sprach ich mit Frau V. P., mit J. P., Gy. B. und Frau B. E., jedoch war erwähnte Person diesen nicht bekannt. Unter Nutzung der Gelegenheit fragte ich, was sie von der französischen Volksabstimmung erwarteten; alle meinten, de Gaulle werde gewinnen. (Das ist zwischenzeitlich auch eingetreten.)

Europa aus der Untersicht. »Unter Nutzung der Gelegenheit«: Hat er sich tatsächlich Tóth zuliebe in so idiotische Gespräche verwickelt? Kann mir gar nicht vorstellen, daß dies sein Leben *ausgefüllt* hätte.

Aufgabe: In ihren alltäglichen Gesprächen ist die politische Meinungsäußerung jener (?) Personen aufmerksam zu verfolgen und, ob gut oder schlecht, aufzuschreiben. Tóths poetische Konzeptionen quadrieren die meinigen. Mit besonderer Aufmerksamkeit sind die Wahlen und die fernöstliche Frage zu verfolgen. Sein Bericht hat vor allem die Meinung klassenfremder Personen widerzuspiegeln.

Spiegle wider, Alter.

7. X. 1958

Im Gespräch warf ich immer wieder die Frage nach den Wahlen auf. Im allgemeinen beobachtete ich kein großes Interesse daran, was in Csákvár vielleicht daran lag, daß Kirmes war und so das Thema mehr oder weniger unterging.

Stop. Halten wir hier einen Augenblick inne, erschüttert, an der Schwelle zum Brechreiz. (Draußen scheint die Sonne so *fröhlich*, daß sie beinahe sagt: Du lügst! So etwas gibt es nicht!) Wir verraten soeben unsere Diener an diese Dreckskerle (die im Prinzip die historische Wahrheit unserer Dienerschaft vertreten, beziehungsweise '58 auch im Prinzip nicht mehr). Ziemlich intelligent verraten wir sie, niemand kommt zu Schaden, selbst Namen fallen nicht, und doch ist es so, daß sie bei der Kirmes zusammen zechen, sie sind geehrt und ehren sich selbst, daß sie sich trauen, sich öffentlich mit »dem Gutsherrn« (seinem Sohn) zu zeigen, weil sie meinen Vater einfach gern haben, sie haben ihn gern, weil er liebenswürdig ist, auf dein Wohl, Matyi, auf deins auch, Dodó, T [T],<kommt nichts, keine Tränen mehr>, danach geht der Agent nach Hause, seine Kinder hängen an ihm wie Obst am Baum, was hat er mitgebracht von der Kirmes, seine Frau schnuppert mißtrauisch an ihm herum, auf der Suche nach fremden Gerüchen, der Agent setzt sich dann an seinen Schreibtisch, seid still, euer Vater arbeitet!, und er beginnt zu schreiben: Im Gespräch warf ich immer wieder…

Es tut weh. (Es gab einen Moment, als ich »Harmonia« damit beginnen wollte, dies sollte der erste »Numerierte Satz aus dem Leben der Familie Esterházy« sein: 1. Es tut weh. Doch dann entschied ich mich prophetisch für das elend schwere Lügen.)

Konkreter Stellungnahmen enthält er sich. Er entzieht sich der Gesellschaft seiner Klassenzugehörigkeit und zieht sich in den eigenen engen Familienkreis zurück. Deshalb kann er keine ausführlichen Berichte geben. Bei Treffs gewöhne ich es ihm stufenweise ab. Tóth also gewöhnte ihm den engen Familienkreis ab. Hätte Mama das gewußt... Oder wußte sie es? Anzeichen gab es nicht. Was wußte sie?

Es war Freitag, ich wurde mittags rausgeworfen und fuhr zu einer Lesung nach Eger. Irgendwie gerade Kraft schöpfend aus den neuen Ereignissen, bog ich nach Hort ab. Nach kurzem Zögern fand ich die Gereben-Vas-Straße, wo wir während der Zwangsaussiedlung gelebt hatten. Aber ins Haus hinein ging ich nicht. Das war damals noch eine klare Sache gewesen, eine reine Leidensgeschichte. Wieviel Schlamm! Schlammland. Ich schreibe dies in einem Restaurant zwischen Hort und Gyöngyös. Es stinkt. Der Gestank zieht in meine Kleidung, auch ich werde stinken. Auch die Küche stinkt, der Kellner stinkt, und auch die beiden Männer gegenüber (»aus dem örtlichen ÁFÉSZ«), die Kutteln fressen, stinken. Dies ist ein ziemlich stinkiges Land. Die Kutteln sehen gut aus, frisch, appetitlich. Wildfleischsuppe vom Mátra-Berg, auch die ist gut.

Sonnabend, 12. Februar 2000
Wer hätte gedacht, daß das Leben wie ein Roman ist? Ein billiger Politkrimi aus den Jahren des Kalten Kriegs. Und das alles ist so riesig und fürchterlich. Nein: klein und fürchterlich.
Warum. Warum. Warum. (»Wofür. Wohin. Wozu.«) (S. 846)

Montag, 14. Februar 2000
Ich eile ins Amt. (Wie in einem Entwicklungsroman, ich habe keine Lust mehr, Ávo zu sagen. Und ich verspreche, soweit sich keine außergewöhnlichen Gründe ergeben, auch meine Verfickte-Scheiße!-Seufzer gegen »tausend Kartätschen!« einzutauschen.) Gleich fange ich an, Cioran zu lesen, das Buch hat ein gutes Format, es paßt in meine Jackentasche.

Ich las von der Vergebung. Daß man dem Gegner vergeben kann, aber, wie Mauriac gesagt hat, *vergessen* kann man nicht. Nichts ist unlauterer als die Vergebung.

Ich arbeite gegen das Vergessen. Ich möchte nicht, daß die Sache meines Vaters vergessen wird, sondern daß man sie im Gedächtnis behält. Ich will auch keine Vergebung. (Wenn nötig, würde ich sie auf Knien erflehen. Wenn das die Lösung wäre.) Aber was dann? Nun... daß irgendwie alles sichtbar sein soll. Daß das ist, was ist, und daß es so ist, es sich herausstellte, daß es so ist.

11 Uhr 10. Ich sitze im Amt. Ich hätte am liebsten immer an demselben Tisch gesessen, mit der Eingangstür im Rücken (!), bisher glückte es, heute nicht. Abergläubisch sehe ich darin ein schlechtes Zeichen. Aus einer Telefonzelle an der Straße habe ich mit einem Freund telefoniert. (So langsam haben alle Handys, und nur ich werde noch Telefonzellen in Anspruch nehmen.) Ich sage ihm, daß ich den ganzen Tag in der Stadt bin. (Als käme ich aus der Provinz *hergefahren*.)

Den ganzen Tag?

Im Grunde ja, weil... ich vertrödle hier die Zeit... das heißt... das heißt, am Nachmittag hätte ich zwei freie Stunden, im Prinzip, aber...

Hab keine Angst, ich bin nicht neugierig auf deine Geheimnisse.

Gut.

Der lüsterne Mensch denkt bestimmt an einen Haufen Frauen und Männer, dabei habe ich doch bloß diesen Vater. Schön, daß ich einen Vater habe. Soviel Gutes verdanke ich ihm. T Auch wenn es mir als Erwachsenem nicht gelang... Was nicht gelang? Eigentlich nichts Wesentliches, nur das Übliche. Mit ihm zu reden. Obwohl ich es bewußt forciert habe, Einführen von sonntäglichen Mittagessen usw. Ihn um Rat fragen. Ihm näher kommen. Ihn umarmen. Ihm helfen. Ihm zu Hilfe sein. Das ist alles nicht gelungen. – Wenn er kein Rückgrat hatte und von innen her verfaulte, was hielt ihn dann zusammen? T Die Qual. Die unerlösbare ewige Qual. Das heillose Leid.

Nun denn, an die Maloche.

13. X. 1958
Meine Aufgabe war die Erforschung der Stimmungslage im Zusammenhang mit den Wahlen. In meinem Wohnort sprach ich mit Gy. B. und dem Gärtner F. T., die jedoch beide weder über die Nominierungsversammlung noch über die Kandidaten informiert waren. T. setzte noch hinzu, daß es ihn auch nicht weiter interessiert, da er nur arbeiten und nichts mit Politik zu tun haben möchte.

Vermerk: Bei dem Treff erzählt mir Agent, daß er nirgendwo hingeht. Er kann seiner Frau nicht erklären, wohin er geht, wenn er die vier Kinder bei ihr lassen muß. O ihr verfluchten dreckigen Hurensöhne! S T Kurze Zäsur beim Abschreiben. Schnaufen. Und nicht vergessen: noch tausend Kartätschen.

Auswertung: Als Stimmungsbericht brauchbar, obgleich dafür knapp. Maßnahme nicht erforderlich. Aufgabe: In bezug auf die Wahlen soll er Gespräche anregen und an Nominierungsversammlungen teilnehmen; darüber berichten. Und über die ehedem zwangsumgesiedelten Gefährten. (!)

Zum Ausruhen Cioran. Daß für die Gegner nicht die Niederlage entscheidend ist, sondern die Demütigung. Die Niederlage ist simpel, da kann man nichts machen, man kann wieder von vorn anfangen, aber die Demütigung ist ewig. Und: Céline war ein großer Schriftsteller, aus ihm wurde ein Fall, nicht weniger groß. Auch aus meinem Väterchen wurde ein Fall, nur ein kleiner.

17. X. 1958

Basilika, halb drei. Erst vier Tage vergangen! < An diesem Tag
und am Tag darauf wurden einstige Intellektuelle der Parteien-
opposition festgenommen, Ferenc Mérei, Sándor Fekete, András
B. Hegedűs, Gertrúd Hoffmann, Imre Kelemen, György Litván.>
Der Inf. (der Inf.: soviel ist mein Vater!) hat die Aufgabe nicht so
erledigt, wie ich es mit ihm besprochen hatte. Neben der Aufzählung der Namen war ihm auch die Charakterisierung der
Personen aufgegeben, was er jedoch nicht erledigte. Beim Treff
ließ sich das nicht mit ihm bereden, da er im Freien und bei strö-
mendem Regen stattfand. Hihi. »Der Regengott weint über Me-
xiko«. Aufgabe: Erneut mit ihm durchgesprochen, wie man die
Ansicht von Leuten zu einzelnen Fragen erfahren kann. Das ist ja
auch ein Beruf. Als er die Äußerung tat, es verstanden zu haben,
trennten wir uns. Wie bei einem Kind. Ihr Sohn ist im Unterricht
unaufmerksam, stört mit verstockter Konsequenz.

Man drückt ihn an die Wand. Jetzt bräuchte er Hilfe, egal woher, aus dem Himmel, von der Erde, oder von dazwischen.

Hier ist ein Beschäftigungsplan eingefügt, geschrieben von Tóth,
datiert auf den 20. Juni 1958. Polizeipräsidium des MdI. Abteilung
politische Ermittlung. Unterabteilung V. – Agent wurde am 23. Februar 1957 vom Gen. Pol.-Hptm. László Sümegi angeworben.
!!! – Die Zeitungen dieses Tages durchsehen, ob die Sonne da
überhaupt aufgegangen ist; der Tag des Verlustes meines Vaters
und seiner Verdammnis, ein Tag vor seinem Namenstag.

< Es war ein Sonnabend, was mich überraschte, wurde denn
auch am Wochenende gearbeitet? Erst später fiel mir ein, daß der
Sonnabend damals noch Arbeitstag war. Aus dem lustlosen Her-
umblättern in der »Népszabadság« vom 23. 2. 1952 erfahren wir,
daß

sich eine bulgarische Delegation beim Landesverband der Ungarischen Frauen aufhielt,

zum 39. Jahrestag des Bestehens der Sowjetarmee ein Empfang stattfand,

in der zweiten Dekade des Februars der Kohleabbau weiter gesteigert wurde,

Israel sich auch auf eine erneute Anforderung hin nicht aus Ägypten zurückzieht,

bei den Sparkassen die Lottokugel eintraf und die Vernehmung von Ferenc Gönczi begann, am dritten Tag des Strafprozesses gegen Ilona Tóth und Komplizen,

der Wasserstand der Donau bei Budapest 3 Meter 60 betrug und Tal die sowjetische Schachmeisterschaft gewann.

Von meinem Vater keine Zeile. Für ein Geschenk? fragt meine gute Bibliothekarin. Ich beginne albern zu wiehern. Ich werde es, mit Ihrer Erlaubnis, ins Buch aufnehmen. Sie zuckt leicht mit der Schulter, tun Sie's!>

Ein bißchen kitschig, aber mir fiel ein: Wie schön wäre es, wenn an diesem Tag so viele Leute wie möglich für ihn beteten! Obwohl, weiß der Teufel, eigentlich müßte man sich an den wenden, der es zu einem Teil seiner göttlichen Pläne werden ließ! Fast ist es so, als ob man die Ávo in den Rákosi-Zeiten bei der Polizei hätte anzeigen wollen. Nach seiner Anwerbung wurde er mit der Beobachtung von ehem. führenden Personen seines Beschäftigungsgebiets in der Gemeinde Csobánka betraut. Von hier siedelte er aber nach Római-Bad um. Sein Arbeitsplatz ist das Büro der Landeszentrale für Übersetzungen. Er ist nämlich mit Übersetzungen befaßt und Sprachlehrer für Deutsch, Französisch und Englisch. Nämlich. Obgleich nicht auf unserem Gebiet wohnhaft, hat er Kontakte bis in das Gebiet um Szentendre. Zwecks besserer Nutzung seiner Arbeit befasse ich mich in nächster Zeit wie folgt mit ihm:

1. Da er seine Berichte sehr oberflächlich abfaßt und in vielen Fällen wertvolle Dinge wegläßt, befasse ich mich bei Treffs in dieser Richtung mit ihm. Sofern seine Ausführungen von Wert sind, lasse ich sie bei den Treffs von ihm niederschreiben.

2. Innerhalb seiner Erziehung befasse ich mich mit ihm usw., es langweilt mich.

3. Ich lasse ihn kontinuierlich Kontakt aufnehmen zu usw.

4. Kontinuierlich lasse ich ihn schreiben usw.

Da er bisher kein konkretes Beschäftigungsfeld hatte und in dieser Arbeit o ja, es ist also Arbeit! neu ist, benötigt er mehr Zeit für die Erledigung einzelner Aufgaben als andere erfahrene Agenten, so daß ich ihn alle zwei Wochen treffe. (...)

< 24. X. 1958
Im Prozeß gegen die Führer des zentralen Arbeiterrats von Groß-Budapest wurden Sándor Rácz zu lebenslänglich, Sándor Bali zu zwölf, József Nemeskéri zu vierzehn, László Abod zu acht und Endre Mester zu vier Jahren Haft verurteilt.> Dem Bericht vom 28. zufolge besuchte er Tante E. S., ich begründete meinen Besuch damit (!), daß ich ohnehin in Pomáz war und von meinen Kindern erzähle, tausend Kartätschen!, er kam auf die Wahlen zu sprechen worunter sie die Papstwahl verstand und meinte, es ist völlig ungewiß, wer der neue Papst werden wird. Hihi, zu den Wahlen der Räte wußte Tante E. naturgemäß nichts zu sagen.

Tóths ausführlicher Vermerk dazu, daß mein Vater im Verlauf des Gesprächs erzählte, er habe mit meiner Mutter den Anwalt B. B. besucht usw. Es fiel auf, daß Agent obigem Gespräch keine Bedeutung beigemessen hatte. (...) In dieser Richtung muß man sich mit ihm ständig beschäftigen.

4. XI. 1958
Informator setzt sich zu leicht über die Erledigung der Aufgabe

hinweg. Er führt die erhaltene Aufgabe äußerst nachlässig aus. Obzwar er letzte Woche an der Exhumierung seines Bruders teilgenommen hatte, die 3 Tage in Anspruch nahm. Ja, weil Großmama darauf bestanden hatte, Onkel Menyus in der Familiengruft in Ganna beizusetzen. Dort liegt auch mein Vater begraben. Dort ruht er, er ruhe in Frieden. Jetzt störe ich seinen Frieden, oder stelle ich ihn gerade her? [Egal, ich kann nicht anders.] Aufgabe: Kontakt zu B. V., der Übersetzer ist.

< *9. XI. 1958*
Die katholische, die reformierte und die evangelische Kirche fordern ihre Gläubigen zur Unterstützung der Kandidaten der Patriotischen Volksfront auf. Ich kommentiere es nicht, das Episkopat soll es kommentieren.>

11. XI. 1958
Westbahnhof. Übliches Blabla über B. V. Aber: Bericht ist zwar oberflächlich, doch interessant, in bezug auf V. brauchbar, mit dem wir uns zwecks Anwerbung befassen. Hoffentlich klappt es nicht. Und noch ein Aber: Ausführlicher Tóth-Vermerk, Agent habe gesagt, er habe Anwalt E. B. getroffen (ich erinnere mich an seinen Namen). Ich wäre zu allem bereit, wenn man mir meine Approbation zurückgeben würde, schreibt Tóth, daß Agent sagte, daß B. gesagt habe. Jedenfalls gibt Tóth seine Information an die Unterabteilung der politischen Ermittlung des II. Bezirks zwecks eventueller Nutzung weiter. – Er rutscht immer tiefer hinein.

Mein Kontakt zeigt äußerste Unwissenheit in bezug auf politische Ereignisse. Doch wenn man mit ihm ein Gespräch anfängt, will er zuerst unsere Auffassung hören, dann äußert er sich. So kam auch der jetzt von ihm berichtete Vorgang mit dem Anwalt E. B. zur Sprache. Auch das zeigt, daß er mehr weiß, als er

98

berichtet, nur lassen es die Treffumstände nicht zu, im Verlauf des Gesprächs mehr von ihm zu erfahren.

»Die Schalle fnappt zu«. Ringen um eine Seele.

Bei all den sprachlichen Fehlern des abgeschriebenen Textes fallen mir meine eigenen ein, die gestrige Arbeit mit Zs. an »Harmonia«. Wir spielten wieder das Spiel »Was stimmt, was stimmt nicht«, sie winkte gutmütig ab; wir lachten.

Es ist, als wäre Zs. eine gute Bekannte meines Vaters, da sie ja eine gute Bekannte von »Harmonia« ist. Deshalb wird es für sie schlimm sein, dies hier zu lesen. <Ich denke jetzt, ausnahmsweise wird vielleicht diesmal doch nicht sie die Lektorin sein, aus konspirativen Gründen; damit um so weniger davon wissen. Ich weiß nicht, wie es wird.> Mir fällt noch ein, daß ich aus der Sache überhaupt nicht gut werde hervorgehen können, es wird etwas kleben bleiben, etwas weniger als Ekelhaftes: etwas Widerstrebendes. Als wäre ich voller Ekzeme. Plötzlich stelle ich mir vor, daß man mir auf der Straße hinterherspuckt, nicht weil mein Vater ein Verräter ist, sondern weil ich darüber geschrieben habe. Sie stehen Spalier auf dem Bürgersteig, und ich gehe zwischen ihnen durch. Davon könnte ich glatt Alpträume kriegen.

Mit Zs. noch darüber geredet, warum man den arroganten Minister nicht zum Teufel geschickt hat. So einfach sei das nicht, sagt sie, denn wenn auch nicht jeder schon eingebrochen ist, es ist soviel Ungerechtigkeit, Schäbigkeit geschehen und verursacht, daß man sich daran gewöhnt, wie man in einem schimmeligen Zimmer selbst schimmelig wird; wir riechen nach Schimmel. – Dafür ist auch mein Vater verantwortlich. Sein Fall zeigt übrigens auch, daß das Land sich nicht in böse Ungerechtigkeits-Verteiler und in arme Leidende entzweien läßt. Das ist eine große, virulente nationale Selbsttäuschung.

Ich ging auf den nahen Markt, um Bananen zu kaufen. An der

Information vorbeigehend, höre ich: Es ist so vieles passiert, und wir wußten nicht, was dahintersteckt. – Wahrhaftig, als ob das Land zweigeteilt wäre (und nicht nur entzweit, wie gerade bei der Selbsttäuschung). Oder vervielfacht. Nicht nur das von Ottlik erwähnte »andere Ungarn« gibt es, nicht nur das von Illyés erwähnte »Vaterland auf der Höhe«, sondern auch ein Vaterland in der Tiefe, seichter noch als die real existierende Seichtheit, Ávo, politische Polizei, Spitzel, sie haben auch mit Hilfe meines Vaters (das fiel mir schwer) eine Welt, eine Wirklichkeit, ein Vaterland geschaffen. Ich wußte nur nicht, daß ich damit zu tun habe.

Leicht war es, Anteilnahme und Strenge in mir zu haben; auch jetzt sind sie noch in mir, nur vergessen wir das Wort »leicht«. [Für mich ist alles Familiengeschichte, damit pflegte ich mich aufzublähen. Aber daß auch die III/IIIer …! Daran konnte ich nicht denken, daß »alles« alles ist.]

< *22. XI. 1958*
Ein junger Ferencvároser Aufständischer der Göndör-Gruppe, László Onestyák, wird hingerichtet.

28. XI. 1958
Die im Prozeß im Zusammenhang mit dem Volksurteil vom Platz der Republik zum Tode verurteilten Zoltán Galgóczy, József Nagy, Lajos Vass, Erzsébet Salabert, Albert Lachky, József Burgermeiszter und Gábor Simon werden hingerichtet.

1. XII. 1958
Der im Prozeß der bewaffneten Aufständischen aus der Tűzoltó-Straße zum Tode verurteilte István Angyal wird hingerichtet.>

9. XII. 1958
Der erhaltenen Weisung gemäß suchte ich im Akademischen

Buchverlag B. V. auf. Usw. usw., und ob er mit seiner jetzigen Stellung zufrieden sei? Er antwortete, die derzeitige Stellung komme seinen Fähigkeiten sehr entgegen. Er war auch noch bei E. B., die Frau sagte, bei ihnen habe eine Durchsuchung stattgefunden, ihr Mann sei zum 5. vorgeladen worden und seither nicht mehr nach Hause gekommen.

Blüht und gedeiht der Sozialismus.

Charakteristisch für den Informator ist, daß seine Aufgabenerfüllung sehr rhapsodisch ist. Fallweise führt er die Aufgabe sehr dynamisch aus. In anderen Fällen arbeitet er wochenlang erfolglos. – Sein Bericht ist wertvoll. Zumal er die erhaltene Aufgabe im Sinne der Absprache ausführte. Indem er nämlich vorspielen sollte (was eine neue Ebene der Zusammenarbeit ist!), im Akademischen Buchverlag tätig werden zu wollen. (…) erfolgreich (…)

Am Tag vor Heiligabend sollten sie sich am Westbahnhof treffen, um ein Uhr, das fiel aber aus, weil Tóth in die Provinz dirigiert wurde. Es wird am 6. Januar in der Konditorei Sabária nachgeholt. Anmerkung: Informator neigt dazu, die Nichtausführung der Aufgabe unter Berufung auf familiäre Gründe zu erklären. Wir wären also eine familienfreundliche Familie, daß euch der Geier hole! Aufgabe: sich an Onkel J. L. heranmachen.

20. I. 1959
So geschah es auch; er bittet J. L., ihm gelegentlich beim Übersetzen zu helfen, wenn plötzlich dringendes Material anfällt. Daran glaube ich mich zu erinnern, daß Onkel J. kommt und die Übersetzung bringt. Und sich wiehernd auf die Knie schlägt. Im Bericht steht sonst (alle Kinder wünschen sich insgeheim derlei …): »nichts«. Dennoch: Der Bericht ist wertvoll, aber es wäre gut, wenn der Bericht beim Treff mit dem Informator nieder-

schreiben zu lassen. (Über Sätze scherzen wir nicht…) Seine Aufgabe, wenn die Möglichkeit es zuläßt, löst er sehr gut. Aber mit den Beschreibungen tut er sich schwer. Das kenne ich, das Beschreiben fällt tatsächlich schwer. Dann habe ich es also von ihm geerbt. (Oder vom Beschreiben!) Aufgabe: 1. J. L., aber jetzt ordentlich. 2. Er soll die Trauermesse besuchen, zu der er eine Traueranzeige erhalten hat. (Irgendein (sic!) Graf ist gestorben.) Und herausfinden, Kontakt aufnehmen etc.

3. II. 1959

< Mit heftiger Brutalität beginnen die Zwangsvergenossenschaftlichungen>, der Agent <hingegen> machte wegen des Todes von Mamas Großmama nichts, jüngst meldete er nach einem Treffen mit L. (nichts). Onkel J. experimentiert mit einem rostfreien Mittel, jedoch, soweit ich weiß, erfolglos.

Auswertung: Bericht verwendbar, J… (kann ich nicht lesen). Wir befassen uns mit J. L. zwecks Anwerbung. Oje.

Informatoren informieren über Informatoren (»Verfolger verfolgen Verfolgte«). [Wie leicht ist es, jemanden anzuschmieren. Sofort nehmen wir an, daß er auch schon angeworben wurde. Ohne Rauch kein Feuer. Und man versucht es sich vorzustellen – und es gelingt!!! Fast von jedem. Man kann's ausprobieren. Siehe die Unschuld von Bischof Tőkés. Viele müßten, wenn auch nur für sich, ihn um Entschuldigung bitten.]

< Gerade geht es im Radio um Selbstporträts von Schriftstellern. Ich höre, mit dem Verfassen einer Familiengeschichte poliere ich, wie Miklós Zrínyi, dieses Selbstbildnis auf. Also dann nur fleißig weiter.>

17. II. 1959

Anmerkung: Informator hat seine Aufgabe nicht planmäßig ausgeführt, sondern seine Begegnung mit L. kam spontan zustande. Auch dieser Treff wirft sehr viel Interessantes auf. (...) Nach Bericht des Inf. ist L. kein Feind. Also ist auch die Prüfung zur Anwerbung aus dieser Perspektive gut. Auswertung: Bericht ist wertvoll. Verwendbar zur Anwerbung und zur Beobachtung von J. L.

Hier sieht man die Falle in ihrem ganzen Ausmaß. Wenn er schreibt: ein Feind, spucken wir aus, wenn er schreibt: kein Feind, dann ist der Bericht zur Anwerbung verwendbar. Gewiß: Nur das Nichtschreiben hilft! (Ein Esel schilt den andern Langohr...)

Sie haben sich auf einen Zwei-Wochen-Rhythmus eingestellt. Im Sonderfall telefoniert er. Und ich informiere ihn brieflich.

13. III. 1959

Restaurant im Westbahnhof, 13 Uhr. Man kann wohl sagen, der Tag ist entzweigebrochen. Er berichtet über B. E. Sie kamen zu uns (Selbstzensur) <jetzt erinnere ich mich nicht, worauf sich das bezieht, was ich also als realistischer Schriftsteller sagen *müßte*, was ich nicht will oder nicht wage; selbst meine Feigheit ist nicht mehr die alte!>, in »Fancsikó und Pinta« gibt es eine hübsche Passage über sie. Sie kamen zu uns: angelockt von meinem Vater.

Vermerk: Diese Aufgabe erhielt er auf mündliche Nachfrage des Gen. Oberleutnant Farkas von der Budapester Politischen Ermittlungsabteilung. Mündlich? War er dort? Ist er reingegangen? Rausgekommen? Dieser Tóth wird sich noch wundern, wenn sich herausstellt, daß mein Vater sein Vorgesetzter ist. Tausend Kartätschen [in jede dreckige Fotze].

Und wieder ein Oje (oje oje, ein Oje folgt dem anderen). Maßnahme: Ein Exemplar des Berichts schicke ich (...) an Gen. Hptm. Farkas (ist er nun Hauptmann oder Oberleutnant?!), da wir uns zwecks Anwerbung mit ihm (mit B. E.) befassen. Hoppla.

Ich glaube auf der Stelle, daß er angeworben wurde, wieso sollte er denn stärker gewesen sein als mein Vater. Dem Aussehen nach war mein Vater wirklich stärker, gesünder. Dem Aussehen nach. Wäre schon interessant zu wissen, ob er angeworben wurde. Wenn ja, es seinem Sohn erzählen? Etwa beichten ... Ach was. Was geht es mich an. Außerdem, man sollte vielmehr alle in Ruhe lassen. Genauer, wen man kann. Mich zum Beispiel kann man nicht. Und meine armen Brüder auch nicht.

Was hatte ich das Maul aufgerissen über das Interessante der Welt und über meine kosmische Neugierde als lebensrettende oder dem Leben Sinn verleihende Leidenschaft! Und darüber, was es zählt, ob einer Held oder Verräter ist, er ist unser, die wir uns durch ihn bereichern. Bitte, fuck it, da hast du es, bereichere dich! Interessant! Was könnte schon noch interessanter sein als dieses hier?

Hier ist ein älterer Bericht vom 22. VII. 1958 eingefügt, verfaßt von Tóth über die Kontakthaltung mit dem Informator mit dem Decknamen Csanádi. (...) damit wir auch bei außerordentlichen Ereignissen Kontakt miteinander aufnehmen können, besprachen wir folgenden Umstand und Formen:

Seitens des operativen Mitarbeiters: Da sich der Informator regelmäßig mit Übersetzungen und dem Geben von Sprachunterricht befaßt, erreiche ich ihn brieflich oder in besonderem Fall per Telegramm, dessen Wortlaut wie folgt ist: Mein lieber Matyi, suche mich in dringender Angelegenheit auf (Datum), Csanádi. Seine Adresse: hier folgt unsere Anschrift und der gute Name meines Vaters, mit sz. Zu diesem Brief sehen wir uns immer an einem vorher vereinbarten Ort zu dem im Brief mitgeteilten Zeitpunkt.

Seitens des Informators: Sofern Inf. einen außergewöhnlichen Treff wünscht, ruft er telefonisch die Nummer ... an [nach langem, schüchternem Hin und Her rief ich die angegebene Nummer an und bat um Vermittlung, eine Frauenstimme – die ich in meiner hosenscheißerischen Blödheit als eine »typisch kádáristische« Stimme identifiziert habe – teilte mir mit, daß es schwer werden dürfte, da es eine Privatwohnung sei; deshalb die Punkte anstelle der Nummer] und verlangt seinen operativen Mitarbeiter ans Telefon. Sofern der operative Mitarbeiter abwesend ist, hinterläßt er eine Nachricht zu (sic!) seinem Decknamen. Diese Methode gilt auch, wenn er zum Treff nicht erscheinen kann, in solchen Fällen nennt er den nächsten Zeitpunkt, wenn er kommt. Im Brief oder am Telefon geben wir nie ein (sic!) Ort an, das ist stets der gewöhnliche oder beim vorangegangenen Treff abgesprochene Ort.

Donnerwetter, ihr seid aber abgefuckt schlau!

Dieses »ihr seid« ist meine anfängliche Distanz ... Übrigens ist er (mein Papa, Vater, Agent – eines ist besser als das andere, nur welches?; irgendwie sind in diesem Kontext alle Fragen der Stilistik ... nicht lächerlich, sondern amüsant) zum Durchschlagpapier übergegangen, man kann es kaum lesen.

Skandal bei meinem österreichischen Verlag, ich muß weg von ihm (weil es keinen Grund gibt, dort zu bleiben), dabei dachte ich, bis ans Ende meines Lebens nicht mehr darüber nachdenken zu müssen, und jetzt müßten allerlei Entscheidungen getroffen werden, außerdem wäre es gut zu träumen, davon, daß »Harmonia« im Ausland ein schönes Schicksal widerfährt (denn hierzulande wird dem so sein, das sehe ich) – und mich interessiert nichts davon, weil mich *das* ... fast hätte ich geschrieben: interessiert, aber nein, interessieren wäre viel zuwenig, ich bin jetzt *das*, *das* bin ich jetzt. Irgendwie so wie an einem talentlosen Tag am Schreibtisch; an einem solchen Tag bin ich nichts weiter als diese Talentlosigkeit.

Das ist wieder der Prinz-im-falschen-Kleid-Effekt. (Oder seine Umkehrung. S)

17. III. 1959
Wieder belästigt er den armen alten W. Es ist von ihm zu klären, welcher Cs. P. sein Schwiegersohn ist.

Er hat es geklärt. Informator konnte seine restlichen Aufgaben nicht ausführen, da eines seiner Kinder die Windpocken hat. Ich nehme an, Mihály, er hatte diese Gewohnheit. Die Schwester im Roman trägt vorwiegend seine Züge. [Nach einer Lesung hub jemand kämpferisch an, ihm sei zur Kenntnis gelangt, daß ich drei Brüder hätte und, er stieß es wie ein Trumpf-As hervor, keine Schwester! Ich daraufhin eisig und bezaubernd: Und was ist die Frage?]

24. III. 1959
13 Uhr, Westbahnhof, Abfahrtseite, Wartehalle. Agent hat von den ihm übertragenen Aufgaben keine einzige ausgeführt. Beruft sich darauf, die gesuchte Person nicht gefunden zu haben, beruft sich ferner auf eine Krankheit seiner Frau.

Am Tag darauf ist sein vierzigster Geburtstag. Ein vierzigjähriger Mann! Mein Gott. Im Vollbesitz unserer Kräfte, einiges haben wir bereits vollbracht, aber vieles steht uns noch bevor, leichte Melancholie, denn unsere Proportionen sind schon erkennbar, die Dimensionen, ein starker Moment. Hingegen hier: Ein geprügelter, falscher Hund lungert mit eingezogenem Schwanz unten bei den Gärten herum.

Als ob ich jetzt eher in der Situation des Lesers als in der des Schriftstellers wäre. Ich lese diesen, vornehm ausgedrückt, Quatsch und schreibe ihn ab. Ich weiß nicht, was kommt. Ein bißchen warte ich auf etwas, nicht mehr darauf, daß ich aufwache, aber daß ich vielleicht irgend etwas verstehe. Während ich es doch schon fast weiß, nur nicht wahrhaben will, daß es nichts geben wird, kleine Widerstände, kleine Nachgiebigkeiten, konkret keine großen Gemeinheiten, abgesehen vom Ganzen. Keine Erklärung zu nichts, nur Scham und Demütigung.

Vier Uhr, ich beende die Schicht, ich habe bisher 212 Seiten durchgesehen.

Ich sitze im Architektenklub (jetzt), es ist schön warm, vor mir ein Glas Rotwein, ich warte auf meine Freunde. Ein gutes Gefühl, ein ausgeglichener Augenblick. Die Idylle gerät ein bißchen ins Wanken, weil ich gerade in der »Kritika« Berkovits über Tar lese. Die Frage lautet, lese ich, ob wir es wagen, der Wirklichkeit ins Auge zu schauen. Ich wage es. Mein Vater war – ich sage es jetzt so aus Vertrauen Tar gegenüber – ein kleiner beschissener Spitzel. (Pause.) Ich wage es. Nur was *danach* kommt, weiß ich nicht.

< Miklós Jancsó fragt, woran ich wie ein Irrer arbeiten würde. Ein kleiner, leichter, unterhaltsamer Roman, das Übliche, »Freiheit, Liebe«, und ich grinse, aber wohl ein wenig verkrampft, denn Onkel Miklós schaut mich länger durchdringend an, streicht mir dann übers Gesicht und sagt, so in der Art war ja auch schon »Harmonia«.>

Dienstag, 15. Februar 2000
Am Morgen berichte ich Gitta, daß B. E. unter Umständen auch ein Schicksalsgenosse meines Vaters sei und daß gute Berichte fehlen, die Beschädigungen seien nicht auszurechnen. Sie schaden immer, auch persönlich, aber eben auch so, daß sie diese Drecksäcke stärken. Sie stärkten Kádár. Wenn, und das geschieht neuerdings immer, die »Sache« zur Sprache kommt, wird Gitta blaß, errötet, verändert sich physisch, so leidet sie. Sie hat so sehr

die – nun ja: Integrität und Unabhängigkeit meines Vaters, seine stille Überlegenheit, Größe und Großzügigkeit geliebt und verehrt. Seine Männlichkeit. Und *in ihm* auch mich. Schwiegertochter und Schwiegervater: ein interessantes Verhältnis.

Die Dossiers sind gekommen. Die Mitarbeiterin, die sie bringt, ist ein wenig irritiert, aber nicht allzu sehr, daß sie sie jedesmal vom Leiter verlangen muß, deshalb sagt sie lächelnd und geringschätzig: Da sind sie. Dieser Schatz. – Tatsächlich ein Schatz. Schätze ohne Sätze. Aber Sätze gibt's.

Als ich eintraf, beugte sich an der Information ein Mann um die Siebzig über die auszufüllenden Schriftstücke. Gutes ungarisches, gekerbtes Gesicht. Auch er sucht seine Wahrheit, auch ihn hat mein Vater verraten. (Ich betrachte den Mann, urplötzlich habe ich etwas mit ihm gemeinsam, persönlich gemeinsam.) Soweit er nicht auch ein III/IIIer ist.

Tatsächlich: Wir können hier schon nicht mehr unsere Wahrheit suchen. Das individuelle Leid der Familienmitglieder löst sich wie eine Aspirin von Bayer im Verrat auf. Das ist die wahre Deklassierung. Wir können die nächsten fünfhundert Jahre neu anfangen. Micu, mein Sohn! Vorwärts! Schwert gegen Schwert, mein guter Junge! – Ochse. Die literarische Ader tut dem Schriftstück nicht gut. Hat eine flotte Feder: Ist nur für den Vogel gut. Ich gehe zu den Akten. Als würde ich – jetzt endlich, nicht so, wie im Leben – meinen Vater nicht sich selbst überlassen, als ließe ich ihn nicht allein.

31. III. 1959
Er hat sich bei V. P. (der Anweisung entsprechend) nach F. H. erkundigt. Und bei Irmike. Es stellte sich heraus, daß F. H. in Piliscsaba lebt. Informator gab sich Mühe, die erhaltene Aufgabe auszuführen. (...) In unserem Gespräch bat er uns um Information, welche Aristokraten in Piliscsaba wohnen, über die er mehr in Er-

fahrung bringen könnte. – Was für ein Eifer! Wieder eine Ebene: aktiv, erstmals wird er nicht mitgezogen, er erleidet nicht (und spielt mit), sondern er wird tätig, er will. Ein Mitarbeiter. Hier ist er zum ersten Mal bewußt Kollege.

< *1. IV. 1959*
Der Volksgerichtsrat des Obersten Gerichts unter dem Vorsitz von Ferenc Vida verurteilt Ferenc Mérei zu zehn, Sándor Fekete zu neun, György Litván zu sechs, András B. Hegedűs zu zwei, Jenő Széll zu fünf Jahren Haft.

3. IV. 1959
Teilamnestie für unter zwei Jahren Verurteilte. Begnadigung erhält Zoltán Tildy. Bis 31. Mai werden 1610 politisch Verurteilte partieller Amnestie teilhaftig. – Festziehen, loslassen, Mérei rein, Tildy raus. >

Das nächste Treffen fällt auf meinen Geburtstag, um ein Uhr am Westbahnhof. Und ich hatte mich beleidigt gewundert, warum er sich verspätet hatte oder so besoffen gewesen war, daß er wiehernd die Kerzen auf der Torte vor mir ausblies, alle neun auf einmal, und noch stolz darauf, siehst du, Junge, so muß man das machen.

Als ich Gitta gegenüber erwähnt habe, wie oft die Treffen am Westbahnhof stattfanden, sagte sie, Onkel Frici habe ihr einmal erzählt, den Alten sternhagelvoll den Szent-István-Ring entlangtorkeln gesehen zu haben. Darüber muß ich nun ein wenig anders denken als bisher.

Er stürzte sich auf die B. E.s, aber er traf nur die Frau an. Bei meinem Besuch konnte ich feststellen, daß ihre Kleidung einfach ist, ihr Mobiliar stammte offenbar von den Eltern, im alten Stil. Ihr Kind ist kränklich, ich erinnere mich so lernt es zu Hause,

109

wofür sie monatlich 300 Forint bezahlen, was, wie die Frau sagt, ihren Haushalt stark belastet.

Tóth schildert in seinem Bericht, er habe mit dem Informator die religiösen Beziehungen von dessen Vater klären können. Mein Vater hat schön erzählt, ganz wie einem Kind (wie uns!), was ein Patronatsherr ist und daß Großvater hauptsächlich Erzbischof Czapik gekannt hatte. Ich klärte das mit ihm, weil nach dem Bericht eines unserer aristokratischen Informatoren tausend Kartätschen! Soviel also taugt die ungarische Aristokratie! – sinngemäß genausoviel wie die anderen (nur ihre Verantwortung ist größer!), siehe Márais exemplarische Ausfälle gegen das jämmerliche ungarische Bürgertum; heutzutage pflegt man dies nicht mehr zu zitieren, obwohl Márai doch voll im Schwange ist, Márais Glut glüht der Alte vom Vatikan unterstützt wurde.

Der A-hal-te? Wenn du wüßtest, von wem du redest … Obwohl, 1959 … Tóth hat recht.

Der Agent berichtet über seine Aufgabe hinaus über den Besuch von H. Sch., beziehungsweise, ich schreib es lieber aus, er ist ein Verwandter, von Onkel Henrik, Prinz Schwarzenberg, aus Wien. Bei seinem Besuch brachte er meinen Kindern kleinere Geschenke mit. Wie peinlich, das zu lesen, wozu muß man solche Kleinigkeiten ausplaudern. Oder eben gerade nur alles? Suchard, dieses Wort lernte ich damals. Sag mir was Süßes. Suchard.

Tóth bezeichnet den Bericht als wertvoll, aber jemand hat »wertvoll« unterstrichen und ein ? dazugesetzt.

28. IV. 1959

Zuerst in der Wohnung. Die übliche Gebetsmühle, er erkundigt sich bei X. nach Y., bei Z. nach V., Tóth ist zufrieden, Inf. warf äußerst findig ein, daß die kürzlich bei ihm zu Besuch gewesene Wiener Person sich nach Personen erkundigte … was für eine

Idiotie ist das?! Luftblasen. Obwohl ... Ein Bericht allein kann leer sein, zusammen ergeben sie doch etwas. Man gerät in Versuchung, sich einzureden, das seien Idioten, die befassen sich mit dem Nichts, lassen leere Berichte schreiben, sie auswerten usw. Nein, nein, nicht leer, nicht nichts.

< *7. V. 1959*
Der Ministerrat ermöglicht durch eine Verordnung den Erwerb kleinerer (bis zu sechs Zimmern höchstens) Immobilien aus staatlichem Eigentum.>
    12. V., Westbahnhof, nun gerade über die Frau von M. K. jun., die an der Kasse der Schiffsanlegestelle Erzsébet arbeitet, deren Mann Matrose auf der »Tùdor« (der kluge Zwerg) ist. Märchenhaft, dieses Kádár-System. Der Informator ist ständiger Kontrolle zu unterziehen und auf Wohnung zu bringen, denn es bleibt in ihm zuviel, was wir ihn sonst nicht niederschreiben lassen können. Tausend Kartätschen.

< *2. VI. 1959*
Zoltán Zsámboki und seine acht Komplizen werden, als Ergebnis des Mérei-Prozesses, zu Gefängnisstrafen von anderthalb bis sieben Jahren verurteilt. Neuer Absatz: Wiedereinsetzung des Staatlichen Amts für Kirchenfragen.>

9. VI. 1959
Im Verlauf des Gesprächs sagt mein Informator, daß bei den J. L. s der Mann 8-900 Forint verdiene. (...) Mit L. befassen wir uns zwecks Anwerbung. So trugen wir aktiv zur moralischen Fäulnis des Landes bei.
    Maßnahme: Zu prüfen ist, ob die Außenstelle von Szentendre einen Agenten hat, über den J. L. kontrolliert werden kann. (...) Über B. E. sagte er noch, daß dieser ein äußerst schweigsamer

Mensch ist. Auch als er jetzt dort gewesen ist, sprach er kaum, saß nur da und lächelte. Dieses hilflose, *schwache* Lächeln wiedergeben: Das ist die wahre Gemeinheit.

23. VI., Südbahnhof, Abfahrtseite, Endstation der Straßenbahn 46, dort waren wir auch noch nicht. Der alte W. klagte, an seinem Auge wachse ein Star, der aber noch nicht operierbar sei, außerdem spüre er auch die andere Operation. Tatsächlich berichtet er. Als würden wir uns bei einer Tasse Kaffee (»ein guter kleiner Brauner«), nach einem köstlichen Mittagessen unterhalten; große Familie, so war es mir bewußt, voller Stolz, nicht aber, daß auch Tóth zu uns gehörte. Ich lerne das Plebejische, kann ich gut gebrauchen. Hol's der Geier!

Er war auf der »Tudor«, aber wegen der großen Menschenmenge konnten sie nicht miteinander sprechen (hihi). Seiner Schwester nach Wien schreiben und sich erkundigen, wo sie sich während der Weltjugendfestspiele aufhalten und was sie machen wird. Der Brief ist mir vorzulegen. Oh, oh, auch das ist neu!

< 30. VI. 1959
Im Radio Kossuth beginnt man mit der Ausstrahlung der Serie »Familie Szabó«. – Vermutlich gibt es sie heute noch.>

7. VII. 1959
Er fragte Frau P., wann sie uns besuchen käme, worauf sie keine entschiedene Antwort gab, sie rechtfertigte sich damit, daß sie jeden zweiten Sonntag zum Bridge verabredet sei.

Auswertung: Frau P. geht zum Bridge, jedoch an anderen Tagen als der uns interessierende Graf H. Ja… mehr Tage als Grafen. In bezug auf politische Ereignisse konnte ich beim besten Willen nichts erfahren. Er berief sich immer darauf, daß er nicht mit Leuten geredet hat.

Ich besprach mit dem Informator, er habe sich brieflich bei

seiner Schwester zu erkundigen, wo sie sich zur Zeit der Weltjugendfestspiele aufhält. Vor 1956 war sie nämlich Agentin der Behörde.

O weh. Nein, nein, nein. [Wie stark und brutal ein Satz sein kann. Mir blieb das Herz fast stehen, so erschrak ich. Dabei wußte ich genau Bescheid, meine Tante hatte erzählt, daß ihr in Kistarcsa, wo sie für nichts und wieder nichts interniert gewesen sei, ein Papier zum Unterschreiben vorgelegt und von ihr auch unterschrieben worden sei. Sie hatte es als unwesentliche und notwendige Sache abgetan. Es wurde ein Film über die »schönen Tage in Kistarcsa« gedreht, für den ehemalige Gefangene und eine ehemalige Aufseherin wieder zusammengebracht worden waren. Ein ziemlich dramatischer Film. Ich war stolz auf meine Tante, sie verhielt sich so weise und klar, Werte, die nicht unbedingt zu ihr gehörten. Aber ganz plötzlich verfügte sie über sie; und ich sah ganz plötzlich, daß sie Großmamas und Großpapas Tochter war.] Das ist zuviel. Damit kann ich nun nichts mehr anfangen … Ja, durch den Schock des Satzes habe ich vergessen, daß ich schon wußte, daß das alles Lüge ist. Was für ein niederträchtiges System!

Zufällig habe ich heute morgen mit ihr telefoniert. Auf irgend etwas hin sagte sie, sie sei ein Murmeltier und ein Waschbär. Ich verstand es nicht. *Ja, ich scher mich ums Waschen.* Schön; deswegen lohnt es sich, sich mit älteren Verwandten zu unterhalten … Also das ist gar nichts. Aber wenn ich mir den Satz angucke, diese von Tóth hingeworfene, für ihn nebensächliche, selbstbewußte Behauptung (was wiederum durch die Aktivität meines Vaters ermöglicht wurde), dann kann ich nur wehklagen. Das schmerzt nicht mehr, das macht schwindlig.

21. VII., 4. VIII. 1959
Das Übliche. Mit Informator haben wir uns auf diesem Gebiet

zu beschäftigen, weil er sich vor Stimmungsberichten hütet. Er spricht zwar mit Leuten, weiß aber trotzdem nichts.

Ich ging draußen herum. Kalter Wind. Aß eine Banane. Ich hätte lieber in das kleine spanische Restaurant gehen sollen, draußen vor der Speisekarte hatte ich mir schon ein Menü zusammengestellt – nur gönnte ich mir die Zeit nicht. (Wie so oft.) Es war kalt, kalt. – Seit Tagen spüre ich ängstliche Erregtheit, die jetzt von tauber Lustlosigkeit abgelöst wird. Bisher ging das Lesen mit einem gewissen Lodern vor sich, voller Angst und Scham, aber schwungvoll, doch auf einmal bin ich zusammengeschrumpft wie nasses Herbstlaub, wenn es verbrannt wird: Es stinkt, qualmt, es hat keine Wärme und keinen Nutzen.

25. VIII., 5. IX., 29. IX., 13. X., 29. X. 1959
Beim Abschied wiederholte ich meine Einladung mit dem Hinweis, daß ich ihrem Mann eventuell eine Übersetzung besorgen könnte. Hier muß ich anmerken, daß ich dies nicht ernsthaft meinte, denn im Übersetzerfach hält die »Sauregurkenzeit« noch an. Oh, das Onkelchen scherzt ja nur …

Mir fällt plötzlich ein: Ich ziehe den Namen Esterházy in den Schmutz. Ohne Zweifel wird er in den Schmutz gezogen. Wäre es mir möglich, nicht allzu möglich, es aus historischer Perspektive zu sehen, würde es sich sozusagen ausgleichen.

Und jetzt dies: ob ich nicht HC zurückziehen sollte. Ich kann nicht, ich traue mich nicht, ich will nicht. Es wäre verlogen, so zu tun, als dächte ich daran.

Onkel J. L. bei uns. Du langweilst mich, Papachen. Maßnahme nicht notwendig. Diese Einladungen sind so peinlich, als wäre unsere Wohnung ein Spinnennetz und die Gäste die Fliegen. Arme Mama. Die vielen feinen und raffinierten Sandwiches und gefüllten Brote (genial!) und Schwedenpilze – wer konnte ahnen, daß das alles im Dienst der politischen Polizei stand.

Er soll aufklären. Er klärte auf (Vermesser bei einem Ingenieur, wohnt am Szent-István-Ring, ließ sich von seiner Frau vor längerer Zeit scheiden, weil sie verrückt geworden war). Er soll rausgehen. Er ging raus. Anlage: 4 St. Eintrittskarten. Oje, ich fürchte, wir kriegen Kostenerstattung.

< 1. XI. 1959
Auf der Budapester Parteikonferenz dementiert János Kádar, daß in letzter Zeit einunddreißig Personen hingerichtet worden seien und daß eine ganze Reihe Jugendlicher unter achtzehn Jahren im Gefängnis auf die Hinrichtung warte. Für die Übermittlung der dementierten Namenlisten an den Westen wird der Jurist Tibor Pákh zu einer langen Gefängnisstrafe verurteilt. Der Kultusminister strebt die Einführung von Einheitsmützen und Einheitsmänteln an.>

10. XI., 1. XIII. 1959 < 3. I. > 12. I., 15. I. 1960
Um zu charakterisieren, was für blöde Nachrichten – seiner Ansicht nach – (die Rede ist von Onkel Gy. B.) im Umlauf sind, sagte er, er habe gehört, Chruschtschow werde am 7. Nov. den Abzug der russischen Truppen aus Ungarn ankündigen. Er hatte das auch damals nicht geglaubt, und jetzt lacht er geradezu darüber. Auf meine Frage, von wem er das gehört habe (!), antwortete er, daß es in Budapest allgemein verbreitet sei. In diesem Zusammenhang erkläre ich, sinngemäß einem solchen Gespräch auch zwischen zwei leicht angetrunkenen Männern in Arbeitskleidung in der Schnellbahn beigewohnt zu haben. Sitzt da und lauscht. Oder hat er es erfunden?
    < Der im Prozeß gegen die bewaffneten Aufständischen um György Fáncsik und Komplizen verurteilte György Fáncsik wurde hingerichtet.>
    Frau P., noch einmal. Ihrer Ansicht nach entscheidet letztlich

der Herrgott, was wie geschieht. Im folgenden sprachen wir über die Kinder. Mit dem Herrgott würde ich diesbezüglich auch gern ein paar Worte wechseln. (Konkret, wiederholt, warum ist die Schöpfung so? In welche Heilsordnung fügt sich die Sauerei meines Vaters? T) *Danach* könnten wir beide sogar über die Kinder sprechen.

Kleinarbeit, auf Durchschlagpapier. Er geizt mit normalem Papier: Auch ich hebe jede Papierfläche auf. Tóth: Er kennt den ehem. Baron O. von Szentendre dem Namen nach. Traf ihn auch, hatte jedoch den Eindruck, daß O. ein blöder, großsprecherischer Mann ist. Es sieht so aus, als sei mit seinem Kopf etwas nicht in Ordnung. Wie ich seine Stimme mochte, wenn ich sah, daß er »seine Klassenschranken durchbricht«. Aber in diesem Ausmaß …

Ein neuer Name, ich schreibe ihn ausschließlich wegen seiner literaturwissenschaftlichen Rarität ab [vergebens] <ist aber dechiffrierbar>: Ich habe in ihrer Wohnung die verw. Frau A. Sz.-M., Einwohnerin von Budapest, aufgesucht.

Maßnahme: Informator wird derzeit nach Budapest übermittelt.

Damit endet das erste Dossier, beziehungsweise es gibt noch einen zusammenfassenden Bericht über ihn vom 15. Januar. Darin steht, daß er im März 1957 angeworben worden ist. Die Anwerbung zum Agenten erfolgte, da er jedoch in keiner konkreten Angelegenheit tätig war, erledigte er nur informative Aufgaben, so qualifizierten wir ihn zum Informator. Ist das gut für uns? Anfänglich hatte er Schwierigkeiten beim Verfassen von Berichten. Er argumentierte nämlich, den Umstand nicht für wesentlich gehalten zu haben, und deshalb berichtete er nicht davon.

Er argumentierte … Wie oft ich ihn argumentieren sah! Wie schön es war! Schön war sein Verstand, seine <u>reine Vernunft</u>. Mit kurzer, prasselnder Logik: wenn – dann. Und wie er dann seine eigene (starke) Logik, sein Logischsein, vom Pragmatismus hat überschreiben lassen. Denn es mag sein, daß »wenn – dann«, aber jetzt ist trotzdem das, was ist, also – zum Beispiel. Man muß nicht lernen, man muß wissen. Nicht zu früh, nicht zu spät, sondern rechtzeitig muß man losgehen. (Aber der Verkehr war doch *unerwartet* groß! Dann bitte früher losgehen. Aber doch *unerwartet!* Er zuckt kalt mit der Schulter.) – Übrigens hat er Tóth gegenüber offenbar nicht argumentiert, sondern sich erklärt. Auf Grund seiner Berichte ist keine Übernahme in ein neues Verzeichnis erfolgt. Das ist auch was.

Sie brachten jetzt vier neue Seiten, über mich. Uninteressant. Beispiel: Ein Informator mit dem Decknamen »Redakteur« berichtet über den Lehrer Ilia, und ich tauche auf der Namenliste auf.

Ende des Tages.

[Listig habe ich jemanden dazu überredet, am 23. Februar für meinen Vater zu beten.]

Mittwoch, 16. Februar 2000
Persönliche Aufrichtigkeit ist nicht schönheitsbildend. Der Text ist aufrichtig, nicht der Verfasser … Wen interessiert der?! Und bitte: Ich pinsele hier an meiner eigenen Aufrichtigkeit herum, unversehens arbeite ich aus ihr heraus. Aber ich bin von meiner Aufrichtigkeit nicht beeindruckt. (Obwohl … Ich war – bin nicht im mindesten davon angetan, welch einer mächtigen und alten Familie ich angehöre, und es gab welche, die es so sahen … Also aufpassen! [?] <Worauf?>)
Mag sein, dass ich kein *großer* Aufrichtiger bin, kein talentierter Aufrichtiger. Wie jener Fußballer, der es nicht nur so aus seinen Beinen schüttelt – sondern trainiert und trainiert; Albert

kontra Rákosi, Beckenbauer kontra einen Deutschen als solchen. Ich bin nur so in etwa beiläufig aufrichtig, als Konsequenz der Freiheit (?). – »Ich bin so im Raum, wie das Fohlen im Zaum.«

Familienstand: Wir haben ein wenig »butterfarbene Schattierung« abbekommen.

Montag fahre ich für längere Zeit nach Berlin. Vorher muß ich mit M. sprechen. Dabei meinen Tonfall zentimeterweise abwägen, was ich sonst nicht tue, ich rede, wie ich rede. Aber sonst bewegt mich ja auch nicht die Angst. Ich bastle an Sätzen herum, ich probiere Tonlagen aus. »Die erste Mappe habe ich methodisch durchgesehen.« Irgendwie ohne darum zu betteln vorschlagen, daß bis zum Ende der Arbeit alles geheim bleibt... Wie niederdrückend! Kein Wunder, daß sich meine Gicht zurückgemeldet hat.

Nach der Lektüre all dieser einförmigen, grauen Berichte bagatellisiere ich (wieder) aus einer Abwehrhaltung heraus. Daß es nichts Besonderes ist, nicht wirklich etwasz. Man hat ihn ordinär eingeschüchtert, vielleicht auch verprügelt – Csurka-Effekt –, er unterschrieb, fertig, so eine beschissene Welt war das, was hätte er mit vier Kindern tun können, das Überleben war Pflicht für ihn. Und daß halt die Geschichte der Menschheit so ist, Mord, Lüge, Verrat. Gut, mag sein, daß dein Alter kein Spitzel war, aber dafür hat er jahrzehntelang deine Mutter betrogen, es war vorgekommen, daß er sich nicht mal gewaschen hatte, so kroch er zu ihr, auf sie, von Bett zu Bett. Etcetera.

So ist es nicht. Er *mußte* nicht Agent werden. Es gibt keinen Freispruch. Ich würde ihn auch gar nicht freisprechen wollen. Irgendwie täte mir das auch nicht gut.

[Der folgende Zeitungsartikel markiert bereits die durchpolitisierte Unvernunft (»wer Kommunist oder Spitzel ist, das bestimme ich«): »... ich kenne mehrere solcher Fälle, in denen anständige Familienväter, nationalgetreue (!) Personen infolge der Drohungen der Geheimpolizei dreierlei Wahl hatten: Unschuldig ins Gefängnis gehen, das Land verlassen oder sich der Gewalt beugend die ihnen aufgezwungene Aufgabe erfüllen. Und es gab welche, die – obwohl sie die dritte Möglichkeit gewählt hatten – ihre Arbeit verrichteten, ohne ihren Mitmenschen zu schaden.« Arbeit sollten wir das einerseits nicht nennen, andererseits gab es keinen einzigen, der nicht schadete, alle schadeten, alle. Der Artikel spricht noch von der »anderen Seite«, von jenen, die die Berichte entgegengenommen haben und über die es kein Anwerbungsdossier gibt, deren Verantwortung, deren Verrat ist nicht kleiner, im Gegenteil. Darin hat er recht. Nun sollte aber jeder von seinem eigenen Verrat sprechen. Ein Verrat hier, ein Verrat da, das ist nicht null Verrat, sondern zwei Stück Verrat.]

Seinerzeit sprachen wir vom Fall Csurka. (Cioran wieder: Auch mein Vater wurde ein Fall, er war mein Vater, er wurde ein Fall). Einvernehmlich ließ er zu, daß ich Csurka beschimpfte. Ich erinnere mich an nichts Verdächtiges, an keinen Schrecken, er schien nicht eingeschüchtert zu sein. Im übrigen nie. Ein Kind würde das sofort merken, ja sogar erlernen. Manchmal fauchte er gereizt, das sei kein Telefonthema. Wir winkten großspurig ab, mach dich nicht wichtig, Alter, wir leben nicht mehr in solchen Zeiten. Für derlei hatte er eine überlegene Grimasse übrig, was könnten wir schon davon wissen (quasi kleine Schwänzchen!). Und nun, schaut an, wortwörtlich: Was wußten wir schon davon.

ZWEITES DOSSIER

10 Uhr, 10 Minuten. Es beginnt mit einer alphabetischen Namenliste, viele bekannte Namen, Katus, Babica, ein Haufen Esterházys, Onkel Pityu. Inhaltsverzeichnis, einhundertfünfzig Posten, dreihundertfünfundsiebzig Seiten, endet mit dem 9. VIII. 1965, aber es gibt einen Abschlußvermerk, datiert auf den 26. VII. 1977. Während ich ihn las, lief ich rot an, und mir wurde schwindlig. Ich wußte nicht, daß mein Körper so funktioniert. Den Geheimen Informator mit dem Decknamen »Csanádi« hat das Innenministerium (usw.) unter Verwendung kompromittierender Angaben als Agenten angeworben. Was denn, was konnte das sein?

Vor Berlin ist dies mein letzter Arbeitstag, ich kann nicht einhalten, wälze alles hin und her, versuche, mir unser Leben in der Kindheit aus dieser Perspektive vorzustellen. Was gibt es her? Dieser Schlamm, Dreck, Unrat. Ein (ein, zwei) Leben gingen hin, zurück kam nichts.

Wie irreführend, was wir sehen (meinen Vater).

Donnerstag, 17. Februar 2000
Gestern im Amt konnte ich nicht mit M. sprechen, vor einer halben Stunde rief ich ihn an, er wird zurückrufen. Jedesmal, wenn das Telefon läutet, springe ich so aufgeregt und hysterisch auf, daß ich – nein, in den Spiegel würde ich jetzt nicht gern sehen.

Ich habe ständig eine Schwere im Herzen, auf dem Herzen – unabhängig von meiner konkreten Stimmung. Ich habe mich ein wenig verändert.

Gerade kam mit der Post ein Artikel der »Frankfurter Allgemeinen Zeitung«, eine Kritik, der ich entnehmen kann, wie leicht und elegant ich umhergleite zwischen den menschlichen Dramen und historischen Kataklysmen oder was auch immer …

Ich habe mit M. gesprochen. Liegt es am Telefon oder an meinem Verfolgungswahn, aber er scheint mir kühler geworden. Von den Sätzen, die ich mir zurechtgelegt hatte, brachte ich nur einen heraus, und den auch nur zur Hälfte. Methodisch nur das erste … und mir fiel das Wort Dossier nicht mehr ein … deshalb fing ich an zu stammeln und zu stottern … Wie menschlich dieses Herumtappen um ein Wort herum erscheinen mußte … Ich sagte, daß ich bald wiederkäme, und bedankte mich. Dazu sind wir verpflichtet.

Mir fällt ein: Ab jetzt werde ich auch das als Abkürzung notieren, E, der Einfall, wie T und S, um zu zeigen, daß er eine Art Automatismus ist, der Einfall kommt unkontrolliert, so arbeitet der Körper, konkret das Hirn, das heißt, ich will mich nicht als bewußten Menschen zeigen, sondern als Lebewesen, als sprechendes Tier. E: daß man herausfinden müßte, wie viele Aristokraten Spitzel wurden. Zugegeben, es ist so, als wollte ich den Fall meines Vaters mildern. Nein, ich mildere ihn nicht.

Gitta meint, daß meine Mutter es wußte, wissen mußte. Ich höre ihr gereizt zu, und da war ich noch freundlich. Dein Schwiegervater ist Teufel und Engel in einer Person, hätte Mama einmal zu ihr gesagt. Das beweist nichts. Auch mit Schnaps und Weibern kann man bei den Engeln beziehungsweise bei den Teufeln landen. Man probiert.

Freitag, 18. Februar 2000

Samstag, 19. Februar 2000
Hätte ich gestern mit irgendwas begonnen, womit?, und dann
wegen irgendwas, weswegen?, doch nicht. – Dieser Satz könnte
sogar für ein ganzes Leben stehen.

Ich stelle mir vor – auch das muß abgekürzt werden, V, sie kommen auch nur so, die Bilder der Vorstellung. T, S, E, V: daß mir die
Sprache verlorengeht. Mit meinem Vater verliere ich meine Sprache. Ein prächtiger Gedanke, pure Koketterie. Davon ganz zu
schweigen, daß ich meinen Vater nicht verloren habe, es gibt ihn,
er ist da, er ist der, der da ist. Nicht einmal ein neuer Vater ist er –
wie viele Male habe ich gesagt und geschrieben, daß ich ihn nicht
kenne, daß wir ihn nicht kennen… Bitte sehr! Jetzt kenne ich ihn
auch nicht besser. Nicht, daß ich glauben würde, er hätte Auskunft geben können.
    Wie hätte er reagiert? Er hätte geschwiegen, den Kopf ge-
senkt, wäre rot geworden. Das Band wäre gerissen, und er hätte
angefangen zu heulen, mit trockenem, grobem, männlichem Be-
ben. Oder, im Gegenteil, er hätte mich unnatürlich lange angeschaut, kalt wie ein Offizier von der Ávo, und hätte vor mir aus-
gespuckt: So ist es. Hat nichts zu bedeuten. Dann hätte er mit der
Schulter gezuckt. Schöngeist, hätte er geringschätzig gedacht.
Und ich hätte gebrüllt. Auch geheult. Was er verachtet hätte. – Es
reicht.

Nicht meine Sprache habe ich verloren, ich habe nicht sie verloren, aber meinen Namen, den habe ich tatsächlich verloren. Wir
kamen bisher gut miteinander aus. Ich habe ihn ständig benutzt,
ausgenutzt, mich auf ihn gestützt. (Ohne Gewissensbisse habe
ich ihn für gute, niveauvolle Dinge genutzt. Und ich mußte ihn
auch kennenlernen, herausfinden, was er ist.) Von mir aus wollte
ich nicht Schluß machen (in der Annahme, daß es unmöglich

ist). Aber es ist Schluß. Ein berauschender, erschreckend berauschender Gedanke, besser gesagt, eine Situation. Ich kann es mir jetzt auch nicht vorstellen, erst wenn es so weit ist, wenn ich es mache, wird man sehen, wovon ich rede. Versichert sein – gibt Sicherheit! Hier und jetzt nicht, das ist sicher.

Jetzt bedeutet das Gedicht von István Kemény (S. 539) etwas anderes:

Geh zu den Deinen
Süßer Name mein, esthajnal
Von dem bloßen Menschen
Flieg, flieg davon

Der Himmel hat keinen Namen mehr
Die Erde hat keinen Namen mehr
An dem bloßen Menschen
Wozu das all

Nichts hat einen Namen mehr
Frei sind nun die Namen
Süßer Name mein, kluger Name mein
Geh zu den Deinen

Also V (ich hatte die Vorstellung), es meinem Freund zu zeigen, wenn ich damit fertig bin. Ich rufe ihn an, daß ich kommen würde, ich möchte, daß er liest, was ich geschrieben habe, und wann ich nicht stören würde, aber du darfst nicht nein sagen.

Warum dürfte ich's denn nicht sagen? (Ich schweige.) Gibt es ein Problem?

Kein Problem, Problem nicht, sondern eine Tragödie. Aber keine Panik, ich würde ihm nur ein kleines Gewicht auf die Schultern legen, ich weiß, daß schon viel darauf liegt, aber... aber auf wessen soll ich es legen, wenn nicht auf seine. Vorhin in der Vorstellung war es irgendwie besser, jetzt beim Niederschreiben werde ich zu ungeduldig.

[Während ich diese Zeilen schreibe, zieht draußen ein schweres Unwetter auf. Die Bäume neigen sich unheilverkündend, das Haus knarrt. Der Himmel verfinstert sich, Dunkelheit am Tage, grausig wie in einem Bergman-Film. V, daß ich ein Urmensch bin, der mit den Elementen kämpft. Das stellt sich nun als das Glück dar: selbst ums Dasein kämpfen, ums Überleben. Nichts anderes machen, an nichts anderes denken, Holz sammeln, das Feuer erhalten; ich hätte nichts anderes zu tun: nur überleben. Ich hätte kaum eine Chance, denke ich jubelnd.]

Gitta (wie ich eben durchs Zimmer gehe, um Tee aus der Küche zu holen): Meine Illusion, daß es jemanden gibt, den man nicht verbiegen kann, ist verflogen. Dein Vater wäre mein Kandidat dafür gewesen. – Auch sie dreht und wendet es in jedem Augenblick. (»Alles ist immer gegenwärtig.«)

Mein Gott, wie *gut* es wäre, wenn ich das alles nur erfunden hätte. Auch poetologisch paßt es zusammen, die Nonfiction als Fiction usw. Das alles als (geniales!) Phantasieprodukt. Und mutig. Moralisch wäre die Idee fragwürdig – aber: Für alles muß man zahlen. Ein neuer faustischer Pakt, ich als Leverkühn. Das fehlte noch.

Amüsant, daß der Text im Prinzip nicht erkennen läßt, ob es tatsächlich so ist oder nicht. Nur mein Wort, nicht meine Wörter, ist Beweis, wovon ich schon zu Beginn feststellen konnte, daß es keine starke Trumpfkarte ist (Märchen vom kleinen Hirtenjungen). Natürlich sind die vier Dossiers ein ziemlich handfester Beweis.

Ob es mir gut gehe, fragt am Telefon die zauberhafte R. Guuut, ich dehne das Wort, ächzend, faul und zufrieden, wie ein Romanschriftsteller, der zehn Jahre an seinem Buch geackert hat, Galeerenarbeit, und nun fertig und ein bißchen müde ist, ein bißchen bekloppt, ein bißchen glücklich und ein bißchen leicht.

Ich würde ja noch meinem Vater den Ruhm und mir die Zeit lassen. Dann denke ich: Du darfst das nicht, vergiß nicht, du bist nicht Gott. [In der Tat.] <In der Tat.>

Sonntag, 20. Februar 2000
Soeben höre ich im Radio, man entrüste sich darüber, daß die A-[Anwerbungs-] und B-[Betätigungs-] Dossiers der Netzpersonen nicht öffentlich zugänglich gemacht würden, denn diejenigen, die solche Berichte geschrieben hatten, könnten heute zur Belohnung dafür in fetten Positionen sitzen, während die Existenz derjenigen, über die berichtet worden ist, zerbrochen und ruiniert werde; ungefähr so. (Was für ein widerwärtiges Programm ist das, voreingenommen, verlogen, hinterhältig – eben dadurch, daß echtes menschliches Leiden demagogisiert wird –, und wie unangenehm, daß ich jetzt mit ihnen einverstanden bin. Na, die werden auch noch aufheulen.) Mein Vater gelangte in keine Position, er lebte den heroischen Alltag eines Vaters mit vier Kindern, aber ich kann mir nicht sicher sein, daß die Berichte nicht geschadet haben. Sie haben geschadet. Bestimmt haben sie geschadet. Sie konnten gar nicht nicht schaden.

Warum. Warum. Was konnten diese kompromittierenden Angaben sein? Sicher irgend etwas Persönliches. Sex? Gewöhnlich ist es das. Aber was? Von hinten? Mit Hund? Tausend Kartätschen.

Am Abend muß ich zu Zsozsós »Bänderweihball«, ihrer Vorabiturfeier. Angeblich werde ich auch tanzen. Arme kleine Zsozsó. S

Dienstag, 22. Februar 2000, in Berlin
Als würde ich eine Pause machen, von meinem Vater. Ein bißchen Sauerstoff. Möglich, daß ich das ganze Material in einem Atemzug hätte durchsehen sollen: Aber auch das hätte seinen Sinn, die Pause. Damit wollte ich auch nicht prahlen, wie gut ich es durchhalte. Ich weiß auch gar nicht, wie ich es durchhalte. Gar nicht, es ist, als würde ich es nicht für ein Durchhalten halten.

Mittwoch, 23. Februar 2000
Heute vor dreiundvierzig Jahren hat dieses lausige Pack meinen (lausigen) Vater zum Spion gemacht. Jedes Jahr werde ich dieses Tages gedenken, und ich werde beten, ob ich kann oder nicht, wie ein ordentlicher, in Ehren ergrauter Pharisäer. T Und werde dann eine Flasche *sehr* guten Weines öffnen und sie auf sein Wohl leeren. [Ein Zufall, aber heute, bei der erneuten Niederschrift, ist wieder der 23. Februar. Die Lösung ist der »Cervus« von Zoli Heimann; später am Abend.]

Freitag, 25. Februar 2000
Zum ersten Mal wohne ich im ehemaligen Ostberlin (das heißt, Ostberlin gab es nicht, nur Westberlin und die Hauptstadt der DDR), was vielleicht meine Primitivität reduziert, nämlich daß ich unter Berlin auch heute noch (fast nur) Westberlin verstehe, der großmäulige »Wessi«, der ich bin.

Am Morgen ging ich, wie zur Arbeit, ins Wissenschaftskolleg. Ich hatte hier 1996/97 ein Jahr zugebracht, in bezug auf »Harmonia« ein sehr glückliches. Ich hatte äußerst intensiv gearbeitet, der Bibliotheksdienst war wie auf mich zugeschnitten, ich brauchte nur einen Bestellzettel abzugeben, und nach wenigen

Tagen lagen die Bücher auf meinem Schreibtisch. Ich konnte auch jede Menge Bücher verlangen, und das Einzigartige daran war, daß die natürliche Selbstzensur nicht in Gang gesetzt werden mußte, ich konnte allen möglichen Schnapsideen nachgehen, und von, sagen wir, hundert derartigen Albernheiten waren drei bis vier immer verwendbar. Als ich mit dem Buch fertig wurde, sah ich, wieviel Unterstützung ich damals bekommen hatte. Daß sie mir dabei geholfen haben, wobei einem nie jemand helfen kann, beim Romanschreiben. Wofür ich sehr dankbar bin. Wenn es einen Grund dafür gibt, sage ich unschwer danke. Danke.

Ich bin jetzt hier, um für die deutsche Übersetzung von »Harmonia« Zitate zusammenzusuchen, die ich verstreut in den Roman aufgenommen habe; so ist es einfacher als aus dem Chaos meiner Zettel, auf denen das deutsche Original oft gar nicht vermerkt ist. Zudem war ich nach der langen Arbeit müde, diese Bibliotheksbesuche schienen mir eine gute Abschlußrunde, Arbeit zwar, aber nicht viel, man muß nicht viel denken, aber ich halte mich zwischen Büchern auf. Damit konnte ich nicht rechnen, daß mein Vater so hineinwüten würde, und die Runde ist hin.

Aber da es sich schon so ergeben hat, schröpfe ich sie von neuem. Gesine Bottomley, Leiterin der Bibliothek (und Hauptadressat unserer Erkenntlichkeit), verwies mich an eine ihrer Mitarbeiterinnen, an Frau Rein (merkwürdig, daß ich in Budapest, in der Nähe der Berichte, fast automatisch nur Anfangsbuchstaben geschrieben habe, hier aber sofort den vollen Namen; weil ich während des Schreibens auch moralische Erwägungen anstelle, nicht nur, wie gewöhnlich, ästhetische, bin ich stilistisch verunsichert), der ich »mein Thema« vortrug. Stasi in der Familie. Verrat. In erster Linie Vaterverrat (ich bin scharf auf Vaterverrat, ich lebe und sterbe dafür – letzteres stimmt halt sogar). Die mythischen Fundamentalverrate. Und was sagen die Verräter über sich selbst, warum sie Verrat begingen. Und ich vermeine mich zu erinnern, daß auch Görings Sohn über seinen Vater geschrieben hätte, Nazikinder also, das würde mich ebenfalls interessieren. (Sorry, Papa, ich weiß, das nun ist übertrieben ... Schon damals, dort, wurde ich dabei rot.) Hauptsächlich würde mich beschäftigen (!), sagte ich leidenschaftslos wie ein Flaubert, wie sich eine andere Welt auftut: die Überraschung. Daß jemand nicht der ist, der er ist. Und wer also ist es, der er ist.

Schön und inspiriert habe ich gesprochen (ich kann nicht ausstehen, daß ich es so schreiben muß), auch mein Deutsch hatte einen guten Tag. Ich sprach wie jemand, der etwas weiß, etwas vom Leben. Tief. Tausend Kartätschen.

Sofort erzählte mir Frau Rein eine Geschichte – fein, intelligent sprach sie –, deren Akteure sie persönlich gekannt hatte, wo der Ehemann jahrelang berichtet, bespitzelt hat, dieser Ehemann es jedoch nicht so sieht und seither wiederholt, er habe (nur) der Stasi die Motive seiner radikalen Frau erklären wollen, sie also letztlich geschützt. [Vera Wollenbergers Fall.] Literatur darüber würde sie mir noch geben.

Er besetzt mich vollkommen – mein Vater. Vorgestern zum Beispiel rief mich ein legendärer großer deutscher Verleger an, er würde mich gern als seinen Autor sehen und auch hierherfliegen, wenn es mir recht wäre, und anstatt voller Stolz mich zu freuen, daß man mir so freundlich und überraschend die Koved gibt, bin ich nur *mit diesem* voll, Papa, E, du hast mir den Speichel im Mund vergällt.

Und was ist mir außer dem Speichel noch vergällt? Es ist wenig Bitternis in mir. Ich müßte Nádas fragen, er kann so gut analysieren (mich), aber ich sage das nicht aus Bosheit, wie wenn wir etwa sagen, ich bin zu dumm dafür, womit wir meistens meinen, wir seien so klug, daß wir unsere Klugheit gar nicht mehr zu benutzen brauchen, nichts in der Richtung hab ich im Sinn; also, mein lieber Alter, war bisher Bitternis in mir oder nicht? – Offenkundig schon, doch keine ganz persönliche Bitternis. Jetzt habe ich jedenfalls alle möglichen Arten davon in mir, und den Speichel noch dazu. Was natürlich nur dann schlimm ist, wenn ich damit nichts anfangen kann.

Dergestalt aus meinem Vater »vertrieben«, werde ich auf vieles verzichten müssen. Was für eine natürliche Grundlage war er für mich, um mich auf ihn zu berufen, eine ironische, aber reale. Wie mein Vater zu sagen pflegte, pflegte ich zu sagen. Not bad, wie mein Vater zu sagen pflegte. Ich konnte mich so gut auf ihn stützen. Wenn ich es sagte, wurde auch ich irgendwie mehr, sofort wurde ich Teil einer Tradition, ein solches Wort bekam Gewicht, sosehr ich auch, nach meiner Beschaffenheit, die Szene verlachte. Damit ist es aus, mit dieser Leichtigkeit meines Seins.

Plötzlich, jetzt (22 Uhr 46, ich hab auf die Uhr geschaut, scheiß auf diesen realistischen Mist! (nach Hrabal: Onkel Pepin)), eine erkenntnishafte Vision: Ich verlasse alles, was ich bisher war. (E: Für den Größenwahn muß man bezahlen.) Mathematik halt, usw. Optimale binäre Suchbäume, der Titel meiner Diplomarbeit als Romantitel. Optimum binary search trees. A novel. A love story. Ich pfeife mir eins zwischen den Suchbäumen, damit ich mich nicht fürchten muß.

Der Magvető-Verlag hat mir die Fahnen des Romans nachgeschickt. Ich schnuppere feierlich daran. Mit der Arbeit wird das dann schon verschwinden. [Ursprünglich wollte ich zwei Dinge gleichzeitig: die Fahnen ordentlich durchsehen und Notizen machen »zum Vater«. Aber schnell war mir klar: entweder Fahnen oder mein Vater. Doch ein paar Notizen blieben.]

S. 44 f.: Wieso, was kann denn passieren? (...) Der Schnee schmilzt, der Frühling kommt. Ja, ich sitze hier im winterlichen

Berlin, Schnee um mich, und der Frühling kommt. Das heißt, unsere einzige Hoffnung ist das Vergehen der Zeit? Hübscher Gedanke.

S. 57: Wenn zum Beispiel der Sohn meines Vaters seiner Freude darüber Ausdruck verlieh, daß sie eine große Familie waren, ein bißchen Goethe, ein bißchen Bonaparte, mit Helden unter ihnen und Verrätern, bat es sich mein Vater empört aus, was denn für Verräter?! Wer denn konkret?! Konkret, fuck it, du. So darf man doch nicht reden!! Offensichtlich hielt er die Existenz eines solchen prinzipiell für ausgeschlossen. Tatsächlich hatten wir einen solchen kleineren Disput, als ich ihm die Passage über Dreyfus (S. 463) zeigte, die auch separat erschienen war. Ich hielt seine Entrüstung für ein Zeichen seines Alters: Soviel Schlechtes und Schweres und Schmerzliches war ihm im Leben widerfahren, daß er im Alter nicht mehr objektiv sein wollte, es sollte bloß alles schön sein. Aber seine Gereiztheit, ich weiß es noch, überraschte mich. – Hier, von den Seiten 57 und 58, könnte ich durchgehend abschreiben. Im übrigen ist ausgerechnet mein Vater ein gutes Beispiel für den sog. Verräter-Meinvater. Der Autor als Prophet – schon wahr, in vollstem Maß in seinem eigenen Land. Er war jener ständigen Aufmerksamkeit müde, der man sich am Ende des 17. Jahrhunderts unmöglich entziehen (entgehen, drumrumkommen) konnte. Er wäre also müde geworden? Jetzt fällt mir auf, daß ich aus den Romankapiteln mit demselben (anderen) Farbstift abschreibe wie aus den Agentenberichten. Jetzt sind das die Berichte. Praktisch lese ich sie daraufhin, was der Text, der mehr weiß als ich, über meinen Vater verrät.

S. 65: Autobiographische Notiz. Sie nehmen alles an (…), der Reichtum des Seins befriedigt Sie vollends, das ist es, was Sie annehmen, diesen Reichtum, in dem das Böse und Häßliche das Gute und Schöne nicht aufhebt, nicht neutralisiert, sondern steigert, diese wie sich selbst, eins das andere – und all dies ist deswegen so, weil Sie noch nie vor einem Hinrichtungskommando gestanden haben, sagte der Leiter des Hinrichtungskommandos während der Arbeitszeit zu meinem Vater. Und stehe ich jetzt vor einem Hinrichtungskommando? Ach was. S

S. 94: Die Angst packte ihn an der Gurgel. Etwas mehr im Magen ... usw. Auch unter dem Eindruck der neuen Ereignisse könnte ich die Angst nicht zutreffender beschreiben. Unter diesem Gesichtspunkt – und da auf Erden, wie wir wissen, alles nur existiert, damit es zum Buch wird – war es tatsächlich überflüssig, daß mein Vater ein Spitzel war.

Ein mehrfach abgenagter Satz, aber er steht jetzt in neuem Licht: Ich schlage nach meinem Vater. [Jemand (»ein Leser«) vorgestern: Sie schreiben so schön über Ihren Papa, so schön! Ihr Vater kann stolz auf Sie sein, und Sie auch auf ihn. Meine Antwort ist ein bescheidenes, aber nicht würdeloses, demütiges »oh, ja«.]

Samstag, 26. Februar 2000
Gestern war der Namenstag meines Vaters, erst jetzt merke ich es. Gott erhalte dich, Alter. Festtag auf Festtag: am 23. der neue Geburtstag, jetzt Matthias der Eisbrecher. Findet er keines, macht er eines – das hatten wir oft genug von ihm gehört, stolz gemurmelt, als würde er tatsächlich glauben, daß er tatsächlich – wenn – Eis mache. Wegen des Schaltjahres war es gestern und nicht am 24. Auch das hat er uns mehrfach erklärt, ist doch klar, Jungs?!

[Ich habe geträumt, daß mich der Verlag zwingt, im Buch, in diesem, ein Foto von meinem Vater zu veröffentlichen, »nicht daß ein argloser Leser ihn in sein Haus läßt«. Auch den Satz habe ich geträumt.]

S. 119: *Mein Vater war ein Ungeheuer* ... Welch eine Wonne war
es seinerzeit, dies hinzuschreiben, nämlich aus einem eindeutig
unwahren Satz einen wahren zu machen, das macht die Sprache,
die Literatur. Auch Stolz erfüllte mich, scheint mir. Daß ich die
Welt so frei handhaben konnte. Mittlerweile ist es gleichgültig,
was gewesen ist, ist gewesen.

S. 129: Nach Meinung meines Vaters ist *das Erstarken der Entropie mit der Sündhaftigkeit der Menschheit in Beziehung zu
setzen.* – Aber daß mein Vater persönlich mit der Entropie in Beziehung zu setzen sei, daran dachte wohl *niemand*.

S. 108: *Ausschließlich seine Leiden machten ihn, den Teuer-
sten, des Erwähnens wert.* Er ist kein Leidender! [Meiner Schrift
ist der Jähzorn anzusehen, der Stift knirscht fast: Er ist kein Leidender! Darüber grüble ich jetzt nach. Einerseits: Doch, er ist es.
Offensichtlich. Bestimmt. Andererseits: Er war inzwischen auch
anderweitig des Erwähnens wert.] <Anscheinend lese ich es,
und besonders die Agentenberichte, so, als könnte ich jederzeit
daran krepieren. Das ist überzogen. Wenn ich die Stasigeschichten lese, sehe ich: Mehr oder weniger wird's überlebt.>

S. 143: *Kein schlechter Tagelohn, wie er immer zu sagen
pflegte.* Er pflegte es wirklich zu sagen. Jetzt fällt mir ein (es ist
nicht E), daß ich es glaube vergessen zu haben, obwohl ich's
wollte, diesen Satz nämlich in das Zweite Buch einzubauen.
Macht nichts. Ich habe in bezug auf das Buch ein so ruhiges,
hochmütiges Gefühl: Ist es vergessen worden?, macht nichts, hat
keine Bedeutung. Dem Buch gehört auch der Fehler. Ein Fehler
hier oder da – es zählt nicht. (Oh, ich prahle ja nur.) – Und hat er
denn von denen Tagelohn erhalten?

Sonntag, 27. Februar 2000
Ich habe wieder von Papa geträumt, früher nie. Aber ich kann es
nicht rekonstruieren, eine verworrene Handlung, irgendwelche

Unterlagen schlunzig durcheinandergewirbelt, und er läßt erahnen, daß Mama daran schuld ist. Zuerst, als sein Gesicht im
Traum auftauchte, hatte ich ein gutes Gefühl. (Ich sah es von
ganz nahem.) Als ob ich einen Vater hätte (und als ob das gut
wäre). Auch von Onkel J. L. war die Rede, als hätte ich's bestellt.
Arbeitstraum.

Er war angeblich Geheimagent, sagt Papa, und noch etwas,
aber daran erinnere ich mich nicht mehr.

Die Leute reden auch von ganz anderen Dingen! – aber habe
ich das wirklich gesagt? Im Traum nahm ich mir vor, Schluß mit
den Märchen, ich frage ihn.

[Er hätte sowieso nichts Inhaltliches sagen können. Sie müssen lügen, damit sie daran ja nicht zugrunde gehen. Und wenn
sie die Wahrheit sagen, ist es, als würden sie lügen, sie lügen die
Wahrheit, damit sie nicht zugrunde gehen. – Mein Gott, wie
lächerlich ich war, als ich ihm wie ein Klugscheißer vorschlug,
er solle seine Memoiren schreiben. Seine Memoiren. Alter, du
weißt so viel, und es ist ein solches Wissen – ich hatte berech-
nend eine Pause eingelegt –, das ausschließlich dir gehört. Er
hatte nicht einmal abgewinkt. Hatte genickt, mich mit den
Augen ausgelacht.

Oder wäre es doch besser gewesen, ihn rüde anzugreifen?! Er
wäre höchstens daran gestorben, na und! Gestorben ist er auch
so. Aber vielleicht hätte er Kräfte bekommen von der Schande
(von mir)...]

S. 153 f.: Ich denke nicht, daß ich ein besonders guter Sohn gewesen bin, er also besonderes Vergnügen an mir hatte. (Mir sind
meine Söhne und Töchter gute Söhne und Töchter.) So schlecht
aber auch nicht. Ich war Mittelmaß. Doch beim Abschreiben der
folgenden Zeilen habe ich keine Gewissensbisse: Könnte es möglich sein, daß die Beobachtung selbst, die Observation durch den
Sohn es ist, was meinen Vater tötet (tötete) (...) ? Deswegen ist es

133

verboten, den Vater zu berühren. Wer wollte schon Mörder seines Vaters sein, und sei es mit nur 50% Wahrscheinlichkeit. Der unglückselige Schrödinger schlug also vor, man sollte den Kasten irgendwo an einem Dreiweg abstellen, er selbst würde ihn ungerne tragen, er habe einen schmerzenden Fuß, irgendeine Entzündung, der Fuß sei ganz geschwollen. [Absurd, und ich erwähne es nur, weil es witzig und wahr ist (sozialistischer Realismus pur): Der Fuß tut mir weh, irgendeine Entzündung am linken Fuß, ich nehme Rheosolon, es geht etwas besser.]

S. 157: ... während er ein braunes Lederobjekt, einen Fuß im Durchmesser, vor sich herstieß. Aha, urteilte der Sohn meines Vaters, eine Sünde, das ist eine Sünde. Aha.

Montag, 28. Februar 2000
In einer heruntergekommenen (oder spartanisch schlichten) Theaterkantine traf ich mich mit dem legendären Chef des erwähnten legendären Verlages. Es war fast so wie damals, als Puskás mir die Hand gab (»er hat Lenin noch gesehen«). Ich hatte nicht den Eindruck, als könne er meine Romane auswendig zitieren. Wir haben uns gut unterhalten, umringt von Konjunktiven, denn ich hatte unmißverständlich deutlich gemacht usw. Eine väterliche Gestalt; diesem Begriff verleiht er Gehalt. Ich werde nie vaterartig sein. Wenn ich gelegentlich von der raffiniertesten elterlichen Hybris, dem Verantwortungsgefühl, überwältigt werde, vermag ich mich so zu benehmen, zur nur mäßigen Freude meiner Kinder. – Das Verwenden des Wortes »mäßig« in diesem Sinn habe ich von meinem Vater gelernt.

Ich bin müde, habe den ganzen Tag an den Fahnen gearbeitet (ein gutes Gefühl). [Neu ist, wie die ständige Schwere in meinem Herzen sich mit dem aus der Arbeit sich ergebenden Jubel vermischt. Ich kann dem kaum folgen.] Am Abend mit George Tabori im Theater, gewissermaßen Hand in Hand. Ich kann mit ihm (und er mit mir) so dasitzen wie mit meiner Mutter; das tut gut.

S. 236 f.: … euch, mein Junge, euch schuldet er Verantwortung, jetzt sag mir, wo er sich schon wieder herumtreibt … Ich sag es dir, Mamachen: Er treibt sich nicht herum, sie schmieden Pläne, er und Hauptmann Tóth, dort treibt er sich herum … vergebens, vergebens betet meine Mutter ihre Litanei herunter, es gibt nichts zu fragen, es kann nicht gesagt werden, wo mein Vater ist, wenn er nicht irgendwo ist, und das nicht etwa, weil er sich geschickt versteckt oder es zu wenig Informationen gibt, sondern weil es gar keine gibt. Meine Mutter jagte ihr ganzes Leben versteckten Parametern nach. Ich werd' schon noch diesen Parametern auf den Busch klopfen, pflegte sie zu sagen. Aber, wie wir heute wissen, war das prinzipiell unmöglich. (…) *Mein Vater hängt von der Frage ab.* Immerhin, *jetzt* klingt der Textteil schillernder als bisher. Ontologie und Historie, wie sie jetzt, in der Umarmung, plötzlich zu tanzen beginnen. (Zuviel.)

… ein erstklassiger Kopf, nur eben ein Schwächling, ein Scheißkerl, sagt im Roman die Mutter. Was hatte sie außerhalb des Romans gewußt? Vor ihrem Tod war sie so schwach, daß sie es bestimmt nicht hätte für sich behalten können, sie hätte es ausgeplappert.

S. 245: … wandte ihr das Gesicht zu, von dem sie geglaubt hatte, es zu kennen, und das bis zum Tode (von niemandem) erkannt wurde. Na bitte.

Wer konnte ihm denn jemals böse sein? (Übrigens ein Satz von Magda Szabó.) Auch ich konnte ihm nicht böse sein, selbst nicht, als er unserer Mutter so weh getan hatte. So ist die Ehe beschaffen, dachte ich. Ihre Definition: Der Ehemann (die Ehefrau) ist der Mensch, der seiner Ehefrau (dem Ehemann) den größten Schmerz bereitet.

Aber jetzt bin ich doch böse auf ihn; nicht persönlich, wenn man so sagen kann – denn ich habe dem jetzt deutlich werdenden vielen Schlechten auch vieles zu verdanken; jenes von mir oft betonte lächerliche Verlangen, die Welt kennenzulernen (»was zum Henker soll das sein«), konnte ich wirklich befriedigen. Ich nehme dir übel, Alter, daß es die Werte, die du für alle erkennbar vertreten hattest, nicht gibt, es hat sie nicht gegeben (beziehungsweise gab es sie, da sie nicht von »Harmonia« erschaffen wurden, aber nur durch niedrigste Rückgratlosigkeit). Ich nehme dir übel, daß du die Welt arm gemacht hast.

Nur durch mich selbst, würde er vielleicht mit einem kräftigen Achselzucken antworten. Ich mache mit mir, was ich will. Was ich kann. Und ich pfeife auf deine Wünsche. Deine luxuriösen Wünsche. – Ich hätte Angst vor diesem Mann. Womöglich würde er mich umbringen. Ich glaube, er würde mich, wenn es sein müßte, wirklich umbringen. Bisher konnte ich das von *Bekannten* nicht denken. Offenbar hielt ich es deswegen für unvorstellbar, daß in meinem Roman jemand »richtig« töten würde. »Zwei Tote lagen schwarz im Januar Brasiliens.« Einen solchen Satz hätte ich mir selbst nie abgenommen. Dabei ist es ein guter Satz. Ob das Töten jetzt bei mir seinen Auftritt hat?

Jedes (geschriebene) Buch ist ein Verbot: Betreten verboten. So weichen wir von Buch zu Buch weiter zurück, dehnen das Verbot langsam auf unseren eigenen Garten aus. »Harmonia Cælestis« ist ein gewichtiges Verbot, es deckt eine große Fläche (von mir) ab. Nicht das Schicksal meines Vaters, sondern der Roman untersagt mir die Familie, die Esterházys. Mein Vater hat lediglich meine Lage geklärt (mich klüger gemacht).

Mittwoch, 1. März 2000
K. sagt auf seine schonungslose, direkte, wahrheitsgetreue Art

über einen Schriftstellerspitzel: Der Glückspilz! Was für ein Stoff! Und daß jemand aus einer solchen Nähe, gleichsam innig die Niedertracht studieren kann! – ich verstehe, was er meint.

Wie selbstverständlich ließe sich, liest man die Fahnen, über das eine oder andere in bezug auf das Buch schwadronieren, aber in diesem Fall geht es nicht. In diesem Fall geht kaum etwas. Einschränken, einschränken. [Mir fällt ein, es gibt Autoren, die immer so arbeiten und nicht nur dann, wenn ihr Vater ein Spitzel ist, zum Beispiel Miklós Mészöly.] Die Agentenberichte müssen zu Ende gelesen, von ihnen muß berichtet werden. Dann kuschen.

S. 255: … diese aus der Ferne heldenhaft und farbig leichte, aus der Nähe betrachtet aber graue und kleinliche Lebensführung, diese rattenhafte Maskerade… Wie die leere Phantasie in grauen Realismus verwandelt wird.

S. 266: Was das Ausweichen anbelangt, ist mein Vater der King, einfallsreich, souverän. Es stimmt nicht, daß er zynisch oder relativistisch wäre. Dein Vater ist leer, klar ist er souverän: Das stimmt nicht. Oder stimmt doch.

S. 282: Mein Vater schweigt hartnäckig. Schlottert und schweigt. (…) der Abscheulichkeit Pulse schlagen. Pulse schlagen; und ich habe geglaubt, daß mein Herz schlägt.

S. 300: Es gäbe allerdings auch eine andere Möglichkeit der Annäherung, welche davon ausgeht, daß in der Formulierung meines Vaters das Hilfsverb »sein« auch futuristisch interpretierbar ist. Dann wären die Worte meines Vaters die folgenden: Ich bin der, als der ich mich zeigen werde. Also ist die Frage, wer mein Vater ist, nicht abgeschlossen. Mein Vater wird sich zeigen, wieder und wieder. Um im Ton zu bleiben: Gott geb's!

S. 307: Ein Glück, daß er es nicht erzählt hat, denn das wäre dann wieder für meine Mama zuviel gewesen. Und mein Vater, bei dem alles zusammenlief wie die Wasser in den Ozean, dachte sich (als er noch lebte), es gibt sicher auch jemanden, einen Jemand, der mir nicht alles erzählt, damit es auch für mich nicht zuviel wird. Was bedeutet das jetzt? Wie gut für mich, die Götter passen auf mich auf, oder daß immer noch nicht alles gesagt ist? (Als ob sich im Buch selbst ein vor mir verstecktes Wissen verborgen halten würde, so lese ich es. Wenn das kein Hochmut ist, weiß ich nicht, was.)

Irgendwas ist, das spüre ich, ungültig geworden. Aber was? Alles kippt. Oder war immer schon alles gekippt, nur daß ich es bisher, sagen wir es so, begrenzt zur Kenntnis genommen habe?

Donnerstag, 2. März 2000
Es will mir nicht in den Kopf, was ich beim Rührei falsch machen kann. Ich mag nicht allein sein, deshalb bin ich (lebe ich) selten allein, aber jetzt paßt es mir (abgesehen vom Rührei).

Freitag, 3. März 2000
Im Theologischen Wörterbuch der Bibel nachschauen: Verrat, Betrug, Kollaboration (Synonyme). [Habe mißmutig nachgeschaut. »Es ist vergeblich, Illusionen zu nähren über einen verlassenen Menschen, das ist instinktive Verlogenheit.« Buch der Psalter 116,11: Ich sprach in meinem Zagen: Alle Menschen sind Lügner. – Mein Vater war ein sog. verlassener Mensch.]

S. 326: Denn als er nach einigen Tagen aus dem Gefängnis entlassen wurde – keiner weiß, was dort passiert war –, fing er immer und immer wieder zu weinen an. Nach dem 4. November 1956 brachten sie ihn nach Pomáz oder Szentendre, an das Wegbringen erinnere ich mich nicht, erst an seine Heimkehr nach einigen Tagen. Seine Brillengläser waren kaputt. Ich dachte, er war geschlagen worden. Später begann ich ihn zu befragen, aber ich bekam verschmierte Antworten: Angenehm war es nicht gerade. Aber was ist geschehen, hat man dich geschlagen? Mehrmals habe ich es versucht. Einmal sagte er, sie hätten ihn auf die Beine geschlagen, auf die Krampfadern. Und tat das weh? fragte ich idiotisch. Das kann man so sagen, sagte er und nickte wichtigtuerisch. Oder kommen die Krampfadern von den Schlägen? Wie mies und löchrig mein Hirn ist. – Was <u>Dichtung</u> und <u>Wahrheit</u> betrifft, so gehört das Weinen ausschließlich mir, nach dem 5. Mai 1998 (Vaters Todestag) weinte ich eine Zeitlang ständig wieder und immer wieder, und das geschah so oft, daß ich zu zählen begann, der Rekord [lag] bei 21, 16mal ganzes, 5mal halbes Weinen.

S. 415: Er (mein Vater) freute sich über alles, was da war, in einem Maße, daß er keinen Unterschied zwischen Gut und Böse machte, er verspürte dazu keine Veranlassung. Ach so … wenn es so ist …

S. 422: … und anschließend denunzierte er (mein Vater) diese Verschwörungen. Das verdammte Arschloch! Yes.

S. 446: Daß es Menschen gibt, die keinen anderen brauchen. Ich für meinen Teil bin nicht so einer, aber er für seinen Teil ist so. Ich habe mich geirrt. Wieder: Aber daß ich mich so sehr geirrt habe, wußte ich nicht. Daß er so sehr jemanden – egal wen – gebraucht hat, in dessen Gesicht er sich selbst gesehen hätte.

S. 458: Die Frage: Und ist es nun wahr oder nicht, und ist das Merkwürdige daran, daß es passiert ist, wirklich passiert, oder ist die Welt so, daß es eben deswegen passieren konnte, weil es merkwürdig ist. Oder mein Papa ist merkwürdig. All das sagt das Buch über den Witz als Gattung, schon eigenartig.

S. 463: … die Esterházys sind, und zwar jeder einzelne von ihnen, vom Scheitel bis zur Sohle herausragende Männer … ausgenommen den (Selbstzensur). S T

S. 539: Ein Vater, der ausschließlich durch den Sohn existiert. Das dachte ich tatsächlich ein wenig so, mit hinter Demut versteckem Hochmut. Aber dem ist nicht so. Es gibt ihn, unabhängig von allem gibt es ihn (meinen Vater), und jetzt will ich begreifen, auf welche Weise es ihn gibt. Wenn ich von meinem Vater rede, denke ich an die Welt. Wie denn so die Welt ist. Ich kann meinen Vater nicht zusammenkleben: Auf der einen Seite liebe ich ihn, respektiere ihn und schulde ihm Dank, ohne ihn wäre mein Leben anders T, andererseits ist er ein rückgratloser Kollaborateur T – ich kann jetzt nicht fortfahren. Lächerlich, dieses ganze Geplärre.

Wie die Zitatverwendung in der »Einführung in die schöne Literatur« mit der Novelle von Danilo Kiš an ihr Ende gelangt ist (der Text als totales Zitat), so ist hier das Ende erreicht, mit der Maskenlosigkeit als Maske. Dieses Spiel »ich bin's – ich bin's nicht – aber dennoch« ist beendet. Von jetzt an muß ich mich verhalten, als – aber das wird sich schon von selbst herausstellen. Wenn es sich herausstellen kann, wer weiß. Verheißungsvoll ist, daß es keine (verheißungsvollen) Zeichen gibt.

S. 429: Diese ganze Abhorcherei! Überhaupt die Telefonate! Wenn ihn zum Beispiel sein Führungsoffizier anrief. Dann senkte er die Stimme, duckte sich weg. Wegen einer Übersetzungssache muß ich sofort weg. Auf dem Gesicht unserer Mutter schwarze Eifersucht, auf unseren Gesichtern leichte Verachtung. – Aber wer meinen Vater ansah, der sah, daß das System nicht jeden zertreten kann.

Bohumil Hrabal ja, meinen Vater ja. – Ich versuche, ihm gute Gesellschaft zu verschaffen.

S. 562: Die Schweine, die, mein Papilein, was weißt du schon, sie werden alle deine Worte auf Band aufnehmen ... usw. An diesem Satz kann ich die »Situation« prächtig demonstrieren: Schweine – stimmt, mein Papilein – stimmt, alle deine Worte – stimmt. Das Was-weißt-du-schon ist die Klinge, die gewendet wird: zu mir, gegen mich, in mich. Was – weiß – ich – schon?!

Es ist so schwierig. Ein großes Gewicht liegt auf mir, ein sehr großes. Ich muß auf mich aufpassen, darf nicht glauben, stärker zu sein, als ich in Wirklichkeit bin, ich darf nicht leichtsinnig sein, nur weil meine Nase nicht blutet, denn es könnte innerlich bluten. »Kleine ungarische Pornographie«: »Die Straßenlage des Trabants ist ausgezeichnet, seine Beschleunigung hervorragend. Dies sollte nicht zum Leichtsinn verführen.«

Samstag, 4. März 2000
In der gestrigen FAZ steht unter »Kleine Meldungen«, daß der Theaterregisseur Thomas Bischoff angeblich ein Stasiinformant gewesen sei usw. Warum ist das eine kleine Meldung? Oder wird es noch eine größere geben?

S. 639: ... die Familie meines Vaters [hatte] vor nichts und niemandem Angst ... Indes ich jetzt erkenne, daß er selbst die Angst in Person war. Das Erschrockensein; man hat ihn jäh erschreckt, und er war erschrocken. Nichts auf der Welt war davon wahrzunehmen. Von ihm lernte ich das Mutigsein (nebenbei aber auch, daß Mut und Kühnheit verschiedene Dinge sind).

Ich habe losgeheult, wie damals im Mai, als er starb. – Ich heule auch jetzt. – Also beim Teekochen habe ich wieder vor mich hin geträumt, hiermit noch zu warten, »Harmonia« soll erst laufen, die Welt soll meinen Vater mögen. Woraufhin jemand fragt (also E), warum, würde ihn denn nach diesem Buch niemand mehr mögen? Da brach in der dunklen Küche plötzlich das Weinen aus

mir hervor, ich lehnte mich gegen die Wand, Schluchzen schüttelte mich, der Kopf pochte mir, die Stirn an den kalten Kacheln...
Ich wollte das Weinen hinunterschlucken, um antworten zu können (als spielte die Szene in der Wirklichkeit):
Man muß ihn nicht mögen. Ich liebe ihn auch nur, weil er mein Vater ist.
Wirklich: ausschließlich deshalb. Aber was bedeutet dieses »ausschließlich«? Und was bedeutet es, diesen Mann zu lieben? (So, da sind wir wieder. Als wäre tatsächlich dies das einzige, was wir im Laufe unseres Lebens verstehen müßten.) Was bedeutete es bislang, und was bedeutet es jetzt? Was wäre, wenn er lebte? Mir läuft die Nase wie einem Kind.
Ich wundere mich über meinen Körper.

Über den Verrat des Ignác Martinovics lesen. [Ich lese nicht.] <Dabei bin ich kein »adliger Magyar«.>

Ich könnte ständig aus den Fahnen zitieren, alles ist aktuell.
S. 728 f.: (Vater zu sein ist eine geheimnisvolle Aufgabe. Auf geheime Fragen entstehen ohne das Wissen der Parteien geheime Antworten. Vater zu sein ist deshalb schwer, weil man sich nicht darauf vorbereiten kann. Was man von Vaterschaft lernen (...) kann, ist alles nicht interessant. Damals wußte ich das noch nicht, aber mein Vater wußte es. Was er nicht wußte, war, daß am Ende immer alles herauskommt. Er wußte es wirklich nicht. Ich aber auch nicht.
S. 731: Ich (tag)träumte, ich würde mich beim Herrgott nach meinem Vater erkundigen. Befragen, ausquetschen, nachbohren. Wie er denn so sei. Ich hätte gerne gewußt, wie er so war. Sicher ist sicher. Damit brachte ich die Zeit im Bauch meiner Mutter herum. Aber der Herr gab selbst auf mehrmaliges Betreiben meinerseits keine brauchbare Antwort. Nun verstehe ich, warum nicht.

Papa, ich kann dich langsam nicht mehr für eine wirkliche Person halten. Du bist, als ob du aus einem Roman heraustreten würdest, aus einem billigen (beschissenen).

S. 815: ... die haben einen Diener aus jedermann gemacht, nur aus Ihrem Vater haben sie keinen gemacht ... Doch, genau das.

Am Abend Telefongespräch mit J., soeben hat sie das Manuskript gelesen. Schade, daß dein Vater es nicht mehr erleben durfte, sagt sie. Da das Buch ja solchen zerbrochenen Leben ein Denkmal errichte. Daß sie im Schicksal meines Vaters, in dieser *schweren Größe* eine Art Wiedergutmachung sehe, daß gleichsam mein Vater statt ihrer, statt dieser anderen Leben, geblieben sei usw.

Warum, verflucht noch mal, das versauen, Alter?! Oder ist's nicht versaut? Im Gegenteil? Wir erfahren so mehr über die »Welt«, über die wie auch immer geartete »Beschaffenheit des Seins«? Ich weiß nicht. Ist es möglich, daß die Enttäuschung, die mein Vater nun bereitet (seinen Lesern – darüber darf ich doch wohl ein wenig lächeln), daß sie ihnen angemessen ist? Daß sie sie nötig haben? Ich sage es genauer: Daß wir sie nötig haben? Und was davon entfällt auf mich? Das ist es, was mich angeht.

S. 867: »Dann seid ihr also bereit, fürs ungarische Vaterland zu sterben, oder was?«
    »Jawohl, Papi, wir sind bereit.«
    Darauf heule ich abermals los. Zum Lachen. Obwohl dies doch (nur) ein Gasttext ist, eine solche Szene hat es in meinem Leben nie gegeben. Allmählich fange ich tatsächlich an, »Harmonia« für die Wirklichkeit zu nehmen, in mir zeigt sich der primitive Referenzleser, unser postmodernes Renommee ist hin.

Montag, 6. März 2000

S. 899: Jetzt wurde mein Vater wirklich einsam. Wir ließen es zu, daß alles mit ihm passierte. Ich auch. Ich sah, wie ich mich mit leichtem (bestenfalls halbschwerem) Herzen mit Niederlagen, mit Versuchen abfand. (Z. B. Konversation – ich bereitete »Themen« vor, Kultur, Sport, Politik, Persönliches – sie ließen ihn sämtlich kalt, nicht mal provozieren konnte ich ihn, nur ärgern.) <T> Ich sah, glaubte es aber nicht, daß ich einen großen Fehler machte. Daß meine Verantwortung immens war. Daß Liebe eine immense Verantwortung ist. S T

S. 900: Und es tat ihm nicht gut, in diesen Spiegel zu schauen, es war besser, in zwielichtigen Weinausschänken herumzustehen, das tat ihm besser. Ein Schreibtisch, das pausenlose Knattern der Schreibmaschine und dieses saure Zwielicht: Das war alles. Mag sein, daß das Buch recht hat, und das ist alles. Was ich jetzt dazugebe, das zählt alles nicht.

Gib dich nicht dieser Hoffnung hin, es zählt.

Dieses ganze Roberto-Spiel! In klassischer Weise ein Spiel mit dem Feuer. Im Haus des Gehenkten vom Strick reden.

E: daß J. <Name zählt nicht> mich irgendwann (endlich) für »Harmonia Cælestis« lobt. [Das ist nicht passiert, so nicht, nicht in dieser Form, um es mit diesem Ausdruck zu sagen.] Und ich würde ihn reden und loben lassen, denn er würde lange reden, und wenn er fertig wäre und wir uns inbrünstig ansehen würden, würde ich, umständlich und wichtigtuerisch (»ich würde es dir als eine Art Beichte sagen«), dieses Ganze auf ihn abladen. Er ist vielleicht der einzige auf der Welt, der ihm einen Sinn geben könnte. Es in der Schöpfung einordnen. Das ist meine Hoffnung. Aber ich fürchte, daß es bedeutet: Er ordnet es nur für sich selbst ein. Da es nur so geht. Mir blieben dann sein herrliches Schweigen und seine Verblüfftheit. Und er würde mir vielleicht statt Tee Schnaps einschenken. So daß ich nicht mit dem Auto fahren sollte. [Noch viel öder ist alles als das.] <Öder als öde.>

S. 918: Gegen Ende des Romans, Vater und Sohn tanzen, der Sohn beschwichtigt ihn, als müßte er ein scheuendes Pferd zügeln, ho, ho, langsam, brav, goldener Grünspan, ruhig nur, mein Schatz, gutes Pferdchen, ganz ruhig, gutes Pferd. Gutes Pferdchen, ganz ruhig, gutes Pferd – meine Tränen fließen in Strömen. Frage an Radio Eriwan: Meine Tränen fließen in Strömen, was soll ich machen? Wir wissen nicht, was Sie unter Tränen verstehen, fahren Sie weniger Rad.

Auch der letzte Absatz des Romans bekommt eine Zweideutigkeit, die einen kotzen, schluchzen und zugleich lachen lassen müßte: … sitzt mein Vater schon an der Hermes Baby, die ununterbrochen rattert, wie eine Maschinenpistole, er schlägt und drischt auf sie ein, und die Wörter fließen, fließen nur so aus ihr heraus, fallen aufs weiße Papier, Wörter, mit denen er nichts, aber auch gar nichts zu schaffen hat, niemals hatte und auch niemals haben wird. Reden wir nicht um den heißen Brei herum, es ist eine schöne Szene, einer der schönsten Romanschlüsse, vielschichtig, schmerzvoll und erhebend. Nur: Der Spitzel schreibt seinen Bericht.

Das würde ich vielleicht als nietzscheanischen Humor bezeichnen. Welch einen fast übermenschlichen Mut brauchte es, diese Schönheit zu vernichten, auszuzehren. – Soviel Mut habe ich nicht, ich folge nur den Spuren meines Vaters. Ich bin die Umkehrung des Zigeunerwitzes: nicht mutig, sondern blind. [*So* schreibt man leicht ein gutes Buch. Jeder könnte es, er braucht dazu nur einen solchen Vater.] <Das ist nichts als S. Denn um

dieses schreiben zu können und damit es sinnvoll zu schreiben ist, braucht es »Harmonia Cælestis«. Davon aber behaupte ich weder, sie zu schreiben sei leicht gewesen, noch daß es ein jeder könnte. >

Fastnacht, 7. März 2000
< Dienstlicher Hinweis: Bis zum 22. Mai setze ich das Datieren aus, da ich von jetzt an nicht Tag für Tag vorgehe.>
Ich habe gestern die Fahnen per Luftpost nach Budapest geschickt. Meine vielen Väter flogen.

Gestern (telefonisch) zu G. und (beim Essen) zu J., meinen Verlegern, fast gleichlautend: daß ich noch einhundert appendixartige Seiten schreiben müsse [obwohl ich zu dem Zeitpunkt bereits wissen mußte, daß es mehr werden würden, schon damals sah ich die, sagen wir es einfach, Schönheit und Unersetzlichkeit der Dokumente], einhundert schmerzerfüllte (sic!, bin verrückt geworden) Seiten. Was für ein verlogener und rätselhafter Ton ist es, obwohl nur allzu wahr! [Ich werde ihn öfter wiederholen, kann der Versuchung nicht widerstehen.]

Der Artikel von György Csepeli über den Geheimdienst in »Kritika« 2000/2.
Mein Vater, wie er in Privatsphären eindringt. Das Leben von Menschen entweiht. Beschmutzt. Ausgeliefert macht. »Das System schafft eine Organisation, deren Mitglieder sich im Alltagsleben genau so zeigen wie die anderen, wobei sie so nicht sein können.« Ich lese das, als würden mich direkte Nachrichten, Meldungen und Erklärungen zu meinem Vater erreichen. »Sie müssen in zwei Welten leben. Für diese Rolle ist nicht jeder geeignet. (...) Einen förmlich übermenschlichen Menschen (mein Papa! T) verlangt diese Rolle, in der jemand guter Freund, Liebespart-

ner (Vater), zuverlässiger Mitarbeiter, hingebungsvoller Kollege bleibt, daß er dabei die an letztere Rollen gestellten grundlegenden Erwartungen verletzt, die Regeln der Zusammenarbeit mit Füßen tritt, den anderen ausliefert. Der andere glaubt, daß ihn sein Partner anschaut, und er weiß nicht, daß der ihn in Wirklichkeit ausspäht. (Späht, mein spähender Vater.) Wer ist dazu fähig?«

Die Rede ist noch, unter Berufung auf R. K. Merton, vom *marginalen Menschen*, der nicht dahin gehört, wohin er gehören möchte, als einem möglichen Subjekt der Denunziation. »Sein Grunderlebnis ist, daß das, was diesseits des Flusses Wahrheit, auf seiner anderen Seite Irrtum ist.« Ich glaube nicht, daß Vater über die Wahrheit oder ihre Relativität nachgedacht hätte. Daß er sich auf derartiges gestützt hätte. Eher agierte er wie ein Betrunkener; er tat, was er tat, ohne sich dafür zu interessieren, was es war.

Er zitiert aus Gorkis Erzählung »Karamora«: »Mit dem Verstand erkenne ich an, gemeine Dinge zu tun, doch diese Verstandeseinsicht hat weder Selbstanklage noch Reue, und nicht einmal Angst unterstützt. Nein, ich habe nichts dergleichen empfunden, nichts in der Welt, nur Neugier.« Das ist schon eher auf meinen Vater zu beziehen. Obwohl, die Neugier ... amüsiert hat er sich nicht mit der eigenen Neugier, scheint mir.

Das Ende des Artikels (Untertitel: »Schuld und Sühne«): »Das Bespitzeln ist eine Serie von Handlungen, welche die Bestrafung in sich tragen. Verurteilung von außen ist nicht vonnöten. (Wie gut, Richter wollte ich sowieso nicht sein.) Ob die Taten des Spitzels ans Licht kommen oder nicht, seine Rolle ist dermaßen widersprüchlich, daß er die entstandenen psychologischen Schäden, ob er nun aus eigenem Willen oder gegen seinen Willen hineingeraten ist, nie mehr ablegen kann.« Nie mehr.

Jetzt spüre ich, was für einen Schutz mir in den letzten neun Jahren die Arbeit bot. Schirm, Turm, Harnisch. Ich war geharnischt. Jetzt stehe ich *bloß* da.

In einer Anzeige sehe ich: cucurbita pepo. Dieses Wort fehlt im Roman, ich hab's vergessen. Es ist genauso ein Mama-Wort wie Táxi oder die Retyezát oder Ghirlandaio. Das fehlt bei meiner Mutter, und bei meinemVater fehlt der penis sinister infortunatus! Dann war er immer sehr guter Laune.

[Ein Fernsehfilm über Imre Lakatos. Der weltberühmte Wissenschaftler (Wissenschaftstheorie) war Spitzel der Ávo. Er hat Mérei und die Seinen verpfiffen, die ihn, nachdem er aus Recsk entlassen worden war, durchgefüttert, mit Kleidern versorgt und wie ein Mitglied der Familie aufgenommen hatten. Frau Mérei (lächelnd): Nein, das kann man nicht verzeihen.

B. ermahnt mich zur Pflicht, dein Vater würde genauso handeln, sagt er als letztes Argument. Ich lachte, sozusagen, knarrend: Erinnere dich an deinen Satz! Und auch an meinen!]

Gestern bei den B.s [ein anderer B.] < in diesem Augenblick höre ich Micu kommen, ich bestelle ihn zu mir, bitte? fragt er, mit Recht, mißtrauisch, ich sage nichts weiter, du darfst dich zu einem väterlichen Handkuß begeben, ein Grinsen geht über sein Gesicht, was ist?!, hast du was Gutes geschrieben?, ich schüttle den Kopf, er küßt mir die Hand, die Welt ist voll in Ordnung, was?! sagt er laut lachend zum Abschied in der Tür>, M. erzählt, wie sie 1988 aus Siebenbürgen über die grüne Grenze gekommen sind. Die ganze Zeit ein Flußbett entlang, nachts. Die Berettyó? Eher einen der Körös-Flüsse. Und wie sie sich gefürchtet hatten. Jeder Schritt eine Entscheidung, das Wasser platscht, irgendein leises Geräusch und vorbei, es ist aus. Aus dem Dunkel die nahen Stimmen der Grenzwächter. Dieser Schrecken, stundenlang. Junge Mädchen, Jungs.

Ich mußte die ganze Zeit daran denken, daß mein Vater sie auch verraten hat. Jeden ihrer Schritte.

Dann sprach B. von den Securitate-Verhören, den Drohungen, den Widerstandsstrategien (zum Beispiel, daß man nicht jede Drohung ernst nehmen darf, das ist eine Frage von Leben und Tod, es gibt *also* die, die man sehr ernst nehmen muß, ergänzt sie noch, um es uns verständlich zu machen): Auf diese Seite all des Schreckens, der Drohung, Willkür, Niedertracht und Gemeinheit hat sich mein Vater gestellt. Sie können nicht sehen, daß ich rot werde, oder sie schreiben es belustigt dem Schnaps zu. Und ich glaube, daher mein Rotwerden, daß mein Vater persönlich diese Personen verraten hat, meine Freunde, mit denen ich gutgelaunt zu Abend esse und trinke. Es ist schlimm, davon zu schweigen, als würde ich ihn decken.

Es wurde noch von X. gesprochen, was für eine durch und durch nebulöse Figur er sei, man wisse nichts von ihm, verworrene Geldgeschichten usw., und wieso solle es ausgeschlossen sein, daß er ein Doppelagent sei, und daß wir doch nie etwas erfahren würden. (Als ob wir von meinem Vater redeten …)

Darauf ich, wenn auch alles das wahr ist, was willst du damit unterstellen?

Nichts.

O doch, du läßt ahnen, daß er ein Agent war.

Ich kann es nicht wissen.

Ich habe es dann ziemlich scharf zurückgewiesen. Jetzt, im Spiegel der neuesten Erkenntnisse (sie denken an Tar, ich nicht), wo wir uns wirklich von jedem vorstellen können, er sei ein Agent gewesen, ist es auch schon ziemlich schrecklich, wenn (Pause, vieldeutiges Kopfschütteln – schauderhaft, die reine Gizi

Bajor!), wenn wir den für einen Agenten halten, der ein Agent war.

Ziemlich schrecklich.

Mit heroischem Mut verschweige ich P. gegenüber die schmerzlichen einhundert Seiten. Wie in Fortsetzung des Agententhemas wendet sich P. mir plötzlich zu mit den Worten, er sei früher einmal bei uns in Római-Bad gewesen, bei meinem Vater wegen einer Übersetzungssache, der sei allein zu Hause gewesen, was für ein phantastischer Mensch!, ich blinzele heimlich zu Gitta rüber, damit sie sieht, wie das im Leben ist, sie sieht es, blickt mich absichtlich nicht an, nickt aber leicht.

Und hat P. zum Essen eingeladen, aus einem schauderhaften, sozialistischen Aluminiumeßgeschirr – ja! ja!, riefen Gitta und ich zusammen aus, erleichtert, unverhältnismäßig, es stimmt!, als hätten wir uns gefreut, mit dem tragbaren Essensbehälter aus Aluminium *das Ganze* zu überstehen –, er holte eine schauderhafte sozialistische Speise hervor, vielleicht gelbe Erbsen mit Bulette, an der Grenze der Eßbarkeit, und das, Kinder, das bot er mit einer, und P. blickte fast stolz in die Runde, als ginge es um seinen eigenen Vater, um seinen guten Vater, mit einer solchen Grandezza an! Und daß er sich dabei unterhielt, das Gespräch führte, diskutierte, über die Übersetzung als solche, über ihre theoretischen und konkreten Grenzen…

Ja, sagte ich und nickte niedergeschlagen, darin war er immer überraschend fein und sachlich. Er wußte Bescheid.

Zu den Iden des März stehe ich auf dem Baseler Bahnhof. Urplötzlich, ein guter Patriot [wer hat dir die Vaterlandsliebe beigebracht, Kindchen? Genug damit!], fiel mir Petőfi ein, die Helden des März, die Jugend, das Ideal, die Reinheit der Idee. Über die Reinheit, E: der Schmutz, über den Schmutz mein Vater.

Schon wieder: als ob ich in einem/dem Roman wäre. Denn wo sonst könnte ich von Schmutz auf meinen Vater kommen? Und plötzlich dann das Gefühl einer Drohung, daß ich nie mehr auch nur eine Zeile würde schreiben können. Dies hier gerade noch, damit ist die Geschichte ohnehin *rund*, das war's. Kosztolányi war 51, als er aufhörte. Für ihn war's leicht, denn er starb.

S S S

Oder pragmatischer: Es kommt eine große, schwarze Krise, ein so tiefer Brunnen wie in Frakno (S. 183). Bisher hatte ich Glück, gnadenvoll fiel ich aus einem Buch ins nächste. Man müßte sich darauf vorbereiten. Vorpreschen. Nicht herumschweifen, nicht zulassen, daß ich herumschweife.

Was wäre aber, wenn ich es niederschriebe, aber nicht veröffentlichte? Meine Lage wäre dann leichter, nicht, weil ich die Familie geschützt hätte (»schützen soll dich das Frauenaktiv!«), was ist, ist, aber ich könnte meine Schreibmöglichkeiten bis zum letzten schützen!

Unsinn. Nichts ist hier zu entscheiden, alles geht seinen Gang. Und ich habe zu beobachten, das ist meine Aufgabe. Nicht das Schreiben ist meine Aufgabe, sondern dies Beobachten. Wenn ich beobachte, kann ich schreiben.

L., eine zauberhafte alte Frau, ich füttere meinen leichten Mutterkomplex mit ihr, fragt mich nach »Harmonia«, ich sage, ein Vaterbuch, worauf sie fragt, ob ich es geschrieben hätte, um mich zu entschuldigen. Ich bin verblüfft. Als hätte ich mich verhört.

Um mich zu entschuldigen?! Quatsch!

Ich verstehe, also war alles zwischen euch in Ordnung. – Wie üblich spricht sie alles aus.

O nein, nichts war in Ordnung. – Jetzt bin ich von meiner Antwort verblüfft. Ich weiß nicht, warum ich das geantwortet habe. Das ist es gerade, daß es in Ordnung war, viel zu sehr in Ordnung, und ich wollte – nicht viel, nur ein bißchen – ein bißchen ehrlicher sprechen, ein bißchen näher sein. Das Übliche. Aber es war kein Problem, ich habe es gewußt (ich habe das wiederholt erzählt), daß er seine geheime, mythische väterliche Aufgabe (Sohnesstärkung fürs Leben in so manchem unbekannten, unberechenbaren Augenblick) ordnungsgemäß erfüllt hat (ohne es zu wollen oder zu wissen, aber was besagt das schon, ich setze es nur der Wahrheit und Proportion zuliebe hinzu).

Ob er mich geliebt hat, könnte ich jetzt nicht sagen. (Unter Liebe verstehe ich, sagen wir, das Verhältnis, das mich mit meinen Kindern verbindet.) Ich habe ihn sehr geliebt, und mir kam gar nicht in den Sinn, daß er mich nicht hätte geliebt haben können. An Mutter war es klar zu sehen, neben ihr wäre ein Vater unvorstellbar gewesen, der uns nicht geliebt hätte.

Warum war dein Vater schwach? fragt meine Frau, ohne jeden Zusammenhang und vorwurfsvoll.

S. 707: Beinahe schon ein Motto: Ehrlichkeit hat auch später nie was gebracht.

In Safranskis »Das Böse« lese ich: Das Leid sucht die Transzendenz. Jesus, Hilfe!

Während der langen Autofahrt kommt die Rede immer wieder auf ihn, ich bitte Gitta, »Notizen« zu machen, so sehr bedrückt mich, daß ich etwas vergessen könnte. Ich schreibe vom Zettel ab:

Er war ganz ohne Zynismus.

Wann war er glücklich? Vor seinem Tod mit E. Mit Mama am Anfang? Hin und wieder, zufällig?

Gitta sagt [auch das diktiere ich ihr während der Fahrt:»Gitta

sagt«; sie protestiert, ich solle mich nicht in ihr Leben einmischen; das sagst du jetzt! johle ich auf], das Buch »Freiwillige für
den Galgen« von Béla Szász sei seine Lieblingslektüre gewesen.
Woher willst du das wissen? Er hat's gesagt. Ich glaub's nur halb.
Das Buch ist bis heute in altes Zeitungspapier eingeschlagen, so
ist es geblieben – damals wurden die »gefährlichen Bücher« aus
konspirativen Gründen so getarnt.

Ich war draußen in Római-Bad und wickelte gerade die Dóri,
es ist lange her, da kam dein Vater, sichtlich abgefüllt, und deine
Mutter fiel sofort über ihn her, so also benimmst du dich vor deiner Enkelin! Er ging hinter mir in Deckung, er wollte sich in eines
der hinteren Zimmer verdrücken, ich in einer Hand die Windel,
die andere hatte ich automatisch auf den Rücken gelegt, und
nach der faßte er. [T] <T> So standen wir, die Windel, dein Vater, in seiner anderen Hand, wie immer, die alte Aktentasche.

Dein Vater war ein richtiges Opfer. Ich sehe ihn nicht als Opfer. Beziehungsweise schreib es so: Nicht als Opfer seh ich ihn.
Und schreib dahinter: T. Was ist daran nicht zu verstehen?! Setz
doch ein großes T dahinter! Und jetzt wechseln wir uns ab, fahr
du, meine Augen sind müde geworden.

Wir haben Frühling, und ein Schneesturm tobt.

Der Rücken hat sich wieder bemerkbar gemacht, Doktor R. von
nebenan, der Schwiegervater meines Bruders, gibt mir eine Di-
clofenac-Injektion. Ich begleite ihn hinaus, humpele neben ihm
her, am Gartentor sagt er unvermittelt: Dein Vater war wirklich
ein Gentleman. Warum sagt er das? Würde ich jetzt ordinär los-
wiehern, würde er mich für verrückt halten. Beleidigt wäre er
auch. Übrigens war er wirklich einer, einer der letzten. (Es wäre
keine unproduktive Frage, eine ungarische Frage: Was bedeutet
ein Gentleman?)

Papa, die erste Kritik über unser Buch ist erschienen. Jetzt werden alle über dich reden. Freust du dich auch? <T, T>

Wenn es in meiner Macht stünde, würde ich jetzt alles vernichten.

Aber nehmen wir der Einfachheit halber an, daß wir an denselben Platz gelangen, ich käme nach dir in den Himmel und sähe von Angesicht zu Angesicht – nun, alles. Was könntest du mir dann sagen, Lieber? Sogar der Herrgott geriete in Verlegenheit. Und das wollen wir dann doch nicht, oder, mein Alter?!

Ich spaziere mit P. durch die Kecskeméti-Straße zu einem Restaurant, ein guter Abend steht uns bevor. P. erinnert sich an alte Zeiten. Dein Vater war doch... ein bemerkenswerter Mann. Wie hat er das geschafft? Die ganze Familie hinüberzuretten. Denn ihr habt es doch geschafft, nicht? Alle vier, nicht?! Und sag, hat euch niemand verfolgt und so? (P. lebt im Ausland.) Vor allem deinen Vater nicht?! Bestimmt hatte es der Arme unter den Kommunisten sehr schwer.

Nur er wäre berufen, über Schwierigkeiten zu reden, sagte ich bündig, als wäre ich mein eigener Großvater (den P. sehr verehrte), und fast klang es wie ein Scherz, ein englischer Joke.

Siehst du, Papa, das ist das Problem, du hast in eine so nette kleine Unterhaltung hineingepfuscht. Und an jenem weichen Frühlingsabend empfand ich für ihn im Herzen, wenn auch nur für die Dauer eines kurzen Aufblitzens, die gleiche ekelhafte Kälte wie für jeden dieser III/IIIer.

[Frau J. F.: Man kann sich nicht damit abfinden, daß er gestorben ist. (Sie meint meinen Vater.) O doch! sage ich triumphierend und tue so, als wüßte ich *wirklich* etwas über den Tod, über die Ewigkeit. Die greise Frau wiegt den Kopf, mit ihm haben wir unsere Sprache verloren. (Mein Vater hat immer ihre Artikel übersetzt.)]

Österreichische Fernsehleute; eine kleine »Grafmusik«, der Name verpflichtet, Aristokraten in Osteuropa. Ein Grenzfall. Unvermeidlich über die väterlichen Leiden und jene bestimmte Haltung. Ich lege mit einem inspirierten, tief empfundenen, schwungvollen Vortrag über die dramatische Großartigkeit meines Väterchens los; mir fällt ein, nicht ganz so schnell, daß dies ein Dokumentarfilm ist, ich muß irgendein Zeichen hinterlassen, also breche ich plötzlich den strömenden Hymnus ab, murmle unzufrieden [ich bin neugierig, was nun tatsächlich auf dem Film geblieben ist], es nicht ganz richtig getroffen zu haben, denn so klinge es, als sei doch alles recht triumphal gewesen, doch es sei anders, gräßlicher gewesen, die Zeit habe hier die Menschen wirklich demontiert, zerfressen, zerquetscht (wie habe ich das nur auf deutsch ausgedrückt?), zertreten. Es sei schwerer und dramatischer gewesen, als ich jetzt davon gesprochen hätte. Mit wirklichen Niederlagen, mit wirklichem Verrat. Es wurde still. Gut, daß sie nicht konkret nachfragten, was ich gemeint habe. Aber auch so paßte ich in die lyrische Erhabenheit hinein, daß, wie dem auch sei, Aristokrat zu sein schön und vornehm ist.

L. fragt in einem Interview, ob ich wirklich alles und jeden kennenlernen möchte, so etwas hätte ich doch irgendwo gesagt. Worauf ich mit der gleichen, nicht nachvollziehbaren Ernsthaftigkeit antworte (ich spielte für zweierlei Publikum), jawohl, ja, große Pause, um dann das alles zu schreiben, unabhängig davon, wie nahestehend mir der eine oder andere sei (was hat das hier zu suchen?), Pause. Entweder – oder.

Mitten im Satz, E: das Amt, diejenigen, die die Wahrheit über meinen Vater wissen. Ich denke, jetzt müßten sie bestimmt zufrieden mit mir sein. Ich muß verrückt geworden sein, es wäre noch schöner, wenn ich auch noch das Lob des Klassenlehrers wollte. Schick deinen Vater vorbei, wir müssen mit ihm reden.

Wann haben sie deinen Vater angeworben? fragt Gitta zerstreut. Wir starren uns an, wortwörtlich: Wir trauen unseren Ohren nicht.

In meinen Notizen zum 26. Satz schrieb ich: *Vater tauschte die Kleidung, aber nicht das Herz. – Irgendwo sollte es auch umgekehrt stehen: Er tauschte das Herz, aber nicht die Kleidung.* Ich hatte es vergessen oder keine Verwendung dafür gehabt.

Als hätte dein Vater gemordet, aber inzwischen Straflosigkeit erlangt.

Er hat seine Klassenschranken überstiegen. Das schon. Er ja.

Stunden können vergehen, ohne daß ich an ihn denke. Wir fahren Boot auf einem See, als ob es Sommer wäre. Danach gehen wir in ein spanisches Restaurant. Als ob.

»Warum war dein Vater schwach?« Wieder finde ich das auf einem Zettel. (Irgendwo irgendwie irgendwas schreibe ich immer.) Ich weiß es nicht. Er war nicht auf der Höhe dessen, was er uns hinterlassen hatte. Oder er hatte nicht auf seine Mutter geachtet. Die Großmutter (S. 575 f.) sah immer drei-, vierhundert Jahre vor sich, morgens wie mittwochs – jetzt mal abgesehen von der Ewigkeit, die sogar noch länger als vierhundert Jahre ist. Sie sah alles – Ereignisse und Personen, besonders aber Verluste und Niederlagen – in dieser Dimension. (...) Meine Großmutter sah weiter, so waren ihre Augen eingestellt.
Im Frühjahr 1957 in einem engen, düsteren Raum zwischen vielen schweigsamen gewichtigen Männern: Man kann erschrecken. Zu Tode erschrecken. Alles zusichern, unterschreiben. Ist es aber nicht so, daß danach, später, etwas erfunden werden muß?

Oder hat er das erfunden, daß er so tut, als würde er für sie arbeiten, aber – was aber?! Er hat für sie gearbeitet. Und dadurch, daß sie einen der größten Aristokratennamen auf ihrer Seite hatten, wurden sie stärker. Selbstsicherer, und sie konnten es anderen gegenüber zur Geltung bringen.

Bestimmt hatten sie ihm auch zugesichert, daß nie etwas herauskommen würde. Was für ein Glück, daß die Unterlagen über ihn in meine Hände gelangt sind und nicht, sagen wir, in fünf, zehn oder zwanzig Jahren plötzlich wie eine Bombe ... Und gut auch, daß nicht ich allein davon weiß, denn so komme ich nicht in Versuchung, die Unterlagen aufzuessen.

Ich könnte so gut begründen, warum wir ihn in Frieden lassen müßten. T

X. rechtfertigt sich in einem (miserablen) Interview mit der jahrhundertelangen Armut als Ursache seines Scheiterns. Er sei ein Prolet und deshalb von vornherein gedemütigt und eingeschüchtert. Darin steckt zwar eine Wahrheit, aber nur eine innere; sprichst du sie aus, ist sie nur noch Alibi, geschraubtes Denken. Auch ich habe daran gedacht, mein Vater sei darum nicht einzuschüchtern, weil er, einfach gesagt, Aristokrat ist und als solcher: frei, nichts zu verlieren hat. Da haben wir's! Und jetzt soll ich sagen, daß einer, dem jahrhundertelang nur Gehorsam entgegengebracht worden ist, beim ersten lauten Wort erschrickt. Dummheit, ein Alibi.

Das Interview endet mit einem Bibelzitat: Was dem Menschen am ehesten zu wünschen ist, das ist die Barmherzigkeit. (Salomon.) Seien wir barmherzig, das ist wahr. Doch es ist nicht Barmherzigkeit, den Schuldigen schuldlos zu nennen. Der Name dafür ist Lüge. [Ob man es benennen muß, ist eine andere Frage. Benennen müssen wir uns selbst.]

<Auch dieses Nádas-Zitat könnte ein Motto sein: »Wolf Biermann hat wohl recht: Sascha Anderson ist ein Arschloch. Die Behauptungen von Jürgen Fuchs sind aller Wahrscheinlichkeit nach belegbar: Sascha Anderson hat seine Freunde verpfiffen, angezeigt, verraten. Trotzdem ist das letzte, was ich will, von der Eindeutigkeit seiner Sünden zu reden.«

Ich stehe (bin) meinem Vater nicht nur nahe, weil er mein Vater ist, sondern weil ich es mit »Harmonia« auch deklariert und öffentlich gemacht habe. Ich bin er oder ich möchte es sein (fast). Ich rede jetzt aufgrund dieser Nähe, ich leiste meinen Beitrag zur Restaurierung der gemeinsamen Erinnerung. »Das dunkle und beständige Wissen der Geheimdienste wird nicht durch erbärmliche, für ein paar Groschen gekaufte kleine Spitzel aufrechterhalten und nicht durch leicht zu verführende Karrieristen oder durch andere moralische Nullen, sondern durch mich.« (Nádas)

Denn als wir ein wenig leichthin und in der Selbstvergessenheit des genauen Formulierens gesagt hatten, daß das Land (ich, du, er, sie, es, wir, ihr, sie) das '56 vergossene Blut gegen Pragmatismus eingetauscht habe, bedeutete dies auch, daß wir beispielsweise bestimmte Leute, unsere Mitmenschen, beauftragt haben, andere Mitmenschen zu Spitzeln, zu »Aufwischlappen« zu machen (beispielsweise meinen Vater). Das rechtfertigt weder die eine noch die andere Seite – es ist halt nur so. Ich kann mich selbst nicht einfach ausnehmen, es ist nicht die Angelegenheit »anderer«, ist nicht das Spiel dreckiger Kommunisten und drekkiger Spitzel, sondern von uns allen, wobei wir doch nicht alle (dreckige) Kommunisten und Spitzel sind, waren.

Die Kádár-Ära lief (bis auf kleine Widerständchen und Angeekeltheiten) mit unserem Einverständnis ab.

Nicht aus kindlicher Rührung fälle ich kein moralisches Urteil über meinen Vater (gefühlsmäßig durchlaufe ich alles mögliche: Ich verachte ihn, sehe auf ihn herab, spucke auf ihn, weine, wüte, liebe ihn), sondern weil man ihn (seine Geschichte) nicht »aus den Zusammenhängen« herausreißen kann. Das einfachste, wenn ich mir den Papst vorstelle, wie er, ein großer Mann, etwa János Kádár die Hand reicht, der ja – im bisherigen Gefühlsaffekt gesprochen – doch wohl ein größeres Schwein gewesen ist als mein Vater. Oder den für mich sympathischsten Politiker, Helmut Schmidt, wie er um Honecker herumhoneckert. Ich habe Helmut Schmidt darum gebeten, weil ich, sagen wir, den Dritten Weltkrieg nicht gewollt habe.

»Man mußte ein sehr souveränes Wesen sein, um weder in die Sackgasse des Akzeptierens noch in die des Reformismus zu geraten und weder wahnsinnig zu werden noch Selbstmord zu begehen oder sich nicht zu Tode zu trinken.« Ich konnte glauben, ich sei so einer. Dabei war ich hauptsächlich ein Glückspilz. Meine Augen geschlossen für die Wirklichkeit.

Über das Ausmaß des Verrats könnte der Verräter berichten, aber er kann nicht. Gerade über Tar und seine Novellen habe ich einmal geschrieben: Für die, die nicht reden können, muß der reden, der es kann.>

Gitta: »Er war ein großer, schöner Mann.« Das ginge als letzter Satz – in jedem anderen Fall.

Gestern war der zweite Todestag meines Vaters. Ich hatte es vergessen, beziehungsweise schreckte im Schlaf hoch, daß ich es vergessen hatte, aber es war schon nach Mitternacht, zu spät.

Die Zeit vergeht ungut. Ich müßte dort sitzen bei den Dossiers. Aber auch dort dürfte die Zeit nicht vergehen, müßte man in der Zeitlosigkeit sitzen, das heißt, ich müßte von einem Moment zum nächsten fertig werden. Das ist mehr als Ungeduld. [Als würde seither die Sache meines Vaters die Welt ständig beschädigen. Und auch meine »strukturelle« Heuchelei. Dem muß unverzüglich ein Ende gesetzt werden. Ich muß dem ein Ende setzen. Als so einfach *empfinde* ich es jetzt: Die Wahrheit ist schön. Das ist ist schön. Na ja.]

Berlin Mitte, auf dem nahen Fußballplatz ein Spiel der (schnell geschätzt) fünften Liga, wohltuend vertraute Gestalten, in solchem Umfeld fühle ich mich immer noch heimisch. Neben mir reden zwei Kollegen, kaum älter als ich, über den Libero der Heimmannschaft.

Er hat für die Stasi gearbeitet.

Na ja, der andere schneidet eine Grimasse und lacht los.

Es hörte sich nach einer so leichten Debatte an. Ich versuche, den IM auf dem Spielfeld auszumachen (»zackig macht der faschistische Massenmörder kehrt«). Und ich denke an meinen Vater, blinzelnd, weil die Sonne so schön scheint.

Gestern, in Gesellschaft, drehte es sich wieder um eine Spitzelaffäre. (Aus Respekt vor ihm kann ich ihm nicht verzeihen, sagt L. in stiller Verzweiflung.) Ich habe die Schnauze voll von diesen unablässig aufflammenden Debatten. Und dabei trage auch ich dazu bei, denn ich möchte meinen Standpunkt kontrollieren und herausfinden, was von den Spitzeln gehalten wird, womit ich (wir) zu rechnen habe(n), und diese echte Beteiligung und Erregtheit ist mir wahrscheinlich anzusehen.

Während der Buchwoche wird im Radnóti-Theater wieder ein Verlagsabend stattfinden. Ich stelle mir vor, wie mich Andris Bálint, der Moderator, fragt:

Und was hätte dein Vater zu deinem Roman gesagt?

Ihm würde ich jetzt anders darauf antworten als normalerweise. (Normalerweise erzähle ich, ich hätte schon mitten im Roman gesteckt, als ich auf die Idee kam, meinem Vater entgegen meiner sonstigen Gewohnheit dieses Manuskript *trotzdem* zu zeigen, denn ... denn. Und daß ich gewußt hätte, es würde kein angenehmer Moment werden, weil es ihm nicht gefallen würde. Ganz und gar nicht. Und was würde passieren, wenn er, was noch nie der Fall war, seine väterliche Autorität durchsetzen und es verbieten würde? Verhindern. Ich erlaube es nicht, mein Sohn. Auf für mich nicht mehr rekonstruierbare Weise entschied ich mich, ihm zu gehorchen. Ich warte dann, bis er stirbt. Eine Arbeit von neun bis zehn Jahren liegenzulassen ist eine schwere Entscheidung. Das war irgendwann '97, ich schrieb unbeirrt weiter, achtete also *hierauf* nicht länger, aber (auch) das bedrückte mich ziemlich. Deshalb war mein erster Gedanke bei seinem Tode ein Aufatmen, was für ein Glück für mich! Und erst danach begann ich zu trauern, ordentlich, wie es sich gehört. Und ich pflegte noch zu sagen, daß sie ihm jetzt gefalle, jetzt gefalle ihm die »Harmonia Cælestis« ...) Ich will was anderes sagen, frag mich noch einmal.

Und was hätte dein Vater zu deinem Roman gesagt?

Nach einem sehenswerten, schauspielerischen Schulterzucken: Mich interessiert nicht, was er dazu gesagt hätte. Er war ein guter Vater für mich, aber wenn er glaubt, so davonzukommen, dann irrt er sich! Ein kleines Schulterzucken zum Abschluß, mit leicht verächtlicher Mundbewegung.

Niemand versteht etwas, betretene Stille im Theater. Erschrockene Stille. Recht so.

Vorgestern, wie ich aus der Haustür trat, schlug mir die weiche, frühsommerlich leichte Wärme entgegen, eine betäubende Brise, und auch noch mehr, denn ich schob mir prompt die Hände in die Taschen wie ein Bengel, mein Sakko begann zu flattern wie ein Segel, vielmehr wie ein (zwei) Schmetterlingsflügel, auch ich wurde leicht und schwamm durch das nächtliche Berlin, mit einem breiten Grinsen auf dem Gesicht, als hätte ich einen Sechser im Lotto, als wäre ich unverschämt glücklich – ungebunden, wie jener Ottlik-Text es vorschreibt. Fast schon ein mystisches Gefühl, ein unwillkürliches Einswerden mit der Welt, zumindest aber an diesem Donnerstag mit dem nächtlichen Berlin. Ich verschwand, ich ging ganz auf wie im Nichtsein nach einem großen Liebesakt. In mir war Ruhe, in mir als Welt. Als wäre ich gut. Gott zum Wohlgefallen.

Und da plötzlich, E: mein Vater, »mein Vater«. Als wäre die Welt unterminiert. Ein Abgrund, wohin du trittst. Ein Spalt. Wie in einem aufwendigen, mit hohem Budget produzierten Horrorfilm. Fürchte dich, es ist sogar möglich, daß dein Vater ein Spitzel ist. Jetzt lernte ich von meinem Vater, was ich einmal schon aus Imre Kertész' »Protokoll« gelernt hatte.

In der Auguststraße saß ich vor einer als ostdeutsch getarnten ostdeutschen Kneipe, und mir flossen die Tränen. Neben mir auf der Bank ein langhaariger Obdachloser in meinem Alter. Er sah mich weinen, nickte und hob mir sein Bier entgegen.

Ich habe gern »väterlich« formuliert, weil es offenbar meinem Denken entspricht. Ich sagte zum Beispiel: Ich saß im Athener Fußballstadion und sah meinen Bruder mit dem AEK Athen gegen Real Madrid spielen, und sobald er den Ball auch nur berührte, sprangen achtzigtausend Zuschauer auf (genauer: 79 999) und begannen wie eine Kantate zu psalmodieren: *den guten Namen unseres Vaters.* Damit ist es vorbei. Ich bin ausgeplündert, auch sprachlich. Man könnte sagen: Es wäre die Pflicht schriftstellerischer Tätigkeit, immer wieder von neuem mit leeren Taschen dazustehen. Man kann nicht sammeln.

Auch das Folgende kann hier nur noch in Form eines Abschieds (auf diese Weise) beschrieben werden: Als ich aus dem S-Bahnhof Zoo trete, sehe ich plötzlich, wie aus dem Nichts vor mich hingezaubert oder ich hinter sie, eine unbeschreiblich schöne schwarze Frau vor mir hergehen, nein, nicht gehen, wandeln. In einem Sommerkleid aus gelbem Leinen, sie schwebt nicht, in ihrem Gang liegt etwas Schweres, die Wadenmuskeln erzittern, auch die Muskeln ihres Hinterns arbeiten, das alles zeigt das Kleid, sie ist wunderschön, das Gelb und das Schwarz, diese träge Kraft der Bewegung – und plötzlich möchte ich mit allem, was ich habe (nicht nur mit meinen Lenden), daß sie sich in mich verliebt. Daß sie dieses überirdische und doch allzu irdische Verlangen spürt, sich umdreht, mich ansieht, der Blitz sie trifft und sie sich in mich verliebt. Daß ich sie, mit einem Wort, behexe. Und dann, E (ich wollte es nicht!): Wenn ich sichergehen wollte, müßte ich mir die Gestalt meines Vaters überstülpen, und es gäbe kein Behexungsproblem.

Mit diesen familiären Reflexen kann ich mich getrost zum Teufel scheren.

Übrigens, über das Geschehen hinaus, geschah noch, daß ich so ödipal träumend meinen schwarzen Panther aus den Augen verloren hatte. Schon wollte ich damit gerade resigniert das ziemlich belastete Konto meines Vaters weiter belasten, als ich mit ihr, hinter dem Fahrscheinautomaten hervortretend, förmlich zusammenstieß. Fast hätte ich sie nicht erkannt. Sie stand da, die Beine leicht gespreizt, ein wenig vorgebeugt, auch noch krumm, als hätte sie womöglich ein Halsleiden, ihre Arme baumelten an ihr herab, und sie starrte unverwandt auf ein riesiges Plakat gegenüber. Auf ihrer aus der Entfernung noch glatt glänzenden und strahlenden Haut leuchteten jetzt kleine rote Pusteln. War sie müde? Unglücklich? Ihr Vater war gestorben. Und schwanger war sie auch noch geworden. Aber nicht das war ihr anzusehen, daß sie große Probleme hatte, sondern daß ihr jede Hoffnung fehlte.

Ich lief weg.

[Ich habe von meinem Vater ein Sakko geerbt, bei seinem Tod. Es ist abgetragen, löst sich hier und da auf, aber es steht mir gut, es ist schön, es zu tragen. Ein wirklich spannendes Gefühl, so in jemandes Kleidung zu schlüpfen. Wenn es nötig wäre, würde ich davon selbstgewisser oder ruhiger sein.]

Schon wieder drängt man mich, endlich das Vorwort zum Buch über die Jahre der Kádár-Ära,»Sprechende Jahre«, zu schreiben. Begreiflicherweise zögere ich.

Doch ich habe es jetzt gemacht. In der schon als üblich zu bezeichnenden, unmöglichen Doppelbödigkeit. Ich habe es damit beendet, daß die in dem Buch sich entfaltende Geschichte nicht die Geschichte der Kádár-Zeit ist, sondern eine Geschichte über sie. Es gibt mehrere Geschichten, und die Geschichten sind dazu da, erzählt zu werden. Jeder seine eigene, es kommt, wie es kommt.

Edler Gedanke. Manche Geschichten dürfte man übrigens vielleicht doch nicht erzählen. Beziehungsweise einer müßte sie erzählen, damit die anderen es nicht mehr müssen, und wäre es so möglich, zu überleben? Auch das ein edler Gedanke.

Beim Abtippen – jetzt, gerade eben – habe ich so verbessert: … es kommt, wie es kommt, denn es kommt sowieso das, was kommt – hoffentlich.

Die postmoderne Diktatur hat mich letzte Woche nach Bulgarien befohlen, ich übertrage die dort entstandenen Notizen:

Ich trinke türkischen Mokka mit der sehr netten (»eine ist netter als die andere, und die andere ist auch nett«) Dolmetscherin und erzähle, daß mein Bruder, der Fußballspieler, den Mokka mit sechs Stück Zucker trinkt. Sie lacht wie über ein Märchen. Bei ihrem Lachen fällt mir irgendwie ein <oder E?, ich weiß auch nicht>, daß mein Vater uns in unserer Kindheit mit einigen Tropfen Kaffee beträufelten Würfelzucker wie eine Delikatesse gab, wir schlossen die Augen, sperrten den Mund auf, und er legte uns, wie bei der Kommunion, den Würfel auf die Zunge. Himmlisches Geschenk, göttliche Speise. [Hier noch rasch *alle* Geschichten über ihn erzählen ...]

Der Geier soll ihn holen, sage ich und schüttle schließlich den Kopf, keine Angst, den Geier muß sie nicht übersetzen, diese Geschichte kommt im Roman nicht vor!

Schreiben Sie einen anderen, mit dieser drin, sagt sie und sieht mich aufmunternd an.

Ich schreibe, ich schreibe, grinse ich. (Nun soll ihn der Geier wirklich holen. Beziehungsweise – tausend Kartätschen.)

Zettel: Kuttelsuppe! <Neulich stellte sich über jemanden, den ich mag, heraus, daß sie Kutteln nicht ausstehen kann. Fast ekelt sie sich davor. Ich wiederum mag sie. Da hilft nur noch ein Kuttelkompromiß, sagt sie witzig (oder sag ich es).> Frühstück in einem kleinen, hellen Garten, davor ein langsames, träges, glückliches Erwachen. »O Herr.«

E: Wie leicht ist es vorstellbar, daß sich meine Familie von mir abwendet. Wie Hrabal in der Prager Kneipe, das heißt mit Heimvorteil, allein dagesessen hatte und es niemand *wagte*, sich neben ihn zu setzen, neben einen, der zeit seines Lebens über ein solches Nebeneinandersitzen geschrieben hatte, so säße ich todeinsam im liebevollen Kreis meiner mich verachtenden Familie. Exemplarisch wäre es. S

Freitag, 19. Mai 2000
Habe M. angerufen, um mich für Montag im Amt vormerken zu lassen. Wir haben Sie lange nicht mehr gesehen, sagte er, aber diesmal erschrak ich nicht.

Samstag, 20. Mai 2000
Ungeduldiges Notieren: Habe mich mit V. getroffen, der hier
Stasiunterlagen erforscht. Gutes Mittagessen (spanisch), gutes
Gespräch. Ich teste ein wenig (nachträgliches – jetzt – Entschuldigen <entschuldige, Alter>), was er zu diesen Dingen,
Agenten, Öffentlichkeit, sagt, um zu sehen – was eigentlich?, im
Grunde genommen mich selbst. Er sagt gute Sachen. Redet entschieden und eindeutig, aber nicht dogmatisch. Er bestärkt
mich darin, meine Geschichte zu erzählen. Meine kleinliche
und wichtige Geschichte. Leider läßt sich nicht sagen, sie sei
beschissen und erhebend. Erhebung gibt's hier nicht, no Katharsis.

Er tritt sehr dafür ein, daß der Dokumentenbestand des Am-
tes zugänglich gemacht wird. Ich nicke, aufrichtig und dennoch
hinterhältig.<Miklós Haraszti schreibt:»Das öffentliche Leben
ist erst frei, wenn man mit einer Spitzel-Schuld weder erpressen
noch verleumden kann, und es sich auch nicht mehr lohnt. (...)
Das gesamte geheimdienstliche Material muß dem Amt für Geschichte übergeben werden, das heißt den Forschern und den Betroffenen. Den Opfern gegenüber darf es nicht als Geheimnis
gelten, wer über sie wem berichtet hat. Jeder Staatsbürger muß
Einsicht beantragen können.« Ja.>

Montag, 22. Mai 2000
Drei Viertel neun, ich sitze auf der Bank in der Andrássy-Straße
wie ein Rentner, den man draußen in der Sonne vergessen hat;
ich war zu früh da, das Amt öffnet um neun.

Über »Harmonia« pflege ich gewöhnlich zu sagen, sie sei ja
nur Literatur (nicht die Chronik meiner Familie, sondern Chronik der Familie, die in der Chronik gerade entsteht <wie ich es
seither minimo calculo sehr oft sagte>). Bei diesem Buch, hier,
ist nichts Literatur. Hier ist gar nichts mehr. Nur das bloße Alles

(Nichts). Aber es ist nicht so, daß HC alles sei und dieses nichts. Nein.

Erneut fällt mir ein, wie wenig dieses Thema sich für mich eignet. Es müßte zurückgegeben, neu vergeben werden. Die Sektion Vivisektion könnte mit diesem Material mehr anfangen, Mészöly, Nádas, Kertész, Bodor. Wie Nádas sich so etwas schnappen würde wie einen Gegenstand, es von hier und von da betrachten, untersuchen, beschreiben und hauptsächlich Folgerungen daraus ableiten würde. So bliebe er persönlich, also authentisch, so daß man ihn als Autor nicht sieht. Es sollte kälter lauten: Am 23. Februar 1957 wurde mein Vater, Mátyás Esterházy, von der Polizei in Szentendre aus politischen usw.; kaltblütig. E: Imres Vater als KZ-Lagerchef. Es gäbe eine kleine Vater-Sohn-Spannung. Kaddisch für einen nicht geborenen Vater. Selbst mein Humor liegt hier brach (von Blödeleien ganz zu schweigen). Überhaupt, alle meine Fähigkeiten liegen hier brach. Ja, hier liegt alles brach.

Alles liegt hier brach und beißt ins Gras. Bitte! »Gnade, o Mutter, o sieh, Mama: Fertig ist gar dieses Werk nun!« Was, zum Kuckuck, soll ich mit meinem Sprachgefühl anfangen? Ich benötige es nicht. Hier braucht man gar nichts, alles ist da.

Dennoch: Mich, just in dieser Angelegenheit, braucht man ja doch. Ohne mich fiele sie in die Anonymität. Wie gut das wäre.

Daran gemessen, daß man meine Fähigkeiten nicht braucht, gibt es doch ziemlich viel Arbeit.

Ich habe neulich (irgendwo, von irgendwem, er hat einen Namen) einen gemeinen Artikel gelesen; das ist es, was ich bedaure, mein Vater, daß auch solche Figuren sich an dir die Füße abtreten können. Aber anders läuft es nicht, es wäre albern, von einem gemeinen, böswilligen Kerl zu erwarten, er möge sich als braver, aufmerksamer, ordentlicher Mensch aufführen – dann wäre er nicht der gemeine, böswillige Kerl, was aber unsere Vermutung war. (Die Vermutung des Satzes, die Tatsachenbeschreibung der Gegenwart.)

Es ist Zeit, an die Arbeit.

< Heute ist der Tag der Anwerbung meines Vaters. Entsprechend meinem Vorhaben öffne ich den 89er Saint-Emilion (die letzte Flasche vom »alten« Jahrgang), den ich im Wissenschaftskolleg geschenkt bekommen habe, ein Grand Cru, Château La Rose Côtes Rol. Jetzt, da ich es vom Etikett abschreibe, finde ich es ziemlich pervers. Vielleicht wäre es im Gegenteil angebrachter, sagen wir, den ganzen Tag lang zu fasten. Oder ist es egal? Ich glaube, es ist egal, nur sollte aber dieser Tag *davon* handeln, daß ich an meinen Vater denke, Anteil an ihm nehme, ein wenig um ihn weine, für ihn bete, wenn ich kann, oder, wenn ich einen schlechten Tag erwische, fluche.

Unsere Wohnung, unser aller Wohnung, ist ein wenig »Das Haus des Terrors«. (Eröffnung morgen.)>

»Der Ort, an dem ich mich befinde«: Ich bin angekommen. Die Dossiers sind noch nicht da (gut so!; gut aufbewahrt!), es kamen inzwischen ein paar Berichte über mich zusammen, Szeta, das »Spionenspiel« auf der Universitätsbühne, Duray-Sache, Paetzke-ZDF, das wären die »Aktivitäten von P. E. 1965–1985«, nicht weiter spannend.

Ein Tagesbericht vom 21. IX. 1981; die Szeta rechnet bei der Gestaltung wohltätiger Programme mit der Mitwirkung von Zoltán Kocsis, Ferenc Karinthy, István Eörsi und mir.

Die Information ist zuverlässig und überprüft. Vertrauliche Ermittlungen werden fortgesetzt.

Die Spionnovelle (aus der Péter Vallai und Ferenc Dániel das

Spionenspiel gemacht hatten) hatte ich 1975 geschrieben, also noch während der Dienstzeit meines Vaters. Was mag der Ärmste gedacht haben, als er sie gesehen hat? Mit keinem Wort, mit keiner Grimasse hat er mich beeinflußt. Mit Verlaub, also wenn ich ein Spitzel wäre und mein Sohn so etwas zu schreiben vorhätte, ich … ich würde ihm die Knochen im Leib brechen. [Ich habe mir sogar noch erlaubt, mittels eines Mottos auch seine Person einzubeziehen. »Kusch.« (Graf Mátyás Esterházy) Es war das Motto, das ihn schon zum Knurren brachte, wie die Fußnote zum Motto zeigt, jedoch eher aus stilistischen Gründen oder solchen des Geschmacks, das heißt, er hat es nicht verstanden. Die Fußnote: *Verfasser wurde mehrmals gebeten (und so weiter), das Zitat zu ändern, denn so ist es mißverständlich und töricht, er jedoch war dazu nicht gewillt und lachte sich ins Fäustchen.* Ich wieherte, und er schluckte es. Es war ein heiteres Hin und Her, wie ich mich erinnere. Entweder hat sich sein Organismus zur Wehr gesetzt, und er hat sich quasi darüber vergessen, oder ich habe ihn zu Tode erschreckt und den in ihn gestoßenen Dolch mit jedem neuen Scherz weitergedreht. Sicher, man kann den Text heute unter veränderten poetischen Gesichtspunkten anders lesen. Er beginnt so: *Ich begann meine Laufbahn als ein geleckter Schnösel und kleiner Spitzel, von denen – wie ich höre – zwölf ein Dutzend ergeben: Wenn also einer von einem Politiker so sprach, als würde er sagen, »die Tochter des Hausmeisters ist Nutte geworden«, meldete ich es, wenn aber die Tochter des Hausmeisters nun ihren Körper für lumpiges Geld oder einen anderen Preis effektiv zur Ware gemacht hatte, so habe ich lumpiges Geld oder einen anderen Preis beschafft.*]

Den Bericht über das Spionenspiel an der Universitätsbühne haben die Staatssicherheitsleute des Budapester Polizeipräsidiums geschickt, ich vergaß, das Datum zu notieren, es mag 1981 gewesen sein. *Der Darsteller – der offensichtlich viel improvisierte –*

versuchte am Beispiel des »kleinen Mannes« vorzuführen, welche Macht und Bedeutung das »Spitzelsystem« in der Gesellschaft hat. Mit Hohn und Verachtung karikierte er Mängel unseres Rechtssystems und stellte die Rolle des »Spitzels« von der Ermittlung bis zur Urteilsverkündung so dar, daß er damit bei den Zuschauern Antipathien gegen den »kleinen Mann« auslöst. Hinsichtlich der konkreten und prinzipiellen Fundiertheit der Werkanalyse ist dieser Agent, wenn ich mich nicht sehr irre, kein Ernő Kulcsár Szabó! Die Aufführung war geeignet, die anwesenden etwa 400 Jugendlichen schädlich zu beeinflussen. »Mein ganzes Volk wollte ich schon immer nicht auf Mittelschulniveau heben, sondern: seht hin, die Universitätsbühne!, schädlich beeinflussen!« Maßnahme: In den von uns kontrollierten Objekten werden die Vorstellungen des Spionenspiels aufmerksam beobachtet. Wie ich mit meinen zwei bloßen Händen (mit meiner Feder!) an dieser bösen Diktatur herumwürge! Kein Wunder, daß sie nicht lange durchhielt.

1983 Bericht über den Fall Duray. Gleichzeitig ist es – wenn auch nicht in zu großer Zahl, gelungen, einige bedeutende und allgemein bekannte Persönlichkeiten zu gewinnen, z. B. S. Weöres, T. Wilt, E. Bálint, Péter Esterházy usw. Ich nagte wie die Termite am Körper der Macht. [Zuviel.]

Paetzke-Schreiben. Daß er verfolgt wird und kontrolliert und daß er mich treffen möchte. Uninteressant das alles. Meine Kurutzenvergangenheit. Los, zu Csanádi.

Alphabetische Namenliste, eine ganze Reihe guter ungarischer Namen wieder, Verwandte, Bekannte, Unbekannte. Der erste Bericht vom 21. I. 1960, der letzte vom 24. III. 1964. Ungefähr hundertfünfzig in vier Jahren, drei im Monatsdurchschnitt, insgesamt dreihundertachtundsiebzig Seiten.

Am 16. Februar war ich das letzte Mal hier, drei Monate, in

dieser Zeit hätte mein Vater gut zehn ernsthafte Berichte geschrieben.

Ich muß mich wieder an seine wunderschöne Schrift gewöhnen.

Ich weiß auch nicht warum, jetzt, in diesem Augenblick, hat mich all mein Mut verlassen. Es ist zuviel, es bereitet zuviel Schmerzen, ich lasse es für den Nachlaß. Und die Kinder hätten Geld wie Heu. Auf dem Sterbebett würde ich ihnen das Manuskript wie einen heimlichen Familienschmuck anvertrauen. Das leuchtendste Juwel unserer Familie, und meine unsterbliche Seele verließe den Kerker des Leibes.

Mein Mut hat mich verlassen, und ich fürchte, man wird mich anschauen wie ein Ungeheuer. Oder mit sprungbereitem Mitleid. [So gucken sie, wie sie gucken dürfen...] Der Mann, dessen Vater in die Kälte ging. Auch das wäre kein schlechter Titel [gewesen].

< E: Wenn das Buch wie eine Bombe explodiert, wird das vielleicht gar nicht das Schlimmste sein. Das wird zwar sicher unberechenbar und gefährlich, aber besonderes Gewicht wird dem Alltag zukommen. Wenn etwa in ein paar Jahren jemand fragt, du, sag mal, war es dein Vater, der bei der Ávo war? Äh... nein, nicht bei der Ávo, er hat halt Berichte geschrieben... Ach so, aha.

Und fertig, Stille. Keinerlei Bestürzung, weder Ekel noch Teilnahme noch irgendwas. Aha. Dieses nichtssagende und bleierne »Aha« werden wir immer mit uns herumschleppen müssen. >

Im ersten Bericht beschreibt er Esterházysche Verwandtschaftsbeziehungen. Es langweilt mich. Agent erhielt die Aufgabe, unter Nutzung freundschaftlicher Beziehungen seine Freundschaft mit Á. Sz. aufzufrischen. Ihn in seiner Wohnung besuchen und die Gesellschaft kennenlernen, die die Wohnung aufsucht.

26. I. 1960

Ich fragte ihn (B. E.), wie ich mit Á. Sz. in einer Polsterungsange-
legenheit sprechen könnte, womit der Genannte sich befaßt.
Wieso, und wenn es wirklich darum ging, daß gepolstert werden
mußte? Meine Brüder und ich sind auf den Sesseln herumge-
sprungen, ich kann es auch unter Eid beschwören, und nehmen
wir mal an, der Fuß von Marci verfing sich im Polster, und nehmen wir mal an, es riß ein, nehmen wir mal an. Á. Sz. interessiert
uns, weil in seiner Wohnung die jungen Aristokraten zusammen-
kommen.

9. II. 1960

Ich fragte Á. Sz., ob er zu uns kommen würde, wenn wir zu meinem Namenstag eine Zusammenkunft veranstalten. Er nahm erfreut an, bat jedoch, ca. 1 Woche vorher Bescheid zu geben, weil
er besonders zur Faschingszeit viel in Gesellschaft gehe. Diese
lustigen sechziger Jahre! – Zum 20. des lfd. Monats werde ich ihn
einladen.

Tausend Kartätschen.

B. E. aufsuchen. Auch diese zum Namenstag einladen.

16. II. 1960

Die E. B.s nahmen die Einladung mit sichtlicher Freude an. Wer
wäre denn nicht froh gewesen, verflucht, wenn mein feiner, wäh-
lerischer Vater ihn einlädt? Das ist eine Auszeichnung. Einige
Tage später war ich erneut dort, und die Frau sagte, daß ihr Mann
einen Nervenzusammenbruch habe, er sei nicht zur Arbeit gegangen, so daß es fraglich sei usw. Koste es, was es wolle.

23. II. 1960

Meine Aufgabe bestand darin, zum Namenstag in meiner Wohnung eine Gesellschaft zu geben. Ich wiege nur den Kopf, schnau-

fe, und da bin ich noch zurückhaltend. Ein Leben als Anordnung des Innern. Was soll ich dazu sagen. Oder was soll ich dazu schweigen. (Gitta fragen. Bitte. So ist es. Das habe ich heute gelesen. Du bist eine kluge Frau, jetzt sag was dazu.)

Also eine große Fete bei uns, Á. Sz. lädt den Agenten ein, und er soll ihn gelegentlich besuchen (Müdigkeit vorschützend ging er früh weg), das Netz wird gewebt, ansonsten viel Lärm um nichts. Hptm. Farkas: Habe von der Zusammenkunft mehr erwartet. [Neulich hat jemand todernst gesagt: Habe von García Marquez mehr erwartet. Es fiel mir schwer, nicht loszulachen.] Dieser Farkas, wieviel er arbeitet. Er verrichtet seine Arbeit, ein staatlicher Angestellter. Das gleiche Pech wie bei meinem Vater: Sie leben in einer Diktatur. Laut Agent wurde getanzt und getrunken, das stimmt, ich hörte es im kleinen Zimmer, politische Fragen kamen nicht aufs Tapet. Agent trug auf Weisung vor, er möchte einen Reisepaß beantragen, um seinen kranken-alten Vater in Wien zu besuchen. (?)

< *2. III. 1960*
Der im Einzelprozeß verurteilte Befehlshaber der bewaffneten Aufständischen von Kecskemét, János Szabó, wurde hingerichtet.

Heute ist also der Namenstag meines Vaters, Gott gebe meinem Vater ein langes Leben, und gestern habe ich den Bordeaux geöffnet. J. war am Nachmittag bei uns, »der junge J.«, und weil wir beide einen Grund zur Freude hatten, sagte ich zu ihm, da ich ohnehin – aus einem anderen Grund! – eine Flasche guten Weines öffnen müsse, daß wir auf unser Glück trinken sollten. Ich war ihm dankbar, daß er mir unwissentlich geholfen hat. Am Abend, in Gesellschaft, sprach jemand noch von Hrabals Spitzelvergangenheit (was wir alle mit großer Kraftanstrengung hatten vergessen wollen, obwohl er selbst davon berichtet hatte, mit der großen Offenheit eines großen Menschen – aber auch das hat nichts geholfen), und er sagte, daß es vielleicht gut sei, sich die Berichte anzusehen, denn es sei gut möglich, daß er die Geheimpolizisten zum Narren gehalten habe. Das kann nicht sein, wandte ich entschieden ein, es könne zwar sein, daß er sie zum Narren gehalten habe, aber sie ihn auch. Es gibt keine guten Berichte. Jeder Spitzel ist ein Gauner! erklärte ich und blickte kampfeslustig in die Runde. Aber niemand hatte einen Einwand. Man kann sich wohl erschrecken, und im Schreck kann sonstwas passieren, nur muß man hinterher etwas anfangen können mit diesem »sonstwas«, fuhr ich besserwisserisch fort. Ich habe vielleicht etwas mehr als nötig geredet, aber teils hatte mich *dies* alles müde gemacht, die Rackerei des ganzen Tages, teils fühlte ich mich unter diesen Leuten wohl, in Sicherheit. Sie fragten im übrigen, warum ich schreibe, aber ich konnte darauf nicht antworten, gab nur kleinere Blasiertheiten von mir. Ich hätte sagen sollen, daß mich ein ständiges inneres Feuer vorwärtstreibe, die Geheimnisse des Kosmos auszuspähen, das verbrennende Feuer der Neugier und des Ehrgeizes. Das ist auch wahr, nur daß es falsch wird (und lächerlich, aber das zählt jetzt nicht), wenn ich es ausspreche.>

3. III. 1960
Ich habe vorgeblättert, was noch kommt. Ich schlucke meine Tränen hinunter, nicht alle. T Es sind eher die des Zorns und der Scham als die der Anteilnahme. Ich hätte die Möglichkeit, Informationen zu beschaffen über wohltätige Vereinigungen im Ausland und die Zusammensetzung ihrer Leitungen sowie über ihre Tätigkeit in Richtung Ungarn, sowie welche Personen dazu eingesetzt werden. Des weiteren könnte ich in Erfahrung bringen, wie und in welchem Maße sich Mitglieder der ungarischen Aristokratie in Wien an der Arbeit solcher Vereinigungen beteiligen.

Usw., noch zwei Absätze, in diesem Stil, über Emigrantengruppen, bzw. ob ihnen offizielle österreichische Kreise Hilfe leisten. Du Mistkerl. Du Quisling. Wir haben ein neues Niveau erreicht. Sic itur ad astra.

[M. spricht liebe- und hingebungsvoll über T., wie schlecht es ihm gehe und daß er niemanden und nichts habe. Nichts, wohin er sich wenden könne, keine Familie oder – er sieht mich fragend an, ein Leuchten huscht über sein Gesicht, ihm ist etwas eingefallen – einen Vater wie du! Ich antworte ihm mit meinem herzlichsten Lächeln, seufze einen so schweren Seufzer über mein Glück, daß das Theater fast einstürzt.

In dem der »Amadeus« gespielt wurde. (Plötzlich übermannt mich nervöse Ungeduld, was schwatze ich hier, vertrödle die Zeit, ich muß es aufschreiben, es muß erscheinen, soll, soll einstürzen, was einstürzen muß, es muß endlich Schluß sein, beziehungsweise nicht Schluß, denn dies wird nie zu einem Schluß kommen – *ich* werde ewig der Sohn meines Vaters sein –, sondern es soll fertig werden < ich soll diesen Teil der Welt fertigstellen >.) In einer Szene liegt Mozart im Sterben, der böse Salieri erhebt sich in der durch Iván Darvas gewonnenen Größe über ihn, und da sagt Mozart: *Papa, heb mich hoch, wie früher!*, und ich bemerke, wie ich es still vor mich hinsage, Papa, heb mich hoch T, wie früher T, und ich weine, aber es ist schön dunkel, dunkles Szolnok, die finsterste ungarische Stadt, so sieht es niemand, und wie könnte man es auch ahnen, ich muß nur auf meine »Schminke« achten, wenn das Licht angeht. Der neben mir sitzenden süßen Schauspielerin läuft die Laufmasche am Strumpf, jeder hat sein Problem. S]

< Ich ging Tee holen, Gitta sah 3Sat, Literatur im Foyer, die Sendung von Martin Lüdke, und sie sprachen gerade über das neue

Buch von Sascha Anderson. Da saß auch Anderson. Fasziniert betrachtete ich ihn. Irgendwie wartete ich darauf, daß er von meinem Vater reden würde. Angewidert sah ich zu. Er war stoppelig wie ein geprügelter Hund. Ein geprügelter und falscher Hund. Die 68er Hans Christoph Buch und Karl Corino redeten, nicht schlecht, entschieden, aber irgendwie kam man – kommt man – den Ereignissen nicht näher. Er hat seine Freunde verraten, da gibt es kein Pardon, das kann man aussprechen, und man kann spucken oder toben oder mit der Schulter zucken. Das ist klar (namentlich schmutzig) und evident. Kein Pardon. (Lüdke wendet ein, Anderson habe auf diese dubiose Weise eben doch viele beeinflußt, auch in der Lüge sei er Vorbild gewesen, und so könne es sein, daß er doch noch zur Demontage der DDR beigetragen habe. Ein falscher Gedankengang. Möglich, daß es objektiv die Diktatur geschwächt hat, aber man kann es auf keinen Fall zugunsten von Anderson auslegen. Auch ein Offizier des Inneren, der Serienmörder ist, schwächt das System, indem er den Haß steigert, um ein blödsinniges Beispiel zu geben.) Als könnte man immer wieder nur nach ihm treten, wirklich wie nach einem Hund, ich empfinde auch kein Mitleid, er verdient es, aber auch so *nähern* wir uns nicht, als würden wir immerzu das gleiche wiederholen. Aber nach dem berechtigten und einhelligen Urteil und der Entrüstung beginnt ein kaum entwirrbares Durcheinander von Gesichtspunkten und Behauptungen, der persönlichen Erinnerungen, der Selbsttäuschung, der Theorie, des Weltbildes, der Literaturauffassung (!) – ich führe den Satz auch gar nicht zu Ende, kurz und gut, ich sah es plötzlich, ziemlich erschrocken mußte ich erkennen, daß nun, nach seiner berechtigten und einmütigen Verurteilung und der Entrüstung über ihn, nun der Mensch beginnt. Er war Mensch und wurde zu einem Fall, aber nun sitzt da ein Mensch und nicht der Fall. Der Mensch ist unentwirrbar kompliziert. Der Fall ist einfach, der Mensch kompliziert. Er ist ein Scheißspitzel, ein Verräter (<u>Verrat ist das richtige</u> <u>Wort</u>) – (aber) ein Mensch. So wie ich. Ich konnte kaum auf den Bildschirm schauen, da ist dieser Wurm, er stänkert gerade abstoßend gegen Hans Christoph Buch, und ich sehe, spüre, er ist genauso einer wie ich, im Grunde mir gleich, nur daß er irgend etwas total verpfuscht hat. Armer Sascha Anderson, in der Tat.

Die Heilige Schrift spricht stets von der Vergebung. Dem Sünder kann man vergeben. Aber was bedeutet vergeben? Nicht von oben kommt das, der Reine vergibt dem Unreinen, nein. Auch nicht so, daß er aus Höflichkeit sich selbst als unrein stilisiert. Vergeben kann man irgendwie aus einem Gefühl der Brüderlichkeit. Wie kompliziert! Auch die Vergebung ist Last, nicht nur Sünde. Nicht Großzügigkeit steckt letztendlich hinter der Vergebung, sondern eher Hilflosigkeit. Ich unterdrücke meine Tränen und hervorquellenden hysterischen Sympathiewellen für Anderson. Ekel, Teilnahme, Liebe, Verachtung – hier in mir, dicht beieinander. Lauter gesellschaftlich unbrauchbare Gefühle.

Das Radio ist an, eine idiotische Stimme sagt gerade: Wenn Matthias kein Eis findet, macht er welches. >

Anmerkung: Agent brachte in den vergangenen Wochen zur Sprache, daß er nach Wien zu seinem kranken-alten Vater das ist Großvaters Epitheton ornans im Innenministerium, krank, Bindestrich, alt und seinen Verwandten fahren möchte. Er bot sofort an, bestimmte Aufgaben für uns zu erledigen. Er betonte, nicht emigrieren zu wollen, da er seine Frau und seine 4 Kinder nicht hier läßt. Die Einheit der Familie, wie schön! Die Familie als wertebewahrender Baustein der Gesellschaft. Innerlich hat er mit dem alten System und seiner Herkunft abgerechnet. Und es ist wirklich möglich, daß er das gesagt hat. Der blöde Trottel. Mit seiner Herkunft abgerechnet?! Ein Scheiß! Indem er 1956 hiergeblieben war und später die Zusammenarbeit angenommen hatte, band er sich an uns. Oder forciert er das alles nur, damit sie ihn zu Großvater reisen lassen? Nein, nein, nein. So soll man nicht Vaternähe herstellen. Nein. Er bat noch darum, mit einem meiner Vorgesetzten zu sprechen, um auch mit diesem seinen Antrag und seine Vorstellung besprechen zu können. (…)

Ich schlage vor, daß der Agent auch von führenden Genossen anzuhören ist. Seine Ausreise – wennglcich nicht ungefährlich – wird meinerseits empfohlen. Es ist für uns viel mehr mit ihm zu gewinnen, wenn er zurückkehrt, als wir unter Umständen verlieren, wenn er draußen bleibt.

11. III. 1960
Nach Bericht des Agenten geht jeden Donnerstag in der Wohnung ein völlig harmloses Kartenspiel vonstatten. Diese Berichte lassen unwillkürlich ein kleines soziologisches Panorama des tiefen »Brunnens der Vergangenheit« der 60er Jahre entstehen. Aus irgendeinem Grund besteht der Hauptmann darauf, daß der Agent É. Sz. kennenlernt, die eine Gaststätte führt, und mein Vater hat Á. Sz. versprochen, zu helfen, da auch mein Schwager in der Gastronomie arbeitet, der Mann meiner Tante war in der Tat Garderobier im Anna. Äußerlich, wie auch in »Harmonia« beschrieben, ein Vittorio de Sica (S. 560). Die Strichmädchen waren Feuer und Flamme für ihn, er behandelte sie, er konnte nicht anders, wie vornehme Damen, küßte ihnen die Hand usw., woraufhin sie für Sekunden tatsächlich zu vornehmen Damen wurden, Würde, Anerkennung erwarteten sie in der Welt – währenddessen mein Onkel bei ihnen war.

Ein Halbsatz zeigt, daß unsere Briefe kontrolliert wurden, aber es gibt noch andere Probleme (Genossen). Der aus Wien eingetroffene Einladungsbrief weist den Schönheitsfehler auf, daß er unter K-Beobachtung steht, und dennoch erfuhren wir nichts über ihn, obwohl wir ja hauptsächlich an Briefen aus dem

Westen interessiert sind. Kel malör, ein Glück nur, daß sie im Haus einen Spitzel haben, der das trotzdem weitermeldet.

16. III. 1960

Er ist streng gehalten, es kann einem von diesen unaufhörlichen Berichten schwindlig werden. Betreffenden besuchte ich in seiner Wohnung, er küßte mich rechts und links. Mir wird immer wieder schlecht von diesen persönlichen Kleinlichkeiten, rechts und links, wie schamlos! (Übrigens eine feine Anti-Judas-Paraphrase.) Warum muß man das so persönlich formulieren? (Wieder: Ein Esel schilt den andern Langohr …) Auswertung: Berichte des Agenten sind besser geworden, da er seine Berichte früher in viel kürzerer Form schrieb. Sie sind auch meiner Ansicht nach besser geworden, lebhafter, farbiger, als würden wir die Freude am Formulieren (jawohl, am Erschaffen!) spüren. Da von Kindern und Erkältungen die Rede war, warf ich ein, daß anscheinend auch eine politische Erkältung »tobe«, z. B. bei Chruschtschow. Frau P. sagte, für sie sei es eine Tatsache, daß er krank ist usw.

Vermerk: Im Benehmen des Agenten ist eine Veränderung erkennbar. Er erledigt die Aufgaben mit mehr Ehrgeiz als früher. (…) Der Brief wurde überprüft, Bericht des Agenten entspricht der Wahrheit. Gott sei Dank, sonst haben Lügen kürzere Beine.

22. III. 1960

Wie eine Ödnis, eine Wüste ist diese Bericht-Serie. Treffen mit B.-B. in der Kárpátia, die in Paris lebende Tochter von Gy. K. bereitet ihre Scheidung vor, und ein langer Bericht, ich habe Nase und Mund voller Sand, ich kann kaum schlucken.

Ich ging auf den Markt, um zu Mittag zu essen, mir hatten die Augen in dieser Wüste schon zu flimmern begonnen, aber es war alles so geschmacklos, der Rostbraten, die Pfannkuchen, alles triefte von Fett, von ungarischem Fett, ich kaufte mir lieber drei Bananen. Ein Mann bettelte um Geld, ich gab ihm keins, dann doch. Der Gemüsemann und ein altes Weib beschimpften gerade ihn, ein kräftiger, gesunder Mann, Arbeit gäb's genug hier, aber er lungert nur herum. Lungert herum, Ibike, lungert herum. Weil ihm, mein Herz, die Arbeit stinkt.

Als ich zurückkam, sagte eine der Archivarinnen gerade, sie gehe nicht zum Batthyány-Platz, denn sie bekomme kein frisches Gemüse mehr. Wenn der Kontext hier spielerischer wäre, könnte ich nachsehen, ob wir auch von den Batthyánys berichtet haben. Ich werde sogar nachsehen, was habe ich dabei zu verlieren. Ich habe nachgesehen. Warum hätten wir ausgerechnet von den Batthyánys nicht berichten sollen. Gesamterwähnungen: 8. Soviel zu frischem Gemüse.

Der lange Bericht: ein Lebenslauf und die geplante Reise nach Wien. Sachlich; wenn das Wort hierher paßt: aufrichtig. Ich entstamme einer gräflichen Familie. (...) Ich habe vier minderjährige Kinder zwischen 4 und 10 Jahren. Zur Zeit bin ich Parkettlager- und Parkettschleiferhilfsarbeiter, außerdem verrichte ich Übersetzungsarbeiten beim OFFI. Dann über Großmama und M. Nach der Entlassung aus der Internierung sprach sie davon, daß sie einmal angeworben werden sollte, was sie abgelehnt hatte, von Farkas rot unterstrichen weshalb sie für eine längere Zeit in eine Einzelzelle gebracht wurde. Später erzählte sie, die Polizei hätte sie in einer Paßangelegenheit nach Tatabánya zitiert, mehr sagte sie darüber nicht.

Der Agent antwortete auf die gestellten Fragen aufrichtig na bitte, Farkas hat es auch bemerkt! Er merkte an, wenn bei Zsigmond Széchenyi die Ausreise erklärbar sei, so könne er bei Bedarf auch mit einer Erklärung aufwarten.

1. IV., 8. IV., 13. IV., 23. IV., 3. V., 13. V., 20. V., 27. V. 1960

Das prinzipielle (kompositorische) Problem besteht hier darin, daß die Kleinschrittigkeit der einzelnen Berichte die kleinliche Fürchterlichkeit des Ganzen zeigt, und wie die bedeutungslosen Kenntnisse sich doch zu einem Netz verflechten – zur Falle für die ausgelieferten, entehrten, nichtsahnenden Menschen. Von nahem scheint es die Langeweile der Nichtigkeiten – plötzlich aber die Grausamkeit des Ganzen! Unmöglich, daß mein Vater es nicht sah! Als hätte er sich rächen wollen! Aber wofür?

Der Agent schnüffelt vor allem um Anwalt B.-B. und die Gesellschaft um Á. Sz. bzw. É. Sz. herum. Mit B.-B. und dessen Freund, einem Araber namens Achmed, gehen sie zum Millenáris-See, um den Schlittschuhläufern zuzusehen. (?) Und B.-B. lädt den Agenten ins Fortuna-Espresso zu der an jedem Dienstag dort zusammenkommenden »Gesellschaft« ein. (Im übrigen geht auch daraus hervor, welche Witze auch immer ich darüber reiße, daß es damals noch ein gesellschaftliches Leben gegeben hatte.)

Auf Bitte von Á. Sz. setzte ich mich auch zu einer Bridgepartie hin. Laut Vermerk gehören außer meinem Vater noch zwei weitere Agenten zur Gesellschaft. Dann sollte er sich mit B.-B. im Fortuna treffen, aber Pech gehabt, es war am 5. April geschlossen, B.-B. hatte das gewußt, er war gar nicht erst hingegangen. Die Gesellschaft wird von Anwalt G. organisiert. Wir wissen, daß er wegen Bestechung zu einer Gefängnisstrafe verurteilt war. Wir stellten fest, daß er auch als Informator beschäftigt war, sein Material ist im Archiv, auch bei der Abteilung für Strafangelegenheiten ist er als Informator verzeichnet. Wir sind nicht allein.

Während ich das schreibe, ist mir, als würde *ich* übertreiben, als wären die Pferde mit mir durchgegangen.

Immer dasselbe, jetzt ein bißchen Stammbaum, F. B., ca. 35 Jahre, sein Vater P. B., seine Mutter G. S. (beide verstorben) mein Vater, den Traditionen entsprechend, kennt sich gut aus in der aristokratischen Mischpoke. Was für mich ein kleiner Schritt ist, ist ein großer Schritt in der Universalgeschichte der Niedertracht. B.-B. hat mitgeteilt, daß die »übliche« Gesellschaft sich dienstags im Fortuna trifft, er wird jedoch nicht kommen, weil er mit seinem ägyptischen Freund Achmed zu einem Ballettabend geht. (Hm) [Oder ist dieses Hm von mir?]

Über seine Aufgabe hinaus schwärzte er E. B. an, der ihn bat, wenn er im Besitz des Reisepasses sei, möge er doch einen Brief mitnehmen; wir wollen erst abwarten, bis wir ihn bekommen, sagte der Agent, woraufhin Farkas ihn lobt, unser Agent handelte richtig und wird noch konkrete Weisung erhalten.

Das ist witzig: Achmeds Frau ist angekommen, deshalb, so B.-B., sei es mit der Freundschaft vorbei, weil die Frau sie nicht sonderlich gut findet... In bezug darauf erkläre ich, daß B.-B. meiner Schwägerin gegenüber bei einer Begegnung seiner Meinung Ausdruck verlieh, daß, wie es scheint, »etwas zwischen mir und meiner Frau nicht stimme, weil ich schon mehrfach mit ihm allein unterwegs gewesen bin und die Gelegenheit dazu sogar suchte«. – Von diesem Gespräch erzählte meine Schwägerin auch meiner Frau. Jetzt bin ich eher der Meinung, daß der Agent auf die Anzeichen hinweist, die seine Aufgabe gefährden, als daß sich mein Vater abzusetzen versucht. Farkas ist einsichtig, wegen der familiären Streitigkeiten muß die Person des Agenten momentan von der Gesellschaft abgezogen werden.

Er muß nun zu einer Kállay-Hochzeit gehen. Wir bitten um Entsendung eines Fotografen, damit wir die Teilnehmer verewigen können. Verewigen – wie hübsch Sie es zu formulieren belieben. Dann hat es geklappt, Tante D. zu einer politischen Aussage zu provozieren, nämlich daß die eskalierende außenpolitische Lage eskalierende innenpolitische Folgen haben werde; Farkas wertet das als Stimmungsbericht.

Vier Uhr, todmüde, ich muß zur Duna-Fernsehanstalt, ein Interview, schöne Worte sagen über die grandiose Vaterfigur.

[Ein anonymer Anrufer, ich solle zur Kenntnis nehmen, daß ich ein Vaterlandsverräter sei, er habe meinen Vater gekannt, jetzt drehe der sich bestimmt im Grabe um. Verstehe, mein Herr, auf Wiedersehen, sage ich, statt ihn zur Hölle zu schicken. Vaterlandsverrat wird hierzulande wie Bonbon verteilt. Sie wissen nicht, was sie reden. Und zu dem Sich-im-Grabe-Umdrehen werde ich, wie wir sehen, noch ein, zwei Worte sagen.]

Dienstag, 23. Mai 2000
Habe mich verspätet, ich habe geschlafen wie ein Stein, wie nach schwerer körperlicher Arbeit.

Gestern ging ich vom Südbahnhof zu Duna-TV. Ich bemerkte, daß mich mehrere Leute erkannten. Wie werden sie mich *später* ansehen? Schwerer als Ablehnung und Verachtung verspricht teilnehmendes Mitgefühl zu werden. Als würde ich diese Last, die Wunde, die Familientragödie Sekunde für Sekunde wie einen Trauerflor tragen müssen. Als würden gute Manieren und Höflichkeit es vorschreiben. Als würden Ernst und Trübsal erwartet. Als wolle man mir meine konstruktive Frivolität nehmen.

Abermals: Es kann sein, daß es wirklich »zuviel« ist, vielleicht kann/darf man darüber nicht… Obwohl, wenn ich an Sophokles denke… (ein Scherz).

Bitte. Du bist eine gescheite, erfahrene Frau, sag, was ist das alles? frage ich Gitta. Ohne nachzudenken, pariert sie: eine Tragödie!

Gestern abend war ich schon ziemlich kaputt. Schnell wurde ich lauter.
Schrei nicht!

Warum soll ich nicht schreien?! Glaubst du, ich habe den ganzen Tag in einer Bibliothek gesessen, in einer normalen Bibliothek zwischen normalen Büchern?! Als ob du es nicht wüßtest ... Komm her, komm näher, keine Angst, riech an mir, los, riech doch, es ist der Scheißgestank, die Scheiße dieses ganzen Tages ...

Ich keuche. S multipliziert, es war sofort klar, aber ich konnte mich ihm nicht entziehen. G. ist sehr ausgleichend, sie läßt mich nicht hysterisch werden, beschützt mich aber auch.

Es ist zuviel, wie ich es auch drehe und wende. »Die Feierlichkeit des Tiefpunkts«. Dafür hat er sein phantastisches Leben vergeudet! rief plötzlich am Abend Gitta aus. (Oder eher: rief Gitta plötzlich am Abend aus. Man sieht, was mich beschäftigt. [Eine Übertreibung.]) Auch sie ist aus ihren Zusammenhängen herausgerissen worden. Jetzt sehe ich erst, wie sehr sie meinen Vater geliebt hat. Mir schien, er auch Gitta. Obwohl ich inzwischen nicht mehr weiß, was mir geschienen hat. Möglich, daß es nur für das Berichten nötig war.

Kann es sein, daß er nur gespielt hat? (G.)

Aber was für ein schäbiges Spiel wäre das denn?! (Ich)

Im Vorraum das übliche Bild, Männer um die Siebzig kommen, um in ihrer unbekannten und entsetzlichen Vergangenheit zu lesen. Ein Herr mit angenehmem Gesichtsausdruck erklärt sich: Nur aus der Schwäche menschlicher Neugier, denn die meisten, mit denen ich, um es so zu sagen, Probleme hatte, sind längst gestorben. Auch bei dem Wort »gestorben« lächelt er noch.

27. V. 1960
Konspiratives Bridge bei Á. Sz. Das Gespräch erfolgte durchweg auf englisch, so daß sich zu seiner Lenkung kaum Gelegenheit bot (Korrekturen, grammatikalische Kommentare usw.). Was sol-

len die Klammern, ein kleiner niederträchtiger Appendix zur grundsätzlichen Niedertracht oder eine Art frenetischer Humor? Das Problem könnte tatsächlich sein, daß mein Vater nicht Gott ist, denn nur Gott steht ein so hermetischer und großer Humor zu. Teurer Genosse, you know, die Hilfsverben …! Ich fühle mich wie als Sechzehn- oder Siebzehnjähriger, als ich abends dafür betete, klüger zu werden, zwar besaß ich schon Klugheit, aber irgendwie nicht genug, gib, lieber Herr, daß ich ein bißchen mehr Verstand habe. Auch jetzt möchte ich es, ich möchte es begreifen, und ich sehe, daß ich es nicht kann, daß ich zu gering dafür bin. Wiederholung: Ich beschreibe, was ich vorfinde, und beobachte mich wie ein Tier – soviel kann ich tun, bis hierhin reicht es.

Aufgabe: 1. Am 4. Juni am Hotel Palace einfinden, wenn der Bus aus Wien ankommt. In Erfahrung bringen, wer als Bekannter von Sz. und H. anreist. 2. Zur Kartenpartie nicht hingehen. 3. É. Sz. am Arbeitsplatz aufsuchen und sie in seine Wohnung einladen, damit er sie auch seiner Frau vorstellen kann. Das ist ja ein Witz. Maßnahme: Die Daten der neuen Personen in Sz.' Wohnung sind festzustellen und zu priorieren. [Priorieren: Datenzusammenstellung aus dem Verzeichnis in bezug auf die Vorgeschichte der Personen.]

Noch ein Bericht von diesem Tag, der B.-B.-Strang, »Old Firenze«, Gesellschaft aus ca. 25 Personen. Unter diesen kannte ich nur G., wir wissen, daß er Agent ist er stellte mich zwei Frauen vor, mit denen ich abwechselnd tanzte. Dolce vita am Morgen der Kádár-Ära. Eörsi und die anderen im Gefängnis, und wir sehen, auch mein Vater hatte kein einfaches Leben, dahin gehen, dorthin gehen, Berichte schreiben, tanzen … Möglich, daß es eine dieser beiden Frauen war, die mich einmal angesprochen hat? Ich bin Tänzerin Ihres Vaters gewesen, und sie sah mich an, als wäre sie meine gewesen. Und ich war stolz, der Sohn jenes tänzerischen Mannes zu sein. Es warf ein gutes Licht auf mich.

An dieser Zusammenkunft hat auch der Agent Bakos (Deckname) teilgenommen, die sich aber nicht kennen und auch nicht in der Nähe voneinander waren. Marionetten. Das Land der tausend Spitzel. Und von den Seen haben wir noch gar nicht gesprochen. B.-B. hat mich darum gebeten, daß ich seinen Bekannten Achmed möglichst mit meiner Frau (und ihm) besuchen soll. Dem Herzen kann auch eine Diktatur nicht befehlen.

7. VI. 1960
Ohne Auftrag berichtet er über B. E., Frau P.-V.; nach Farkas' Wertung ist die Arbeit des Agenten mangelhaft, weil er sich politischer Gespräche enthält, was auch schon früher seine Krankheit (sic!) war. – Eine interessante Formulierung, fast schon tiefgründig.

[Meine Zahnärztin, deren Mutter ebenfalls im Bericht vorkommt (was für eine Scham, es ist wahr, eine alltägliche Scham, man kriegt Karies am Zahn und sofort überkommt einen die Scham) und die ebenfalls ausgesiedelt worden war, sprach davon, während sie mir den Mund mit Watterollen aufsperrte, wie großmütig unsere Väter die Leiden der Zwangsaussiedlung erduldet hätten, ohne Klagen, ohne Depressionen. Sogar noch Bridge hätten sie gespielt. – Die Bohrmaschine summt, ich bin stumm. Unser Bild von dieser »leidensstarken Generation« und auch von diesem Land ist viel zu idealisiert. Ich behaupte nicht, daß mein Vater eine paradigmatische Erscheinung ist, daß also alle Scheißleute waren oder wurden. Aber daß diese Scheiße zu der Geschichte der Klasse und des Landes (und nicht ausschließlich zu seiner Person) hinzugehört, das ist todsicher. (Variante: Das ist so sicher, wie ich ihn aus vollem Herzen liebe, T, tausend Kartätschen! T T)
Ich flennte so lange, daß ich die Arbeit unterbrechen mußte. – Heute ist bereits der nächste Tag.]

Der alte Herr hat seine Vergangenheitserforschung beendet, er dankt dem Archivar ausführlich und weltmännisch. Es ist nicht erkennbar, ob er weiß, daß dies sein Recht ist und ihm kein Geschenk gemacht worden ist. Ich blicke auf, unsere Blicke treffen sich, er grüßt. Er scheint ein liebenswerter Herr zu sein. Ein Mann, über den auch mein Vater hätte berichten können. – Ich kann diese Sätze nicht verhindern, E und fertig.

Soll ich als Widmung hinschreiben: Zur Erinnerung an meinen Vater? Oder: Für meinen Vater in Liebe? Nein. Oder soll dann dieses Nein das letzte Wort sein? Wie das Nein am »Ende eines Familienromans«? Schließlich ist Schluß, nicht? So würde ich mich an Nádas klammern, damit er mich stützt. – Obwohl, nicht wahr, als anständiger Joyceianer bin ich auf ein letztes Ja eingestellt ... [Am besten ist bislang der Titel des Balassa-Textes: »Deinem Vater, unerschütterlich«.]

20. VI. 1960
Im Pariser Garten lernte er eine Dame namens M. H. kennen, ich kenne sie nicht, ihr Vater, ein Oberst, wurde 1946 hingerichtet. (Das ist doch ein ziemlich osteuropäischer Satz.) Farkas bezeichnet die Information als wertvoll. Wir führten Agent in die Gesellschaft ein, aber aus familiären Gründen kann er nicht an allen Zusammenkünften teilnehmen. Die vier kleinen Küken hemmten nun doch die Scheißgemeinheit! Doch wozu immer diese häßliche Redensart, es ist doch schließlich Sache der Kunst, die in der Welt verborgene Schönheit aufzuzeigen, nespah? [Furchtbar witzig.] Bremsen wir die Infamie. Aufgabe. (...) B.-B. und Achmed zu einem bestimmten Anlaß in seine Wohnung einladen. Wir sind vorher davon zu informieren. Maßnahme: Kontrolle der Herkunft von M. H. Alles hat seine Konsequenzen.

22. VII. 1960

Aus dem Bericht, der als »nicht wertvoll« eingestuft wurde, geht hervor, daß Großpapa inzwischen verstorben ist. Er war also damals nicht dort. Nicht einmal das konnte er bei seinen neuen Freunden erreichen! Dann ausführlich über B.-B., der unter anderem erzählte, wie er Achmed kennengelernt hatte (größere Runde von Arabern in cincm Espresso, und er half ihnen mit Englisch aus). Agent berichtete mündlich, er habe den Eindruck, B.-B. sei »schwul«. Diesbezüglich hat er keine Beweise, doch ein solches Gefühl hätte sich bei ihm herausgebildet. Berichten wir auch schon über unsere Gefühle? Bericht bezüglich eines so gearteten Benehmens von B.-B. erhielten wir bereits vom Agenten Dn. Udvardi. Also, Jungs [okay, gays], das hab ich schon vor Seiten geahnt…

Viele konkrete Aufgaben in bezug auf B.-B., der mit Achmeds Hilfe als Ungarischlehrer nach Ägypten gehen möchte.

[Gestern ein Kurtág-Ligeti-Festkonzert. Ein solcher Abend bessert das Land. Jemand gratuliert mir, ich bin neidisch, sagt er. Worauf. Daß du eine so phantastische Familie hast. Und dein Vater erst …! Es gibt sich so allmählich, sage ich delphisch und sehr leise.]

29. VII. 1960

Sie arbeiten mit Fleiß weiß der Himmel voll Scheiß. Die Konversation drehte sich im allgemeinen um wenig bedeutende Themen. – Während meines Aufenthalts dort war das Tonbandgerät ständig eingeschaltet und spielte Tanzmusik. (…)

Aus dem Bericht geht hervor, daß B.-B. und Achmed den Plan, früher als beabsichtigt in die VAR zu gehen, aufgegeben haben. Folgendes Detail ist interessant – uninteressant.

188

16. VIII., 26. VIII. 1960
Er hält Ausschau nach M. K. – dem Sohn des ehemaligen Ministerpräsidenten: Wer ist das denn nicht?!, würde mein Vater, jener aus dem Roman, sagen – T. Er schneit also unangemeldet rein (was für eine Stoffeligkeit), aber nur dessen Frau ist zu Hause, der Mann ist von 8 Uhr morgens bis 11 Uhr abends auf dem Schiff »Jancsi«. Sie lud mich ein, auch zusammen mit den Kindern nein!!! einmal zu Besuch zu kommen.

Wie Motive so zustande kommen, sich auflösen, man setzt ihn auf Menschen an, mal auf diese, dann auf jene, als würden die ersteren vergessen werden … Ich würde nicht behaupten, daß die Handlung mit sicherer Hand geführt wäre.

E: Die Frage: bis wohin? Ist mein Vater bis ins Mark verdorben?

In Verbindung mit »Harmonia« habe ich viel von der Kraft und der Schönheit der Dokumente geschwärmt, davon, wie entwaffnend jene alten Papiere sind. – Nun, in Wahrheit sind auch diese hier entwaffnend. Nur daß jene historischen auch schön sind, wenn sie von sog. üblen Dingen berichten, weil sie stets über den Reichtum der Schöpfung Auskunft geben. Warum, diese etwa nicht? Oh doch. Aber sie sind trotzdem häßlich. Schwer, feucht, dunkel, häßlich, klein, ohne Hoffnung. [Ich habe keine Wahl. Wenn ich jene für schön halte, muß ich auch diese für schön halten. Schwer, feucht, häßlich, klein, hoffnungslos: schön.]

Aufgabe: Nach Möglichkeit soll er mit Mama zur Bridgepartie gehen. – Ich sehe meine Mutter, wie sie sich sträubt, doch der Alte holt seine schöne, gewinnende Männlichkeit [»den Großen Oktoberschen«] hervor, und binnen Sekunden kriegt er sie weich, sie trägt sich Rouge auf (rüscht sich auf, so sagten wir es), weist uns beiläufig ein wegen des Abendessens, aber uns stört diese Unaufmerksamkeit nicht, wir sehen, was wir sonst nur selten sehen, wie schön sie zusammenpassen, sie und mein Vater.

Ich habe hier einen Fluch gestrichen. T, das konnte ich nicht mehr streichen.

In Gesprächen auch die in den Zeitungen erwähnte Valuten-angelegenheit von I. J. und G. A. aufgreifen. Selbst die Worte bekommt er von ihnen in den Mund gelegt. Auch Luftholen erfolgt also auf Anweisung. Ungläubig zucke ich nur mit dem Kopf.

Meine Aufgabe war es, Gy. K. einen Familienbesuch abzustatten. Ich nahm es Mama später übel (für mich), daß sie den Alten allein ließ und mit ihm nicht in Gesellschaft, horribile dictu, in die Kneipe gehen wollte. Aber dem kann man nicht mehr folgen! Einmal Achmed, dann plötzlich Pomáz, warum dahin, warum jetzt, und der Alte wand sich, was nur als Lüge aufgefaßt werden konnte. – Er berichtet, bei den K.s sei gerade István Tabódy gewesen (es war ein großes Erlebnis für mich, Anfang der 90er Jahre mit der »lebenden Priester-Legende« zusammentreffen zu dürfen), worüber sich Farkas freut, und es wurde weisungsgemäß ein Gespräch über die Forintanweisungen für G. A. geführt. Ich hatte das Gefühl, daß Frau K. in die Angelegenheit nicht verwickelt war, was übrigens mir gegenüber auch Frau P. bestätigte, nach der »Frau K. viel zuviel Grips habe, um sich auf solchen Blödsinn einzulassen«. (...) Frau P. hat sich über meinen letzten Besuch bei ihrer Tochter bzw. ihrem Enkel (M. K. jun.) gefreut und mich gebeten, auch sonst gelegentlich hinzugehen, weil ich ihre Tochter in bezug auf das Kind sehr beruhigt haben soll. Ja, mein Papa wurde gemocht, zu Recht.

Plötzlich, jetzt, als hätte eine eisige Hand in mich hineingegriffen, mir an Magen und Herz gefaßt, erkannte ich: Mein Vater hat mit seinen sog. »anständigen«, seinen »guten«, nicht schädlichen Sätzen nicht nicht schaden wollen, hat nicht den durch ihn in Not Geratenen helfen wollen, sondern er war nur – aufrichtig. [Also auch das von ihm geerbt ...] Aufrichtig zum Verbindungsoffizier. Oder nicht einmal das, er schreibt einfach *alles* auf. Er schreibt, X. sei unschuldig, weil er dachte, daß X. unschuldig sei. Nur das. Hätte er gedacht, er sei ein Vaterlandsverräter, hätte er geschrieben: ein Vaterlandsverräter. Ganz und gar Flaubert. Eher Stendhal.

Ich mache eine Mittagspause. Die Schleife des Dossiers ziehe ich konspirativ über die Dossier-Nummer. Ich stilisiere meine Angst, es gelingt mir nur halb.

Ich habe mir Butterbrot mit grünem Paprika mitgebracht, Pausenbrot, wie für das Kind in der Schule. Hinter dem nahe gelegenen Markt herumgehend, esse ich es, sozusagen heimlich. Auf der Straße essen wir nicht, höre ich Mamas Stimme. Ein bißchen zu groß ist das Brot, ich muß Gitta sagen, sie soll es entzweischneiden. [Und was wäre, wenn ich es entzweischnitte?] Oder es müßten grundsätzlich kleinere Schnitten geschnitten werden.

9. IX., 23. IX., 7. X., 14. X., 25. X., 4. XI., 11. XI., 2. XII., 29. XII. 1960
[Die geflügelte Zeit fliegt, schleppt sich von Bericht zu Bericht.] Wieder einmal bin ich von der Schönheit seiner Schrift überwältigt. Und wie er die Kommas exakt (schön) setzt. In meinem früheren Leben habe ich die exakte Interpunktion für eine ethische Frage gehalten. Wer exakt etc., der. Oder doch nicht.
Eine Bridgepartie bei Á. Sz., man spricht Englisch. Die Sprache als Moralhüterin: … politische Gespräche fanden nicht statt, und ich ergriff dahingehend auch keine Initiative, um so weniger, als ich mich – auf Bitte von Sz. – darauf konzentrierte, die auftretenden (und ziemlich häufigen) Sprachfehler zu korrigieren und zu erklären. In der Tonlage des Berichts vernehme ich eine neue Farbe, eine selbstsichere, neue Stimme, eine kleine Erhabenheit des »wir – die« (nur eben andersrum, als wir es bisher gekannt haben). … mir sind aber keinerlei Anzeichen für illegale Beziehun-

gen aufgefallen. Als würde er anderswo stehen. Er stand auch anderswo.

Ein Agent mit dem Decknamen »Margó« kontrolliert den Agenten. Wer mag Margó sein? Eine Frau? Und / oder ein guter Freund? Will ich es wissen?

Nichtssagende Berichte (mir sagen sie nichts) über J. P.s, Frau Gy. K., irgendeine Geldbeschaffungssache für die IKKA, weil Graf A. S., der Vater von Frau Gy. K., seinen ehemaligen Angestellten regelmäßig Geld überweist. Ich merke an, daß mir der Zustand von J. P. sehr ernst vorkam, obgleich er mich erkannte, sagte er nur 1–2 Wörter und schlief sofort mit stark röchelndem Atem ein. Beinahe eine stark röchelnde schriftstellerische Ader. M. K. besuchen. Der Besuch soll familiären Anschein haben, deshalb seinen Sohn mitnehmen. Ehrenwort, ich wurde rot. Berichte über die B.s, über Onkel Gy. B., über Tante D. P., in Worten über Zsigmond Széchenyis, den er befragen soll, wann sein neues Buch erscheint, doch nur zum Schein, in Wirklichkeit soll er herausfinden, warum er nach Wien fährt.

Ein Bekannter tritt ein, ich zucke erschrocken zusammen. In die Angst geworfen.

< Mir fiel ein (vielleicht E, ich weiß es nicht), daß ich meinem Freund sage, und es entspricht den Tatsachen, daß es mir bei meiner jetzigen Arbeit sehr hilfreich sei, an ihn zu denken und mir vorzustellen, was er sagen würde, woraufhin ich da in der Szene und hier am Tisch losgeweint habe. Ich bin ca. bei der Hälfte, viele Reserven sind mir nicht mehr geblieben. »Schlaf find ich erst«, wenn diese Qual zu Ende ist. Vielleicht fliegen wir für eine Woche nach Madeira, oder sonstwohin, und ich kehre wie neugeboren zurück. Ursprünglich wollte ich nicht neu geboren werden, das war nicht in meinem Plan. >

Über irgendeinen von einer niederländischen Margarinevergiftung handelnden Brief ausführlich mit Á. Sz. gesprochen, ich versuche erst gar nicht zu verstehen. Keine politischen Gespräche, und als vor zehn Uhr Sz. als Hausherr proponiert hatte, auch das ist so sehr ein Wort von ihm, meine Brüder benutzen es ebenfalls, die Wiener Nachrichten anzustellen, überstimmte ihn die Gesellschaft einstimmig.

Ein kleiner Zettel, »Verwandte meiner Frau«, alle sind beisammen, Mamili, Babyca, Onkel Pityu und die Seinen, bis hin zu der Hatvaner Tante Sárika, bei der ich mehrmals in den Ferien war, in Hatvan und in Marcali, wo sich mir beim Baden einmal ein Blutegel an der Wade festsaugte, ich erschrak fürchterlich, aber Tante Sárika, im leuchtend schwarzen Badeanzug, lachte nur, nein, sie brach in ein helles Gelächter aus, streute Salz unter den Blutegel, nahm ihn mir vom Bein ab und setzte ihn sich auf den Schenkel. Iß nur, Würmchen! Eine draufgängerische Frau war sie. Aufgaben zu den genannten Personen erhielt der Agent nicht. Maßnahme: Die Personen sind zu überprüfen. Die Perfidität nimmt zu.

Meine Aufgabe war es – am besten mit einem meiner kleinen Söhne –, losbrüllen möchte ich, du kannst deinen kleinen Sohn gleich am … aber wir sind es halt doch; verblüffend dieser Einwurf, wie ein Erstkläßler die Hausaufgabe repetiert die M. K. jun. s zu besuchen. Am 3. des lfd. Monats fuhr ich mit meinem 4 jährigen Sohn etc. Dann hat das Marci abgekriegt. Wie mag er sich gelangweilt haben. Und meine Mutter fragt noch verwundert: Aber wozu denn den armen Kleinen mitnehmen? Woraufhin mein Vater pubertär auflacht: Nun … damit er die Welt sieht! Wesentlich ist, daß Agent auch beim zweiten Mal herzlich empfangen wurde. (…) Agent wird zu M. K. eingesetzt. Er wird eingesetzt, die Geheimwaffe, als V2. K. ist am Arbeitsplatz zu überprüfen. Wenn die Möglichkeit besteht, sichern wir ihn durchs Netz ab.

Er provoziert E. B., und als der z. B. die amerikanische Politik verurteilt, erwidert er, das kann ich gegebenenfalls auch in der Népszabadság lesen, ich bin nicht darauf neugierig, woraufhin dieser entgegnet, das wäre aber genau auch sein Standpunkt. Der Beobachter beobachtet nicht nur, er verändert auch das Leben derjenigen, die er beobachtet, das ist bei jedem Spitzelbericht erkennbar. Eine dynamische Gattung; die Beobachtung verändert den Beobachtenden, den Beobachteten, die Beobachtung, die wiederum den Beobachtenden, den Beobachteten verändert ... Ach, zweimal können wir nicht in dieselbe Beobachtung treten. [Gewiß verändert sich das Leben des Menschen, wenn die Geheimpolizei, sagen wir eine Woche lang, Nacht für Nacht die Feuerwehr, den Rettungsdienst und die Polizei zu unserer Wohnung schickt und diese auch beweisen können, daß wir selber sie gerufen haben, wir dann auf einmal fünfzig Kilo Papageienfutter vor unserer Tür finden, dann einen Trabant, ein anderes Mal zwanzig Zentner Brikett oder zwei prunkvolle, sehr teure Pferdegeschirre, in unserem Namen Anzeigen aufgegeben werden und die Dobermann- und Pinschereigentümer klingeln und zu Hunderten Hühner, Murmeltiere und Meerschweinchen bringen. So ein Leben braucht dann kaum noch observiert zu werden.] Die Netzkontrolle des Agenten ist im Gange. Recht so.

Und was ist das für ein Quatsch! Aufgabe (nicht abzutippen): er soll B.-B. aufsuchen. Im Gespräch ist zu erwähnen, daß einer seiner Verwandten sich habe wahrsagen lassen, aber mit dem Ergebnis nicht zufrieden war und jetzt einen anderen Wahrsager sucht. Wenn B.-B. jemanden vorschlägt, Zusage, daß er das weiterleiten wird. B-B. sind Fragen zu stellen in bezug auf die Zuverlässigkeit der Wahrsagerin. Interesse an deren Person zeigen.

[Gestern eine Lesung in Csákvár, dem uralten Familiensitz. Schöne Halbsätze über meinen Vater; ein Foto von der einstigen

Fußballmannschaft: mein Vater ganz wie Micu, mein Vater als mein Sohn. Ein teddyhafter alter Mann meines Alters forderte Rechenschaft von mir, warum ich nicht mein Erbe verlange, Äcker, Wälder, Bergwerke, Häuser, Schlösser, er zählte es an seinen Fingern ab. Heiter berief ich mich auf bestehende Gesetze, was ihn nicht sonderlich beeindruckte, als vertrödelte ich nur die Zeit, so eine Art Kinderei. Daraufhin erinnerte ich ihn ein wenig schärfer daran: entweder ich oder sie. Wenn ich meine Grundstücke zurückbekomme, dann hat er nichts mehr. Er nickte ruhig, man sah, das war ihm klar. Er würde mir den Grundbesitz zusammen mit der Verantwortung gern überlassen. Ihm ist offenbar die Freiheit lästig, und wenn nicht ihm, so ist es doch dem Dorf vielleicht erinnerlich, daß die Dinge »damals« ordentlich abliefen. Für diese Ordnung will der Mann Rechenschaft von mir, er will, daß ich ihm ein guter Graf sei. Statt Paradejude Paradegraf. Auf republikanischer Grundlage schätzte ich die Institution der Grafschaft ein bißchen gering, aber sie nahmen es nicht ernst. Freiheit, Gleichheit, Brüderlichkeit, jauchzte ich halblaut auf, dann signierte ich all die mitgeschleppten »Harmonien«.]

Anna-Espresso, B.-B. sagt, man bereite sich auf eine IBUSZ-Reise in die Tschechoslowakei vor. Ich schlug vor, eine Wahrsagerin zu befragen, ob er die Genehmigung erhält. So etwas gibt es nur im Märchen. Ein nicht numerierter Satz aus dem Leben der Familie Esterházy. Ich habe vor Augen, wie er auflacht, kindlich und sich entschuldigend. Er sagte, er kenne so jemand, sie heißt Frau E. B. usw.

Agent hat seine Aufgabe erfüllt, weil er über Frau E. B. Daten brachte. Wenn es in späteren Jahren (?) erforderlich sein sollte, könnten wir ihn mit Frau B. bekannt machen. Was für ein Sch… ist das bloß? (Ich punktiere meinen Vater. Wie der Witz besagt: Hüm-hüms Schwanz ist ringelförmig.) B.-B. hat übrigens einen englisch geschriebenen Brief von Achmed erhalten, der vielleicht im Dezember kommen wird.

Maßnahme: Aus der Gesellschaft, die in der Wohnung von Sz. zusammentrifft, wählen wir Personen aus, die zur Anwerbung in Betracht kommen. Die Gesellschaft ist aufzulösen. Klare Sprache, was zählt es, daß sie gerade festgestellt haben, daß die Gruppierung politisch uninteressant ist, sie spielen Bridge, halten ihr mäßiges Englisch auf dem laufenden. Wieviel versteckte Zerstörung! Dazu haben wir die helfende Hand gereicht.

Farkas ist zum Major ernannt worden. Auf was für einem anderen Fundament steht der kolossale Satz von Kányádi über einen Vernehmungsoffizier der Securitate: Er ist an mir Oberst geworden.

Meine Aufgabe war es, Gy. K. und seine Frau einzuladen. Sie blieben eine kurze Zeit, das Gespräch drehte sich um allgemeine Themen. Mehr nicht? Deshalb dieser Haufen Doppelzüngigkeit? Natürlich, ich weiß, es summiert sich zu etwas Fürchterlichem. Über die Aufgabe hinaus berichtet er, daß Frau K.W. geschrieben hat, weil unsere Wiener Verwandten mit irgend jemandem Orangen geschickt hatten. Ich weiß natürlich, auch Orangen werden bitter. Und so weiter.

Ich habe I. P. überredet, ihr vor zwei Jahren abgebrochenes Fechttraining wieder aufzunehmen, was sie auch versprach. Es ist bis hierher zu hören, wie er der jungen Frau zuflötet. Doch was schreibt der frischgebackene Major: Wir möchten uns mit I. P. als einer unter Erkundung stehenden Person befassen. In Anbetracht ihrer Beziehungen kann sie zur Anwerbung in Betracht kommen. Wir wissen, daß das noch nichts bedeutet … Wie diese Hyänen alle betatscht haben! Agent bekam die Aufgabe, den Kontakt zu I. P. enger zu knüpfen. Wir wissen, daß das noch nichts bedeutet … nichtsdestoweniger scheint mir, als hätten wir die Frau mütterlicherseits gehaßt wie die Pest. Meine Mutter konnte nicht wissen, daß aus nationalem Interesse enger geknüpft wurde.

Über die Aufgabe hinaus: Der Agent nutzte auch die Weihnachtsfeiertage, sie waren bei den K. B.s, aber mein Vater bemühte sich vergeblich, die Rede auf die Wahl des amerikanischen Präsidenten zu lenken. Meine Frau würde es doch bemerken, denke ich, wenn ich immerfort von *was anderem* sprechen würde. Oder sie würde mich fragen, warum. Vielleicht hat sie es auch gefragt. Und der Ehemann antwortete, weil Ehemänner antworten.

[In diesem Moment ist ein Brief eingetroffen, geschrieben von einem ehemaligen Kommilitonen des Sankt-Imre-Kollegiums, »dessen Student jahrelang auch Ihr ehrenwerter Vater gewesen ist. Wir wenden uns mit der Bitte an Sie, auch im Andenken an Ihren Vater unsere Sache zu unterstützen. (Wiederherstellung eines Heldendenkmals). Jede Summe nehmen wir dankend an.« Ich unterstütze im Andenken an meinen Vater. Mit ca. zehntausend Forint bewahre ich noch für ein Jahr deinen guten Ruf unter den Kollegiaten, Alter. Oder sind die dir scheißegal? De facto geschah dies, keine Schönfärberei. Wäre dem noch etwas hinzuzufügen? Eigentlich ja, aber was?]

13. I., 27. I. 1961
[Neues Jahr, alte Namen. M. K., I. P., Á. Sz., ich könnte schreiben: A, B, C, D ...] Über I., die teure I., die bis zum heutigen < bis zum heutigen> Tag vorbehaltlos für ihn schwärmt, schreibt er: Unsere Beziehung besteht darin, daß wir uns zu Festtagen schreiben und sie uns ein- oder zweimal im Jahr besucht. Dieser Satz stinkt hier, er stinkt seit vierzig Jahren in diesem Dossier.

< *6.–7. II. 1961*

Nachts führte die Polizei in etwa vierhundert Budapester Wohnungen eine Hausdurchsuchung durch. Im Rahmen einer Besprechung mit dem katholischen Episkopat teilt Gyula Kállai am Vormittag mit, daß die Staatssicherheitsorgane zahlreiche Kirchenpersonen unter der Beschuldigung staatsfeindlicher Verschwörung festgenommen hätten. >

16. II. 1961

Meine Aufgabe war es, zu meinem Namenstag Gäste einzuladen. Ich habe diesen Satz zwanzigmal gelesen, vielleicht geschieht mal irgendwas.

9. III. 1961

Mein Gott, was für eine Schrift! Sie läuft auseinander – zusammen, sie zittert, ist schief. Bestimmt hat er getrunken. Wer würde nicht trinken? Ich würde auch noch meine Kinder prügeln, irgend jemanden zumindest. Mein Bruder György hatte ein paar Ohrfeigen bekommen, aber meines Erachtens hatte er die zum beträchtlichen Teil auch verdient. < Neulich vor dem Haus unterhielten wir uns. Plötzlich sagte er, jetzt tut es mir aber leid, daß ich mit ihm oft so unverschämt gewesen bin; ich hätte nicht gedacht, daß er so etwas sagen würde; er holte Mittagessen, weil Gitta sich den Ellenbogen gebrochen hatte und nicht kochen konnte. > Die Fete an seinem Namenstag ging für ihn in die Hose, denn ausgerechnet die M. K.s kamen nicht. Er telegrafierte, daß seine Schwester krank sei und er kein Mädchen für die Kinder habe. In einem Brief später, daß ihm ein Zeh gebrochen sei. Entweder Kindermädchen oder Zeh. Ist er dahintergestiegen? Oder der Zeh war wirklich gebrochen.

In letzter Zeit haben wir auf Wunsch des Agenten die Treffs verringert, da er Übersetzungsarbeiten macht, die ihn völlig in

198

Anspruch nehmen und die in seinem privaten Leben eine Veränderung herbeigeführt haben. Ich erinnere mich nicht. Wir möchten ihm zu seiner erfolgreichen Arbeit mit Hilfe beitragen. (???) Haben sie sein Deutsch verbessert? Wenn es noch um meines ginge … [Warte nur das Ende ab …]

< *15. III. 1961*
Das katholische Episkopat veröffentlichte ein vom Staatlichen Amt für Kirchenfragen erzwungenes Kommuniqué, in dem es die staatsfeindlichen und sonstigen »Straftaten« der festgenommenen Pfarrer und Kirchenpersonen verurteilt. >

23. III., 6. IV. 1961
Langweilig. Wertvoll. I. P.s wohnen bei F. B., deshalb schreibt Spitzel auch über diesen, Konsequenz: F. B.s Daten sind festzustellen und zu priorieren. Von seinem Arbeitsplatz beschaffen wir eine Charakteristik. Mit wem er Verbindung herstellt (mein Vater), der gerät auch schon in ihr »Gesichtsfeld«. Breitet sich aus wie die Pest. – Der Besuch erfolgte mit *drei* Kindern. Wer von uns kam davon?

Plötzlich E: Gitta plaudert es aus – sagen wir Marcell gegenüber. Feindselig-brüllend-keuchend: Sag, daß es nicht wahr ist, sag es, oder ich schlag dich auf der Stelle tot, ich trample dich in die Erde hinein, und so weiter, einfallsreich. Ich habe mich ganz gut eingelebt. Was ja meine innere Anspannung zeigt (meine spannungsvolle Volte).

12. IV. 1961
Ein verworrener Tag, mittags bei den J. P.s, um 16 Uhr ein Stelldichein mit Farkas. Agent brachte bei Frau J. P. die Frage nach Schülern vor, weil diese Möglichkeit im Fall einer eventuellen

Kombination genutzt werden kann. Und als Aufgabe muß er noch zu der Messe, die für Frau Sándor Teleki in der Universitätskirche gelesen wird. <Hinzu kam noch, daß das sowjetische Raumschiff Wostok-1 mit Fliegermajor Jurij Gagarin an Bord die Erde umkreiste. In mir nichts, über mir Gagarin.>

Wie geht's voran, fragt mich hier einer der Mitarbeiter. Ich sage, ein bißchen langsamer, als ich es wünschte. Lassen Sie nicht kopieren? Nun, nein … nein … möchte ich nicht so gern. (Ich werde doch nicht so blöd sein, es durch so viele Hände gehen zu lassen.) Gute Arbeit.

26. IV., 9. V. 1961
… bin am 25. des lfd. Monats mit meinen zwei Söhnen zur Wohnung von I. P. gegangen, aber er war nicht zu Hause. Laß uns in Frieden. Laß uns.

Á. Sz. erörterte im Beisein von unserem Agenten, daß unter den gegebenen politischen Umständen Zusammenkünfte abzuhalten gefährlich ist. (…) Maßnahme: Aktion »Aristokrat« wird beendet.

Bei Tante D. P., Pater Tabódy ist im Gefängnis, und sie hält es nicht für richtig, daß so viele Leute zu Frau Gy. K. gehen, sie distanziert sich davon. Und über eine Hochzeit, wen er gesehen (alle, tout Paris) und was er gehört hat (gar nichts). Aber Farkas freut sich über die Erweiterung der Kontakte.

Zum Glück ist es halb sechs, ich kann endlich Schluß machen.

Mittwoch, 24. Mai 2000
9 Uhr 50. Auf meinem Tisch die vier Dossiers. »Die Jungs malochen im Bergwerk.« Ein Tag folgt dem anderen, wie im Suff. Von diesen Tagen bleibt nichts zurück, nur die Abschriften, »zur Auf-

gabe erhalten«, »Agent hielt der Weisung entsprechend«, »Maßnahme nicht erforderlich«. Gestern bei Göncz [Verabschiedung,
seine Präsidentenschaft ist zu Ende gegangen], viele nette Leute,
ein gutes Gefühl. Womit ich nicht behaupte, daß es woanders
als bei Göncz nicht viele nette Leute geben würde. Genug, ans
Werk.

30. V. 1961
Gewohnheitsmäßig Frau Gy. K., aber: Konnte der Aufgabe nicht
gerecht werden, da genannte Person in der Nacht vom 8. zum 9.
des lfd. Monats verhaftet wurde. Wie war das doch gleich? Um
diese Zeit herum gingen die Pfarrerfestnahmen, die Regnum-
Marianum-Sache, die Emődi-Verschwörung vor sich. Onkel Laci
Emődi war Pfarrer hier in Csillag-Berg, wir besuchten seine Mes-
sen, meine Kinder unterrichtete er in Religion. Meines Erachtens
war ihm auch mein Vater begegnet, sie haben sich vermutlich
die Hand gegeben. Laudetur Jesus Christus. In aeternum, Herr
Doktor.

Während also diese Scheinprozesse liefen und der Terror ein
letztes Mal aufflammte < und der Hanság-Kanal eröffnet wurde>,
trabte er von einem Schicksalsgefährten zum nächsten, wartete,
lauschte, erkundigte sich, vollzog, berichtete. Was hat er sich
wohl dabei gedacht? Was *kann* man sich dabei denken? Vielleicht
nichts. Nur machen, sich betrinken, machen, es gibt keine Zeit,
keine Ursache, also keine Wirkung, es gibt also keine Logik, es
gibt keine Geschichte, keine Erinnerung (daher gibt es auch
keine Moral), [die Gesellschaft gibt es auch nicht mehr, vom
Land, von der Heimat, der Nation ganz zu schweigen, es gibt nur
noch eine Person (ich kenne sie, daher sage ich es so), aus der das
Unpersönliche, dieser lauwarme und zersetzte Gestank steigt],
wie der Dichter sagt (»Eine Frau (6)«), in anderem Zusammenhang.

Nach Frau P. hat Frau K. den Ärger sich selber zuzuschreiben. I. P. lädt ihn zum Bridge ein, und er bekommt das auch prompt als Aufgabe. M. K. muß noch provoziert werden usw.

8. VI. 1961

[A., B., C., D.] In dem mit K. geführten Gespräch kam die auch mir bekannte Tatsache zur Sprache, daß Zs. Sz. vor dem Krieg »mit großem Einsatz« gespielt hat; laut K. spielt auch er jetzt auf bescheidener Basis, bot aber an, mich zur Übung in einer billigeren Partie unterzubringen. Kartenspiel ist nun also eine Aufgabe, Zs. Sz. vorschlagen, seine Bücher in westliche Sprachen zu übersetzen, ihm seine Hilfe anbieten. Wahrhaftig, Dekonstruktion in Vollendung. Alles verwittert um ihn.

6. VII. 1961

Herceg-Wohnung. Man kann ihn also schon »mit auf Wohnung bringen«. Tante D. erzählt, daß Frau K. fünf, I. A. vier und H. V. drei Jahre bekommen haben. Ich hatte den Eindruck, daß die Schwere des Urteils sie sehr überrascht hat. Jetzt müßte ich – dramaturgisch gesehen – weinen, aber mir fehlt die Muße.

Der Agent hat auch M. K. besucht, um mit ihm über das Spiel Ungarn gegen Österreich zu plaudern, aber K. war nicht zu Hause. Seine Frau sagte, daß ihr Mann tatsächlich beim Fußballspiel ist, denn einer seiner Cousins, ein Sohn von K. K., habe ihm eine Karte besorgt. Auch an dieser Stelle läßt sich deutlich zeigen, daß der Spitzel auch konkret *immer* Schaden zufügt. Ein scheinbar neutraler, leerer Satz, der gute Agent tut so, als ob er etwas aussagen würde, dabei führt er doch nur die Idioten an der Nase herum. Schauen wir uns die Beurteilung der Idioten an: Der Teil des Berichts, bezogen auf M. K., ist wertvoll. M. K. jun. war mit einer österreichischen oder deutschen Person beim Spiel, was seine Frau Csanádi nicht erzählt hatte. Dieser Umstand macht K.s Umstände verdächtig. Das war's (über die sprachlichen Schönheiten hinaus).

Noch ein interessanter Satz: Csanádi wird nicht durch den Umstand gestärkt, daß in seiner Gesellschaft keine politische Meinung ausgesprochen wird. Das ist verdächtig, es konnte noch nicht kontrolliert werden.

Der Agent berichtet, daß Eleonóra Schwarzenberg aus Wien zu Besuch gekommen ist. Die Tante Elli; sie spielte gut Schach. Sie erkundigte sich, was ich über den Prozeß gegen die Geistlichen weiß. (...) Ich erzählte, was die ungarischen Zeitungen darüber berichten. – Sie sagte, meine Schwester wolle einen meiner Söhne für den Sommer einladen. Das bin ich, tausend Kartätschen ins beschissene Leben. Sie war mit ihrer Reise zufrieden (Zoll, Bedienung, Essen).

Eine vornehme Dame betrat den Lesesaal, 10 Uhr 41, sie mag fünfundsechzig Jahre alt gewesen sein, 1961 war sie dann sechsundzwanzig. Vielleicht verkehrte sie in der Gesellschaft, die der Agent observierte. Alle sind Opfer.

Wahrscheinlich ist es aus Selbstverteidigung, aber ich kann diesen Menschen immer weniger als meinen Vater ansehen. Um Mißverständnissen vorzubeugen, ich verleugne ihn nicht, aber in mir beginnen, ich spüre es, diese Spitzelmaschine und mein Vater auseinanderzugehen. Meine Hand spricht: Ich sehe, daß sie immer weniger gern »mein Vater« hinschreibt, sondern lieber: »der Agent«. Wie Herz und Seele (+Stilgefühl) schlau vorgehen, um alles zu überleben. [Jetzt sehe ich ihn wieder als eine Einheit. Verachtung für ihn *fühle* ich nicht, ich *weiß* um sie. Fühlen tue ich nur Mitleid, Erbarmen, Dank, Kindesliebe. Mein armer Paps, soviel. Beinahe T, dann aber doch nicht, auch das hat sich entwickelt, man kann nicht immer weinen.] <Die Verachtung spüre ich auch. Aber meine Gefühle schrumpfen. Das Persönliche meines

Vaters schrumpft. – Ach, lassen wir's … Kommen wir zum Ende, das es nicht gibt. >

13. VII. 1961
Wegen Schlüsselproblemen konnten wir nicht in die Wohnung gehen, hihi: »Wer hat den Schlüssel? Der Feri.« (»Produktionsroman«) wir setzten das Treffen deshalb im nahen Espresso fort. Agent schreibt gewöhnlich in der Wohnung, deshalb gab er den Bericht jetzt mündlich.

Plötzlich eine Welle aus Eitelkeit und Hochmut – wenn ich das alles richtig schreibe und beschreibe, erzählt es nicht nur von meinem Vater usw. Nur um mein Leben fürchte ich ein wenig. (Im Prinzip: die Schriftstellersituation, denn wen geht meine Person etwas an. Nur mühsame Kleinarbeit. Und unfreundlich.)

21. VII. 1961
Der Schlüssel ist da! [A., B., C., D.] B., P. Sz., P., J. P.s: Stimmungsbericht aufgrund der Berlin-Krise: Frau P. bekam den Bescheid über die Geldstrafe in Höhe von zehntausend Forint, nur darüber wollte sie sprechen und pfiff auf die Berliner Mauer. [Da gab es die Mauer noch nicht.] Meine Aufgabe, daß ich mit I. P., dem Angestellten des Reisebüffets von Római-Bad, spreche – sogar saufen auf Befehl! Mein Vater als ein Csurka. [Nein. Csurka – als Spitzel – ist besser.] Aufgabe: E. B. aufsuchen hier ist mit einer anderen, übrigens intelligenten, guten Schrift und mit anderer Feder eingefügt: (= Agent mit dem Decknamen »Magda«). Eine christliche, feudale Mittelklasse.

28. VII. 1961
Meine Aufgabe war es, im Samowar-Espresso Kontakt zu É. Sz. aufzunehmen. Ich begab mich dorthin, wie jemand, der nicht er-

wartet, dort Bekannte anzutreffen, und ich entdeckte sie dann »verwundert« an der Kasse. So langsam genießt er es; eine neue Ebene!

2. VIII. 1961

10–11 Uhr, Herceg-Wohnung. Ich teile mit, daß auf meine Intervention hin meine Wiener Verwandten einen 10 000 Forint entsprechenden Schillingbetrag für Frau J. P. zusammengelegt haben. Die Summe (11 047 Sch. [?]) ging am 31. VII. bei der Ung. Nationalbank auf meinen Namen ein, ich hob sie ab und überreichte sie den P.s. Sie waren gerührt und dankten mir für die erfolgreiche Vermittlung.

Das gibt es nicht! (Aber sehen wir davon jetzt ab.) Niedertracht in der Maske der Brüderlichkeit. Gothár pflegt zu sagen: Und wenn ich das im Film zeigen würde, würde es niemand glauben. Aber noch ist der heutige Tag nicht zu Ende: Ich hatte mit dem Agenten einen Sondertreff und gab ihm den Paß für seinen Sohn. Ich bekomme kaum Luft. Ich ersticke fast. Wir sagten und meinten, daß der eine oder andere von uns reisen durfte, weil die anderen als Geiseln blieben. Dies war doch eine heroischere Variante. Aber daß die Ávo etwas für meine Sprachkenntnisse getan hat…

Ich konnte nicht länger sitzen, mußte aufstehen. So brutal hat sich noch nie gezeigt, daß es sich tatsächlich so verhält, wie ich immer sage: Beim Schreiben erfahre ich, was ich schreibe.

9. VIII. 1961

(Sie treffen sich häufig. Ich bedaure es jetzt schon nicht (mehr?).) Der Agent verbreitet Hinz und Kunz gegenüber die Neuigkeit von der bevorstehenden Wienreise seines Sohns. M. K. fragte, ob ich eine Protektion gehabt hätte, um den Paß zu bekommen. Ich wies es kategorisch zurück und sagte, auch das gehöre zur »Verunsicherung«, damit nämlich niemand genau weiß, warum man einen Paß erhält und warum nicht. Politische Gespräche mit K., der beispielsweise sagt, daß, wo doch in der Sowjetunion in ca. zwanzig Jahren die Dienstleistungen unentgeltlich sein werden, wir deshalb allenfalls auf ein unentgeltliches Begräbnis vertrauen können.

Sein Kontakt zu K. hat sich gefestigt. Seine Einführung kann als abgeschlossen gelten. Das heißt, auch der Agent hatte seine Einführung, nicht nur sein ältester Sohn.

Kundschaft? Hast du was Gutes gefunden? Bist in Hochform? A. K. überfällt mich, ich habe ihn nicht hereinkommen sehen, ein Schreck durchfährt mich. An mein Erschrecken kann ich mich nicht gewöhnen. Entschuldige, Alter, ich will auch nur gerade prüfen, was du auf meinem Tisch sehen könntest.

18. VIII. 1961
Auch bei I. P. ist meine Reise das Thema. *Beruflicher Lebenslauf (Auszug): In meinem jüngeren Alter habe ich als kommunistischer Köder eine nicht unwesentliche Rolle gespielt.* P. fragt, wie lange das Kind dort bleibt. ... Zu Beginn des Schuljahres will ich ihn nach Hause holen lassen, in Anbetracht dessen, daß ich noch 3 Söhne habe, denen ich diese Möglichkeit nicht beschneiden möchte. Als »sorgender Vater« stellte ich die Frage, ob nicht doch angesichts der Eskalation der Lage in Berlin irgendwelche Feindseligkeiten während des Auslandsaufenthaltes meines Sohnes zu befürchten seien.

Wie ekelhaft duckmäuserisch. – Der Agent wird immer besser. Wie ein guter postmoderner Autor (mit der Postmoderne verhält es sich wie mit den Juden: postmodern ist, wen man als solchen bezeichnet oder wessen Mutter schon postmodern war) vermischt er das Fiktive mit dem Realen, er schafft eine reale

Situation und fiktionalisiert darin nach Belieben. Immer komplizenhafter wird der Tonfall; als sorgender Vater zwinkert er dem Führungsoffizier zu.

< *26. VIII. 1961*
Die im Prozeß gegen Aufständische vom Baross-Platz abgeurteilten László Nickelsburg, Lajos Kovács und István Hámori sind hingerichtet worden. Sie waren die letzten Todesopfer der Vergeltung nach der Revolution. – Los! Das Kádár-Regime kann beginnen! >

29. VIII., 12. IX., 20. IX., 5. X., 12. X., 19. X., 26. X., 9. XI., 23. XI., 7. XII., 10. XII., 28. XII. 1961
Laut Frau P. wird Tabódy von Gy. K. »beschuldigt«, daß er seine Frau mit hineingerissen habe; dazu bemerkte ich, »Wer gern tanzt, dem ist leicht gepfiffen«. Das pflegte er immer zu sagen, das ist wahr.
    Á. Sz., Gy. B., X., Y., Z., Alltag eines Agenten. Auf meine Erkundigung wurde mir mitgeteilt, Á. Sz. mache momentan einem 20jährigen Mädchen namens R. Gy. (?) den Hof. Die Namen rot unterstrichen. Über die Aufgabe hinaus teile ich mit, daß mich am 18. des lfd. Monats Gy. B. und – unabhängig von ihm – Frau J. P. besucht haben etc. Diesen letzten Satz mußte ich deshalb abschreiben, weil ich im Einschub zwischen den Gedankenstrichen *meine* Denkart erkannte. Tut das aber weh.
    Aufgabe: Seine Aufgabe besteht darin, mit M. K. den Besuch eines Fußballspiels zu organisieren, in seiner Familie das Hindernis auszuräumen. Er hätte es mir nur sagen müssen ... Ich bin so gerne mit ihm zu Fußballspielen gegangen, auf die Üllői-Straße, ins Stadion ... <T> Maßnahme: Für »Csanádi« besorgen wir die notwendigen Eintrittskarten. Kein Innehalten, diese Scheiße fließt überall hin. Hier also liegt der Quell jener schönen, mythi-

schen Vater-Sohn-Szenen. So muß es im Himmel sein, Vater, gutes Essen, Schönheit, dachte ich. (S. 706) Ich habe es dann also der Ávo zu verdanken.

‹ Ich habe die Passage über die Fußballspielbesuche lange gesucht (ungeschickt), und ich fand so etwas wie Erklärungen.

Wegen der zeitweiligen Überheblichkeit meines Vaters hätte ich die Wände hochgehen können (ich ging nicht), wegen dieser schweigsamen, falschen Besserwisserei; ich bemerkte nicht, daß ich derjenige war, der ihm dies aufzwang: Wenn ich ihn in Ruhe ließ, von sich aus, war er nie so. Nur, wenn ich ihn zwingen will, Farbe zu bekennen, ist er so. Er will nicht Farbe bekennen. Oder es gibt gar keine Farbe, die er bekennen könnte. Oder es gibt mehrere, er hat eine, ich habe eine, und wenn er die seine bekennt, merke ich es gar nicht. (S. 734) Fast zu jedem Wort könnte man eine Notiz machen, die falsche Besserwisserei war doch nicht falsch, wer hätte von dem Farbe-Bekennen gewußt, daß es das nicht nur gibt, sondern in welchem Ausmaß es das gibt ... und was alles ich doch gemerkt habe und was alles nicht ...

Das andere, was ich beim Durchblättern fand, war die Beschreibung der Angst auf Seite 890, der Angst des Kindes nach dem Verrat. Ich lese es jetzt so, als hörte ich am 24. Februar 1957 meinen Vater reden: Am Morgen, beim Aufwachen, packte mich die Angst an der Gurgel. (...) Es war gar nicht so sehr die Gurgel, eher der Magen, die Lunge, das Herz. Als würde irgend etwas an meinem Innersten drehen, zerren, schütteln, während ich keuchend immer weniger Luft bekam, wurde ich vom durchscheinenden, kristallklaren Entsetzen der Schuld überflutet. (...)

Was mir bis dahin noch nie passiert war: Ich haßte mich, und ich hatte Angst vor dem lieben Gott. (...)

Ich blieb mit Gott allein, ob es ihn nun gibt oder nicht. Deus semper maior, sagte ich mir immer wieder. (...)

Ich fing zu beten an, heimlich, damit's keiner sieht. Aber es guckte auch keiner. Keiner, keiner ist da. Ich bitte dich – ich schließe meine Augen fest, ich presse meine Lider aufeinander, meine Lippen, mein Gesicht, meinen ganzen Körper –, ich bitte dich, Herr, erbarme dich meiner. (...) Ich flehe dich an, nimm keine Rache an mir und stell mich nicht auf die Probe, experimentiere nicht mit mir, was denn aus mir wird in der Not, wie ich die Schläge ertrage.

Wäre dies eine Tonbandaufnahme, könnten wir feststellen, daß der Herr das Flehen meines Vaters nicht erhört hatte. Vergeblich sagte mein Vater zu ihm: Ich habe es erkannt, unerwartet und auf erschütternde Weise, daß mir keiner helfen wird, ausschließlich der liebe Gott. (...) Und wenn er mir nicht hilft, muß ich in diesem dunklen Brechreiz weiterexistieren. Und so hatte er auch weiterexistiert, bis er starb. (Dies war das große Gotteserlebnis meines Vaters am 24. Februar 1957.) >

Der Agent hat eine Traueranzeige von Frau János Esterházy erhalten. Einige Zeilen über János Esterházy (Abstimmung gegen das Judengesetz im slowakischen Parlament.) – Alles, jeder.
I. P., der von der Chemiefabrik weggehen möchte, bittet den Agenten um Hilfe, der sie auch verspricht, wofür I. P. dankbar ist. Der Umstand ist geeignet, daß wir uns in P.s Stellenwahl einmischen können, um die Kontrolle zu erleichtern. (...) Habe dem Agenten zwei weitere Karten überreicht, damit er mit R. zum Fußball gehen kann.
Laut Absprache brachte ich zwei Karten für das niederländisch-ungarische Fußballspiel zu K., wobei ich ihm sagte, daß ich selbst nicht hingehen kann.
Ich nutzte den Jenő-Tag und gratulierte J. P. Daraufhin Farkas wie ein Osvát: Die Meldung hat keinen Wert.
Er besuchte die verwitwete Frau I. D. (Die könnte die Mama

von Pali sein.) Sie war erfreut über meinen Besuch. »Schreibe Bericht, wie es kommt.«

< Am 10. Dezember, auf einer Sitzung des Landesrats der Nationalen Volksfront, gab Kádár die berühmten Worte von sich: Wer nicht gegen die Ungarische Volksrepublik ist, der ist für sie usw. (In diesem Fall nahm Christus den Standpunkt Rákosis ein, Matthäus 12,30: Wer nicht mit mir ist, der ist wider mich; und wer nicht mit mir sammelt, der zerstreut.) Dieser Kádár-Satz ist der Beginn der Kádár-Zeit auf die Sekunde genau. >

11. I., 25. I., 15. II., 8. III., 22. III., 3. IV., 5. IV., 19. IV. 1962
Agent an Lengyel übergeben. Bye, Farkas, bye. Ob sie auf das Wohl der geleisteten Arbeit getrunken haben?

Über seine Aufgabe hinaus berichtet Agent, daß Frau V. P. ihm gesagt habe, daß sich unlängst Frau Mihály Károlyi in Budapest aufgehalten habe, die sonst in Frankreich lebt. Hier wurde ihr große Ehre zuteil, ein staatlicher Wagen stand ihr zur Verfügung.

Ein langer Bericht über unsere alten Bekannten, Á. Sz., M. K., I. P. [Wegen des nächsten Satzes springt mir immer noch das Herz – vor Schmerzen. Es ist aber durchaus nicht sicher, daß sie Erfolg hatten:] Mit den drei Personen befassen wir uns zwecks Anwerbung. I. P. [eine Schwester des obigen I. P., glaube ich] sucht eine Stellung, was wir aufmerksam beobachten, da wir dies durch Kombination bei der Anwerbung nutzen wollen.

Kurze Arbeitsunterbrechung, Schwatz auf dem Flur. Mit A. über die Spitzel (genius loci). Eine der Storys: Miklós Mészöly glaubte, bei einer Abendgesellschaft sei Cs. auf ihn angesetzt, deshalb taute er gegenüber dem ihm vertrauten Bódy nicht auf, der aber auf ihn angesetzt war und seine Aufgabe deshalb nicht erfüllen konnte, wie er im Bericht schrieb. Witzig. Jedenfalls nicke ich scheinheilig.

Der Bericht des Agenten verdeutlicht, daß an der Agrarwissen-schaftlichen Universität das Interesse an Á. Sz. aufgedeckt ist. Die Zielperson weiß, daß das MdI sich nach ihr erkundigt hatte.

… im Gespräch im Bekanntenkreis sind die Worte darauf zu lenken … Wortelenker: an meine Brust, Kollege! Und wieder ist die politische Information ein bißchen wenig. Habe Agenten zur Verantwortung gezogen und belehrt. Den Tonfall hat es bis jetzt nicht gegeben. Mir scheint, dieser Boldizsár Lengyel geht for-scher vor.

Seine Frau empfing mich mit Freude, einerseits, weil sie mit ihrem Sohn einige Probleme hatte, in welcher Hinsicht ich sie beruhigte, Frauen konnte er erstklassig beruhigen; wie Hrabal schreibt: auf Regierungsebene andererseits, weil vor mir Frau K. K. dagewesen war, die »keinen Schwarzen trinkt«, so daß sich nun die Gelegenheit bot, Kaffee zu kochen. Winziges, harmloses Feuilleton, aber wir wissen ja, daß nichts harmlos ist: Der Bericht beweist, daß M. K. und seine Familie Kontakt zu K. K. und Fami-lie unterhalten. (…) Diese Daten sind für uns aus operativer Sicht interessant.

Während des Besuchs war im Radio gerade von M. K.s Vater die Rede, dem ehemaligen Ministerpräsidenten, und K. fragte ge-rade den Agenten, ob seiner Meinung nach seine Frau und sein Kind einen Reisepaß erhalten könnten, weil sich eine Entspan-nung abzeichne. Gerade da erinnerte das Radio nicht gerade vorteilhaft an seinen Vater, worauf ich antwortete, daß »es dem-nach nicht sicher ist«. Wie sehr das der Ton meines Vaters ist, die-ser feine, trockene und echte Humor. Und wie echt die Szene ist, offen, von Herzen; nüchtern, doch voller Teilnahme. Es stimmt wohl doch, daß »Harmonia Cælestis« das echte Bild meines Vaters liefert, das realistische, und dies hier ist die Fiktion. Eine wilde Fiktion – soviel Phantasie hätte ich mir gar nicht zuge-traut.

Aufgabe: Eine gewisse M. K., Stenotypistin, kennenlernen. Lengyel instruiert ihn detailliert. Mit M. K. befassen wir uns als Anwerbungskandidatin. Ihr verdammten Hurensöhne, jetzt reicht es wirklich! – Obschon logisch: Die Konsolidierung erhöht die auf einen Kopf entfallende Zahl der Spitzel.

[Gestern drohte mir K. H. schalkhaft, sie werde sich ein andermal mit mir streiten. Ich fragte, was ich schon wieder verbrochen hätte. Das würde sie sich noch durch den Kopf gehen lassen, aber ich verdiente es sowieso, da es mir viel zu gutgehe. Ich steckte noch so tief in der Arbeit des ganzen Tages – der Agent –, daß ich (»der Blume gleich, vom Wurm zernagt«) fast außer mich geriet. Ich sah sie lange an, sie hielt meinem für sie unverständlichen Blick stand, und dann sagte ich, obwohl ich diese verlogene Wichtigtuerei längst abgelegt hatte, daß wir ein Jahr später darüber reden sollten, wie es mir jetzt ergangen sei. Daraufhin winkte sie ab, als hätte ich die Ewigkeit erwähnt.]

Sie machen auf hart: Agent hat seine Aufgabe nicht erfüllt. (...) Als ich ihn dafür zur Verantwortung zog, berief er sich auf familiäre Umstände.

Der Satz nur des Satzes wegen: Ich habe Agenten nach der in seinem Bestand befindlichen Stimmung gefragt, aber er konnte mit keinen für uns interessanten Daten dienlich sein.

Englisch-Bridge bei Á. Sz., der für seine Prüfungen in Gödöllő viel lernt, sich eine »politikfreie« Stellung wünscht usw. Das ist interessant: Mit dem Agenten haben wir derzeit eine schwierige Situation, da sein Kontakt zu den Aristokraten völlig einseitig ist. (Nur er sucht sie auf, und sie erwidern es nicht.) Das beinhaltet eingeschränkte Möglichkeiten, da einseitige Besuche Aufdeckung zur Folge haben können. Aus der Unterschrift ersehe ich, daß jetzt Farkas der Chef ist, er schreibt an Lengyel: Zu M. K.

kann er vorläufig nicht geschickt werden. Warten wir ab, wie es mit seiner Ausreise wird. (?)

E: ein Bild: Ich stehe ihm gegenüber und sage ihm nur leidenschaftslos ins Gesicht: Csanádi. Nicht zornig, sondern haßerfüllt und böse blickt er zurück. Wie ein Ávo (wie ist ein Ávo?). Ich erschrecke derart, daß ich ihm mit aller Kraft ins Gesicht schlage, auf die Brille. – Donnerwetter. Daß mich sogar noch meine eigene Phantasie überstrapaziert ... Ich war nie und nimmer in der Situation, die Hand gegen ihn erheben zu wollen. Manchmal sehe ich meinen eigenen Kindern an, daß sie mich am liebsten zum Teufel schicken würden. Ich erinnere mich an nichts dergleichen, nicht an diesen hilflosen Zorn ihm gegenüber. Daß ein riesenhaftes Stück Vater vor einem steht und man nichts tun kann. Der Vater ist immer riesenhaft. Hätte ich einen Ödipuskomplex (könnte schon sein, daß ich einen habe, wo ich doch in Psychologie so unbedarft bin), kämen wir jetzt gut miteinander aus.

Donnerstag, 25. Mai 2000
Gestern, nach der Prügelszene, sprang ich plötzlich auf und ging los. Zu Fuß, nach Hause. Wieder wurde ich mit Dés verwechselt. Ich mag es, mit ihm verwechselt zu werden, es ist eine gute Selbstdefinition: der Mann, der mit Laci Dés verwechselt wird. – Neulich in Berlin sieht mich jemand, in seinen Erinnerungen kramend, an und sagt: Ich kenne Sie ... Sie sind doch ... Sie sind jemand zwischen Péter Nádas und Péter Esterházy. Ganz genau, ich nicke zufrieden.

Die Frage auf dem gestrigen Heimweg: Was hat meinen Vater bewegt? Die Angst? Nein. Das wäre zu erkennen gewesen. Die Ohnmacht? Das akzeptiere ich nicht. (Halt. Wer bist du? Wer bist du, daß du glaubst, etwas akzeptieren zu können oder nicht?

Wer hat dich gefragt?) Oder irgendein Abenteuer, ein über großer Leere sich erhebendes zynisches Spiel? Aber das wäre doch
zu kläglich und kleinlich! Und ich erinnere mich an nichts Klein-
liches bei ihm. Wie niemand, der mit ihm zu tun hatte. (Eventuell
im hohen Alter. Doch da war er schon, hoho, kein Spitzel mehr!)
Ein schöner, großzügiger, hilfsbereiter Mann, intelligent, klug, von
feinem Humor und weitem Horizont, in seinem Beruf einer der
Besten, zuverlässig, fleißig, der mit heroischer Kraftanstrengung
seine vielköpfige Familie unterhielt [T]. <Blasiert schreibe ich
die Ts auf.> Ich kann nicht sagen, daß das nicht wahr wäre, während gleichzeitig nichts wahr ist, die Welt hat sich verändert,
theoretisch dürfte ich gar nicht überrascht sein, wenn morgen
die Sonne nicht aufginge. Wir werden sehen.

17. V. 1962

Mit Frau V. P. spricht er über M. K. (die Stenotypistin), Schritt für
Schritt, wie Lengyel es befohlen hatte. Tante D. zufolge ist die
Frau für die Aufgabe nicht geeignet. Aus dem Bericht geht jedoch hervor, daß M. K. einen besseren Arbeitsplatz anstrebt:
Von diesem Umstand können wir durch Einsatz von Kombinationen Gebrauch machen. Dieser Lengyel achtet auf die Einzelheiten:
    Sie verabreden einen Treff, bei dem Agent berichtet, er habe
Aussicht auf eine größere Übersetzung und benötige eine Person,
die ihm beim Abtippen helfe. (Davon spricht er nur im Konjunktiv.) Wie ein Textbuch. Daß die Partei sogar den Konjunktiv zur
Bedingung machte! – das hätte ich bisher für Verleumdung gehalten. – Mir vergeht die Lust, sie versickert; ich stumpfe ab. Wie
gut es wäre, die Dossiers zu schließen, abzugeben, und Schluß!

[Gestern habe ich wieder davon gesprochen wie von einer normalen, gewöhnlichen Arbeit. Aber wie denn sonst?! Gerade

gieße ich mir Wasser ins Glas; aber ich weiß weder vom Wasser noch vom Glas noch vom Gießen zu sprechen. Apropos Glas: Vater, nimm diesen bitteren Kelch von mir. Und auch die Fortsetzung: Doch nicht so, wie ich es will, sondern wie du.]

31. V. 1962

Es rollt weiter, wie eine Lawine. Oder wie eine Spinne, die webt. Ein Schritt, ein zweiter, unaufhaltsam. Und es ist nicht möglich, sich zu wehren. »Schwatze nicht, du steigerst das Chaos.« – »Mag ja sein, aber du, fuck it, hast die Ohnmacht und die Erniedrigung gesteigert.« Nur Jammern ist möglich. E: Es wird ein gutes Buch, und wenn ja, habe ich mit diesem Guten nichts zu tun. Soli Deo Gloria (wie Bach nach jedem seiner Werke schrieb). Zwischen ein bißchen S und ein bißchen Hochmut.

Er traf die Frau, kriegte sie dran, sagte *alles* weiter (daß zum Beispiel M. K. nach ihrer eigenen Einschätzung im Außenhandel deshalb nicht unterkommen kann, weil der Präsident der 1. PGH für Kettenbau ihr zusetzt, da ich über seine Liebesbeziehung informiert bin). Obendrein ist er, mit den Worten von Illyés, ein von privatem Fleiß getriebener Hund: Ich fragte, ob sie – denn unter den Übersetzungen kann gegebenenfalls auch vertrauliches Material vorkommen – zu Botschaftsleuten gehen würde, worauf sie die Antwort gab, »ich habe keine Kreide gefressen«. Womit er aber über das Ziel hinausschoß. (Das Spitzeltum ist auch ein Beruf). Ich belehrte ihn über die Unzulässigkeit des Einwurfs.

Sonst läuft alles prima, M. K.s Umstände ermöglichen es, von den Kombinationen Gebrauch zu machen, und er wird auf sie gehetzt wie ein Bluthund, sie wird bei uns Maschine schreiben, aber wie hat er es meiner Mutter beigebracht? was wesentlich die Herbeiführung einer vertraulichen Beziehung fördert. (...) Auf Grund gemeinsamer Erlebnisse – Jugend! – hat er sich mit ihr über ihren Bekanntenkreis zu unterhalten usw. Seine Erinnerungen gehören auch schon denen!

7. VI. 1962

Ich berichte, daß Mária Esterházy, 76jährige, in Wien ansässige österreichische Staatsbürgerin, eine Woche bei mir gewohnt hat. Dieses Realitätssegment wurde von der Kunst folgendermaßen herausdestilliert [(S. 900): Nachdem Mária Polixena Elisabeth Romána, allgemein bekannt als die Mia Tant', einen Ausreiseantrag gestellt und bewilligt bekommen hatte, fiel sie von Wien aus von Zeit zu Zeit in Form von Verwandtenbesuchen über uns her. (...) Dieser Besuch war nämlich auf eine Art auch eine Kontrolle für sie (die Eltern), ob sie sich denn auch gut *hielten* auf diesem feindlichen Terrain, ob die Burg noch stand.]

Der Text läßt ahnen, daß sie steht. Beziehungsweise daß es gar keine Burg gab, die Frage ist albern, aber sie steht doch. Daß es also »trotzdem« etwas gibt, das rein und strahlend überlebt hat. Und als würde er auch sagen, daß es allgemein so sei, nicht nur in der engeren Familiengeschichte, sondern in der des ganzen Landes. Aber das ist nicht wahr. Das ist der übliche ungarische Selbstbetrug. Das Wesen des Selbstbetrugs, glaube ich, ist, daß die Schrecknisse immer von anderen begangen wurden, den Deutschen, den Russen, den Pfeilkreuzlern, den Kommunisten. Einerseits konnten wir nichts anderes tun, andererseits taten wir, was wir konnten. Das ist nicht die Rede eines freien, erwachsenen Menschen. Sowohl Faschismus als auch Kommunismus haben uns stärker durchdrungen, als wir uns es gern glauben machen würden. Ich spreche eben nicht von kollektiver Schuld, sondern von persönlicher Verantwortung, weil nur sie gemeinschaftsbildend sein kann. Aber nicht jedermanns Vater war ein Spitzel! Natürlich nicht. Gerade davon rede ich. Weil es auch nicht wahr ist, daß niemandes Vater es war. Es ist nicht wahr, daß

ausschließlich der Vater von Spitzeln Spitzel war, als gäbe es dafür extra einen besonderen Haufen ... Nein. Meiner ist es, deiner
nicht. Deswegen schreibe ich das hier. [Nicht deswegen; ich
schreibe es, weil ich nicht anders kann.]
   Im übrigen ist der Bericht aus operativer Sicht wertlos.

21. VI. 1962

Bei den J. P.s; I. hat sich an beiden Händen geschnitten, sie war
auf der Treppe ausgerutscht und mit dem Milchglas gestürzt. Vermutlich hat sie getrunken, hätte meine Mutter boshaft bemerkt.
Und K. wurde ins Tippen reingezogen. Was sieht man von außen?
Einen bereitwilligen, kameradschaftlichen Kerl.

Im Juli hat der Agent keinen Bericht erstattet, < aber es erschien
Dérys erste Publikation nach 1956 in der »Új Írás«. Sogar Ruanda
und Burundi wurden unabhängig. Am 5. August starb Marilyn
Monroe, zwei Tage später erfahren wir, daß > der Kontakt zwischen Agent und M. K. immer freundschaftlicher wird, doch unsere Meinung ist, daß er zwar vertraulich ist, sich aber nichts
entwickeln kann. Das hat objektive Gründe. Schau an. Und wir
dachten schon, er könne flugs jeden ... Theoretisch, natürlich.
Ungarisches, christliches Mannesideal: die Stütze seiner Familie,
seinem Weib treu bis ins Grab, und vögelt jede, die sich bewegt.
Denn die ausgelassenen Mösen werden ihm im Jenseits alle über
die Nase gestülpt. Das ist schon eine möglicherweise archaische,
heidnische Tradition. Eine packende Tradition. Und da haben wir
uns bezüglich des Jus primae noctis gräflicherseits noch gar keinen Träumereien hingegeben (S. 630). Auch sein Schwanz gehört bereits denen, der mythische »Vaterschwanz«. [An dieser
Stelle stand ich auf und ging kurz auf und ab. Erst litt ich ein
wenig, dann E: ob das eine Konsequenz für meinen eigenen
Schwanz haben kann. Darüber kichere ich in mich hinein. Gut,

daß es niemand hört, niemand sieht. Ein exemplarischer Fall von
»ich kann es niemandem sagen, sag es also allen«.]

Aus dem Bericht geht hervor, daß in K.s Wohnung klassen-
fremde Personen unter dem Vorwand von Bridgepartien zusam-
menkommen. Dieser Umstand ist geprüft, da er uns vermittels
eines anderen Agenten zur Kenntnis gekommen ist. Es gibt noch
einen schönen Halbsatz über eine im Verschwinden begriffene
Kultur: Sie ist »präfektioniert worden«, d. h. beim Bridge darf nur
über Bridge gesprochen werden. < Am 9. starb Hermann Hesse,
was am Zustand des Landes nicht viel änderte.

16. VIII. 1962

An diesem Tag faßte das ZK der USAP einen Beschluß »über den
Abschluß von gesetzverletzenden Prozessen gegen Menschen
der Arbeiterbewegung in den Jahren des Personenkults«. Aus der
Partei wurden ausgeschlossen Ernő Gerő usw., vierzehn ehema-
lige ÁVH-Offiziere und der in sowjetischer Emigration lebende
Mátyás Rákosi, während der Agent eine Charakteristik des M. K.
jun. erstellte; eine korrekte, einfühlsame Arbeit.> Nach meinem
Eindruck führt er ein gutes Familienleben. (…) ist nicht jener
Typus, der verlorenen Gütern nachweint, vielmehr bildet er sich
hinsichtlich seines Fachwissens weiter und ist bemüht, seiner
Familie Lebensmöglichkeiten zu schaffen. (…) Auslandskontakte
betreffend antwortet er nur auf Fragen, auch dann spricht er
wenig davon. (…) Besondere Vorlieben hat er nicht, er fährt gern
Motorrad und spielt Bridge.

Das Ergebnis lautet dennoch, daß alle Möglichkeiten zur Ent-
faltung einer Aufklärungsarbeit innerhalb der Kategorie gegeben
sind.

30. VIII., 4. X., 8. X. 1962

Wirre Schrift, keine geraden Zeilen usw. [Mein Ärmster. – Jetzt hatte ich wieder Mitleid mit ihm; dann, beim Herausschreiben, schon nicht mehr, da sah ich mir das Zappeln des Agenten ungerührt an. – E: Wenn er am Leben wäre, müßte ich ihn entweder umbringen (das klingt aber wie aus einem Schundroman, und überhaupt ist es schon schwer genug, mir vorzustellen, daß man mich umbrächte, geschweige denn, daß ich selbst jemanden umbringen könnte, obwohl mein Vater meine Phantasie zweifellos erweitert), oder es würde jetzt der langsame, lange, schwierige Prozeß der Vergebung beginnen. Die Errettung des Verräters. Das wäre mein Leben. Falls er es zuließe. Weil es keineswegs sicher ist, daß der Verräter schwach ist und auf Beistand wartet. Bitte, und schon kann ich mir vorstellen, daß er mich umbringt.]

Á. Sz. sagt, er wird seine letzte Prüfung nicht ablegen, da das Thema, beziehungsweise das davon handelnde Lehrbuch, beziehungsweise! Unglaublich, erschreckend und offensichtlich notwendig diese normale Präzision in dieser Abnormität! erheblich seiner beruflichen Auffassung zuwiderläuft. (...) Ich habe Sz. erklärt, daß er die Dinge meiner Ansicht nach zu starr nimmt.

Mit Sz. befassen wir uns als Anwerbungskandidaten. (...) Dieser Umstand ermahnt uns, gründlich seinen Charakter und seine Haltung zu studieren.

[A., B., C., D.] und I. P. heiratete einen Ingenieur. Und jemand anders sagte, daß ihr Mann öfters geradezu hysterische Anfälle und starke Kopfschmerzen hat. (...) Wir vereinbarten, daß ich bald wiederkäme – denn natürlich ist der Ehemann die Aufgabe – mit meinem kleinen Sohn, den ich auch diesmal bei mir hatte. Mit meinem kleinen Sohn: Ich kotze gleich. Wer von uns konnte das gewesen sein? Wir gehen alle schon zur Schule.

Vermerk: Agent ist nach den bisherigen Angaben aufrichtig zu uns. Probleme stellen sich bei ihm in der Persönlichkeit. Er ist schüchtern (?), seine Initiativ- und Kombinationsfertigkeit ist auf niedrigem Niveau. Durch gründliche und systematische

Beschäftigung mit ihm ist dieser Mangel reduzierbar. Seine familiären Umstände behindern ihn in einer erfolgreichen Arbeit. <Ich schnaufe schon eine ganze Weile. Soll ich eine Bemerkung machen, soll ich nicht... Der Pionier hilft, wo er kann. Aber wir waren gar keine Pioniere.> (...) Notwendig wäre seine regelmäßige Kontrolle, was aber in Ermangelung eines geeigneten Agenten nicht möglich ist. Für künftig zeichnet sich hierfür eine Möglichkeit ab, und auf dieser Basis werden wir erfolgreich usw.

<*11. X. 1962*
Das Vatikanische Konzil tritt zusammen, auf einer erweiterten Sitzung des ZK der USAP wird György Marosán wegen »parteischädigenden Verhaltens« von allen Parteifunktionen entbunden.>

18. X., 4. XI., 13. XII. 1962
I. P. fragte, was ich über die Marosán-Sache weiß. Ich gab eine ausweichende Antwort (Klärung der Situation vor dem Parteitag), worauf sie antwortete, gehört zu haben, daß Marosán sich in einer Eingabe darüber beschwert hat, daß es bei den führenden Positionen des Wirtschaftslebens zu viele Juden gebe. Ich fand das nicht wahrscheinlich, und mir schien, sie war auch nicht allzu sehr davon überzeugt.

Er verpfiff noch M. K., er pokere um Geld und verliere in der Regel; mehr oder weniger sollte er gerade angeworben werden, aber in den vergangenen Wochen ließ sich das MdI sein Material mit der Begründung geben, daß der ältere M. K. aus dem Westen in die Heimat gelockt werden soll, so daß wir die Anwerbung für eine bestimmte Zeit zurückstellen. Recht so, stellen wir zurück, M. K. erzählt dem Agenten, eine englische Firma wolle hier eine Niederlassung eröffnen, in der er und ein Bekannter namens Cs. Mitarbeiter würden. Cs. ist ehemaliger Militäroffizier, lebt in

Leányfalu, und, wir wissen es noch aus einer Notiz von Lengyel, »ebenfalls Musiker«, also Agent des MdI. Des weiteren verdecken die Umstände im Zusammenhang mit der Errichtung der englischen Beteiligung operative Interessen.

Wo man auch hinlangt, Eiter. Nichtsdestoweniger versteht sich noch von selbst, daß »wir nicht niederträchtiger sind als andere Nationen«. Was meiner Ansicht nach keine Behauptung sein kann, so selbstverständlich ist es. Es gibt keine Niederträchtigkeitenordnung im Haufen der Nationen. Niederträchtigkeiten, die gibt es.

Der Agent hat auf der Grundlage von Befragungen B. E. charakterisiert. Gegenwärtig ist er ein enger Freund von H. Sz. Die Person des H. Sz. studieren wir als möglichen angehenden Agenten. Allmählich gibt es mehr Agenten als Beobachtete.

Agent möchte ins Ausland reisen. Deshalb haben wir uns seine Kontakte aufschreiben lassen.

Und noch ein winzig kurzer Bericht, nämlich daß aus dem Unternehmen der englischen Beteiligung doch nichts wird.

[Gestern, beim Signieren der Bücher, die (man kann's so sagen) gewohnte, ältere Dame. Daß sie meinen Vater gekannt habe. Und daß ich ihm sehr ähnlich sehe. (Meiner Meinung nach leider nicht sehr; wenn man das sagt, erröte ich normalerweise, ich nehme es wie eine Auszeichnung, ich nehme es in der Bedeutung: Mein Herr, Sie sind schön, mehr noch: Du bist ein schöner Mann. Nun ja.) Und daß wir uns begegnet seien, denn mein Vater habe uns Kinder einmal mitgenommen in die Nationalbank. Und sie möchte mir erzählen, sie hätten vorher in der Handelsbank zusammengearbeitet, und da wurde sie entlassen, und gegen Mittag des nächsten Tages lief sie auf der Straße irgendwie meinem Vater über den Weg, und sie fühlte sich bemüßigt, ihm zu erklären, wieso sie während der Arbeitszeit auf der Straße sei und daß sie nicht bummle. Ihr Vater hörte mich wortlos an, dann sagte er leise: Habe ich auch nur ein Wort gesagt? – Ich höre, weil ich mich an sie erinnere, weil ich sie kenne, diese bezaubernde, neckische und tröstende Männerstimme. Als Widmung schrieb ich ihr in die »Harmonia«: Mátyás Esterházys Sohn. Ich setzte das Datum dazu, absolut S, damit dokumentiert ist, wann – und in Kenntnis wovon – ich es hineinschrieb.]

< Gestern abend fragte ich Árpád Göncz, wann er aus dem Gefängnis entlassen worden sei. Warum fragst du? Ich brauche das. Auf den Tag genau. Daran erinnere ich mich nicht. August, irgendwann im August 1963. Dort fragte mich J., ob ich an dem Buch arbeite, um das wir gewettet hatten. Ich erinnere mich nicht, worin die Wette bestanden hatte? Daß ich weinen werde, wenn ich es lese. Ach ja, natürlich. Obwohl kein Gentleman wettet, wenn er sich seiner Sache sicher ist. Um was haben wir gewettet? Um ein großes Abendessen. Oh, du wirst Glück gehabt haben, wenn du mit einem Abendessen davonkommst. – Warum rede ich so, wer weiß?! >

Der Portier scherzend zu Gitta, am Einlaß zum Ministerium: Mich kann man ruhig durchleuchten, ich bin kein III/IIIer. Kann es sein, daß er etwas weiß? scherzt G. Ad notam: Wie geht's uns, wie geht's uns? scherzt Genosse Rákosi. Gut geht's uns, gut geht's uns, scherzen die Bauern.

< *24. II. 1963*
Am Namenstag meines Vaters wurden die Wahlen zum Parlament und zu den Räten abgehalten: 98,9 Prozent der Wahlberechtigten stimmten für die Nationale Volksfront.

21. III. 1963

In der konstituierenden Sitzung der Nationalversammlung ver-
kündete János Kádár die allgemeine Amnestie. (Allgemein war
sie aber nicht.)

In »Sprechende Jahre« lese ich den »Jahresbericht« von Gyula
Kozák, der erzählt, daß er, zwischen Januar und Mai '63, acht- bis
zehnmal vom MdI aufgesucht worden ist, er solle Spitzel werden.
Man versprach ihm Geld (an seinen Bedürfnissen gemessen
hatte er gerade genug), man erpreßte ihn mit der Stellung seiner
Mutter (die jedoch als kleine Beamtin nicht viel tiefer hätte rut-
schen können), man drohte, ihn von der Universität zu werfen
(er wäre dankbar gewesen). »Wirklich starke Argumente hatten
sie nicht. (Ich rief mir die letzte Zeile aus Géza »Gott« Bükys
»Manifest« in Erinnerung – »Zur Hölle mit dem, der sich fürch-
tet!« – und fürchtete mich nicht).« Dann berichtet er noch, er
habe beim ersten Auftauchen der Ledermäntel seine Philoso-
phieprofessorin, »deren Mann irgendwo in der Parteizentrale gearbeitet hatte, aufgesucht und ihr über die Belästigung durch die
Organe geklagt. Diese prächtige Frau war aufgelöst, entrüstete
sich und wurde aktiv. Doch auch sie benötigte fast ein halbes Jahr,
bis sie Erfolg hatte.«
  Jene kleine, leichte gesellschaftliche Außenseiterstellung, in
der unsere Familie gelebt hat und die auch ich wahrgenommen
habe, etwa zu meiner Zeit als Piaristenschüler, vermittelte uns
ein Gefühl von Unabhängigkeit, machte uns aber auch hilfloser.
Mein Vater hatte weder praktisch noch theoretisch irgend jemanden, den er hätte um Hilfe *angehen* können. ('63 natürlich
dann doch – aber das erwähne ich nur spaßeshalber.)

2. IV. 1963
Die Kategorisierung der Schüler nach ihrer Herkunft wurde auf-
gehoben (Beschluß des ZK der USAP).>

23. V., 6. VI., 14. VI., 20. VI., 3. VII., 16. VIII. 1963
[Bisher vier Berichte. Neuer Führungsoffizier ist ein gewisser
Major Tóth.] Mcinc Aufgabe war es, mit meiner aus Wien zu Besuch gekommenen Tante zu reden. Meine Aufgabe war es, Luft
zu holen. Meine Aufgabe war es, zu pissen. Meine Aufgabe war
es, am Sonntag zur Messe zu gehen. Meine Aufgabe war es, die
Hausaufgaben meines Sohnes zu kontrollieren, ihn in seinem
Talent zu bestärken und anschließend, um sein Gefühlsleben in
Balance zu bringen, unter Einbeziehung seines Scheitels zu strei-
cheln. Über die Aufgabe hinaus lächelte ich meinen Sohn freundlich an, na, Kerlchen! sagte ich, woraufhin er glücklich grinste. T
[Verfluchtes Leben. T, T Ich schniefe hier wie meine Mutter auf
ihre alten Tage. Ich hole mir ein Taschentuch.] In Wien wird ge-
munkelt, Mindszenty gehe nach Rom in den Vatikan. Á. Sz. erhielt einen Reisepaß. Hm.

I. P.s sind in den Ferien, also momentan unbespitzelbar. Rüber
zu den Eltern, ein wenig Provokation in Sachen Mindszenty, ob
er wohl nach Rom gehe. Laut Frau P. wäre das für alle nur gut,
doch angesichts seines störrischen und bockigen Naturells ...
(Das ist als die katholische Ansicht schlechthin der Kádár-Zeit
anzusehen. Heute ist aus dem problematischen M. ein heroischer
M. geworden.)

Eine Namenliste von im Westen lebenden Bekannten von
Tante Mary über Irmike bis Onkel Kázmér. *Wirklich* peinlich. Ich
kichere nur in mich hinein, unter mich.

Zuvorkommend erklärt er die Verwandtschaftsverhältnisse,
GY. D. = Bruder von B. D.; Frau Gy. D. = Frau I. H. jun., Gräfin
E.-Gy. Ich male mir aus, wie das auf der Polizeiwache interpre-

tiert und memoriert wird. Sie lachen, und wie recht sie haben. Na, Jani, wer war doch die Cousine des Halbbruders von Graf K.? Bei dem Wort »Cousine« lachen sie los. Plötzlich hören sie auf, politische Polizisten zu sein, und sie sind junge Männer, Arbeiter, das Volk. <An diesem Tag, als sie sich vor Lachen bogen, am 23. Juni, einigten sich Moskau und Washington, zwischen dem Kreml und dem Weißen Haus einen »heißen Draht« einzurichten, also eine ständige direkte Verbindung.>

In der Schnellbahnstation von Római-Bad (ich denke, im Reisebüffet) warf ich die Frage der chinesisch-sowjetischen Debatte auf. (...) Im Zusammenhang mit der chinesischen Sache habe ich folgende zwei Witze durchgestrichen, in anderer Schrift folgende zwei Dinge gehört: Was sind die Chinesen? »Korrespondierende« Mitglieder des sozialistischen Lagers. – Womit beschäftigen sich die Theoretiker des Soz.? Sie konzipieren die Thesen einer friedlichen Koexistenz zwischen den sozialistischen Ländern. Und dieser wichtigtuerische Schwanz soll mein Vater sein?

In der Sache des Decknamens »Fuvaros« (Fuhrmann) muß er I. T. nachgehen. Schön, daß es nicht gleich Fuhrleute sind.

... sich die Tatsache zunutze machen, daß H. ein behandelnder Arzt seines Bruders war. Er wird sie sich zunutze machen.

Über E. B., der krank ist [ein Agent hackt dem anderen kein Auge aus]: Er machte den Eindruck eines kranken, gebrochenen Manns. Auswertung: (...) Er erhielt die Aufgabe eigens zu dem Zweck, darüber den Agenten »Magda« zu kontrollieren, der für April ausgesetzt wurde. Verfolger verfolgen Verfolgte, wie der große Heißenbüttel sagt, genau nachschauen. [Der Leser möge nachschauen.] Sie (die) beobachten einander.

<Árpád Göncz kommt aus dem Gefängnis.>

[Ich trieb mich ein paar Tage herum. Am Palmsonntag in Rom, päpstliche Messe. Farbiger Zug der Bischöfe, viele tausend Gläu-

bige, die reine, schwingende Stimme des Männerchors, die über-
wältigende Fassade der Basilika, niederschmetternde Kraft der
Macht, des Wissens und der Tradition, und in der Mitte dieser
schiefe, kranke, kleine Körper, der Papst, der dieses große Theater zugleich stärkt und im Gleichgewicht hält. Ich bin gerne in
Rom, dort denke ich, daß es etwas bedeutet, katholisch zu sein.
Wie ich dort stehe, E: daß ich hier und jetzt nicht gern Protestant
wäre. Beziehungsweise: Was für einen Mut hat es erfordert und
erfordert es, dem, wann auch immer, entgegenzutreten. Denn es
schien kein verkalktes, bürokratisches Amt zu sein, sondern ein
Ernst vielmehr dieser »Version«, der Ernst dieses katholischen
Angebots.

Plötzlich E: daß der Papst fast gleichaltrig mit meinem Vater
ist, beziehungsweise E: mit meinem Papa. Ich denke daran, auch
Seine Heiligkeit stirbt alsbald, und dann begegnen sie sich. Hilf
meinem Papa, sage ich halblaut, mir fließen die Tränen, ich
schniefe, wische sie ab. Es gibt hier viele religiöse Verrückte, ich
scheine einer von ihnen zu sein. Von den trocknenden Tränen
bekomme ich Kopfschmerzen. Bei der Elevation suggeriere ich
der Menge, daß jetzt ein jeder an meinen Pappa denken und für
ihn beten soll. Ich bin ein wenig gerührt von mir selber. Vor mir
auf dem Boden sitzt ein schwules Paar, fluchend und zischelnd
streiten sie über etwas, wie es Ehepaare tun (können). Der Papst
kann sich kaum halten, auch seine Zunge bewegt sich nicht ordentlich. Er scheint der Mittelpunkt der Welt. Ich betrachte die
Gesichter der Bischöfe. Unter ihnen sind auch nicht weniger
Gläubige als sonst auf der Straße.

Im kleinen Kreis besuchten wir (in Rom) auch einen alten
Freund meines Vaters. Beim Betreten seiner Wohnung sagt er
oder erklärt fast statt eines Grußes an alle gewandt: Es gibt niemanden auf Erden, der mehr gelitten hat als – hier sah er mich

an – sein Vater. Ich weiß nicht, warum er das sagt, aber ich bin ihm dankbar, ich überlege, es wird sich schon noch auszahlen.]

Freitag, 26. Mai 2000
Die Sonne kam hoch (früher als ich). Gestern mit Dés in Szombathely. Gut. Alle lieben und achten meinen Vater. Dés' Saxophonspiel hat für mich etwas rein Ethisches. Die Ethik der Arbeit? Der Aufmerksamkeit? Des Ernstes? Geistige Strenge. Bequem wiegt uns das Auto, wie bei einer Schiffsfahrt. Als könnten wir Schiff fahren, als hätten wir dafür Zeit und Ruhe. Zwei Freunde auf dem transdanubischen Ozean. Auf einmal sagt er: Und diese Nichtsnutze von Spitzel, gerade die reißen das Maul auf, jetzt schon auf völkisch-nationaler Ebene. Mein Herz macht diesmal keinen Sprung. In diesem stillen Wiegen schien es so selbstverständlich, was sich von selbst versteht: Wenn wir sagen, und wir sagen es, daß es ein mieses System war, das die Menschen runtergezogen, erniedrigt und zerstört hat, dann hat das auch *mit uns* zu tun. Es ist unmöglich, daß es sich immer nur auf andere bezieht, wer auch immer »wir« selbst sind. Prinzipiell habe ich das natürlich immer gewußt, nur daß ich es vielleicht mit zuviel innerer Ruhe gewußt habe. Daß es sich auch auf uns bezieht, selbst wenn »wir« uns de facto anständig benehmen. Der »Bezug« ist immer konkreter, realer. Mit soviel Konkretem hatte ich allerdings offenbar nicht rechnen können.
Als wäre mein Vater die Metapher des Landes.

Ich falle ins Amt ein wie eine Weberin frühmorgens in die Leinenwarenfabrik. (Die ist abgerissen worden.) Abends komme ich nach Hause, ich greife nicht mal nach der Zeitung, schon schlafe ich ein und breche wieder auf. Ich könnte jetzt so glücklich sein – wie niemals zuvor nach einem Buch –, daß es übertrieben wäre. Doch dieses tägliche Rühren in der Scheiße (in meinem Vater) zügelt mich mannhaft ... Auch so aber bleiben noch Jubel und eine müde Ruhe in mir. Und an Hochmut soviel: Wenn man mich in einem Interview fragt, woran ich arbeite, werfe ich keck hin: an nichts. Ein gutes Gefühl. Es hat nur den kleinen Fehler, daß es nicht stimmt: Ich arbeite an diesem hier.

Go.

14. IX., 10. X., 6. XI. 1963
Meine Aufgabe war es, I. P. aufzusuchen. Am Rand in der Schrift eines strengen, aber hilfsbereiten Ungarischlehrers: Warum, zu welchem Zweck? Genau ausführen!

Das Gespräch zog sich in die Länge, weil die Genannte Krawatten malte. Der Agent wird dem mikrorealistischen Trend der Geschichtsschreibung zugerechnet werden müssen, im Tropfen das Meer usw. Im übrigen wird klar, daß der Paßantrag des Agenten im Frühjahr abgelehnt worden ist; eigenartig.

Er ist hinter M. J. her, zumeist vergebens, schließlich treffen sie sich in der Kárpátia (S. 903). Ich bat ihn, sich nach einer Monographie umzusehen, die sich auf die Esterházys bezieht, damit ich meinen Kindern über den Unterrichtsstoff hinaus Aufklärung geben kann. Daß er nicht vor Scham vergeht! (Kurze Pause. Einen so komplex verlogenen Satz habe ich lange nicht mehr gelesen. Du sollst Vater und Mutter ehren. Ich ehre sie.)

Wen alles er in Wien treffen wird. Der Nachrichtendienst und die Spionageabwehr interessieren sich auch. Aktuell hockt er bei der Gesellschaft im Donaukorso, alle zwei Tage sitzt er dort, er kennt niemanden, merkt sich Gesichter. Sie debattierten laut, aber ich konnte nicht herausfinden worüber. (...) Auf den ersten Blick sahen sie wie altehrwürdige Herren aus. So wie du. Der Bericht erhärtet unsere Information, daß im D.-Espresso ehemalige horthyistische Elemente zusammentreffen. Anmerkung am Rande von anderer Hand: Vom Bericht nicht erhärtet. In der Tat.

Über die Abschätzung der Lage hinaus kann er mit den Mitgliedern der Gesellschaft vorerst keine Bekanntschaft machen.

10.30 Uhr bis 12.30 Uhr. Am Anfang, vor sehr, sehr langer Zeit, hätte ich es noch bedauert, wie sehr sie seinen Tag auseinanderreißen. Jetzt nicht mehr. So ist sein Tag. Im Verhältnis wozu wäre er denn auseinandergerissen?

Er bekam den Reisepaß, auf Bitte von M. J. soll er das Buch »Festtage« von Zsigmond Széchenyi usw. Agent reist am 7. Nov. nach Wien. In diesem Zusammenhang wurde er von der Unterabteilung BM III/II-2b und der Gruppe III/d eingewiesen. [Aufgeregt blättere ich im Jahrbuch des Amts für Geschichte, wer dahintersteckt. Tatsächlich, es ist die Abwehr. Allmählich avancieren wir zum Spion. Daran sieht man, daß in Diktaturen Spionage kein redlicher Beruf ist, prinzipiell kann es keiner sein.]

Wieder erschrecke ich, als ein neuer Besucher den Raum betritt. Feige krame ich auf meinem Tisch herum. Immer wieder staune ich, wie viel Feigheit in einem Menschen stecken kann, und ausgerechnet in mir! (Die Hände zittern mir, unglaublich.) [Ich bezeuge: Obenstehendes konnte ich kaum lesen.]

[Ich lese das Interview von (Onkel) S. K. über seine Agenten-Vergangenheit. Der Ärmste. Er glaubt wirklich, keine Verfehlung begangen zu haben. <Nachträglich habe ich jetzt seinen Namen gestrichen.> Er ist nicht mit meinem Vater zu vergleichen, er hat wenig berichtet, und das war auch kaum verwertbar usw. Mein Gott, wie gut, daß er gestorben ist (mein Vater). Es ist leichter, sich zu schämen, als die Scham in seinem Gesicht zu ertragen. Es ist leichter, für ihn zu beten, obschon Beten schwer ist, als mit ihm zu brüllen oder verächtlich zu schweigen. Ich denke jedoch nicht, daß er besser vor seiner Anwerbung gestorben wäre. Zwar hätte das dem allgemeinen moralischen Zustand der Welt gutgetan, aber meine Brüder und ich T – bekamen, muß man sagen, soviel Gutes von ihm. S < T, sogar schon auf den Fahnenabzug. >]

< *22. IX. 1963*
Kennedy wurde erschossen.

30. XI. 1963
Am Astoria wurde Budapests erste moderne Unterführung eröffnet. >

27. XII. 1963
Ein langer, achtseitiger Bericht (»Pst, Vater arbeitet«; ich merke an, das ist in diesem Haus auch jetzt noch manchmal zu hören) über die Auslandsreise. Er war zwischen dem 7. November und dem 19. Dezember dort; daß er so lange weg war, daran erinnere ich mich nicht.

Ausführlich, mit wem er sich getroffen hat, O. D., dessen Frau Zs. S. ist, bei wem er gewohnt hat und so weiter, mir aus der Kindheit bekannte, fast mythische Namen, Schwarzenberg, Croy, Revertera und natürlich Esterházy. Seine Aufgabe war, über F. J. zu berichten, aber er hat ihn nicht treffen können. F. J. betreibt Handel mit Metall, der sich auch auf sozialistische Länder erstreckt. Angeblich war er mehrmals in Moskau, wo er einen großen sowjetischen Personenwagen bekam; diesen ließ er aber in Wien monatelang in der Garage, da die österreichischen Handelskreise den sog. »Osthandel« mit gemischten Gefühlen betrachten und er in Gesellschaftskreisen kein »salonfähiges« Thema ist.

Wo ich auch auftauchte, empfing man mich herzlich und freundlich. Diese Stimme spricht (schon) von der anderen Seite. Fast alle erkundigten sich nach der gegenwärtigen Lage in Ungarn, und ich antwortete der Wirklichkeit entsprechend. Ein ziemlich genialer Satz, und ich glaube, er hat auch nicht gelogen. Auf die wiederkehrende Frage, ob man problemlos hierherfahren kann, lautete seine Standardantwort: Die Einreisegenehmigung für Ungarn ist zugleich Garantie für die Ausreise. Aphoristisch.

Mit Emigrantenorganisationen kam er nicht in Berührung, er war in Ehring bei Onkel Kázmér (Entschuldigung!). In der Nähe wohnte ein gewisser Generalstabsoffizier F. K. F., doch meine Verwandten meinten, es sei vielleicht »klüger«, ihn nicht zu treffen, denn es ist schon vorgekommen, daß er im Auftrag von Ungarn observiert wurde. Das interessiert Major Tóth.

<1964: Das friedfertige Land des Vergessens, es wächst und gedeiht, die Fernsehserie vom Kapitän Tenkes startet, und anderthalb Millionen Touristen überschreiten die Landesgrenze; das Jahr der Konsolidierung (für sechzig Millionen Dollar Weizen aus den USA!), das durch Chruschtschows Sturz dann komplizierter wird.>

3. I. 1964
Er dient jetzt sieben Jahre. E: daß ich gut neun Jahre an »Harmonia Cælestis« schrieb. Interessante Gedankensprünge.

Ausführlicher beschreibt er die Sache von F. J., fünf Seiten, Arbeit; lange über die Besuche bei dessen Frau A. C., einer Bekannten aus der Kindheit des Agenten. Kleine novellistische Einlage: Das ebenerdige Gebäude liegt inmitten eines Gartens, davor ein Schwimmbecken von etwa 10 x 15 m. Von der Diele aus gelangen wir in einen großen Salon, dessen eine Seite zum Becken hin verglast ist. In der Diele nahm mir eine Haushaltsangestellte Dienstmädchen heißt das, lieber Kollege! Hut und Mantel ab. Angeblich hat J. im Flüchtlingslager eine ansehnliche Menge Forint billig gekauft. Nach Meinung anderer ist er nur ein »gewiefter Geschäftsmann«, und die Leute sind neidisch. [Der philologischen

Pseudogenauigkeit zuliebe: Ich kann nicht mehr erkennen, ob dieser Satz aus dem Bericht stammt oder aus meiner Zusammenfassung.]

Er spricht dann doch von den Emigranten, den Streitgruppen, 45er gegen 56er. Doch selbst zwischen Vertretern der gleichen theoretischen Plattform ist ein in politische Phrasen gehüllter Kampf um Pfründe im Gange, nämlich darum, wer die Gnade der Amerikaner (sprich: ihre finanzielle Unterstützung) genießt, und wenn von den USA aus entsprechende Winde wehen, bieten sie ihre Dienste bereitwillig einer früher geschmähten Gruppe an. Ein schöner Satz, klar, er will etwas und sagt es auch.

Noch vier Seiten über die B. D.s (diesen Namen habe ich zu Hause oft gehört), bei denen die Ehefrau als Stenotypistin bei Radio Freies Europa arbeitet, für 1000 DM im Monat plus 100 DM Wohnzulage. – Tausend Kartätschen. Ich sagte ihr, in meinem Bekanntenkreis höre kaum jemand die Sendungen von RFE, sie antwortete, daß man auch von anderswo ähnliche Informationen erhalte. Anscheinend sagt er alles, was er zum Thema weiß.

K. tritt auf mich zu und zeigt mir das Dossier, mit dem er arbeitet; interessant. Erwidern kann ich's nicht, obgleich auch meines interessant ist. <Graue, verwitternde, fürchterliche osteuropäische Welt, höre ich in diesem Augenblick aus dem Radio.> Ich sage, wenn man diese Texte liest, ist Shakespeare tatsächlich ein grauer Realist. Er erinnert mich daran, daß sich hier doch ein verlogenes sprachliches Mittel stark durchsetzt, daß eine Bullensprache darüber gelegt ist. Die Realität ist weicher gewesen. Ja, ja, es gibt diese hochstilisierte, in Wirklichkeit oft aber nichtssagende Mickrigkeit, doch Verrat ist Verrat. Wir sagten, die Kádár-Ära ist nichts als ein Rotz gewesen, doch dahinter verbirgt sich dies, all diese vielen gebrochenen Rückgrate, Existenzen, Schicksale.

Ich spreche in einem ein wenig gehobeneren Stil, als es der

Grundton unseres Gesprächs ist. Dabei sehe ich ihm die ganze Zeit ins Gesicht, möchte seinen Blick festhalten, damit er nicht auf meine Dossiers fällt. Merkwürdig, diese in Angst wurzelnde Blödheit, meine Blödheit. K. nickt ernst. Er erwähnt noch »Die Akte ›Romeo‹« von T. G. Ash, lesenswert, und daß es übersetzt werden müßte.

‹Ich hab's gelesen, wirklich ein schönes Buch. Ein schönes, englisches Buch. Ash ist freilich nicht nur Engländer, sondern auch Ash, aber er zeigt jenen jungen Mann, der Ende der siebziger Jahre in zwei Berlin lebt und diese ihm mehrfach fremde Welt in sein eigenes Koordinatensystem einzubauen versucht. Ash redet auch mit Spitzeln und Stasioffizieren, er biedert sich nicht an, aber was er erreichen will, ist eines: verstehen. *Wenn* ich Engländer wäre, hätte ich nicht so ein Buch wie dieses geschrieben.

Zu diesem »wenn« ließe sich ein Gedicht von Weöres zitieren: »Wenn die Welt 'ne Amsel wäre / säße sie in meinem Kittel / sänge froh in meinem Kittel / wenn die Welt 'ne Amsel wäre. / Doch wenn die Welt 'ne Amsel wäre / paßt' sie nicht in meinen Kittel / woher hätt' ich meinen Kittel / wenn die Welt 'ne Amsel wäre.«

Ash scheint trotzdem einen Kittel zu haben. Und da wird er ihn vermutlich, dem Gemeinplatz entsprechend, seit vierhundert Jahren mähen und bewässern.›

17. I. 1964

Am 6., 14., 16. lauert er zwischen 17 und 19 Uhr im Donaukorso, mit geringem Resultat, am 12. zwischen halb 11 und halb 12 Uhr im Imbiß-Espresso. Mit was für einer »althebräischen Ausrede« mag er sich am Sonntag von zu Hause losgeeist haben? Das Imbiß-Espresso steht (stand, nachgucken) an der Ecke Ring/Üllői-Straße. Dort trafen sich auch Roberto und das Ich des Romans.

Ist es Wunder, Zufall oder Unbewußtes? Bisher habe ich meinem Unbewußten nicht allzu viel beigemessen.

Aufgabe: mittwochs, freitags sowie sonntagvormittags ins Imbiß-Espresso gehen und möglichst in der Nähe der Gesellschaft Platz nehmen. Darauf achten, kein auffälliges Benehmen an den Tag zu legen. Übersetzungsmaterial mitnehmen, damit es der Gesellschaft nicht auffällt, daß er allein sitzt und sich mit nichts beschäftigt. [E: Herr, erbarme dich! – Es ist Karfreitag, vielleicht fällt es mir deshalb ein. Jetzt zum Beispiel wäre die Existenz Gottes aus Vaters Sicht ausgesprochen vorteilhaft. Er würde seine Tat aufrichtig bereuen, und der Herr würde ihm vergeben, vorübergehend ein wenig Fegefeuer, dann ab in Richtung Himmel, Himmelreich. Oder er würde gar nichts bereuen, also sich gegen Gott auflehnen, und mit großem Gedröhn verdammt werden. Auf jeden Fall wären Ordnung und Gerechtigkeit wiederhergestellt. Am einfachsten wäre es, mit Verlaub, wenn ich Gott wäre, damit wären ohne Zweifel mehrere Fliegen mit einer Klappe geschlagen.] Vorerst ist nur Beobachtung anzuwenden. Vermerk: Ziel ist, »Csanádi« durch Kombination in die Gruppe mit dem Dn. »Zusammentreffende« einzuführen. Wie raffiniert wir sind.

Es ist Mittag, ich müßte gehen, habe eine Verabredung mit S., wage aber nicht, meine Unterlagen auf dem Tisch liegenzulassen, vielleicht schaut K. nur so für einen Moment hinein, quasi naturgemäß, wie ich vorhin in seine. Er kann ja nicht wissen, daß diese *so sehr* meine sind. Was tun? Abwarten.

31. I. 1964
Er berichtet vom Imbiß-Espresso, sein Bericht deckt sich mit dem des Agenten Dn. »Bánhidi«, der bereits eingeschleust ist. Der Agent weilte im Imbiß am 24. von 18 bis 19 Uhr, am Sonntag, dem 26., von 10.15 Uhr bis 11.45 Uhr und am 29. von 17 bis 18.15 Uhr.

Verständlich, daß die solide familiäre Lebensführung ins Stocken gerät.

12.04 Uhr. K. rührt sich noch nicht, obwohl die Öffnungszeit zu Ende ist, ich auch nicht. Mit meiner Konzentration ist es vorbei. Ich tue so, als würde ich lesen, warte aber nur darauf, daß die Zeit vergeht. Demütigend. Nach wie vielen Demütigungen würde ich beginnen, K. zu hassen und ihn als Quelle all meiner Nöte anzusehen? Den Sack schlagen (haha: meinen Vater) und den Esel meinen.

S. kenne ich noch nicht lange, aber ich habe starkes Vertrauen zu ihm, betrachte ihn als klugen Freund. In einem plötzlichen Entschluß »erzähle« ich ihm (lüge ihm vor), daß ich einen Freund hätte, von dessen Vater sich – ohne daß man irgend etwas habe ahnen können! – herausstellte, daß er der Ávo beziehungsweise der Polizei zwanzig Jahre lang Bericht erstattet hat. (S. lebt im Ausland, deshalb konnte ich leichter mit ihm sprechen, denke ich.) Indes er meinem Freund als moralischer Maßstab diente.
Und mit Recht, lieber S., mit Recht! – Ich ging ganz in meiner Rolle auf. Aufschlußreich. So irgendwie muß auch mein Vater funktioniert haben. Die Lebenslüge, wie der Name schon sagt, verleibt sich das Leben ein. – Wie ist es möglich?
Ich weiß es nicht, antwortet er schlicht, und es klang so gut, beinahe beruhigend.
Ich hoffe, daß Schluß ist. [Mir ist nicht ganz klar, was ich damit gemeint habe. Daß es so was nicht mehr gibt? Oder daß der Vater meines Freundes keine Berichte mehr schreibt?]
Ach was, womit sollte Schluß sein, wir sprechen doch von der menschlichen Natur, nicht?
Nein, wir sprechen von der Diktatur.
Du hast recht, er nickt. (Recht hatte natürlich er.)

[In seinem Geburtstagsgruß schreibt György Konrád, wie schön ich über meinen Vater schreiben kann. Ich glaube, es stimmt. Und es stimmt auch weiterhin.]

Montag, 29. Mai 2000
9.06 Uhr. Sie sehen heute aber frisch aus, Herr E. (oder soll ich es ausschreiben?, es wäre konsequent), grüßt mich freundlich eine Mitarbeiterin. Ich lächle imbezill, etwas doof, stopfe meine echten Sätze in mich zurück, ich komme so früh, weil ich es hinter mich bringen will, weil ich es kaum noch aushalte. Beinahe hätte ich gesagt, meine Dame, es ist kein Mädchentraum. (Auf deutsch wird daraus gewöhnlich »kein Zuckerschlecken« (S. 577).) Ich hole mir ein Glas Wasser, Arbeitswasser, ich hätte sagen sollen, und ich hätte damit dieses blöde Grinsen wettmachen können, daß es, meine Dame, »eine Frische zweiten Grades« ist. Oder aber, daß mein Chef ein Antreiber ist. Ich sag auch, das Glas Wasser in der Hand, daß mir inzwischen die richtigen Antworten eingefallen seien. So verbleiben wir; es sieht nicht so aus, als goutiere sie meine Kraftanstrengungen. – Was vertrödle ich hier meine Zeit?!

Ich bin müde, die Morgen kommen zu früh. Kaum habe ich die Augen geöffnet, stecke ich schon bis zum Hals im Verrat.

Ich habe das Dossier unaufmerksam aufgeschlagen, das Schriftbild schlägt mir wieder ins Gesicht.

12. II. 1964
I. P.s Reisepaßantrag wurde abgelehnt. Meine Frage, ob er bei der Ausreise ans Draußenbleiben denke, beantwortete er mit Nein, da seine Familie zu Hause bleibe. Tóth sieht es komplexer: Anzunehmen ist, daß P. sich mit dem Gedanken befaßt, wenn er ausreist, auch im Ausland zu bleiben. Denen kann man berichten, was man will…

236

Beim Treffen im Restaurant Alkotmány ließ ihn Tóth über das andere schreiben, über die Imbiß-Gesellschaft. Mir fiel auf, daß sie Wein tranken, obgleich sie sonst nur Kaffee zu trinken pflegen. Es fiel ihm auf.

Beim nächsten Bericht seufze ich laut, flüstere, so ein Scheißleben, so ein Scheißleben. Sie ziehen wie Schnecken durch die Stadt, Spitzel und Verbindungsoffiziere, ziehen ekligen Schleim hinter sich her. Mit welch selbstsicherer Wut ich geschrieben hatte, daß vielleicht doch nicht alle Spitzel oder MdI-Offiziere gewesen seien, daß wir circa zehn Millionen sind, *die das nicht betrifft*. Ich hatte nicht daran gedacht, daß dieses »circa« so schwer wiegen würde, für mich persönlich, aber auch im allgemeinen. Also es ist, unabhängig von meinem Vater, nicht wahr, daß es uns nicht betrifft, wahr ist nur, daß wir, die circa zehn Millionen, keine Spitzel und MdI-Leute waren. (Das ist übrigens ein gutes Beispiel dafür, daß die Sprache denkt: Ursprünglich wollte ich nicht schreiben, »daß es uns nicht betrifft«, ich wollte nur nicht noch einmal die Vergangenheitsform benutzen. Ich habe geglaubt, damit im Grunde dasselbe zu schreiben.)

Niederträchtig, tückisch. Ich werde noch, wie üblich, dazu im Synonymenwörterbuch nachschlagen.

[Heute bin ich einundfünfzig Jahre alt. Wie er 1970. Noch bis zum Hals in diesem ganzen Schlamassel. Was dachte er von sich? Offenbar nichts: Er mied das *Thema*. Das auf der Straße lag. Am Boden.

Irgendwo las ich: »Verantwortlich ist, wer wählt. Gott ist nicht verantwortlich.« Den ganzen Tag zeichne ich das Porträt meines Vaters: Den ganzen Tag stecke ich im Synonymenwörterbuch – als ob ich auf die gewohnte Weise arbeiten würde, Wörter suchen, verwerfen, und dabei, mag es auch lächerlich oder kitschig sein, fühle ich mich wohl –, ich sammle Verwandte der Wörter »niederträchtig« und »tückisch«. Aber diese Synonymenreihe ist eines der Gesichter meines Vaters. Nur hinzuschreiben: Mátyás Esterházy 1919–1998, und dann kämen die Wörter, die die ungarische Sprache für Niedertracht bereithält, das wäre ungerecht.

Ich komme langsam voran, schreibe ein Wort auf und stelle mir dazu meinen Vater vor. Ich *muß* ihn mir dazu vorstellen. Verflucht – mein Vater. Gottverlassen – mein Vater. Nicht leicht das Verfahren. Zu jedem Wort setze ich also das Gesicht meines Vaters hinzu, und (ein wenig) umgekehrt: Ich stelle mir das Gesicht vor, das die Wörter bezeichnen. Dann mache ich eine Liste der Wörter, die ich in bezug auf meinen mir bekannten Vater akzeptieren kann – – – – in diesem Augenblick ruft G., ich hätte einen wichtigen Anruf: Ich höre einen mir unbekannten, äußerst widerwärtigen Typen unartikuliert zurückbrüllen, ich gehe nirgendwo hin, an kein Telefon, und wieso kann man mich nicht endlich einmal in Frieden lassen! An dieser Stelle keuche ich. Eigentümlich. Der Hals kratzt mir, ich wußte nicht, daß man schon von einem einzigen Satz heiser werden kann. Jetzt weiß ich auch das – – – –, im Grunde genommen also in bezug auf den Vater aus »Harmonia Cælestis«.

Ostersonntag mit meinen Brüdern. Wir erzählen uns amüsante Vatergeschichten, eigentlich erzählen sie sie mir. Wie sie ihm eines Sonntagmorgens, während er noch schlief, den nassen Waschhandschuh über den Fuß gezogen haben, György und Marci, und er hinter ihnen herzujagen begann. Wir waren im Vorteil, solange er seine Brille suchte. Los, ins Badezimmer (schwuppdiwupp, sage ich zu mir noch leise), wo wir uns einschlossen. Er aber forderte uns auf, sofort zu öffnen. Erst wenn Papi verspricht, daß er uns nichts tut. Ich versprech dir gleich zwei links und rechts. Gut, dann kein Öffnen.

Ich hörte zu wie bei einem Märchen. Und sie erzählten so glücklich. <T> Wir lachten Tränen. Derweil sagte ich mir, wie eine böse Hexe: Lacht ihr nur, lacht, solange es euch noch möglich ist. Wie schade, daß es nicht anders geht, ich würde so gerne den gütigen Bruder spielen, der seine kleinen Brüder <T> vor allem Bösen beschützt.

Jemand sagte, jemand, eine moralische Leiche, habe erfahren, daß jemand im Amt für Geschichte über ihn etwas gefunden habe, denn von dort habe es jemand ihr, der moralischen Leiche, zugeflüstert. Wieder der Schreck, daß eventuell etwas über meinen Vater durchsickern könnte, bevor ich fertig bin. Aber ich kann mich noch so anstrengen, mehr schaffe ich nicht. Ich stelle mir vor, daß diese moralische Leiche über meinen Vater schriebe. Bloß nicht. Am liebsten würde ich denjenigen, der etwas gefunden hatte, bitten, sie, die moralische Leiche, nicht weiter zu behelligen usw. Aber das wäre falsch. Es kommt, weil das kommt, was kommen muß.

Es gibt eine ungarische (und osteuropäische) Sicht auf die Geschichte, eine jahrhundertealte Melodie (und Empfindung!) des Selbstmitleids, daß von König Matthias an alles abwärtsgeht, die Geschichte sich neigt und wir Ungarn Opfer sind. Das hält sich bis zum heutigen Tag. Wegen dieser Sicht ist mein sog. niederträchtiger Vater wichtig. Ein Existenzbeweis dafür, daß wir nicht nur Opfer sind. Auch die Verräter erzeugen wir. Mein Vater ist Teil des Wir, deshalb ist es ein Glück, daß »Harmonia Cælestis« fertig ist, da sie eben dafür den Beweis erbringt, daß jeder es auch so gesehen hatte. Einer von uns, der unsere Leiden trägt.

Aus einer Kritik: »... ›mein lieber Vater‹ gerät in die Position des Opfers. Nolens volens grenzt aber die Opferrolle den schriftstellerischen Spielraum ein.« Dazu kann jetzt gesagt werden: Meinem Vater ist es gelungen, meinen schriftstellerischen Spielraum unglaublich auszuweiten. Danke schön, Vater. (Übrigens tatsächlich.) Meines Wissens betrachte ich den Vater in »Harmonia« nicht als Opfer, aber viele Leser sehen es lieber so. Deshalb liebte er auch das Buch. Aufgrund dieser Liebe läßt sich darauf hinweisen: Wir sind nicht Opfer.

Ich lese bei András Forgách, es paßt hierher: »Apokryph: Seinem Gesicht entgeht niemand. Jenem *gewissen*, welches man besser gar nicht erst gesehen hätte.«

Abendessen mit Gy. L. Dein Vater gefällt mir. Das Foto deines Vaters. Ein feiner, eleganter Herr, nicht wahr. Eine reine Seele! Er beobachtet mich abwartend. Ich habe schon in ähnlichen Situationen verlogen genickt, aber ich spüre L.s Nähe zu mir jetzt so stark, daß ich mich nicht rühren kann, ich blicke ihn nur an. Oder irre ich mich? fragt er fast hämisch, und seine Augen lächeln so, wie mein Vater zu lächeln pflegte. Wie jemand, der die Antwort sowieso kennt. Fast pflichte ich ihm schon bei, du irrst dich nicht. Aber ich sehe ihm weiterhin reglos ins Gesicht und bemerke, daß ich zu weinen beginne. Ich halte mir die Serviette vor, lache über mich. Tatsächlich weine und lache ich in einem, während sich L. entschuldigt. Wir sind uns nahe. S

Mein Freund sagt: Du arbeitest jetzt sowieso nicht. Doch, ich muß. Ach, du bist blöd. Doch, ich muß, leider.

Das hört sich so an, als hätte ich nur eine Arbeitsmanie, aber es gibt kein gigantischeres und universelleres »leider«. Mein lieber Vater: leider. Ein wichtiger Satz aus dem Leben der Familie Esterházy.

Jedes wahre Kunstwerk birgt ein Geheimnis, sagt man. Es war doch nicht *dies* das Geheimnis von HC? Nicht doch, oder?]

< E: Da Gizella anfangs nicht bereit war, das Wort für den oralen Geschlechtsverkehr hinzuschreiben, setzte sie Punkte an die Stelle. Machen Sie mir keine Punkte, mein Engelchen, was sein muß, muß sein, grinste ich.

Später einmal, bei den ohnmachtähnlichen Abschlußarbeiten an »Harmonia«, rief ich sie gutgelaunt an, daß ich eine gute Nachricht für sie hätte, ich habe, mein Engelchen, ein »Blasen« gestrichen. Ein Telefon hat so noch nicht geschwiegen. Ach, sagte ich und winkte ab, Ihnen kann man auch gar nichts mehr recht machen!

Bald bringe ich ihr die beiden ersten Hefte zum Abtippen. Sie wird die erste nach Gitta sein, die dann Bescheid weiß. Da werden Sie dem »Blasen« noch nachweinen, diesen schönen, reinen, erhebenden, liebevollen Festtagen menschlichen Instinkts!

Was werde ich ihr sagen? Ich muß sie darauf vorbereiten. Ich werde gezwungen sein, wichtig zu tun! Passen Sie auf. Lassen Sie mich Ihre Hand nehmen. Ich muß Ihnen etwas Fürchterliches anvertrauen. Noch können Sie zurücktreten. Daraufhin wird sie gütig lachen, ein bißchen überlegen, als ob sie meine Mama wäre, o diese Jungs, sie bessern sich nie, sie glauben alle, die ganze Welt drehe sich um sie, so wird sie lachen. An der Stelle vielleicht müßte ich das mit dem »Nachweinen« sagen.

Das würde sie bedrücken, sie würde nichts sagen, aber sie wäre nicht verärgert. Sie läßt mir viel durchgehen. Genauer, alles. Aber dann sagt sie zu allem ihre Meinung. Sie haben doch wohl mein epochales Werk »Harmonia Cælestis« gelesen? Sie nickt lachend. Und da war dieser Mann, Sie erinnern sich, sehen Sie mir in die Augen, Sie wissen, von wem ich spreche… nun… und da sage ich es ihr. Und sie würde schweigen, die Ärmste. Aufs erste kann man es meiner Meinung nach auch nicht glauben. Es wird sich zeigen.

Ich halte ihre Hand.>

[Im Traum erkläre ich meinem Vater, während er mir seine große, schwere Vaterhand auf die Hand legt, daß es gut ist, wenn ich diese Historie schreibe, ich benutze dieses Wort, Historie, ich sage es, wie der Onkel Doktor einem Kind sagt, es soll keine Angst haben, es wird nicht weh tun, es ist die beste Lösung. Wie über eine Krankheit rede ich von der »Sache«, für die niemand etwas kann und deren passives Subjekt er ist. Daß er mir seine Hand auf die Hand legte, ist ein so starkes, gutes Gefühl, daß ich davon aufwache.

Acht Uhr, schnell schreibe (schrieb) ich es auf. Ich versuche, auf die Frage zu antworten, welche Empfindung oder Laune oder Stimmung der Traum in mir hinterließ, aber das Gute an ihm ist nur *Erinnerung*, für jetzt bleibt nur das Frieren, ich friere.

Ich betrachte den berühmten, eisigen Blick meines Großvaters, bei dem die Menschen, nicht wahr, versteinerten, wenn er sie anblickte. Und ich stelle mir die Großmama dazu vor, die die ganze Welt liebte, für jedes Geschöpf Anteilnahme empfand, doch von persönlichen Gefühlen nicht viel hielt (und wußte). Preisfrage: Wer hat meinen Vater geliebt? Von wem wurde ihm *Wärme* entgegengebracht? Von keinem. (Ein Serienmörder, der eine schwere Kindheit hatte.)

Aus einem Leserbrief zum Roman: »Und ich danke dafür, daß Du erzählst, wieviel ein Mensch aushält.« – Nein, soviel hält er nicht aus.

Mit O. lange über ihren Vater. Daß er Alkoholiker und ein egoistischer Ochse sei. Und daß sie außer Haß nichts für ihn empfinde. Erschrocken hörte ich ihr zu. Aber trotzdem, vielleicht eine Art von unpersönlichem Dank wenigstens, da doch, »wie auch immer, seine Verdienste unvergänglich« sind. Nein, sagt sie leidenschaftslos, eher sachlich als kalt, höchstens gäbe es mich nicht ohne ihn. Wir gingen gerade an einem Maisfeld vorbei.

Ich habe ihr, sie kann nicht Ungarisch, einen Blick in das Heft erlaubt. Sie liest (mit amüsanter deutscher Aussprache): Für Csanádi besorgen wir die notwendigen Eintrittskarten. Ein grauenhafter Satz, höre ich mich sagen, lächerlich, hochmütig, wie ein Kind. Ich spiele mit dem Feuer. Aber es beruhigt mich irgendwie. Im Laufe des Tages fragt sie mehrmals verlegen, um Aufklärung bittend, wovon das Buch denn handle, weil dieses Halbwissen sie sehr bedrücke. Fein – das sage ich nicht, statt dessen bitte ich ernsthaft um Entschuldigung, sollte sie es für Großschnäuzigkeit halten. O. ist ein ernster, aufrechter Mensch.

Als W.s Vater sechzig wurde, sagte er zu seinem Sohn, als spräche er über die Pläne einer Sommerreise: So, und jetzt mache ich ein anderes Kind, du taugst zu nichts. Als der langhaarige usw. junge W. im ärztlichen Wartezimmer saß und sein Vater ihn erblickte, siezte der ihn und rief ihn, ihn quasi vor den dort Sitzenden verleugnend, in die Sprechstunde. Diese Szene hätte in »Harmonia« gepaßt.

N. M. erzählt, man hätte mit dem Schädel seines Vaters vor Stalingrad Fußball gespielt. Auch das fehlt im Buch. Oder sollten wir es Günter Grass schenken?

Auch V. erzählte eine Vaterszene, die darin Platz gehabt hätte.

Mein Vater wurde unablässig observiert. Sie standen auf ihn. Gehen wir, sagte er eines Morgens zu seinem ältesten Sohn, gehen wir X. besuchen. X. war eine Art »bedächtig vorwärtsschreitende« Seele, so eine Art osteuropäischer Feigling, das heißt, er hatte Grund zur Feigheit, aber diese hätte auch größer sein können. Als wir ankamen, machte mein Vater ihn sofort darauf aufmerksam, daß wir observiert würden.

Nur, damit du es weißt.

Onkel Feri, wenn Gott mit uns ist, wer ist dann gegen uns?

Mein Vater juchzte strahlend auf: Natürlich alle! Alle!

In Kolozsvár lasen enthusiastische junge (und manchmal weniger junge) Leute sechsundzwanzig Stunden lang abwechselnd die gesamte »Harmonia Cælestis« vor. Es war kein »Event«, sondern eine schöne, ernste Lesung. Und: Für meinen Vater war es der Gipfel, es war der Höhepunkt wenn auch nicht seines Lebens, so doch seines Daseins. Nun denken die meisten am schönsten von ihm. Ein gutes Gefühl.

Eine Rezension wirft die Frage auf, warum ich den Vater (im folgenden: meinen Vater) nach 1956 als so verloren erkennen lasse (der aus dem Leben Verstoßene, ein geborener Jemand, aus dem ein Nichts wurde usw.). Denn der Mensch werde nicht als Graf geboren, sondern als Mensch, und das Leben habe einen Eigenwert usw.

Wäre es nicht möglich, daß, wenn das Leben eine solche Wende nimmt, dann … daß mein Vater dann also den Eigenwert des Lebens vergessen und so seiner Einsamkeit nichts entgegenzusetzen hatte? Daß also den Menschen die »Menschheit« von den Ungeheuerlichkeiten abhielte? Wäre es wahr, daß der Mensch für sich allein ein Ungeheuer ist? »Nein, Peterchen, der Mensch ist gut.« Wäre es also folgendermaßen wahr: der Sternenhimmel über mir, das moralische Gesetz aber *um mich herum*?

Repräsentiert der Fall meines Vaters irgend etwas?

B. schreibt, wie aufmerksam mein Vater ihm seinerzeit eine Nachricht hat zukommen lassen. Natürlich. Er machte alles mögliche »dazwischen«, nur innerlich war er verfault. Der Roman behauptet das Gegenteil. Manche schlugen vor, ihn nicht als Roman, sondern als Chronik zu bezeichnen.

Dann ist es *also* doch ein Roman ... Obwohl ich jetzt einräumen muß, alldem nicht mehr folgen zu können, ausgerechnet diesem Kippen zwischen Fiction und Nonfiction nicht, die eine Besonderheit des Buches ausmacht. Als hätte mich der Verrat meines Vaters dumm gemacht. Ich sitze in der Maisonne, der Wind weht milde, das Licht wiegt mich förmlich, um mich der Lärm der Biertrinker, und dazu ich in aller Stille, elegant: dumm.

Müßte ich es nicht so machen wie Onkel P., der, nachdem er erfahren hatte, daß einer seiner Artilleriekameraden Spitzel gewesen war, geschwiegen hat? Alles in mir begraben. Ich würde schweigen, fein dahinsiechen und über die Natur der Welt grübeln. Nicht aufzuarbeiten, sagt die Geste Onkel P.s. Er ist nicht feige, er schützt die Gemeinschaft. Es muß aufgearbeitet werden, sage ich. Ich bin nicht mutig, ich schütze die Gemeinschaft.

Und es wird dann doch die übliche Undifferenziertheit geben: Gegröle oder Geschluchze.

B.: Aus dem Buch geht nicht hervor, ob dein Vater an Gott geglaubt hat. Wirklich. Und ich wüßte auch keine Antwort darauf. Eher nicht. Gegen sein Ende hin? Aber das wäre eine wesentliche Frage. Einen gläubigen Menschen könnte die Geschichte vielleicht doch nicht aus seiner Bahn werfen.

Aus einer Rezension: »Unser Autor kann es sich nicht leisten, zumal gerade wegen des väterlichen Beispiels nicht, und zumindest nicht in aller Seelenruhe, nicht ethisch zu sein.« An den Umständen gemessen ist meine Seele ruhig. Ruhig und schwer. Ich habe hier in der Tat so lange geschwatzt, bis ich das Chaos ziemlich gesteigert habe.

Ich habe die Wörter zusammengetragen:
– mein niederträchtiger Vater, mein ehrloser Vater, mein nichtswürdiger Vater – frevelhaft, boshaft, schnöde – dürftig, hundsmiserabel, Waschlappen, Müll, Lepra, Scheißkerl, allerletztes Mannsbild, gewöhnlich, Flechse, mein flechsiger Vater, mein lausiger Vater – kümmerlich, armselig, elendig, kränklich – siech, jämmerlich, pathologisch, pervers, abnormal (von welcher Norm abweichend?) – widernatürlich, entartet, regelwidrig, verkehrt, paradox, widersinnig
– außerordentlich, ungewöhnlich, besonders, extra, erstrangig, beispiellos, ausnehmend, herausragend, vornehm (so langsam kommen nun die Wörter zusammen, in denen ich endlich meinen armen, guten Vater wiedererkenne) – mein ungewöhnlicher Vater, mein außerordentlicher Vater, mein fremder Vater, mein merkwürdiger Vater, mein phantastischer Vater, mein fabelhafter Vater, ich wiederhole es: mein fabelhafter Vater, mein irrealer Vater (mein real existierender irrealer Vater) – imaginär, unwirklich, schwärmerisch, unrealisierbar (ja, ja, aber dann ist er doch realisiert worden!; E: Mein Gott, wie würde er mich, wenn er lebte, zur Sau machen!)
– lebensunfähig (schau, die Sprache reagiert sofort, dabei schreibe ich alles nur der Reihe nach aus dem Wörterbuch ab), totgeboren, unmöglich – erfunden, fiktiv (was ich in jedem Interview sage, aber umsonst), an den Haaren herbeigezogen, erlogen, verleumdet, mein ausgedachter Vater, mein ersonnener

Vater, mein erdichteter Vater, mein unwahrhafter Vater – grund-
los, unbegründet, mein Vater ist unbegründet, nicht zu recht-
fertigen, aus der Luft gegriffen (»mein lieber Vater, ich würde
Sie doch so aus der Luft greifen«), unfundiert, er hängt in der
Luft
    – verlogen (das todsicher) – heuchlerisch, pharisäerhaft,
hypokritisch, scheinheilig, frömmelnd, fromm, salbungsvoll, an-
dächtelnd (als er '70 aus dem Krankenhaus herausgekommen
war, hatte er ein paar Monate lang eine fromme, salbungsvolle,
andächtige Zeit, er ging jeden Morgen in die Kirche und täglich
zur Kommunion; er beichtete nie, was ich empörend fand <ich
habe immer noch nicht mit seinem damaligen behandelnden
Arzt T. gesprochen, ich schiebe es feige vor mir her, aber lange
geht das nicht mehr>)
    – unwahrhaft und unrecht (Was bedeutet das? Mein unwahrer
und unrechter Vater: Er habe nicht Recht, habe keine Wahrheit?
»Unwahrhaft« ist nach dem (ungarischen) Wörterbuch der literarische Ausdruck von »ungerecht« – – – – tausend Kartätschen!,
jetzt T, obwohl mir nur einfiel, daß ich mich hier so *kindlich* wohl
fühle zwischen den Wörtern und Wörterbüchern und welche
lachhaft romantische und sentimentale Vorstellung es ist, zu glauben, mich quasi zwischen meine Werkzeuge zurückziehen zu
dürfen, aber bei dem Wort »kindlich« öffneten sich meine Trä-
nendrüsen, denn mir fiel ein, daß ein gutes Kind <T> seinen
Vater vor allem Übel bewahrt T T T; ich ging also ins Bad und
wusch mir das verschmierte Gesicht <stilistisch gesehen wird
hier schon zu oft geflennt, es dürfte nicht sein> – – – – Unwahres
verstößt gegen die Gerechtigkeit, ist also ungerecht. Also was ist
die Wahrheit? Das gescheite Buch sagt, daß Wahrheit ist: das
Wahre, Eigentliche eines Wesens, dann ein der Wirklichkeit entsprechender Sachverhalt, oder das in einer Gemeinschaft ent-
standene moralische Ideal, ein Imperativ, sowie im veralteten,

volkstümlichen Sinn: Zeugnis. Es reicht. Mein Vater ist also wahr, sofern er die Wirklichkeit getreulich widerspiegelt, sofern er ein der Wirklichkeit entsprechender Tatbestand ist und insoweit unwahr usw.)

– mein Trugvater, mein Scheinvater, mein künstlicher Vater, mein Pseudovater (die Sprache ist bereitwillig, sie will das Übel verringern, als gebe es eine wahre, reine, gute und echte Welt mit wahren, reinen, guten und echten Vätern), mein falscher Vater, mein fälschlicher Vater, mein falsifizierter Vater, Talmi, imitiert, apokryph

– mein apokrypher Vater

– arglistig, verschmitzt (hat mit schmeißen zu tun, mit schmissig, mein schmissiger Vater), raffiniert, heuchlerisch, verstellungskünstlerisch, chamäleonhaft, zweideutig, zweifüßig, trughaft, irritierend, ködernd, illusorisch, falschherzig, wankelmütig, flatterhaft, leichtblütig, treulos (ich nicke, ein Zeuge großer Zeiten), unzuverlässig, unausstehlich, unernst, plemplem, sophismatisch, schwankend, torkelnd (als hätte die Sprache den Alten beobachtet, wie er heimkommt; der Arme, selbst die Sprache war auf ihn angesetzt – jetzt lag ich gerade daneben, nicht: der Arme, denn im allgemeinen war er auf andere angesetzt), sich verflüssigend, verantwortungslos

– gewissenlos, hemmungslos, unanständig – fahrlässig, schlampig, indolent, schlendrianisch, phlegmatisch, leger, lässig, flott – luftig, ätherisch, elastisch, biegsam, federleicht, zwanglos, unvoreingenommen, frei, ungebunden, intim

– mein geheimnisvoller Vater

– diskret, aufrichtig, wahrheitsbezogen, geradeheraus, offenherzig, wahrhaft (einen besseren Vater könnte man sich kaum wünschen?!, spannend, wie die Sprache wogt; bei »schlampig« übrigens sind wir hierher abgewichen, nomen est omen), offen, unverhüllt (er ist enthüllt), nackt, nicht gar, ungekocht (ganz und gar ungar, das geht noch, aber dann eher gekocht, wie er in der eigenen Suppe kocht) – leichtfertig, unbedacht, frivol, bohème – leer (da haben wir es!)

– heftig, hitzköpfig, unvorsichtig, unaufmerksam, tollkühn, abenteuerlich (aus Abenteuerlust?, aber was wäre hier das Abenteuer?), mutig, risikofreudig, hasardeurhaft, halsbrecherisch, lebensgefährlich – kühn (ich halte ihn jetzt für einen beschissenen, feigen Menschen, aber früher? Er war ruhig, mochte kein Gemotze, mich hielt er manchmal für motzig, da er aber konsequent war, scheute er sich nicht davor, Konsequenzen zu ziehen, ja, ich denke, ich habe gedacht, daß, wenn das Leben es mit sich bringt, er sich männlich und mutig verhalten würde), unbeugsam, verbittert, geblendet, kurzsichtig, halbblind (zum Ende hin nahm er manchmal seine Brille ab, seine Grille, wie wir als Kinder gesagt haben, und begann, wie mittlerweile auch ich und seinerzeit der Herr Lehrer Pogány, aus nächster Nähe von dem zu lesenden Papier zu buchstabieren; sein Gesicht veränderte sich dabei, auch seine Augen wirkten fremd, worüber ich, glaube ich, in »Harmonia« geschrieben habe, aber ich werde jetzt nicht nachsehen)

– unerschrocken, unerschütterlich (wir können feststellen: Mein Vater war kein »unerschütterlicher Getreuer seines Vaterlands«; er hat es verraten – es fällt mir schwer, das hinzuschreiben, besonders, wenn ich dabei an jene denke, die mit ihrem beschränkten, parteipolitischen Gehirn, und da drücke ich mich noch freundlich aus, mit dem Vorwurf des Vaterlandsverrats, durchaus auch gegen mich, gegenwärtig um sich schlagen), konstant, stabil, mein treuer Vater, mein anhänglicher Vater, mein loyaler Vater

– mein unverbrüchlicher Vater, mein ungebrochener Vater (sie haben ihn gebrochen, dieses miese Pack hat ihn gebrochen und ihn sich dann unter den Nagel gerissen; er gehörte denen – auch mir, für immer und ewig, aber er gehörte denen), mein felsenfester, stählerner, harter, unumstößlicher, mein unumstößlicher Vater

– eigensinnig, trotzig, störrisch (ein störrischer Kalvinist?, nicht doch, nur ein Spitzel! – ein Scherz, meine teuren protestantischen Brüder) – starr, rigide, dogmatisch, streng, drakonisch, energisch, eisern – ernst, bedeutsam, mein wertvoller Vater, mein schr wertvoller Vater (wie leicht ich das schreibe, meine Feder rennt nur so übers Papier), mein kostbarer Vater, mein unschätzbarer Vater, mein unerschwinglicher Vater, mein unbezahlbarer Vater (Scheiße!, in dieser Form scheint es vielleicht doch nicht wahr zu sein < Heute begann mein Tag so, daß ich beim Frühstückstee im Fernsehen höre: Herr Gyárfás, ich heiße Sándor Bácsi und nicht Spitzel. Wie darauf heute die Tränenreflexe meines Körpers reagierten, werden Sie von mir nicht erfahren. Dieser Bácsi ist ein sog. heruntergekommener Fußballer, der der Polizei nicht sagte, woher er das »Material« bekommen hatte. Es war ihm anzusehen, daß er viel durchgemacht hat, einer, der das Leben auf sich nimmt; eine Persönlichkeit, auch das war ihm anzusehen >)

– rauh, stiefmütterlich, unwirsch (er zeigte eine gewisse Rauheit, war allgemein unwirsch angesichts menschlicher Blödheit)

– unbändig (manchmal dachten wir, er habe ein geheimnisvolles, unbändiges Leben, es war jedenfalls zu erkennen und gehörte zu seiner männlichen Größe, daß er *unbändigkeitsfähig* ist)

– wild, impulsiv, rabiat, wütend, tobsüchtig, empört, erbost, erregt, nervös, reizbar (neben der Menschheit waren auch wir, seine Söhne, eine effektvolle Reizquelle)

– (zurück zum Märchenhaften) mein traumhafter lieber Vater, mein wunderbarer lieber Vater, staunenswert, phänomenal, blendend, unglaublich (ich glaub es auch nicht), überraschend (kann man sagen; mich jedenfalls hat er überrascht), vortrefflich, wunderschön, zauberhaft, denkwürdig (das kann ich versprechen, mein Vater, ich werde ewig an dich denken, wie man so sagt: dich in guter Erinnerung behalten)

– elendig, schändlich, schuftig (na endlich sind wir wieder auf dem richtigen Gleis), herrenlos, heimtückisch, ruchlos, gottverlassen (ist mein Vater als Bösewicht eine Angelegenheit von Gott? Oder wessen, wessen Bier ist er? Wo muß man sich von A bis M melden? Fürsorgender Vater im Himmel, wie hast du für meinen Vater gesorgt?), verstockt, unverbesserlich, unrettbar, mein unrettbarer Vater

– mein unmoralischer Vater, mein unsittlicher Vater, mein korrupter Vater, mein käuflicher Vater (quanto costa?!), bestechlich – charakterlos, prinzipienlos, rückgratlos (es nimmt allmählich Form an), knechtisch (vielleicht die unerwartetste und bitterste Entdeckung), opportunistisch, unstet – niedrig, trivial, vulgär, banal, ungehobelt, ordinär (ich protestiere, das war er wirklich nicht!), derb, plump, schonungslos, erbarmungslos, unbarmherzig, brutal, animalisch, bestialisch, gottlos, ungeheuerlich

– mein ungeheuerlicher Vater

– schauderhaft, grauenhaft, erschreckend – schreckenerregend, bedrohlich, unheimlich – beängstigend, unheilverkündend, skrupulös – verblüffend, bestürzend, erschütternd – ergreifend, dramatisch, verächtlich

– mörderisch (übertrieben ...), tödlich, zerstörend, vernichtend – verdutzt machend, gespenstisch, konsternierend, schwindelerregend, unglaublich (wir wiederholen uns, aber ich lasse es stehen; es kann kein Zufall sein), unerhört, beispiellos, einmalig, unaussprechlich, unbeschreiblich (mein Vater, der Unbeschreibliche: Das hätten Sie auch früher sagen können!; E: leugnen, kuschen, vielleicht kommen wir darum herum – aber ich wage es nicht, feige zu sein!) – unmöglich, unlösbar, hoffnungslos

– aussichtslos, obskur, verzweiflungsvoll, unverbesserlich, unzugänglich, mein unheilbarer Vater – mein trauriger Vater, mein schmerzvoller Vater, mein leidender Vater, mein sich quälender, sich peinigender armer Vater (das Leiden bleibt Leiden, aber seine Bedeutung hat sich verändert, auch Judas litt), leidig, qualvoll, bitter, herzergreifend, herzzerreißend (er zerreißt mein Herz, aber mein Herz ist nicht repräsentativ, das Herz der Verratenen zählt, deren Bitternis, Schmerz, Verachtung, Haß, Mitleid und Vergeben, das zählt; nicht nur der Spitzel hat Kinder, auch diejenigen, über die er berichtete)

– mein wüster Vater, mein trostloser Vater, mein schroffer, verödeter Vater (nein), miserabel, kahl, ausgestorben – übel – schäbig, verlottert, kläglich (ein kläglicher Mann! – dieses Wort läßt mich nur sehr langsam und voller Umwege an meinen Vater denken) – aufdringlich, penetrant, stinkig, pestilenzialisch, arg, bestialisch, abscheulich, mein verfluchter Vater, mein gottgestrafter Vater, mein verdammter Vater – mein schmachbeladener Vater, beschämend, unrühmlich, schimpflich, demütigend, erniedrigend, gräßlich – verdorben

– mein vermoderter Vater (meine vermoderten Meinväter, über die sich ganze Gesellschaften wölben)

– verderbt, lumpig, zerrüttet, zerfahren, verworren, unklar, nebulös, wirr, verknäuelt, mischmaschig, faselnd – liederlich, übelgeartet, libertinär, ausschweifend, lax, unzüchtig, versumpft, mein versumpfter Vater – gebrechlich, hinfällig, schwach (ein Wort meiner Mutter) – schadhaft, schuldig (schuldig), fehlbar, frevelhaft – unvollkommen, dürftig, billig, ungut, schlapp – invalide, verkrüppelt, entstellt, monströs, abstoßend, unsympathisch, einem den Magen umdrehend, unangenehm, mißfällig

– fehlerhaft, verpfuscht – unrichtig, irrig, schief, schräg, unzweckmäßig, unbequem, unnütz – nichtsnutzig, niemand, nichts (das habe ich schon genauer beschrieben), Hundsfott, Gauner, Heckenreiter, Missetäter, Straßenräuber, Schächer, Kanaille, Ganeff, Galgenvogel – Hochstapler, Betrüger, Scharlatan – Vagabund, Paria, Habenichts von Nirgendheim – vaterlandslos, heimatlos, landesflüchtig

– desperat, verdrossen, desillusioniert, gebrochen (ungebrochen hatten wir hier schon), zerknirscht, reumütig – niedergeschlagen, schwermütig, spleenig, entmutigt – deklassiert (hm), abgewirtschaftet (die abgewirtschaftete Aristokratie), bankrott, verarmt

– widersinnig, absurd, unerträglich, untragbar – widerwärtig, abstoßend, eitrig, unappetitlich, verhaßt (mein verhaßter Vater, ich kann es aussprechen, nur emotional dem nicht folgen, was mich, unter uns gesagt, sehr freut; ich war erschrocken, daß ich, als ich sehen mußte, wie hassenswert es ist, was er tut, ihn vielleicht hassen würde) – gespenstisch

– unmenschlich (der Mensch ist unmenschlich, mein Vater), seelenlos, herzlos, grausam, böse, rasend, verbissen – fanatisch, besessen, bigott – hemmungslos, zügellos, skrupellos, wildwerdend, blutrünstig, blutdürstig

– unrettbar

– verzweifelt, erbittert, zynisch, gallig, hämisch, maliziös, spöttisch, schadenfroh – böswillig, boshaft, bösartig – grundschlecht, feindselig, von dunkler Seele – teuflisch, satanisch, dämonisch (soviel steckt nicht in einem III/IIIer ...) – bluterstarrend, furchterregend, wahnsinnig, zwitterhaft – unzulässig

– grausam – unversöhnlich, verrannt, zäh – anreißerisch, zudringlich, schmierig (neben dem Knechtischen ist das die andere kleine große Entdeckung), unabschüttelbar – impertinent, unverschämt, schamlos, anmaßend, hochmütig (von dem Hochmut der Klugheit hatte er etwas an sich, aber nicht viel, es war eher Ungeduld; aus den Berichten wird aber so langsam ersichtlich, daß der Spitzel den, den er bespitzelt, verachtet – welch ein Hochmut das ist!), überheblich, stolz, eingebildet, selbstherrlich, dünkelhaft, übermütig (E: Übermütig fällt mir ein, ich müßte ewig zwischen den Synonymen kreisen und dürfte nicht zu den infamen Papieren zurückkehren)

– hoffärtig, smart, überempfindlich, unverfroren, hochnäsig, schulterklopferisch – eitel, häßlich, scheußlich (stattlich und scheußlich, wie nahe beieinander!), besudelt, vermodert, Abschaum.

Zufällig kam es so beispielhaft zusammen: mein besudelter Vater, mein vermoderter Vater, der Abschaum. Vermodert hatten wir schon, der Raum hat sich gefüllt. Das Arschloch fehlt noch. Arschloch. <Hierzu möchte ich lieber nicht hinzufügen, »mein Vater«. Nicht aus Selbstherrlichkeit würde ich es hinzufügen, sondern aus Pflicht, aber das möchte ich nicht...>

Nun aber kehren wir in den Lesesaal des Amts für Geschichte zurück.]

Montag, 29. Mai 2000
[Den] in diesem Augenblick das Ehepaar H. betritt. Immer routinierter gehe ich mit dem üblichen Schreck um. Wir haben nichts Interessantes über uns gefunden!, der Mann schreit fast. Ich sage, so was wie nichts gibt es nicht; die übliche Wichtigtuerei. Wie gut, H. lacht wie ein unschuldiges Kind, daß es das heutzutage nicht mehr gibt, man kann glücklich leben.

Dann leb nur glücklich! gebe ich ihm mit auf den Weg.

3. III. 1964
[Aufgrund dieses Berichts habe ich die sinnverwandten Wörter von »Niedertracht« zu sammeln begonnen.] Meine Aufgabe war es, Kontakt zu der Person T. J. aufzunehmen. Wie abgesprochen, erschien ich am 28. Februar um 3^h nachmittags in der Abteilung Straßenverkehrsordnung, wohin auch Genannter vorgeladen war. Beim Warten kamen wir ins Gespräch. Ich fragte ihn, wo sich die für meine Vorladung in Frage kommende Tür befinde, die er mir

zeigte. »Führerschein?« fragte er, und auf meine bejahende Antwort erzählte er, ohne von mir gefragt worden zu sein, daß ihm 1958 der Führerschein abgenommen worden sei (...). Ich sagte, meinen habe man mir bei der Zwangsaussiedlung abgenommen, woraufhin er sagte, dann drückt uns derselbe Schuh. Ich gab ihm recht, und wir stellten uns fast gleichzeitig vor. Inzwischen wurde ich hineingerufen, wieder herauskommend sagte ich laut Absprache zu ihm, ich sei zur Überprüfung alter Anträge vorgeladen worden, worauf er sagte, nun verstehe er. Im Verlauf des Gesprächs begann ich ihn zu duzen, was er sofort erwiderte.

Ich gönne mir eine kleine Pause, eine kleine Stille. Trau keinem über Dreißig! Hier und jetzt jedoch: Trau keinem Esterházy! Das mit der Zwangsaussiedlung war schon die halbe Miete, aber wenn er dann seinen Namen nannte, war es, als hätte er dem Mann eine Auszeichnung verliehen, denn wir waren ja der Feind des Feindes. Mehr als wir konnte niemand ein Feind des Volkes sein. Mehr als wir abgewirtschaftet sein. Denn auch das, was wir nicht waren, waren wir. Was für ein niederträchtiger Mißbrauch – unserer eigenen Leidensgeschichte. [Wie schwer es mir fällt, das hinzuschreiben. Ich lasse meine Privilegien sausen. Was schwer ist.]

Er kam mir »bekannt« vor, ob er sich nicht manchmal im Imbiß an der Üllői-Straße aufhalte. Er sagte, schon öfter, da er im selben Haus wohne. Sonntags treffe sich da eine größere Gesellschaft, und auf meine scherzhafte Frage, ob sich dort nicht der »Abschaum der Gesellschaft« treffe, antwortete er lachend, nicht ganz. Sie verabreden ein Treffen im Imbiß-Espresso, so geschieht es auch (1.III., halb 11 Uhr), T. J. verläßt seinen Bekanntenkreis und setzt sich zum Agenten. Der schleust sich also langsam ein. Im Roman steht das Leiden der Familie wie für sich selbst: als Bestandteil der Schöpfung, nicht als das Fundament des Selbstmitleids, es ist kein Beweis und kein Privileg.

Doch nun: Sofern die Gesellschaft sich für seine Person interessiert, alles über seine Vergangenheit, auch die Aussiedlung erzählen. Bitte! Das Leid als Ávo-Köder. Darauf achten, sich nicht auffällig für Mitglieder der Gesellschaft zu interessieren.

Ich habe hierfür kaum noch Kraft. Um wie vieles leichter (vielleicht) wäre es, wenn es um mich selbst ginge. So ist es doch, als schlüge man mit dem Schwanz eines anderen auf Brennesseln ein. Nun ist aber der Vaterschwanz fast so wie der unsrige. Oder im Gegenteil, und auf diese Weise nah. Ein magisches Stück, wie es in der himmlischen Harmonie beschrieben ist (nach Donald Barthelme).

10. III., 17. III., 24. III. 1964
In der Tretmühle. Imbiß-Espresso. Sonntag schleicht er sich um halb zehn hin (So-onn-taag vormittag?! Aber da spiele ich doch Fußball in Csillag-Berg! Er hätte da sein müssen. Er war ja auch da <T>, ich schwör's), mit der Überlegung, daß, wenn T. J. schon vor den anderen Mitgliedern seiner Gesellschaft angekommen ist, setze ich mich an seinen Tisch … Der raffinierte Plan scheitert jedoch, J. kommt als letzter, grüßt den Agenten freundlich, setzt sich aber erst zu ihm, als dieser aufbrechen will. Sie wechseln ein paar Worte, J. verabschiedet sich dann mit einem »ich muß zurück, mein Kaffee wird kalt«, ohne mich an seinen Tisch zu holen. Hierauf entfernte ich mich natürlich ebenfalls. Natürlich. Naturgemäß, wie Thomas Bernhard sagt.

Genosse Tóth! Um voranzukommen, ist weitere Kombination vonnöten. Denkt darüber nach, und in einer Woche sollten wir es besprechen.

Beim Aufblicken sehe ich, die freundliche Historikerin hält ein Exemplar von »Harmonia« in der Hand, Widmungsgefahr, ich werfe einen Blick über meinen Tisch und lege das Dossier so, daß die Handschrift nicht zu sehen ist. Vermutlich ist sie eingeweiht, deshalb schreibe ich für sie: »Mit Dank, in irdischen Harmonien«, aber vielleicht doch nicht, denn sie fragt mich (zu spät jetzt, zum Teufel!), ob daraus auch ein Buch werde. Aus allem, sage ich spitz, und dann mit heroischem Einschlag: Ich habe keine andere Wahl. – Was für ein Rindvieh ich doch bin.

Weiter. Ob E. N. beim OFFI arbeitet? Ja. Das erfuhr ich nach meiner Frage, ob der hier arbeitende E. N. mit einem meiner Bekannten ähnlichen Namens identisch sei (dem ehemaligen Botschafter E. N. aus Versegh). Ein idealer Spitzel, er stellt sich vor, und schon öffnet man sich ihm, der Name weckt Vertrauen, besitzt Zauberkräfte, Sesam, öffne dich! Und er öffnet sich.

Für I. ist I. P. »fies«. Kontakt halten. Zweimal umsonst im Imbiß-Espresso. Ob er verwandt sei mit X. Y.

Am 20. ging er wieder umsonst hin, aber am 22. setzt sich T. J. zu ihm, und der Agent provoziert ihn. Als Beispiel für die Gutgläubigkeit der Menschen erwähnte ich, daß es Gerüchte gebe über den Anschluß Siebenbürgens an Ungarn. Daraufhin sagte J., ihm seien Informationen über eine siebenbürgische Separatistenbewegung zu Ohren gekommen. Der Agent versucht es noch mit möglichen gemeinsamen Fußballspielbesuchen, doch J. interessiert sich nicht für Fußball.

Sogar Siebenbürgen hat er angespuckt! Und wie er dann in den neunziger Jahren noch geholfen hat! Er sammelte Bücher und Kleidung, auch mir lag er damit ständig in den Ohren, und ich spendete auch. Csoóri hat er wegen Siebenbürgen respektiert. (Schrecklich, das klingt jetzt so, als würde ich ihm insinuieren ...) In diesem Buch hat er keinen Tick mehr (nur Geheimnisse), aber stellen wir uns für einen Moment den Vater aus HC vor: Was für eine bedeutsame Szene war es doch, als ich ihm Csoóris skandalösen Aufsatz in »Hitel« gezeigt hatte und er sich zunächst eben wegen seines Respekts vor dem Autor gereizt und ohne jedes Verständnis zeigte, was ich denn da »herumstänkern« würde usw. Ach, einerlei. Ich sagte ihm also, erst sollte er sich das ansehen und dann reden. Und am nächsten Tag brachte er mir den durchgearbeiteten Aufsatz mit den Randbemerkungen zu unhaltbaren Sätzen und Behauptungen. Für mich war es ein großes Vatererlebnis, zum ersten Mal in meinem Leben sah ich jemanden, der seine grundsätzliche emotionale und im wesentlichen politische Meinung aus rationaler Einsicht geändert hatte. Daß jemand etwas einsieht und seine Konsequenzen daraus zieht. < Es gibt kaum jemand dieses Schlages. Die Menschen sind fähig, die Wirklichkeit nicht zur Kenntnis zu nehmen, wenn sie es so wollen. Ich muß sagen, der Zynismus der Kádár-Ära hat nicht soviel Hüfteschwingerei erfordert. Hier und jetzt müssen wir selbst uns schon ehrlich betrügen – sofern das das Ziel ist.>

Ende des zweiten Dossiers. Schlußblatt, datiert auf den 9. August 1965, und ein Vermerk vom 26. Juli 1977, unterzeichnet von Pol.-Oberstleutnant Dezső Gaál, Unterabteilungsleiter. Er faßt zusammen, was alles der Agent bisher gemacht hat. Netzkontrolle von Graf M. K. sowie J. P., von Á. Sz. und den sich um ihn Gruppierenden (...). Hat erfolgreiche Arbeit geleistet. Vor der Ausreise nach Österreich wies ihn die Abwehr ein. In Sachen unter Decknamenbezeichnung »Zusammentreffende« (...) erfolgreiche Arbeit (Imbiß-Espresso). Unter der Dn.-Bezeichnung »Plauderer« (...) erfolgreiche Arbeit. Während des Einsatzes keine Dekonspiration.

Die Möglichkeit zum Nachrichtendienst ist in beträchtlichem Maße erweitert worden. »Oh, oh, sagten die Bleisoldaten. I am Bond, James Bond.«

DRITTES DOSSIER

Inhaltsverzeichnis, außer den gewohnten (glänzenden) Namen: Bericht über den Fußballclub FTC, das fehlte noch gerade. Fünfhundertsiebenundzwanzig Seiten, hundertvierzig Berichte, vom April 1964 bis Ende 1967.

Hoppla: Am Tischrand fand ich den am Freitag vergessenen Kaugummi. Es gibt also doch eine historische Kontinuität.

M. spricht mich an, er möchte mit mir reden. Wir gehen auf den Flur hinaus. Ich hatte ihn gebeten, nach Agenten zu forschen, auf die ich in den Unterlagen gestoßen war. Allein nach Namen sei schwer, aber. [Nichts daraus geworden.] Er läßt mich zwei HC-Exemplare signieren. Mit ihm könnte ich nur vertraulich sprechen, denn er weiß, wie es in meinem Innersten aussieht, und das stört mich. Ich möchte reden, ich möchte schweigen. Ich lausche wie ein Tier (»das zahme Reh«).

Wahrscheinlich gebe es keine Karteikarte über meinen Vater, weil die Leute vom Nachrichtendienst sie an sich genommen hätten. Und die seien eine harte Nuß. Oh, nicht so wichtig. (Dann und wann werfe ich einen Blick auf die beiden Exemplare, um mich zu vergewissern, wer ich bin. Nicht so ein mißtrauischer, zitternder Duckmäuser.)

Ich rede aber doch, und ich frage ihn, warum man nicht mich damit unter Druck gesetzt habe. Liegt doch auf der Hand, oder?, und ich wäre auch in Verlegenheit gewesen. Wenn ich nicht wolle, daß man an das Material herankommt, könnte ich als Sohn

es verbieten lassen. Ich möchte aber auch nicht, daß *vorher* ...
während ich noch daran arbeite ... weil ich es erst aufarbeiten
muß. Und versuchen, Folgerungen zu ziehen beziehungsweise
zu ergründen, was für Folgen das alles hat. Ich verstumme, es ist,
als wenn ich beichten würde, völlig absurd, außerdem möchte
ich ihn für mich auch gewinnen, um ihm vertrauen zu können.
<Noch rund zwei Monate muß ich durchhalten.>

Im übrigen, frage ich so entspannt wie Graf Bóni, wie viele
wissen davon?

Hier vier, und ich. (Jesses, so viele! Ich spüre, wie mir die
Ohren brennen.) Und die Verbindungsoffiziere, aber die schweigen.

Es wäre nicht uninteressant, einen von ihnen zu treffen, sage
ich reflexartig.

Das ließe sich eventuell organisieren. – Das Wort »organisie-
ren« erschreckt mich, wir sollten an der Scheiße nicht rühren.
Plötzlich springe ich auf, kapriziös wie ein großer europäischer
Künstler, und sage, ich müsse jetzt gehen, und danke.

Das ist unsere Arbeit, sagt er jetzt in normalem Tonfall, weder
teilnahmsvoll noch mitleidig, wofür ich dankbar bin. Er fügt noch
etwas Interessantes hinzu, daß nämlich diese Texte urheberrecht-
lich als Tagebücher anzusehen und als solche zu verwenden
seien. Lächelnd winke ich ab, als wäre ich ich und nicht der Sohn
eines III/IIIers: Oh, heutzutage kann man alles, und jederzeit ...
postmoderne Zeiten ...

K. M. tritt auf mich zu und fragt jovial: Junger Mann, haben Sie
Ihre Vergangenheit gefunden? Wir drücken uns fest die Hand.
Das nicht, aber ich finde allerhand Vergangenheiten. – Für den
Schiß, den ich habe, eine ziemlich gute Antwort.

*7. IV., 16. IV., 23. IV., 5. V., 19. V., 26. V., 2. VI., 16. VI., 14. VII., 28. VII.,
7. VIII., 3. IX. 1964*

Hauptsächlich arbeitet er im Imbiß-Espresso. [Man dürfte es nicht Arbeit nennen. Er schleimt an der Imbißsache herum, er verbeißt sich in die Imbißgeschichte – so wäre es richtig.] Wird er von der Gesellschaft eingeladen, nimmt er es zögernd an. Zu Hause hatten wir es praktiziert, aber oft falsch gemacht, wir baten ihn zögernd, bei unserem Fußballspiel mitzumachen, und er nahm sofort an.

J. setzt sich zu ihm und erzählt, daß er immer noch nicht seinen Führerschein habe, aber mit einem Polizeihauptmann, den er gut kennt, reden wolle. … aufwerfen, daß er außer Übersetzungsarbeiten auch juristische Beratungen macht, wodurch er etwas hinzuverdient. (?) Hervorheben, daß er anständigen ungarischen Menschen gerne bei der Lösung ihrer Probleme hilft. Unser Ziel ist es dabei, von den Mitgliedern dieser Gesellschaft den Agenten Dn. »Károly Bánhidi« mit »Csanádi« zusammenzubringen.

Freundet euch nur an. An diesem Treffen nahm auch der Vorgesetzte teil, irgendein Major, ich konnte den Namen nicht entziffern. Die Haltung des Agenten sowie die der Fettschweine ist gut, er bemüht sich, die Aufgaben ordentlich zu erledigen. Aber er muß Initiative zeigen. Damit war der Agent einverstanden. Zur Erledigung seiner Aufgaben hat Gen. Major Tóth ihn mit mehr Ideen, Vorstellungen und, falls nötig, Kombinationen zu unterstützen.

Ein Kurzbericht über einige Wiener Bekannte. Ihre Adressen habe ich nicht mehr im Kopf, aber jede läßt sich aus dem Wiener Telefonbuch feststellen. Was für ein natürlicher, selbstverständlicher Ton. Weder furchtsam noch liebedienerisch, ein selbstbewußter Mitarbeiter. Man macht seine Arbeit.

Im Imbiß-Espresso geht es voran. Auch ein Mann namens I. B.

von der Gesellschaft setzt sich zu ihnen (zu dem Agenten und zu J.), meine Anwesenheit störte ihn nicht etwa, sie veranlaßte ihn sogar, mit seiner Informiertheit vor mir zu prahlen. – Darauf achten, keine antideutsche Haltung an den Tag zu legen, da B. ein Deutschenfreund ist. Ein Witz. – B. hatte früher in der Duna-Flugzeugfabrik gearbeitet, wo die Konstruktionszeichnungen deutscher Flugzeuge nachgezeichnet wurden, jedes Einzelteil Stück für Stück; die Maschinen wurden dann in Spanien zusammengebaut.

Ein ungarisches Männergespräch. Der Agent gibt alles weiter, eine Spitzelmaschine. Und sagt B., daß er mit seiner juristischen Ausbildung gerne in Not geratenen anständigen ungarischen Menschen helfe, womit er bereits 1951 begonnen habe, bei der Zwangsauslieferung, als die zuständigen Verwaltungsorgane meinen kulakischen Gastgeber, der die Abgabenverordnung nicht kannte, übers Ohr gehauen hatten. Ohne jedes Schamgefühl. B. pflichtete ihm ausdrücklich bei, in der Meinung, man müsse zusammenhalten.

Es tut sich was, die »Gesellschaft« nimmt ihn mehr und mehr wahr. Er ist wirklich aufrichtig, sogar über seine Ungeschicklichkeiten berichtet er in aller Ruhe. Erst beim Weggehen bemerkte ich, daß einige Gäste, darunter auch die auf 7 Personen angewachsene Gesellschaft, draußen unter den Arkaden Platz genommen hatten. Dort sah ich G., W. und mehrere vom Sehen her mir schon bekannte Personen. Pech.

Er ging dann am 27. gegen fünf Uhr nachmittags und am 29. gegen sieben Uhr umsonst hin. Niemand war da. Sicher trank er auch, was hätte er sonst tun sollen. Der Unglückliche...

Zwischendurch, aus reiner Routine, bei den J.P.s. Frau P. erzählt, die I.P.s säßen gerade in der Kárpátia zum Mittagessen. Ich ging daraufhin ebenfalls in die Kárpátia. (...) Beim Abschied fragte ich, ob sie in Eile seien oder wir noch bleiben könnten; I.P.

antwortete, er sei in Eile und habe einen »unangenehmen Weg«
vor sich: Er habe ein Schmuckstück entgegengenommen und
erst hinterher bemerkt, daß ein kleiner Stein darin fehle, er wolle
das jetzt klären. Zum Schmuck äußerte er sich nicht weiter. –
Man kann aus dem Bericht darauf schließen, daß P. mit Gold-
schmuck spekuliert. Aufgabe: sich nach Schmuck erkundigen
sowie herausfinden, ob P. für eine eventuelle Reise in die Tschechoslowakei Kronen organisieren könne.

Viermal Imbiß-Espresso, nichts. Doch am Tage der Erstür-
mung der Bastille, am Tage des Symbols der Freiheit, der europäischen Aufklärung, ist der Agent erfolgreich. Als sie aufbrachen,
ging ich ihnen nach, sie blieben ungefähr an der Ecke der Tompa-
Straße stehen und unterhielten sich, und als sie mich sahen, grüß-
ten sie. Die Hyäne, wie sie ihnen nachschleicht... N. erwähnte, er
habe eine Rehabilitationssache und möchte, daß ich mir die
Unterlagen ansehe. (...) Ich blieb mit B. zurück und lud ihn in die
Híd-Weinstube am Ferenc-Ring ein. »Sag doch mal deiner Mutter, ich bin nicht zum Vergnügen hier.« Er erzählte mir ausführlich über sein Verhältnis zu seiner derzeitigen (3.) Frau, gab dem
Agenten auch seine Adresse und lud ihn in seine Wohnung ein,
wo er jeden Nachmittag zwischen halb drei und halb vier die Sen-
dung der Deutschen Welle in ungarischer Sprache hören könne.
Ich versprach es ihm.

Richtig, zudem soll er auch prüfen, ob B. keine feindlichen
Schriften verwahrt.

Bei I.P. Er meinte, wie schade, daß ich nicht schon früher
etwas gesagt hätte, denn er könne Kronen beschaffen, obgleich
er »nicht in dieser Branche arbeitet«. Ich fragte, in welcher. »Na,
in der westlichen.« (...) Besorgt ich habe sein Gesicht vor Augen
ermahnte ich ihn, daß das doch ein ziemlich riskantes Gewerbe
sei usw. (...) Er antwortete, schon möglich, daß er observiert
werde, aber er sei sehr vorsichtig, wäre er das nicht, so würde er

materiell viel besser dastehen. Bei Edelsteinen gebe es sowieso kein Problem, die könnten auch einem selbst gehören, und mit Valuta habe er selten zu tun, er mache das seit 15 Jahren und könne aufpassen.

Der Informator ist aufrichtig und zuverlässig. Kann als Überprüfter angesehen werden. (…) In der Sache hat er Ergebnisse erzielt.

Mit dem Hinweis darauf, daß sein Mitmieter gekommen sei, lehnte B. den Wunsch des Agenten ab, bei ihm Radio zu hören. Möglicherweise ist dies nur ein Vorwand, denn unseres Wissens lebt B. nicht in einem Mietgemeinschaftsverhältnis. Unter Tóths Unterschrift die Handschrift des Vorgesetzten, eines Majors mit dem Anfangsbuchstaben P oder D. Die eingeschränkte Beschäftigung des Agenten ist zu beseitigen. Zuwenig ist dem (!!!) die Aufgabe, die er in dieser Sache erhält bzw. leistet. Was recht ist, ist recht: Meinen Fleiß, meine Leistungsfähigkeit habe ich von ihm geerbt. Ach ja: und von meiner Mama … Auf einem Kontrolltreff warf ich mehrere Möglichkeiten auf, über die wir diskutierten. Ich sehe nicht, daß Gen. Maj. Tóth sie geltend macht. Wir sollten Mitte September darauf zurückkommen, darüber ist zu berichten.

Ein langer, über die Aufgabe hinausgehender Bericht, ob meine Tante aus Wien kommen würde oder nicht. Der Agent redet ihr zu, doch sie zögert, in ihr sind die Missetaten aus der alten (Internierungs-)Zeit noch sehr lebendig. – Gen. Lovász. Der Agent ist im Falle der Einreise der Person gründlich zu instruieren sowie auf die Beschaffung von Aufklärungsdaten vorzubereiten. Es gibt keine Grenze, alles kann passieren.

B. hat Tschombe sehr gelobt, er sagte, was für »gutes Geld« die weißen Söldner dort bekämen – »das wär was für mich«. – Aufgabe: Mit seiner Schwester nach den vorgegebenen Gesichtspunkten reden.

< Solche Weisungen bekam der Bruder von Hans Joachim Schädlich. Schädlich legt in einem äußerst angespannten, geschlossenen, erschütternden Text darüber Rechenschaft ab (»Die Sache mit B.«). Daß es zum Beispiel um seinen Bruder geht, wird folgendermaßen klar: »Dieselbe Frau, die B. Mutter nannte, nannte auch ich Mutter.« Dann sagte sein Bruder zu ihm: »Ja, es ist wahr. Was soll ich jetzt tun?‹ (…) Ich sagte: »Geh zu den anderen und sage ihnen: ›Ja, es ist wahr.‹ B. ist zu einem anderen gegangen und hat es ihm gesagt. Zu mir hat er gesagt: ›Was soll ich jetzt tun?‹ Ich sagte: ›Geh zu einem zweiten anderen und sage ihm: Ja, es ist wahr.‹ B. ist zu einem zweiten anderen gegangen und hat es ihm gesagt. Zu mir hat er gesagt: ›Was soll ich jetzt tun?‹ Ich sagte: ›Ich weiß es nicht.‹« >

Dienstag, 30. Mai 2000
Wie furchtbar. Die Angst verändert unsere Sätze. Unser Mund wird schief. Ich sehe ein wenig aus wie vom Schlag getroffen.

18. IX., 24. IX., 13. X., 23. X., 1. XII. 1964
Genannte Person kam am 31. VIII. mit eigenem Pkw in Budapest an, wo sie bei ihrem Bruder Mátyás Quartier nahm, schreibt der Agent. Das sind fast schon die Verfahren eines Romanschriftstellers, Distanzhaltung, impassibilité oder was – tausend Kartätschen. Langer Bericht darüber, daß M. (die Schwester) im KEOKH (Landeszentrale für Ausländerkontrolle) ausführlich befragt wurde. Sie entgegnete, sie werde nach Hause kommen, wenn an der Grenze nicht das Visum, sondern die Versicherungskarte des Wagens wichtig sein werde, wie an anderen Westgrenzen. Der Agent beschreibt es schön, das ist ihr Ton, dieser selbstsichere, ein wenig großmäulige, freie, freche und plötzlich noch abwägende M.-Ton. Nicht nix, würde man in den Vororten sagen.

Scheißkerl; Agent berichtet, die Imbiß-Leute argwöhnen, es

gebe einen Agenten; das erzählten sie ihm, nachdem sie zur Polizei vorgeladen worden waren. Meine Frage, ob mein Name gefallen sei, beantwortete er mit einem klaren Nein. Ca. 10 Minuten später kam J. herein und sagte, ohne sich zu setzen, leise zu mir, daß er in's Karaván-Espresso gegenüber ginge, ich solle dahinkommen. Sie verdächtigen einen gewissen Balla. Dem Bericht konnte Tóth entnehmen, daß sich die Gruppe vor der Vernehmung abgesprochen hatte. Wenn ich jetzt meinem neuen, aufrechten Realismussinn nachgeben würde, müßte sich mein armer Verleger die Hacken ablaufen, um die Druckerschwärze aufzutreiben, die das aushält... Zum Speien.

Der Agent begeht stilvoll den achten Jahrestag unserer Revolution. Meine Aufgabe war es auszukundschaften, wie ich in die Nähe des Fußballclubs FTC käme. Der ordentliche Ungar ist Fan dieses Clubs Fradi. Tóth debütiert als Lektor, er verbessert so: Meine Aufgabe war zu beschreiben, dem FTC nahezukommen, welche Möglichkeiten ich habe. Ich sollte nicht mehr überrascht sein und jammern. Wenn es läuft, kann es nur so laufen; nur zur Hälfte Hure sein heißt nicht weniger Hure sein, sondern eine schlechte Hure. [Ich wußte gar nicht, daß ich ein Experte bin.] Einem alten Bekannten aus der Handelsbank eröffnet er, daß endlich etwas dafür getan werden müßte, die Fradifans zu dämpfen. Im Zusammenhang mit dem FTC besteht im Zusammenhang mit der sportlichen Aktivität meiner Söhne eine Möglichkeit. Stilistisch auch keine uninteressante Leistung... Noch gut, daß ich im Fußball nicht so talentiert war, und Marci war noch zu klein... Obwohl... Warten wir ab, was daraus wird.

Er will wieder ins Ausland, zählt Verwandte und Bekannte auf. Zum Abschluß berichtet er noch flüchtig über eine Bemerkung politischen Gehalts seines Handelsbank-Freundes und eine ähnliche aus dem OFFI, mit Namen, wie es sich gehört.

A. F., Leiter der Eishockeyabteilung des FTC, rät, berichtet

der Agent, dem Agenten freundschaftlich, nicht dem Freundes-
kreis des »Fradi« beizutreten, das sei kein ihm angemessener Ort,
da er voller Agents provocateurs beziehungsweise polizeilich be-
obachteter Personen stecke. Und auch seine Kinder solle er von
diesem Club fernhalten, sie könnten in der Masse leicht verloren-
gehen. (Mir schwant, daß Marci aus diesem Grund zur Zentralen Sportschule kam.) Hingegen halte die Eishockeyabteilung
nach Nachwuchs Ausschau, er werde sich kundig machen.

< *15. XII. 1964*
Es laufen neue politische Prozesse. Das Oberste Gericht hat die
Urteile gegen Ferenc Matheovics, den einstigen Vertreter der
1949 aufgelösten Demokratischen Volkspartei, und seine Gefährten, die der staatsfeindlichen Verschwörung angeklagt waren,
ausgesprochen. Sie wurden zu Freiheitsstrafen zwischen zehn
Monaten und zehn Jahren verurteilt.

16. XII. 1964
Die diplomatischen Beziehungen zwischen Ungarn und Österreich werden auf Botschafterebene gehoben.

1965 ist das graue, fleißige Jahr des Eindringens in den FTC und
der Vorbereitung einer Auslandsreise. Ich höre auf, die Daten zu
notieren. >

Meine Aufgabe war es, dem Förderkreis des FTC als Mitglied
beizutreten. (...) Im Büro saß ein ca. 60jähriger weißhaariger
Mann, der sich mit dem Namen Fischer vorstellte. – Die Bei-
trittsbedingungen stimmen mit den vom Informator »Alföldi«
beschriebenen überein.
    Auch über Onkel B. D.: Meiner Einschätzung nach ist er poli-
tisch ziemlich passiv. Ich habe seine Frau gefragt, ob er seine

Stelle aus Überzeugung angenommen habe, sie antwortete, seine einzige Berufung sei, seine Kinder großzuziehen usw.

Er nahm an einer Soirée bei Frau Mihály Károlyi teil.

M. K. jun. hofft auf eine Delegierung nach Rom. Inzwischen kam auch K. nach Hause, das heißt, er war unangemeldet da, hatte mit der Ehefrau geplaudert und auf sein Opfer gewartet, sofort begann er damit, ob ich zum Abschiedstrunk kommen würde. Ich fragte ein wenig verwundert, ob das nicht verfrüht sei. Seine kluge, neigungsvolle Bedächtigkeit! Ich fragte, ob er nicht befürchte, daß der Mohr seine Schuldigkeit getan habe und nun gehen könne. (...) Ich habe ihn gefragt, wem dies Ganze, diese geniale Idee in den Sinn gekommen sei, er antwortete, seinem Bruder K. K.

Gestern habe ich in Veszprém aus dem Roman gelesen. Mein Vater, diese Laus, las ich (weil ich es geschrieben hatte): Die einen kicherten, die andern nickten verständnisvoll, als wüßten sie, was das denn ist, die Literatur. Und ein Journalist sagte, ich hätte jetzt einen Gipfel erklommen, *wie es ihn womöglich gar nicht gibt.* Statt wie gewöhnlich unter Kichern mit den Schultern zu zucken, begann ich heftig zu nicken, jawohl, der Gipfel, den es nicht gibt, womöglich. Ich glaubte das jetzt aus der Nähe zu verstehen. Dann mußte ich noch eine gute Viertelstunde ackern, um das Mißverständnis der Überheblichkeit aus der Welt zu schaffen – das wiederum aus purer Eitelkeit.

Meine Aufgabe war es, am 14. lfd. Mon. mir das Spiel FTC – Tatabánya im Népstadion anzusehen. Verraten kann man nur alles und jeden.

< Das Spiel begann um 15 Uhr, Schiedsrichter war L. Horváth. FTC: Géczi – Novák, Mátrai, Dalnoki – Vilezsál, Perecsi – Karába, Varga, Albert, Rátkai, Dr. Fenyvesi. Tatabánya: Gelei – Törőcsik,

Hetényi, Kovács – Szepesi, Laczkó – Szabó, Bíró, Csernai, Szeke-
res, Dely, fünfzigtausend Zuschauer, das Tor von Bíró wurde
durch ein Elfmetertor von Novák ausgeglichen (73. Minute). Es
tut weh, das zu schreiben.>

Der Paßantrag von M. K. jun. wurde abgelehnt, Rom klappte
nicht, für Frau P. gar kein Problem, da sie nie gedacht hatte, daß
ihr Schwiegersohn für den Posten geeignet sei.

Meine Aufgabe war es, bei Fußballspielen des FTC anwesend
zu sein. Am 28. III. sah ich FTC – Pécs (Vorspiel Honvéd – MTK),
am 11. IV. Honvéd – FTC (Vorspiel: Vasas – MTK), beim ersten
Spiel saß ich im Sektor O, beim zweiten im Sektor 17. <Ich
will mich nicht wichtig machen, aber am 28. 3. war das Vorspiel
MTK – Győr.>

Konditorei Köröd.

Kis Dóm-Espresso.

Konditorei Köröd. <So langsam müßte ich das auch erledigen, all diese Orte aufsuchen und überall einen Schnaps kippen.
Die Adressen habe ich mir bereits besorgt. Jemand hat sie mir besorgt.>

B. T. (ich kannte ihn, er hatte eine sehr schöne Tochter, hat sie
noch, aber sie ist schon verheiratet) hat den Agenten aufgesucht,
es gebe die Stellung eines Englischdolmetschers in Bagdad für
den dort geplanten Schlachthof. Die märchenhafte Kádár-Ära!
Das Dreisechzig-Brot und die Märchen aus Tausendundeiner
Nacht. E (mein großartiges Sprachgefühl): Das Drei-Per-Drei-
sechzig Brot. (III/III.60) Eine endgültige Antwort macht er von
unserem Standpunkt abhängig. Vermerk des Vorgesetzten: Meiner Meinung nach kann er annehmen! Sein Fortbleiben ist kaum
zu befürchten, da er seine Familie hier hat! Zu klären ist, ob es
operativen Wert hat!

Yes, sir. That's my baby. Zu klären ist. Zu klären ist, ob unser
Leben einen operativen Wert hat!

Meine Aufgabe war es, am 9. lfd. Mon. die Spiele MTK gegen Komló und FTC – Salgótarján im Népstadion anzuschauen. (...) Ich habe nichts Berichtenswertes wahrgenommen.

Frau P. erzählt empört, daß D. Z., der im März mit einem Reisepaß zum Besuchszweck ausgereist war, draußen geblieben ist. »Wegen solcher werden sie die Paßvergabe verschärfen«, ergänzte sie.

Meine Aufgabe war es, mich am Nachmittag des 24. lfd. Mon. im Klubraum des FTC, Üllői-Straße, aufzuhalten.

Die etwa 40- bis 50jährige einsame Gräfin Esterházy, es könnte die jüngere Schwester von Kázmér E. oder die ältere Schwester von Pál E. sein…

Bericht ist wertvoll. (...) Aufgabe: Für den Fall seiner Ausreise soll er seine familiären Möglichkeiten daraufhin prüfen, ob er durch sie eventuell mit Kirchenpersonen Kontakt aufnehmen kann.

Am 9. VIII. 1965 übernahm Polizei-Hptm. Kálmán Pollacsek den Agenten. Der Treff hatte den Charakter gegenseitigen Kennenlernens. Und wie geht es der werten Familie, bitte schön? Ich höre, das Kind absolviert schön das Gymnasium bei den Piaristen! Bei den Piaren, nicht wahr, so kann man es auch ausdrücken, gelt? Gen. Pollacsek! Bei diesem Netz ist darauf zu achten, daß seine seit der Anwerbung immer vorhandene gute Auslandsmöglichkeit nicht nur Möglichkeit bleibt, sondern endlich einmal entsprechend genutzt wird. (...) In diesen beiden Fragen hat die Arbeit eines lebenden Grafen (Aristokraten) Früchte zu tragen, welche er uns – wie er mir bei einem Treff sagte – aufrichtig angeboten hatte. O ja, Aufrichtigkeit ist eine große Sache. Ein lebender Graf…! <u>Tote Grafen, gute Grafen.</u> [Nun gibt es nichts mehr, keine Ehre, nichts… Womit hatte er es sich verdient…, daß er soviel Schlimmes verursacht hatte … So schlecht war mein Vater nicht ... T T T – Tausend Kartätschen. Wenn wir in einer noch eitleren Zeit leben würden, würde ich das tränengetränkte Manuskript beilegen. Das Literaturmuseum oder sonstwer werden sowieso einiges hinlegen.]

Vermerk: Ich beginne mit der Planung seines Reiseprogramms. Er berichtet, daß der Einladungsbrief angekommen ist (7. X.). Hiermit teile ich mit, daß es in meiner Wohnung nunmehr ein Telefon gibt.

Er soll die Gräfin Z. aufsuchen, die auf Kirchenebene in Sachen Dn. »Leser« vorkommt.

Meine Aufgabe war es, Erkennbares im Zusammenhang mit Mária Esterházy zu berichten und mit ihr gemäß den angegebenen Gesichtspunkten ein Gespräch zu führen. Ich glaube, auch Tante Mary hat meinen Vater geliebt. Jedenfalls hat sie ihn sehr geschätzt. »Mit dem kann man sich, mein Junge, so schön unterhalten.«

Am 10. lfd. Monats kam die Nachricht aus Wien, daß der in Brüssel ansässige János Esterházy nach Wien gebracht und an Krebs operiert worden ist. Er ist der Vater jenes anderen Péters. Entschuldige, Alter. [In letzter Zeit sind wir uns in Budapest mehrmals begegnet. Er kann so schön und begeistert von Großvater sprechen. Aber auch von meinem Vater. – So ist es.]

Ein neuer Handlungsstrang, besonders ordinär und beschämend: Außerdem bekam Agent die Aufgabe, die Tabakhandlung Üllői-Straße 60–62 aufzusuchen sowie mit der Leiterin des Ladens zu reden, er habe eine Auslandsreise nach Wien vor und möchte verschiedene Zigaretten als Geschenk kaufen. Er hat Mittel und Wege zu finden, daß die Leiterin seinen Namen aus dem Gespräch oder von Ansichtskarten heraushören bzw. ersehen kann. Der Name! der Name! – reibungslos schließt sich dieser Gedanke an »Harmonia« an. Im Laden bedient die Mutter des in Wien lebenden Konterrevolutionärs J. R.

Er hat inzwischen den Reisepaß, er wird im Ausland für die Abteilung III/C seine Aufgaben erledigen in der Sache des Dn. »Leser«, er wird die Caritas aufsuchen, für Pater P. hat er gesonderte Weisung erhalten. Er war im Zigarettenladen. Ich stellte fest, daß sie beim zweiten Mal wesentlich freundlicher und gesprächiger war. Ich konnte mich noch nicht vorstellen, aber wahrscheinlich wird es das nächste Mal möglich sein.

Über die Aufgabe hinaus berichtet er, daß Tante Thoda und ihr Mann hiergewesen sind. Auch sie haben dem Agenten Respekt entgegengebracht < und respektieren ihn bis heute > … Sie boten an, einen von unseren Jungs Hier! gern bei sich die Ferien verbringen zu lassen.

Die folgenden Berichte handeln schon von der Wiener Reise. Wahnsinn! Es ist, als wäre mein Vater der Roberto aus dem Roman (den Romanen). Und wie stolz ich gewesen war, daß ich mir endlich mal was aus den Fingern gesogen hatte!

Agent konnte seine Aufgaben nur zum Teil verrichten. Das gab er bei einem Treff offen zu. Die Wiener Verwandten reichten ihn von Hand zu Hand weiter: Konzerte, Empfänge, Abendessen. [Warum haben wir uns nicht auch '56 von hier fortgeschert?!] Derweil lassen sich solche romanhaften Sätze finden: Den gesuchten NSU-Wagen oder Wagen mit deutschem Nummernschild sah ich weder in der genannten Straße noch auf dem nahen Hauptplatz. In der Autowerkstatt Rennweg 85 war ich am Vormittag des 25. X., sah dort ebenfalls keinen Wagen mit ungarischem oder deutschem Kennzeichen. Ich stellte fest, daß der Service einen Hinterausgang zur Anspangergasse hat.

Er suchte die Buchhandlung von Rudolf Novák (Köllnerhofgasse) auf und fragte nach der »Wahrheit im Imre-Nagy-Prozeß«

und György Faludys »Erinnerungen an das güldene Byzanz«. (Ich wußte nicht, Onkel György, daß du ein Teil von Vaters Leben bist. Entschuldige auch du. [Obwohl es hierfür keinen Grund gibt. Der Leser ist Leser, und man muß jeden Leser achten, selbst den miesesten. Ich weiß zum Beispiel sicher, wer zu meinen Lesern gehört – Namen der Redaktion bekannt.]) Auch im Familienkreis habe ich Nováks Namen genannt, man hat mich informiert, daß ich ruhig dorthin gehen könne, im Gegensatz zu Darvas, der im Ruf steht, bis nach Ungarn hinein zu arbeiten.

In Begleitung von Mária Esterházy habe ich in der Caritas Internationalis (Hernalser Str.) »Pater« P. besucht, warum in Anführungszeichen? um ihn um Medikamente und Gebetsbücher zu bitten. »So leer, so leer ist dein Vater.« Ein Glück, daß der Pater das zweite Treffen abgesagt hatte, denn dann wäre der Agent, so der Agent, zur Sache gekommen.

Agent verfuhr nicht gemäß seiner Aufgabe – was übertriebener Vorsicht zuzuschreiben ist –, und deshalb wagte er nicht, auf politischer Ebene aktiver vorzugehen. Beim Treff werteten wir sein Verhalten aus. [Und am Schreibtisch ich hier.]

Eines [– alles! alles! –] begreife ich nach wie vor überhaupt nicht – wieso unser Vater auf uns keinerlei Angst ausgestrahlt hat. Ein bißchen wenigstens, andeutungsweise. Aus Vorsicht. Daß es gut wäre, aufzupassen. [Bengels …! Sogar zu uns nach Haus schicken sie Spitzel …! – Ein Scherz.] Daß es gut wäre wegzutauchen. Warum haben wir nur Ruhe und Unanfechtbarkeit gesehen? Und ein wenig Geheimnis.

Noch immer Wien. Ein spannendes kleines Feuilleton: Er hat an einer Beerdigung teilgenommen, nach welcher der Schwiegersohn des Toten, Generaloberst S., die Trauergemeinde in seinem nahe gelegenen Schloß bewirtete. Tee + Sandwiches. Er wurde

kurz aus dem Salon gerufen; entrüstet klärte er uns beim Zurückkommen auf, daß auf unmittelbare Weisung des Innenministeriums die örtliche Gendarmerie dagewesen sei, um den unter den
Trauernden weilenden Otto von Habsburg festzunehmen. Er
habe sich die Belästigung und auch die Annahme verbeten, er,
ein republikanischer Offizier, ließe Otto von Habsburg überhaupt in sein Haus.

Er berichtet über P. D., der mit Anna Kéthly gut bekannt ist.
Déry und István Száva waren bei ihm. Ich warf einen Blick in D.s
Arbeitszimmer, wo ich zahlreiche von ihm gezeichnete Bau-
pläne sah. – Das Abendessen kochte D. selbst, wie er es auch
sonst mit viel Spaß und Sachkenntnis tut. Jemand kocht für seine
Freunde, das Essen ist makellos – und er ahnt gar nicht …

Aufgabe: Agent hat Briefwechsel mit Pál Esterházy einzulei-
ten und seine Reise in die BRD und die Schweiz vorzubereiten,
zwecks Treffen mit Pál Esterházy. Schau an.

Erneut beschreibt er seine Beziehung zu B. D., den er noch
aus dem Sankt-Imre-Kollegium kennt < Geld fürs Denkmal ist
in deinem Namen gezahlt >. Im Grunde genommen ist er ein
Idealist, ein Liebhaber alles Schönen, doch teils wegen seines
schlechten Gesundheitszustands, teils weil er es »zu nichts gebracht hat«, ist er ein verbitterter Mensch mit dem einzigen Lebensziel, daß seinen Kindern ein schöneres Leben widerfahre
als ihm selbst. – Ich muß nicht mein Leben, und auch nicht das
meiner Brüder, Revue passieren lassen, um festzustellen, daß
mein Vater dieses Lebensziel erreicht hätte, wenn er es gehabt
hätte.

Aufgabe: Aus Wien kommen zu Weihnachten mehrere Gäste
zu ihm, deshalb werden wir uns beim nächsten Treff auf »deren
Empfang vorbereiten«. Jemand schrieb an den Rand (nicht ich!):
Richtig.

Freitag, 2. Juni 2000

9 Uhr 25, ich warte auf das Material. Ohnehin ist Gloire und Buchwoche, von hier aus gehe ich zum Signieren auf den Vörösmarty-Platz. Wo ich mich im Lichte meines Vaters (meiner Väter) sonnen werde. – Wie ich am Morgen durch die B.-Straße kam, kurzärmeliges Hemd, Aktentasche, und einen langgestreckten frühmorgendlichen Schatten werfend – da sah ich mich wie den Papa. (Ich prahle ...) Daß ich seinen Platz eingenommen habe S T, ich bin das Familienoberhaupt, *ich bin fortan der Mann, der aus der E.-Straße (über die B.-Straße) mit seiner Aktentasche stadteinwärts zieht.* Ich betrachtete meinen Schatten wie meinen Vater. Der Schatten als Vater. Plötzliche Wut kam in mir hoch, ich will nicht an diesen ... an dieses Neue denken.

Wie gestern auch. Buchwochenreportage mit Fiala, pures Vatergeschwätz. Ich mag nicht mehr von dir reden, Alter. Obwohl, glaub mir, ich könnte es bis ans Ende meines Lebens. Bis ans Ende meines Lebens! Auf tausend und abertausend Weisen! Du hättest alles von mir bekommen, was ich dir in deinem Leben nicht geben konnte S T. Am Ende bekomme ich noch Gewissensbisse. Oder / und falle um vor Rührung.

An die Arbeit.

Gegeben: Ag. Dn. »Csanádi«
Genommen: Hptm. Pollacsek
Zeit: 16. Dezember 1965
Ort: Dn. »Kapitány« »G«-Wohnung
Betr.: Frau R.
Die Einheit von Ort, Zeit und Handlung, eine griechische Tragödie, ohne Dimensionen.

Er geht regelmäßig in den Zigarettenladen. Agent löste die erhaltene Aufgabe gut, in der sich seine Beziehung zu der Familie Esterházy klärte, auf ungarisch: Er hat sich vorgestellt so gelangte Frau R. in ein herzlich-gutes Verhältnis zu unserem Agenten. Die Möglichkeit zur weiteren operativen Aufklärung war geschaffen. Aufgabe: Das von Frau R. aufbewahrte Erinnerungsstück entgegennehmen, Frau R. hatte nämlich früher mit einem Bruder des Agenten, mit Onkel Menyus, Bridge gespielt, und der hatte ihr eine Herend-Vase anvertraut. Wir besitzen auch eine, Großvater war irgendein Aufsichtsratsmitglied in der Fabrik, in concreto Vorsitzender. Es gibt auch ein Esterházy-Muster, wenn ich zeichnen könnte, könnte ich's hier zeichnen. Als Aufgabe erhielt er das Sammeln von Stimmungen (in bezug auf Wirtschaftsmaßnahmen) sowie ein Gespräch mit seiner Schwester.

< Ein Jahr folgt dem anderen, 1966 ähnelt dem vorangegangenen, der Frau R.-Strang geht weiter, hinzu kommt die Observierung von J. S. (wir kannten den Namen von dessen Frau eher im Grundkontext mütterlicher Eifersucht), und im Herbst erneut eine Auslandsreise. Anfang des Jahres faßte das ZK der USAP einen Beschluß über das Durchgreifen gegen die »inneren feindlichen Kräfte« (inzwischen stirbt Buster Keaton), auf dem Parteitag am Jahresende wurde über die Einführung der für '68 geplanten Reformen entschieden, wobei Kádár sagte: »Wir alle sind eine Familie, wir Parteiarbeiter, Parteibürokraten oder wie Sie wollen, und Schriftsteller, Künstler, *Sommersprossige und nicht Sommersprossige*, wir sind eine Familie…« Das Land als Familie, das sagt man manchmal noch heute… Oh, die Wurzeln…>

Im Januar erhielt er von Frau R. (die jetzt unter ihrem Namen aus der Zeit vor der Hungarisierung geführt wird) die Vase und bot ihr an, daß sie über seine zu Besuch kommende Schwester eine Nachricht an ihren Sohn nach Wien schicken könnte. Pollacsek ist zufrieden.

Der Agent berichtet ausführlich über seine Schwester. Daß

sie sich mit den »Kistarcsaern« getroffen habe (mit denen sie zusammen interniert gewesen war, M.V., E.K., Frau B.). Einmal lud sie mich mit meiner Frau ins Fortuna ein. (...) Erwähnenswerte Gespräche fanden hier nicht statt, sie bestellte bei Pertis ungarische Lieder. Meine Mutter, mit ihrer sauren Miene. Als hätte sie in eine Zitrone gebissen. Oder röteten sich langsam ihre Wangen, und sie sang mit stumm bewegten Lippen mit?

Über alles und jedes, mit peinlicher Pingeligkeit. Auf meine Andeutungen zum 10. Jahrestag der Konterrevolution reagierte sie nicht, die Zukunft betreffend meinte sie, daß für mich das Auswandern die Lösung wäre. Ihrerseits scheint sie mit Ungarn gebrochen zu haben, was für ein Idiot! [Ein gutes Gefühl, den Vater einen Idioten zu nennen!; ich erlebe es auch bei meinen Kindern, trete dem mit fester Hand entgegen – wenn ich kann] auch emotional, ohne sich über hiesige Mängel zu freuen, doch nicht so ein Idiot! [Ein gutes Gefühl, einen Vater nicht einen Idioten zu nennen, ich erlebe es usw.] aber beispielsweise reagierte sie scharf auf einen Vorschlag ihrer Mutter, bei Gelegenheit, wenn sie sich wieder einmal in der Tschechoslowakei aufhalten sollte, ihre Tochter nach Kaschau mitzunehmen und ihr dort das Grab Rákóczis und des Kurutzengenerals Antal Esterházy zu zeigen. Typisch für die Großmutter, die »echte Stockungarin« (S. 583).

Die Maßnahmen zur Preisregelung kommentierte sie voller Verständnis, indem sie sagte, es sei doch logisch, daß nach einer Maul- und Klauenseuche Rindfleisch teurer werde, und in diesem Zusammenhang sagte sie, infolge des Hochwassers seien die Erdäpfel teurer geworden. Ich sehe hier, wie er geschrieben hatte, Erdäpfel – unglaublich.

Frau R. bekommt keinen Brief von ihrem Sohn. Auch M. konnte ihn in Wien nicht erreichen. Beim Abschied äußerte sie den Wunsch, ich möchte wieder einmal vorbeischauen.

Ich sprach mit Gy. B., der ist schon lange nicht mehr hier vorbeigekommen, obwohl er doch fast Nachbar ist, durch den B. D. meinem Sohn ein Buch geschickt hatte, für mich, »Ben Hur« auf deutsch, ich besitze es noch, habe meine Kinder damit auch ziemlich unter Druck gesetzt! und ich fragte ihn, wie er zu dem Buch gekommen sei. Er sagte, seine geschiedene Frau (Frau T. G.) habe es ihm gegeben, mitgebracht aber habe es jemand aus dem Ausland, doch B. wußte nicht, wer es war. Das interessiert Pollacsek sehr, man wird von nun an darüber brüten müssen. Agent erklärt mündlich, G. sei eine feindliche Person … Derartiges haben wir bisher nicht geäußert, Korrektur: Der Agent hat derartiges bisher nicht geäußert.

Es beginnt der J.-S.-Strang. Ein Übersetzer erster Güte, von Fall zu Fall auch Lektor des Agenten, schreibt der Agent. Seither haben wir uns 1–2mal samt Ehefrauen besucht, und man kann sagen, daß das Verhältnis zwischen uns gut ist. Zu seiner Charakteristik kann ich soviel sagen, daß ich ihn als sehr scharfsinnigen, ein wenig sarkastischen Menschen kenne. Ich dich auch. Mit dem System sympathisiert er nicht, aber Anzeichen von aktiver Feindseligkeit erkannte ich auch nicht. Ganz wie du.
Agent erhält die Aufgabe, den Kontakt auf fachlicher wie auch auf familiärer Grundlage (sic!) zu vertiefen. Agent vertiefte, und meine Mama wand sich vor Eifersucht.

»Ben Hur« kam mit der Post, Pollacsek hält den Weg des Buchs für bemerkenswert. Während der »Ben-Hur«-Transaktion entlockt der Agent G. listig, daß dieser mit B. D. (der vor '45 beim Militär sein Kamerad gewesen war) etwa ein Mal im Jahr Briefe wechselt, wenn ihm D. einen Kalender der Zeitschrift »Wild und Hund« zusendet. G. ist übrigens Kohlenträger bei Tüsped. Ehemaliger Offizier, der bei Tüsped Kohlen trägt, blättert im Kalender von »Wild und Hund«: Das sind die sechziger Jahre Ungarns (im Querschnitt).

Den 15. März, den ewigen Frühling, begrüßt der Agent mit einem Bericht. Er ist zu der Zeit siebenundvierzig Jahre alt. Im Alter von siebenundvierzig habe ich auch geschrieben, einen Bericht über einen Vater, unter Aufgebot aller meiner Kräfte habe ich für den Agenten ein Denkmal errichtet. Leistung – Gegenleistung. Großer Häuptling, anheim bist du gefallen der Hoffart.
J. S. Sie sprechen die Übersetzung durch, S. bietet ihm Tee an, den besten Tee der Welt, sagt er. Diese Halbsätze sind am verwirrendsten. Ich vergrabe mein Gesicht nur deshalb nicht verschämt in den Händen, weil ich den Bleistift halten muß. [Aber diese Halbsätze haben ihre Notwendigkeit. Wenn ihm der Sinn der Halbsätze einleuchten würde, müßte er sich in moralische Überlegungen verwickeln, diesen ja, den nicht, ohne Selbsttäuschung geht es nicht. Wenn aber alles Selbsttäuschung ist, kann es gleich unreflektiert bleiben, man kann sich dann in den Details – beispielsweise beim Berichteschreiben – schon entspannter, ja, frei bewegen.]
Geistreich erläutert S., wir leben gegenwärtig in einer neuen Biedermeierzeit; erinnern wir uns an die Zeit Metternichs, als die Menschen es satt hatten, wegen ihrer politischen Haltung bespitzelt und eingesperrt zu werden und sich mit Salonmusik (heute = Beatles) begnügten, mit Schubert und anderen Alltagsgütern (z. B. heute der Kühlschrank). Als Frau S. erzählt, daß beim Zentralen Buchvertrieb der Absatz nachgelassen habe, läßt der Agent die Bemerkung fallen, offenbar trage man das Geld zum Metzger, das vorher für Bücher vorgesehen war. Seine Augen lachen, als er das sagt. (J. hat solche Augen, wenn er beim Formulieren den richtigen Ausdruck findet.)

Frau R.s Sohn gibt kein Lebenszeichen von sich, der Agent nutzt die Qualen und Sorgen der Mutter aus. Er bietet seine Hilfe an, die alte jüdische Frau dankt ihrem Schicksalsgefährten, dem Grafen. Das ist zuviel. Ich habe es hier schon erwähnt, es wurde mir unter die Nase gerieben, daß es sich vielleicht doch nicht so schön verhält, wie ich es besinge, Verräter oder kein Verräter, ganz gleich, alles gehört uns, freuen wir uns über den sich auftuenden, unermeßlichen Reichtum ... Kann sein, daß dem doch nicht so ist? Daß man bis zum Jüngsten Tag alles leugnen, alles polieren müßte? Die Slowaken und die Rumänen, Entschuldigung, Walachen, die ja, aber wir Ungarn, nie! Ein Kommunist, ein Jude – na klar, aber ein Aristokrat, ein echter Ungar, der nie!

Flüchtig mit J. S. Im Gespräch sagte er, hätte jemand 1946 gesagt, daß es auch noch in 20 Jahren in Ungarn eine Volksdemokratie gebe, hätte er den Betreffenden für verrückt gehalten, doch als noch unmöglicher wäre es ihm erschienen, daß sich die Dinge so entwickelten, daß 1966 Tagesordnungsthema sei, wer wohin reist, wo er zu Abend ißt und welches Theaterstück er sich ansieht. Ein klassischer Kádár-Song: Gulaschkommunismus-Blues.

Ein Monat ist vergangen, vom Sohn gibt es keine Nachricht. Das Gespräch erfolgte in einem sehr freundschaftlichen Ton, ich mußte ihr versprechen, unbedingt vorbeizuschauen, »wenn ich in der Gegend bin«. Die Verwendung der Anführungszeichen weist auf feines Sprachgefühl und Zynismus hin.

Aperçu über die Bürokratie beziehungsweise die institutionelle Unabhängigkeit in der Diktatur (als solches kaum verständlich): der Agent erklärt über seine Aufgabe hinaus, er habe an seiner Arbeitsstelle den Reisepaßantrag abgegeben, damit ihn der Direktor zwecks Begutachtung dem Justizministerium unterbreitet. Zwei Wochen später teilte der Direktor mit, daß er laut Weisung des Ministeriums für die BRD keinen Antrag stellen dürfe, und nachdem ich dann das ist gut die BRD vom Formular gestrichen hatte, teilte er mir mit, es gebe einen Ministerratsbeschluß, wonach man nur alle 3 Jahre in westliche Länder reisen dürfe, und er zeigte mir einen Brief, der im Namen des Justizministeriums von einem László Kocsis unterschrieben war und wonach das Ministerium bezüglich meines Antrags »nicht wünscht, dazu Stellung zu nehmen«. Wie soll daraus eine Reise werden, lamentiert der Agent.

Auch des Genossen Pollacsek Leben ist kein reines Zuckerschlekken: Die in der Sache »Vári« aufgetauchten philosophischen Arbeiten und Buchtitel müssen beschafft werden. (...) Vorerst nicht zu S. gehen, der übrigens versprochen hatte, sich nach einer Stenotypistin für den Agenten umzusehen, er zahle pro Seite 2,50.
    Der auf Trab gehalten ist. Er berichtet auch über Bekannte von früher, über J. P.s und M. K.s, provoziert sie mit dem 10. Jahrestag der »sonderbaren Ereignisse damals im Oktober«. (...) »Die Amerikaner sollen uns bloß nicht feiern, wo sie uns doch '56 so nett im Stich gelassen haben.«

Inzwischen ging Pollacsek den Sachen nach. Aufgabe: Agent erklärt S. auf dessen Frage, er interessiere sich für das philosophische Prinzip der Anthroposophie, habe aber kein näheres Material zur Verfügung. (...) Vermerk: Wir stellen dem Agenten Material über die obige »Weisheit« zur Verfügung, das er zur Information für seine Arbeit nutzt. Wenn ich nicht weinen müßte, würde ich lachen. Daß Menschenleben auf diese Weise vergehen? Das Leben als Parodie. Das schrieb ich ja schon (weil ich es gelesen habe): Vatertum ist Parodie.

Nach dem am Tag der Hinrichtung von Imre Nagy erfolgten Bericht gab Frau Mihály Károlyi einen großen Empfang in ihrer

Wohnung in der Mihály-Károlyi-Straße (sie bekam einen Teil des Palais zurück, später empfing sie dort auch mich, nach mir traf György Aczél ein, er fragte, ob ich ihn treffen wollte, ich sagte, nein), wo nach meiner Einschätzung 150 Menschen zugegen waren, unter anderem Zoltán Kodály, Irén Psota und andere bekannte Schriftsteller und Künstler. Frau Károlyi bat mich, mich mit einem englischen Gast zu unterhalten, der nicht Ungarisch könne, und stellte mich einer etwa 50jährigen, sehr häßlichen, aber amüsanten Frau vor usw. Ausgerechnet die Gattin des englischen Botschafters; er bekam auch eine Einladung.

J. S. war wieder einmal nicht zu Hause. – Die Beobachteten hängen ständig in der Stadt herum, nicht einmal die minimalen Voraussetzungen einer Bespitzelung sind gegeben (S. 801).

Frau R. war über mich hocherfreut und bot mir eine Zigarette an (sie raucht Mentha). Also jetzt kannste mich mal wirklich! [Ich laß es stehen.] R. hat bereits seit einem Jahr seiner Mutter nicht mehr geschrieben.

Im Gespräch erwähnte ich S. gegenüber, neulich sei in Gesellschaft über die Anthroposophie geredet worden, da ich aber nicht wußte, was es damit auf sich hat, konnte ich zum Thema nicht viel sagen, mitnichten! Wie oft habe ich ihn locker reden hören über ungelesene, gerade erwähnte Bücher, ja sogar ernsthaft debattieren – es gibt dazu eine Szene von lyrischer Schönheit im »Produktionsroman« wie ich hörte, ist das in Österreich und der BRD heutzutage in Mode. Ironisch und herablassend äußerte er sich darüber, verglich sie ein wenig mit dem Buddhismus. Er erzählte, daß er seine diesbezüglichen Kenntnisse von einer Bekannten habe, die »als Frau so angenehm war, daß ich mir sogar das angehört habe«. – Ich möchte das nicht mehr gern kommentieren. Ich möchte mich gern etwas schonen und lieber nur noch abschreiben… Aber sie schieben ihm doch Sätze in den Mund! Näher könnten sie ihm auch nicht kommen, wenn sie ihm ihren Schwanz in den Mund stecken würden! Und er weiß nicht einmal, was er weswegen sagt, worauf die Sache hinausläuft, er bekommt immer nur Teilaufgaben, eine kleine Null, ein großer Niemand, ein Waschlappen.

Jetzt betritt den Lesesaal: ein liebenswürdiger alter Herr wieder, gutes Gesicht, feiner Mensch, etwas unsicher, er blickt heiter um sich – sucht seine Vergangenheit, die *diese hier* (inklusive meines Vaters) versaut haben.

Der Agent hätte sie schon lange gern in Händen, Frau R. rückte endlich mit der Wiener Adresse ihres Sohnes heraus. Sie zeigte mir eine schöne ungarische Briefmarke (Specht), die sie zurechtgelegt hatte, um sie auf den Brief für ihren Sohn zu kleben. Mehr sage ich nicht, aber diese Spechte lassen mich ausflippen. Schlagen, kotzen usw. könnt' ich.

Inzwischen war J. P. gestorben, einer von denen, die er oft besucht hat. Die P.s, M. K., T. G., P. Z., über dies, über das, über alles. Bisher habe ich im obigen Kreis von niemandem gehört, daß er im Herbst, genauer im Oktober, ausreisen möchte, ausgenommen Mátyás Esterházy, der am 23. Okt. nach Wien möchte usw. (Bitte. Hier der Beweis, daß »Csanádi« doch nicht mein Vater ist. – Ein Scherz.)

Mit Frau Gy. K. über ihren Auswanderungsantrag, sachbezogen, alles. Ihr Mann bekäme nach seinem hiesigen Rang als Marine-Binnengewässerwache im Ausland die Pension eines Obersten, 1200 Mark. Er besucht auch M. K. In beiden Familien erwähnte ich den zehnten Jahrestag, aber sie reagierten nicht darauf. (…) Wie mir bekannt wurde, wurden Mátyás Esterházy und seine Frau von Mónika Esterházy nach Wien eingeladen usw. Wie ihm bekannt wurde.

Meine Aufgabe war, mit P. Z. ein Gespräch zu führen. Nichts

und alles, kein einziges böses Wort fällt über Onkel P. Den auch ich ein wenig gekannt habe. Ich erinnere mich an einen sehr traurigen Mann. Einsam, traurig, der Schnurrbart hing ihm in die Suppe. Wegen seiner Traurigkeit fühlte ich mich ihm nahe, nicht weil ich es auch gewesen wäre, aber die Traurigkeit hat ihn irgendwie zum Kind gemacht. Erwachsene pflegen selten traurig zu sein, das Kind sieht das nicht. Aber seine Traurigkeit war so gewaltig, daß es unmöglich war, sie zu übersehen.

Tante Mary ist bei uns »in Form eines Verwandtschaftsbesuchs«, ich nutzte die Gelegenheit und erwähnte ihr gegenüber den Plan meiner Reise nach Wien mit der Begründung, daß ich an den Gedenkveranstaltungen teilnehmen möchte – natürlich nicht spektakulär, hier folgen zwei Wörter, die ich nicht lesen kann seitens der Familie soll ich freie Bewegung haben. Mein Gott.

Vor der Abreise verspricht er Frau R., in Wien ihren Sohn zu besuchen, er bat sie um ein paar Bestätigungszeilen, aber die Frau gab sie ihm aus Prinzip nicht (sehr richtig), sie gibt niemandem Briefe mit für jenseits der Grenze, aber sie würde ihrem Sohn telegrafisch meine Ankunft avisieren.

Er kam aus Wien zurück, die Berichte darüber reichen bis zum Ende des Jahres, es hieß wieder »psst, euer Papa arbeitet!«.

Gleich von Beginn an schien er mich in sein Vertrauen zu ziehen, da er meine Verwandtschaft teils persönlich, teils vom Hörensagen kennt. Vor einigen Jahren, irgendwo in der Gegend von Győr, flog ein Betrüger auf, der sich, so die Zeitung, als Esterházy ausgab und daraus Nutzen gezogen hatte. Ich hatte mir daraufhin den kleinen Scherz erlaubt: Ach, wie eigenartig, mein Vater hat sich sein Leben lang als Esterházy ausgegeben, aber viel Nutzen daraus hat er nicht gezogen. Nun zog er ihn also doch.

Er geht zu den Feierlichkeiten des 23. Oktober, legt das eingeholte Material bei. Die Verwandten hatten ihn gewarnt, es würden bestimmt Beobachter von der Botschaft abkommandiert sein. Die Stimmung war meiner Meinung nach eher lau. Über die Kranzniederlegung: ... dann zündeten sie Fackeln an, und weil ein starker Wind wehte, wurde W.s Hut mit Wachs besprizt. (...) Die Predigt hielt H. K. Das war eine typische Da-hast-du-einen-Schmarren-Rede.

Mit W. trifft er sich später in einem Kaffeehaus, wo auch ein sog. verdächtiger Mann sitzt, möglicherweise ein Spitzel. Uns ist es egal, sagten die W.s, sie machen sich nur meinetwegen Sorgen. Macht euch keine Sorgen (ihr Kleingläubigen). Der Agent befragt sie nun in aller Schärfe, welche Ermunterung aus der Emigration daheim in Ungarn zu erwarten sei und ob die verschiedenen Emigrantenorganisationen zusammenarbeiten usw. Rational, ein wenig laut oder ungeduldig und mit der verantwortungsvollen Fratze eines großen Patrioten schleudert er seine Fragen heraus. Die neuen Freunde warnen den Agenten vor abenteuerlichen Risiken, welcher Art auch immer.

Die Ungarische Vereinigung zu Wien hat ca. 400 Mitglieder, aber höchstens 100 zahlen Mitgliedsbeiträge. Abschreiben, nicht fluchen. Abschließend wurde mir nochmals ans Herz gelegt, auf mich aufzupassen, und ich brachte mit freudiger Rührung (sic!, abschreiben!) zum Ausdruck, daß es in der Emigration »noch so gute Ungarn gibt«. Ich fragte, ob ich Nachrichten mitnehmen solle, aber er lehnte dankend ab.

Agent ist zuverlässig, ist kontrolliert worden, auch der Bericht ist überprüft worden aufgrund der Berichte der Agenten mit Decknamen »Takács« und »Pesti«. (...) Wertvoll sind im Bericht die Angaben über W., in bezug auf seine Person, auf seine frühere Situation.

Ein vierseitiger Bericht über R. Wie ein echter Roberto ist er hinter ihm her, weil er nicht mehr unter der Adresse wohnt, die der Agent von Frau R. erhalten hatte. Das dauert, schließlich treffen sie sich. Sein liebstes Hobby ist das Reiten, aus diesem Grund fährt er gelegentlich ins Burgenland zu Graf M.

Gruppenkommando III/5 hat die Person des Grafen M. zu überprüfen

Wie fleißig Gy. F. am anderen Tisch arbeitet. Er beugt sich tief über die Papiere. Was mag er gefunden haben? Wer sucht, der findet.

Meine Aufgabe war es, zum 10. Jahrestag der Konterrevolution die Anthologie »Gloria victis« zu bestellen. Novák selbst ist nicht da, nur ein Verkäufer namens G., das Buch muß bestellt werden, der Agent bekommt politisches Streumaterial und kauft sich »Das Blut des San Gennaro« von Sándor Márai (Mama war bestimmt froh und vielleicht auch überrascht über die unerwartete Aufmerksamkeit). Der Verkäufer empfiehlt die Versendung per Post, er habe einschlägige Erfahrungen, doch der Agent ist beunruhigt.

Ich habe mich gewundert, daß er gleichzeitig »rote« und westliche Literatur verkaufe, aber er antwortete lächelnd, ein Buchhändler soll mit Politik nichts zu tun haben usw. Kleines kádáristisches Idyll (Pornographie): Er erzählte, daß der Katalog der Firma in der Druckerei Kossuth in Budapest gedruckt wurde – zugegebenermaßen jedoch einige Buchtitel von zu eindeutiger Gesinnung gestrichen worden sind.

Der im Bericht erwähnte Verkäufer heißt nicht G., sondern X. Agent hat sich im Namen geirrt. Aufgabe: Im Zusammenhang mit Obigem erhielt er die Aufgabe, das Eintreffen des Buchs umgehend nach der Zustellung zu melden und es in der Originalverpackung zu übergeben.

Ich will nicht sagen, bitte, so ist das Leben, eher nur soviel: So ist ein Leben. Oder: So ist das Leben auch. Nicht, als wüßten wir es nicht, nur wir vergessen es gern. Dabei müßte man nur die großen, alten Romane ernst nehmen. Wie geht doch noch das Nossack-Zitat? [»Ich bitte den Leser, mich nicht für vermessen zu halten. Auch bilde ich mir nicht ein, sagen zu können: So ist die Wirklichkeit! Oder auch nur: Siehe, so bin ich!« Aus »Der jüngere Bruder«. Ich habe es bereits vor einem Vierteljahrhundert als Motto für mich entdeckt.]

… meinen Bericht ergänze ich wie folgt: Name des Geschäftsführers lautet richtig Dr. X. (und nicht G.). Na also! Im Sinne einer früheren Aufgabe beschaffte ich mir die Adresse von »Fürst« Pál Esterházy. Unfaßbar, warum er Fürst in Anführungszeichen setzt. Doch nicht wegen jener demokratischen, plebejerhaften Reflexe?! – So sah ich ihn: demokratisch, plebejerhaft.

Gy. F. bricht auf. Ich verberge mein Gesicht, gucke zwischen den Fingern durch, jetzt aber mehr im Spiel als aus Furcht. Ich stelle fest: Es ist besser zu spielen als sich zu fürchten. Aus irgendeinem Grund mußte ich denken, er habe nicht gefunden, was er gesucht hat.

< 1967 war ein herausragendes Jahr der Kádár-Zeit, alles ist schon vergessen, noch funktioniert alles, wobei man ehrlich sagen muß, daß es noch Fehler gibt. Neben Frau R. erstarkt der Erzählstrang I. A., offenbar eine Verwandtschaft, die A.s sind es ja meistens usw. usw., ich hab es langsam satt.>

Das Jahr beginnt mit I. A., die im Tabódy-Prozeß zu vier Jahren verurteilt wird (Kalocsa, Frauengefängnis); ihr Mann hat sich währenddessen scheiden lassen. Übrigens gebe es sehr viele Grafen Meran, erklärt der Agent dem ohrenspitzenden Beamten des MdI der Ungarischen Volksrepublik. Des weiteren wartet er mit Vorschlägen auf, wie er den Kontakt zu I. A. ausbauen könnte. Laut Bericht ist I. A. eine feindlich gesinnte ehemalige Aristokratin.

Bei K. war keine Gelegenheit zu einem Gespräch, da in der Wohnung ein Handwerksmeister arbeitete. Ich schreibe es nur ab, weil ich das Wort »Handwerksmeister« ausdrücklich von meinem Vater gelernt habe. Auch meine Brüder benutzen es.

Meine Aufgabe war es, am 24. lfd. Mon. an der in der Matthiaskirche stattfindenden Trauermesse für Miklós Kállay teilzunehmen. Etwa hundertfünfzig, hundertachtzig Leute, viele K.s, namentlich aufgezählt. Die Trauermesse ging nach der üblichen Zeremonie vor sich, ohne Predigt, sie beteten für das Seelenheil des verstorbenen Miklós. Ich hoffe, du (Selbstzensur), du hast ja auch gebetet. Und hoffe, daß der Herrgott auch dein Gebet für das Seelenheil unseres Bruders Miklós mit berücksichtigt hat.

Wiederholung: Ob daraus Katharsis wird? Ich sage es. Daraus wird diesmal keine Katharsis. E, was denn für eine Freude mein Vater im Leben gehabt hat. Ich sage oft, daß ich froh bin zu leben, und ich lasse sogar noch ahnen – wenigstens für mich selber –, daß ich es, was für ein Leben das auch wäre, genauso empfinden würde. Und wenn ich das Leben meines Vaters gelebt hätte? Tek it isi, fadör, pflegt mein Sohn Miklós vorzuschlagen.

Frau R. freut sich, sie hat einen Brief von ihrem Sohn bekommen. Leider schreibe der Sohn, wie sie sagt, kaum über sich, er schwärmt nur, wie gut die Kuchen gewesen sind. Der »Gloria victis«-Band ist nach Wien zu M. zurückgegangen, worüber sie M. sich kein bißchen wundert.

Pollacsek ist der Auffassung, daß R.s Brief kaum per Post gekommen sein konnte. Kontrolle »K« zeigte nichts an.

Nach Frau J. P. wird I. A. keine Übersetzungs- oder Abschriftarbeit übernehmen, zum einen, weil sie nicht darauf angewiesen ist (sie bekommt von der Liechtensteiner Verwandtschaft Hilfspakete), zum anderen, weil sie, wenn sie auch jede noch so ermüdende körperliche Arbeit gut und gewissenhaft verrichtet, geistige Arbeit nicht mag. Sie sagte noch, sie wohne am János-Lékai-Platz und betonte, Lékai und nicht L., da sie nämlich viel mit I. L. zusammen sei. Auf meine Frage, ob es sich um einen ernsten Flirt handele, erwiderte sie, »soweit I.s Flirts ernst sind«, sie meint, es gebe sicher auch noch andere.

Es gibt kein Halten, warum sollten wir auch nicht unter die Gürtellinie gehen … Übrigens, eine schwungvolle, schlüssige Arbeit. Zu der Zeit hatte er für mich einen Hausaufsatz geschrieben, einen Erlebnisbericht über einen Klassenausflug. Ich kann es nicht, hatte ich zu ihm gesagt. Er fragte mich aus, wie es war und was gelaufen ist, ich erzählte es, er nickte, man muß das dann eben nur so aufschreiben. Aber ich konnte nicht »nur so« aufschreiben. Seine Feder zerpflügte beinah das Papier. Ich konnte nicht wissen, daß er regelmäßig übte. Wir bekamen eine Eins. Und ich dann! Für meine Kinder, eines besser als das andere, habe ich bisher ca. fünf Ungarischaufsätze geschrieben (Notsituation); mit meiner ganzen Kraft und meinem ganzen Talent, alles, was ich kann, hineingebend und sogar darauf achtend, daß nicht ich [der «Festtag für die europäische Literatur«] es schreibe, sondern das Kind selbst: Besser als eine Zwei habe ich nie bekommen, allerdings auch nicht schlechter als eine Drei … – Irgendwie habe ich das Gefühl, ich müsse jetzt in aller Eile noch alle meine kleinen Familiengeschichten erzählen, weil es dann, nach diesem Buch, nicht mehr möglich ist. Beziehungsweise es bleibt dann nichts. Oder niemand.

Plötzlich, jetzt: Meinen Vater liebe ich, den Agenten verachte ich: Dieser Satz »kam in mich«, wie die klassische Unterscheidung zwischen Schuld und Schuldigem.

Scheiße. Ich scheine nun für den vorausgegangenen, allzu selbstverständlichen, ein wenig bequemen Gedanken mit dem folgenden Bericht bestraft zu werden. < Seit einer halben Stunde sitze ich vor dem Papier. Ich muß mich selbst zensieren, was in diesem Zusammenhang sehr gefährlich ist, weil es dann kein Halten mehr gibt. Das Maß an Verrat und Gemeinheit wäre erst richtig erkennbar, wenn ich den Namen ausschriebe, aber ich wage es nicht. Oder ich will es nicht, der Betreffende lebt noch.> Über meine Aufgabe hinaus berichte ich, daß meines Wissens ... folgende Bekannte in Tata hat: (...) sowie einen Dachdecker namens »Onkel ...«, zu dem sie früher ein vertrauensvolles Verhältnis hatte, schämen Sie sich, Vater! [Automatisch, ganz Kind, bin ich ins Siezen gefallen] aber in direktem Kontakt steht sie derzeit nicht.

Endlich war er bei Frau K. (vorher bereits mehrmals vergeblich), wenn er auch I. A. dort nicht antraf. Er lernte einen gewissen H. L. kennen, der in Auschwitz war und auch in einem sowjetischen Lager in der Nähe von Archangelsk. Zur Zeit ist er infolge eines Verkehrsunfalls blind. Zuviel, würde ich gern aus HC zitieren. Zur Zeit blind ist auch nicht schlecht. Zur Zeit blind, aber morgen ...! I. A. erwähnte ich absichtlich nicht; der Besuch diente eher einer Aufwärmung, einer Anfreundung. Aufwärmung, ich verstehe. In der Sache ist operative Maßnahme erforderlich, die der persönlichen Begegnung Vorschub leistet.

Der Agent fragt Frau R., ob irgendein Zuverlässiger nach Wien zu fahren vorhabe. Sie antwortete, weder ein Zuverlässiger noch ein Unzuverlässiger fährt. Übrigens will er mit einer IBUSZ-Reise nach Wien. Das Anerbieten des Agenten, sie einmal »zu einem ruhigeren Gespräch« in ihrer Wohnung zu besuchen, nimmt sie gern an. Vor dem fälligen Gespräch hat er eine detaillierte Weisung zur Durchführung des Gesprächs im Sinne der Direktive zu bekommen.

Über meine Aufgabe hinaus berichte ich von einem Anruf der Frau Gy. K., daß ich sie bei Gelegenheit besuchen soll. Sie erzählte, man habe ihre Putzfrau angezeigt, weil sie in ihrem Auftrag im vergangenen Jahr 6 Regenmäntel verkauft hatte. Einen davon hatte sie von Mátyás Esterházy bekommen, hihi der sagte, daß dafür auch Zoll gezahlt werden mußte. Sie machte Mátyás Esterházy persönlich darauf aufmerksam, daß sie ihn nennen wolle, wenn auf der Polizei Fragen zum Zoll gestellt werden sollten.
Diese wenigen Zeilen sind die Quintessenz der Kádár-Ära [allerdings existierten keine Prinzipien, was wiederum hieß, daß – prinzipiell – alles alles nach sich ziehen konnte, andererseits fing diese Welt gerade an, sehr praktisch zu denken, wobei diese Praxis von den Prinzipien, wenn auch nicht angefochten, so doch – praktisch – bedroht wurde. (S. 903)] – all das, und es ist noch Teil der Essenz, im prinzipiell (und auch praktisch) fürchterlichen Rahmen eines Agentenberichtes.
Und als würde zudem noch klarwerden, wie weit gesamteuropäisches Denken reicht. (So weit wie der Regenmantel.)

Über weitere mögliche Entwicklungen hat er telefonisch zu berichten. Wir sahen ihn manchmal ins Telefon flüstern. Und wir konnten es uns nicht erklären, aber es war ein unangenehmer Anblick. Später, quasi im Gefolge unserer Mutter, nahmen wir an, daß es sich um Weibergeschichten handelte. Das hätte ja auch sein können.
Ein langanhaltender Wirbel darüber, wo seine aus Wien kommende Schwester nun wohl stecke, Anrufe, Mißverständnisse,

Termine. Mittendrin wieder ein romanhafter Satz: Neben den von Hause aus Anwesenden war auch Mátyás Esterházy zugegen. Warum schreibt er es so? Einerseits ist es schön, weil es gerecht ist, daß er sich selbst ebenfalls denunziert, andererseits ist es nicht gewagt, anzunehmen, daß Pollacsek den Realitätskern des Satzes sinngemäß und überhaupt erahnen konnte. Genug.

Inzwischen ist der den Militärdienst ableistende Sohn der K. N.s eingetroffen (ich kenne ihn), der heftig dagegen protestierte, mit einem ausländischen Staatsbürger, namentlich einer »Gräfin Esterházy«, unter einem Dach zu sein.

Der Bericht wurde für die Militärische Abwehrabteilung in Tata gefertigt.

Ich habe Kenntnis davon, daß bei der in diesem Jahr gegründeten Tageszeitung »Budapester Rundschau« unter anderen J. S. und Mátyás Esterházy tätig sind. Das ist anscheinend die Flaubert-Phase des Agenten… mille pardons, o Gustave! Die Stelle für J. S. hat der Agent besorgt, aus niederer Gesinnung, damit er ihn ständig »im Blickfeld« hat.

In der Ausreiseangelegenheit zeigt er sich selbst an, was einerseits haarsträubend ist, andererseits offensichtlich risikolos, denn als Agent übertrifft er die Reisechancen meines Vaters: Ich habe gehört, wie sie mit ihrem Bruder (also die Schwester von Mátyás Esterházy mit ihrem Bruder, nämlich Mátyás Esterházy, der, unter uns gesagt, eben das »Ich« des Satzes ist – es wäre witzig, wenn das nicht alles andere als witzig wäre) besprach, daß er ausreisen möchte, zuvor erkundigte er sich nach dem »besorgniserregenden« Gesundheitszustand irgendeines Verwandten, woraufhin seine Schwester die »schlechten« Nachrichten bestätigte und auf sein Kommen drängte – alles das deshalb, weil in Wien die Auffassung herrschte, daß die Vergabe der Reisepässe verschärft worden sei.

292

Er soll sich zu Frau R. begeben, und auf die Budapester Internationale Messe. Schnüffle, Ungar!

Ich suchte die Genannte in ihrem Tabakladen in der Üllői-Straße auf, sie zeigte mir voller Freude die Ansichtskarte ihres Sohns, die er am Wörthersee in Gesellschaft einer Dame namens Riki geschrieben hatte.

Das Material wurde von Kontrolle »K« nicht erfaßt. Aufgabe: Frau R. sind vorerst keine Besuche abzustatten.

Über die Budapester Internationale Messe nichts. Über N. K., was mich langweilt. Pollacsek jedoch langweilt es nicht. Agent übermittelt wichtige operative Daten über N. K. Die erhaltenen Daten lassen darauf schließen, daß Zielperson mit dem französischen Nachrichtendienst in Verbindung steht. Da haben wir es. Am Ende spucke ich noch den Großmächten in die Suppe … Sorgt bitte für meine Witwe und Waisen!, als Ungarischlehrer führt er Prüfungen in deren Schule durch. Ach so … Auch in Budapest führte er 1966 Prüfungen durch. Diesbezügliche Mitteilungen sind interessant.

Da haben wir die Kombination, den operativen Trick: Der Agent und I. A. werden zur selben Zeit in die Abteilung für Reisepaßangelegenheiten vorgeladen. Naturgemäß lassen sie sich auf ein Gespräch ein. … ich bat sie, mich bei Gelegenheit zu besuchen, in unserer Nähe liegt das Schwimmbad von Római-Bad, worauf ihre Antwort weder Fisch noch Fleisch war. Nach Regelung ihrer Angelegenheiten schlug der Agent vor, gemeinsam zu Mittag zu essen, die Frau wehrte auch das ab, doch der Agent gab keine Ruhe: ich hatte noch etwas am Karolinenring »zu erledigen«, deshalb begleitete ich A. bis zur Klinik am Daróczi-Weg. (Beachten wir wieder die elegante, verdichtend wirkende Verwendung der Anführungszeichen!)

Pollacsek war zufrieden, sein Vorgesetzter mit der unleserlichen Unterschrift nicht. Gen. Pollacsek! Das Verhalten des Agenten war nicht richtig. Er war sehr zudringlich, führte eins nach dem anderen aus, obwohl er sah, daß sich kein Erfolg einstellen wird. Daraus sind Lehren zu ziehen.

Und wie mein Vater also dann mit Pollacsek zieht, zieht nur ...

< Morgen bringe ich die beiden ersten Hefte zu Gizi. Was wird werden. Aus ihrer Reaktion werde ich die bevorstehenden extrapolieren. Folglich ist die Arbeit heute ziemlich mühselig. Immer öfter denke ich an dieses »was wird werden«. >

[Wieder E: die vier Dossiers Seite für Seite aufessen, und niemandem ein Wort davon sagen. Ich bräuchte sicher sehr viel Flüssigkeit. Mit Kohlensäure. Und meinem Gewissen würde ich sagen: Lassen wir den armen Toten ruhen, er hat genug gelitten, der Roman enthält im wesentlichen (?!) sowieso alles, seine Schwächen, sein Scheitern usw., und lassen wir die armen Lebenden ruhen, die Veröffentlichung all dessen könnte soviel neuen Schmerz bereiten, und wofür, zu welchem Zweck?! Ein Engel mit Flammenschwert – das bist du nun wirklich nicht ... Legen wir einen Schleier über die Vergangenheit, was nicht bedeutet, daß wir sie verdecken sollen, sie schiene durch den Schleier hindurch, wir sehen sie, wenn wir wollen, aber es gäbe nicht diese zerstörerische Brutalität der Unmittelbarkeit – so würde ich mein Gewissen beruhigen. Das sich nach kurzer Zeit auch beruhigen würde.]

Sonntag, 4. Juni 2000
Buchwoche, mein Vater verkauft sich wie warme Semmeln. Ein ehemaliger Kollegiumsgefährte von ihm, der mich irgendwann sprechen möchte. Gut. Gerührt sieht er mich an: Du bist ganz wie dein Vater. Stolz kommt in mir hoch, und zugleich möchte ich ihm an die Kehle gehen.

Ich bin aus meinem Vater vertrieben. Vertrieben aus Vaters Land. Vom väterlichen Boden. (Wäre dies die wahre Grund- und Bodenreform? Der Verlust meiner letzten Privilegien?) <Wäre ich Pál Esterházys Zeitgenosse, würde ich noch einen Kranz Gebete schreiben, ein Gebetbuch, bestehend – aus meinem Vater. Ich bin aber nur – unter anderem – mein eigener Zeitgenosse.>

Leichte, schwebende Sommerkleider – kleine leichte, unverantwortliche dionysische Regungen. – Schön gesprochen, kleiner Ritter!

Dienstag, 6. Juni 2000
Es ist warm, ich bin auf dem Weg in die Fabrik. Der Zeitungshändler schlägt vor, keine Fahrkarte für die Straßenbahn (bei ihm) zu kaufen, ich solle lieber schwarzfahren und dem Kontrolleur die Adresse von Orbán angeben. Das ist die gute Methode. Vor '98 die von Horn, und jetzt die von Orbán. Ich sage ihm, daß ich mit ihm nicht einverstanden bin.

Gestern hat mich hier jemand mehrere Bücher signieren lassen, ein netter Mensch. Ich verwickelte mich in einen unglaublichen Dialog mit ihm. Er sagte nämlich aus Spaß:

Das wäre ja witzig, wenn jetzt ein Ex-Agent signieren lassen würde.

Wie, was, was sagt er, wer sei wer – ich stammelte und stotterte nur.

Wenn ich ein Ex-Agent wäre und so.

Und ich bin, fuck you, der Sohn eines Ex-Agenten – dachte der Kellner und verbeugte sich aufs herzlichste. (S. 914)

Jemand bat mich darum, in sein Buch zu schreiben: Forts. folgt. Er konnte den Triumph in meinem Gesicht nicht verstehen. Forts. wird's geben, und wie, bestärkte ich ihn, als ob ich gesagt hätte: Es wird ein großes Zähnenknirschen kommen! Das habe ich mir jetzt wieder einmal eher als Spiel denn als Lüge vorgestellt.

Ich wollte die betreffende Person in ihrer Wohnung besuchen, es wurde mir aber nicht geöffnet. Solche Sätze sind sein Leben. M. K.s machen Ferien. Frau V. P. berichtet von den Gy. K.s, daß sie das an den Staat zu zahlende Geld zusammenhaben, die Voraussetzung für den Auswanderungspaß. Wie gewohnt, beklagt sich Frau R., daß ihr Sohn nicht schreibt. Über die Pariser M.s (N. K.), ein kleiner Nebenstrang, mit einer farbigen Episode: Sie haben in Alsógöd Grundstücke verkauft, die noch auf ihren Namen eingetragen waren. So hatten sie an Forint keinen Mangel. Der Agent wertet aus und lobt: Er hat eine realistische Sicht auf die hiesigen Verhältnisse, z. B. erzählte er, daß sein Vater (...) im Alter von 82 Jahren noch davon träumt, nach Ungarn zurückzukehren, um sich in der Landwirtschaft zu betätigen, das hält er für völlig ausgeschlossen.

Frau R. bekam den Reisepaß (kollektiver Betriebsausflug nach Wien). Der Bericht wurde auf der IBUSZ-Linie kontrolliert. Wie die *ganze* Gesellschaft durchzogen ist ... Was ist das eigentlich, das sie durchzieht? Dieser Matsch, wie es von Verrat bis Überlebenswillen auch heißen mag. Einen Kompromiß haben nicht bestimmte Einzelpersonen nach 1956 für sich geschlossen, sondern die ganze Gesellschaft, und folglich auch der einzelne. Die einen einen kleinen, die anderen einen großen. Alle. Und manch einer schloß null Kompromiß, aber auch der schloß ihn.

Aufgabe: Zur Landwirtschaftsmesse gehen, einen Brief an W. nach Wien schreiben, die Bewerkstelligung einer Familienhilfe signalisieren; den Brief wird eine Netzperson nach Wien befördern, dort wird er aufgegeben.

[E: wie mein Vater einmal zu einer Geste eines neugebackenen oder eher unsachkundigen Politikers von oben herab hinwarf: Was für ein Dienstbotentempo! Darin steckte aber keinerlei Hochmut, nicht der Aristokrat sprach aus ihm, sondern der Demokrat. Der Republikaner. Kein Hochmut, sondern Würde. So möchte ich es jetzt auch sagen: Was für ein Dienstbotentempo! Wie er Tempo macht bei *denen*! Vielleicht ist nicht einmal der Verrat als Verrat der größte Verrat, sondern diese Servilität. Dienen ist etwas Großes, servil zu sein ist unmenschlich. Das war der schräge Sieg des Kádárismus, diese Servilität.

Diese Servilität verbreitete mein Vater, und das ist sein größtes Vergehen. – Es ist nur zur Hälfte wahr. Er verbreitete sie nicht. Er selbst war diese Servilität. Aber wenn er etwas verbreitete, so war es deren Gegenteil. Man möge fragen, wer ihn kannte. Ich sage es nicht zu seiner Entschuldigung. Und ich begreife auch nicht, wie es möglich war. Kann es sein, daß mein Vater ein großer Schauspieler war? Eine Mari Jászai? Der Schauspieler der Nation? Ein Künstler. Halt.]

Der Agent ließ zu dem Zweck, sich mit I. A. treffen zu können, ihr eine »Bunte Illustrierte« aus Wien schicken, weil darin von einer Liechtensteiner Hochzeit mit Verwandten von A. die Rede ist. Malheur: I. A. besaß die Zeitschrift bereits. Sie standen am Eingang von A.s Arbeitsplatz. Ich fragte, warum sie bei der großen Hitze nicht ins Bad Római gekommen sei, sie antwortete, sie sei sehr müde gewesen. Das scheint nicht besonders gut zu laufen. Wie eine schwierige Weibergeschichte.

Frau J. P. fragt den Agenten, ob die K.s seiner Meinung nach den Auswanderungsspaß erhalten werden. Ich gab eine ausweichende Antwort (so etwas funktioniere auf der Grundlage der »Pi-mal-Daumen«-Methode usw.). Sapperlot, ich habe noch im Ohr, wie er das sagt.

K. nahm meine Bemerkung über den sowjetischen Parteibesuch völlig desinteressiert auf, deshalb forcierte ich das Thema nicht länger.

Den Brief an W. nach Wien hat er nochmals abgeschrieben, um ihn an dieser Stelle einzufügen (und ich schrieb ihn ebenfalls ab, um ihn *an dieser Stelle* einzufügen, so nimmt eine Generation die andere bei der Hand und gibt Wissen, Erfahrung und Tradition weiter): Wir können uns dieses Jahr leider nicht treffen (Sie können sich denken, warum?!), dabei hätte ich das im vorigen Jahr begonnene Gespräch gern fortgesetzt, ich glaube sogar, daß ich durch meine Verwandten im Ausland Ihnen hätte von Nutzen sein können usw. (…) Zum Jahrestag werde ich in Gedanken dort sein! Nicht reden, abschreiben.

Aufgabe: R.s Mutter aufsuchen, aber sich bezüglich R.s Person in direkter Form nicht erkundigen.

An meinen Vater denkend: Es liegt auf der Hand, daß diese Geschichte für parteipolitische Zwecke nicht verwendbar ist.

[Während ich hier die Abschrift abschreibe, sind in New York die zwei Türme eingestürzt. Jeder sagt, die Welt habe sich dadurch verändert. Sie hat sich nicht verändert, man kann nur jetzt nicht mehr so tun, als sähen wir das Gesicht der Welt nicht. Das ist freilich ein bedeutender Einschnitt. In die jetzt erblickte Brutalität der Schöpfung fügt sich mein Vater (seine Geschichte) nahtlos ein.

Wieviel Schlechtes man in einem Menschenleben zusammenzutragen vermag! In gewissem Sinn ist mir der New Yorker Terrorangriff *genauso* unvorstellbar wie das Agentendasein meines Vaters. Als ich das sich in den Turm bohrende Flugzeug sah (in einem Frankfurter Hotel, unaufmerksam, eine Minute lang *tatsächlich* in der Annahme, jetzt würden schon am Nachmittag diese idiotischen Katastrophenfilme gebracht) und als ich die Schrift meines Vaters im Dossier sah (ebenso unaufmerksam, fast zu lässig, denn ich war in beiden Fällen auf *nichts* vorbereitet, ich hatte nicht bedacht, daß ich vorbereitet sein muß oder müßte), passierte in beiden Fällen das gleiche, in der gleichen Art weiteten sich mir die Augen, ich begann zu schlucken, und das Herz begann schneller zu schlagen. Ich traute meinen Augen nicht, aber ich wußte, daß es wahr ist. (Ich lebe schon seit über einem Jahr in jenem Schock, in dem sich die Welt jetzt befindet. Das sage ich nicht aus Prahlerei.)

Und in beiden Fällen preßte ich diesen tiefschürfenden, elementaren Satz aus mir hervor: O nein!

O doch. Ja, ja. Ich sage ja zur Welt, das ist meine grundlegende Bejahung.]

Mit Zollfragen enerviert er die sich auf die Ausreise vorbereitende Frau K. Sowieso werden die zur Verschickung bestimmten Sachen »so vielfach kontrolliert«, daß »für Tricks keine Gelegenheit« besteht, und die Sachen sind auch gar nicht so wertvoll. Ob Anwalt Sz. (wir wissen es von Pollacsek: Er wird eingearbeitet) clever genug sei, fragt Frau K. Diese Dinge kann jeder erledigen, »selbst du, oder sonst jemand«.

Frau R. ist in schlechter Stimmung, man will sie in Rente schicken, mit dem Argument, wer soviel ins Ausland reist, ist aufs Geldverdienen nicht angewiesen. Werri klewer, wie man in Budapest sagt. Ihr Sohn schreibt aber – Ansichtskarten. Das wiederum hält Pollacsek für werri klewer, denn Ansichtskarten werden nicht kontrolliert, nur Briefe.

Endlich sind die K.s. verreist. Ihr Zimmer haben sie an den Freund I. A.s vermietet, der Agent sieht darin eine Möglichkeit.

M. K. sagte etwas in der Art, wenn dieses Land uns 1000 Jahre gut war, dann soll es auch jetzt gut sein. Das war auch der Standpunkt meines Vaters, dieses nüchterne Pathos, dieser sachliche Patriotismus. Ein solcher Satz zeigt deutlich die aristokratische Haltung, wie die Kenntnis von Tradition und Vergangenheit und die natürliche, ruhige Gebundenheit daran sich jederzeit auch in alltäglichsten und praktischen Situationen auszahlt. Ob der folgende Satz über das persönliche Fiasko hinaus etwas zeigt, weiß ich nicht. Vielleicht, daß der Mensch nicht unendlich ist? Ich warf aktuelle politische Themen auf (Vietnam, Naher Osten), aber er reagierte nicht.

Ob die sog. gelenkten Gespräche von ihm eine stetige Konzentration verlangt hatten, ob er sich also hatte vorbereiten müssen, oder plauderte er so locker wie gewöhnlich im Gespräch und »drehte« es von Zeit zu Zeit in die »richtige Richtung«? Wieviel, möchte ich wissen, hat er gelitten, genauer, wie hat er gelitten?

T. G. Er zeigte mir ein Fotoalbum, auf 1–2 Bildern erkannte ich den ehem. Reichsverweser Horthy, wozu er bemerkte: »Die Bilder sind auch schon durch die Ávo gegangen.« (...) Sein Kontakt zu B. D. besteht derzeit darin, daß er ihm vom Hirschröhren berichtet, und D. schickt ihm einen Jagdkalender. Er schickt ihn, das wissen wir.

Er soll zu Frau R. gehen mit der Begründung, daß von W. keine Antwort gekommen sei, und ob ihr Sohn den Brief wirklich aufgegeben habe. Er soll auch W. schreiben, daß er R. aufsuchen und ihm klarmachen solle, daß derjenige, der den Brief bringt, sehr zuverlässig sei usw. Anmerkung: Wir schicken den Brief mit »Frau Kovács«, die ihn in Wien zur Post gibt.

Der fragliche Emanuel ist vermutlich Fürst von Liechtenstein, mit dem L. A. in verwandtschaftlichem Verhältnis steht. Aufgabe: (...) Wie ist es um die Geschichte der Unterstützung beschaffen, wie und auf welche Art und Weise gelangt I. A. zu ihren materiellen Quellen und deren Verteilung.

B., der mit I. A. verwandt ist, muß seine Wohnung räumen, nun aber hat, schreibt der Agent, Mátyás Esterházy bei Frau Mihály Károlyi interveniert, und aufgrund seiner Intervention wurde im XI. Bezirk B.s Wohnungsantrag akzeptiert und neu eingestuft. Da haben wir also den hilfsbereiten, guten Christen, und in dem Christen noch den Katholiken.

[Die ungarische katholische Kirchenführung hat jetzt abgelehnt, durchleuchtet zu werden, daß also öffentlich gemacht würde, wer unter den Kirchenleuten als Agent tätig war. Man könnte es noch, mit Berufung auf die Autonomie der Kirche etwa, verstehen, beziehungsweise weil sie dem Parlament gegenüber keine Rechenschaft schuldig ist, sondern Rom – von Gott ganz zu schweigen. Aber warum macht sie keinen Gebrauch von der Möglichkeit, sich *selbst* zu durchleuchten? Könnten sich nicht gerade diejenigen der eigenen Schwäche stellen, die, sagen wir, ans ewige Leben glauben, deren ganzes Risiko sich also nicht hier auf Erden abspielt? Denen (ein Scherz) die himmlische Harmonie zur Verfügung steht? Könnte es nicht die dem Glauben entspringende Kraft sein, die ein Katholik als Katholik seinem Vaterland anzubieten hätte? Vor Schwäche und Hinfälligkeit schützt der Glaube nicht, aber angesichts der Sündenvergebung wäre doch die Kultur eines Katholiken einfach größer, sie würde ein Bekenntnis leichter machen. Warum erzählt die Kirchenführung nicht ihre eigene Geschichte aus der Kádár-Ära? Wir sehen, die Gesellschaft erzählt sie nicht, die Gesamtheit der Kirche (eine Teilmenge der Gesellschaft) auch nicht. Jemand sagt, der Bischof habe oft zum Schutz seiner Seminaristen einen Pakt mit der Macht geschlossen. Ja, das gab es. Und weshalb sollte jetzt darüber nicht gesprochen werden? Was für Niederträchtigkeiten eine niederträchtige Zeit erzwungen hat. Das und das ist passiert, das und das habe ich gedacht, dies waren meine Ansichten. Dies sind meine Wahrheiten, dies meine Irrtümer. Ich beichte dem allmächtigen Gott, der immerdar gebenedeiten Jungfrau Maria, dem Erzengel Sankt Michael, dem heiligen Johannes dem Täufer, den Aposteln Sankt Peter und Paul, allen Heiligen und euch, meinen Brüdern!, daß ich übermäßig gesündigt habe in Gedanken, Worten und Taten. Es ist meine Sünde, meine Sünde, es ist meine große Sünde! (Ich schreibe das aus jenem Meßbuch ab, das ich 1959 von meiner Großmama zu Sankt Stephan bekommen habe und das vorher dem Bruder meines Vaters, Onkel Marcel, gehört hatte, der dann im Zweiten Weltkrieg verschollen ging. Er war nicht tot, er war verschollen. (S. 599))

Gut, gut, sagt mein Freund, aber wie enorm schwierig für den Pfarrer wäre es, in einem Dorf damit herauszurücken. Ja, enorm schwierig. Und noch viel schwieriger: Da das Dorf es wahrscheinlich sowieso weiß. Das fiktive Schweigen dieses fiktiven Pfarrers macht die wirkliche Feigheit, das Geschmiere, den Dreck, den Abfall, die Lüge und den Selbstbetrug nur stärker.

Eine Sünde gegen die Freiheit des Menschen.

Was spricht für das Schweigen? Das Schweigen selbst eigentlich. Schließlich könnte man einwenden, daß das Problem hier auf journalistische Art aufgegriffen wird. In der Tat, wir reden nicht von den Wegen des Heils, von der Sünde, von Gott. Und wäre die Kirche nicht dazu da, davon zu reden? Doch. Ja. Hier ist von weniger die Rede: von der gesellschaftlichen Stellung der Kirche, von ihrer Rolle. Von ihrer Anwesenheit.

Es ist schwierig für jenen Pfarrer (Bischof), den Mund aufzumachen. Aber müssen sie denn nicht, aus beruflicher Verpflichtung sozusagen, tausend- und zehntausendfach mehr mit ethischen Fragen beschäftigt sein als ein Silikatingenieur? Dieses Wissen, diese Kraft, diese Möglichkeit und Chance zeigen sich nicht der Gesellschaft – sie sind nicht vorhanden. Genauer, sie sind in der Öffentlichkeit nicht vorhanden. Denn das Leiden des

Pfarrers gegebenenfalls, seine persönliche Konfrontation mit seinen Sünden im Winkel seines Zimmers, allein mit seinem Gott – das ist natürlich Wirklichkeit. Nur daß es jetzt nicht darum geht. In obiger Sache findet sich die Kirchenführung auf dem Niveau der USP wieder. Ein Niveau, ein Land, ein Speck.

< Noch einmal: Muß die Kirche dergestalt Hilfe leisten? Nicht unbedingt. Denn diese gesellschaftliche Rolle gehört nicht a priori zur Suche nach den möglichen Heilswegen; was aber wäre wichtiger als das Heil? Doch wenn die Kirche (ich, du) so entscheidet, dann soll sie auch bezüglich gesellschaftlicher Belange den Mund halten, bei den Wahlen nicht mit den Hüften wackeln und an staatlichen Feiertagen nicht protzen, und der Verfasser dieser Zeilen soll sich nicht öffentlich einen Katholiken nennen, sondern, wenn er kann, für sich zu seinem Herrn und Gott beten, oder aber, falls er die gesellschaftliche Rolle seiner Kirche dennoch für wichtig hält, entschieden konsequenter und radikaler sein, sein Katholischsein ernster nehmen und alles tun, um sich seiner Kirchenführung wegen nicht schämen zu müssen und sich mit hundert anderen vor die Esztergomer Basilika setzen und so weiter. >

All das, wie derzeit alles, fällt mir bei meinem Vater ein. Wie viele Entlastungen und auf wie viele Arten könnte ich sie für ihn finden! Was anderes hätte er tun können? »Wo es Tyrannei gibt, dort ist jeder ein Glied in der Kette.«

Ich habe ein Interview zum betreffenden Pfarrer-Agenten-Disput gelesen. Und auf meinen Vater umgeschrieben. So kann (könnte) mein Vater, diese moralische Leiche, doch manchem Selbstbetrug als Spiegel dienen – und dafür ein Dankeschön unserer Nation einheimsen:

Aus Herzensgründen hätte er es vielleicht nicht getan, aber in einem gedemütigten Land halt, in einer gedemütigten Gemeinschaft ... Er war nicht um seiner selbst willen in Sorge, nicht persönliche Karrieregründe leiteten ihn, er hatte vier Kinder ... Das ist auch Verantwortung ... Held sein ist oft zu einfach, aber Vater sein, dem eine kleine Gemeinschaft anvertraut ist ... Die Familie (ursprünglich: die Kirche) ist ein bißchen wie eine kleine Familie. Denken wir nur daran, daß zum Beispiel in Frankreich diejenigen, die mit den Deutschen kollaboriert hatten, geächtet und gesellschaftlich bestraft wurden, beispielsweise Frauen, die während der Okkupationszeit einen deutschen Liebhaber hatten. Wenn also eine Familie erfahren hätte, daß die Mutter oder Tochter in einer solchen Situation ist, dann hätte sie sie deswegen nicht verstoßen, sondern zur Kenntnis genommen, daß es passiert ist, und die Familie hätte von selbst den auf sie entfallenden Teil der Schuld auf sich genommen, sie jedoch nicht an den Pranger gestellt, sie nicht von dem Platz gestoßen, der ihr in der Familie zusteht, und die Frau hätte darüber nachgedacht, ob sie nicht vielleicht gerade wegen ihrer Söhne glaubte tun zu müssen, was sie getan hat. (...) Der heilige Paulus zieht in der Bibel die Korinther zur Verantwortung, warum sie vor einem fremden Gericht prozessieren und warum sie zu den Heiden gehen, um für ihre Streitigkeiten untereinander Gerechtigkeit zu suchen, und er sagt, man müsse das Unrecht eher ertragen, als so etwas tun. Nicht einfach die Ehre der Fassade schützen, sondern in einem wie auch immer gearteten Bewußtsein tiefer Zusammengehörigkeit leben, wo man die Dinge so nicht aufteilen kann, daß dies deine Schuld ist und das meine.

Das ist schön, dieser Abschluß. Nur darum geht es jetzt nicht. Ich behaupte auch nicht, mein Vater hätte mehr Schuld als jemand anders. Denn es steht mir nicht zu, irgend etwas darüber zu sagen.]

< Ich habe die beiden Hefte abgegeben. Der erste Schritt in Richtung Öffentlichkeit. Mir war es besser erschienen, Gizella nichts zu sagen, sondern ihr einfach das Vorwort vorzulesen. Vorher allerdings sagte ich ihr, die gemeinsame Arbeit sei ausnahmsweise an eine Bedingung geknüpft. Ich höre, Péter, sagte sie in ein wenig kühler Erwartung. Ich bitte um absolute Geheimhaltung. Daraufhin erzählte sie eine Geschichte, aus der hervorging, daß sie nicht allzu ernst nehmen könne, was ich gesagt habe, oder aber ich mache zuviel Aufhebens, oder wenn es wirklich so sei, wieso ich dann meine, daß sie ein Problem damit haben könne, kurz und gut, sie verstehe nicht, was ich redete.

Als ich beim Vorlesen an die Stelle kam, wo ich das Dossier aufschlage und sofort die Handschrift meines Vaters erkenne, hob ich den Blick. Ich muß sagen (Verzeihung), daß sie mich sehr dumm ansah. Und mir fiel plötzlich ein, woher ich diesen Gesichtsausdruck kannte: Als ich seinerzeit erklärte, daß ich das unbekannte junge Mädchen Lili Csokonai sei, ich hätte das Buch geschrieben, ich wiederholte es mehrere Male, auch da hat man mich so angesehen. Sie haben es einfach nicht begriffen, was ich sagte, es war nicht zu fassen, war zu schnell gewesen. Ich mußte es wiederholen, ich, ich habe es geschrieben, schreiben, scribere, capisce? Wie jetzt auch. Wieso. So, daß mein Vater ein III/IIIer ist. Drei per Dreier. Ein Maulwurf. Ein Spitzel. Gut, gut, ich hör auf.

Dann unterhielten wir uns ein wenig. Mein Gesicht wurde rot vor Aufregung, ab und zu fühlte ich mit der Hand, ob es warm war. Es war warm. Heimlich sah ich manchmal auf die Uhr, ob die Parkzeit abgelaufen war. Das wäre doch zuviel, nicht genug, daß mein Vater ein Spitzel ist, mein Wagen wird auch noch abgeschleppt.

Schließlich durfte ich sie umarmen. Wir standen mitten im Zimmer, und ich fackelte nicht lange, ich nahm es, als hätte ich meine Mama umarmt. – Genug.

Beziehungsweise noch etwas. Als ich ihr gegenüber erwähnt hatte, daß ich Angst vor dem hätte, was passieren würde, wenn es erschienen sei, ich würde so viele Interessen verletzen und so viele Schmerzen verursachen, daß die Reaktionen nicht auszurechnen seien, da nickte sie ernsthaft, ja, das könne man nicht wissen. Und fügte hinzu: mein Ärmster. Auch diesmal blieb sie also liebevoll streng, hart und taktvoll; wie ich es bei anderen Manuskripten gern gehört hätte, wie gut sie seien, hätte ich jetzt gern gehört, daß ich mich nicht ängstigen solle, es gäbe keinen Grund. – Ach so, noch etwas: Sie sagte nicht nur, mein Ärmster, sondern auch: Ihr armer Vater.>

In einem Gespräch auf dem Korridor schimpft jemand des längeren auf das Amt für Geschichte. Nichts sei in Erfahrung zu bringen, der ganze Dreck werde unter den Teppich gekehrt, und damit könne man manipulieren, ein jeder sei verdächtig, ich auch, du auch. Ich nicke, wenn du wüßtest, was ich weiß. (Lieber Hochmut als S.)

Aber ich höre zu, als fühlte ich mich bestätigt. Denn dann klärt sich wenigstens eine Sache. »Csanádi« bist nicht du, nicht dein bester Freund, nicht deine Frau, nicht dein politischer Gegner, den du damit verdächtigen/angreifen könntest, nicht der Csurka, nein, der Agent mit dem Decknamen »Csanádi« ist mein lieber Vater, und ich bin Péter Esterházy. Das ist eine *reine* Sache. <Das schreib ich jetzt zum dritten Mal hin, dieser abgefuckte Kunstfleiß!, öfter will ich's nicht mehr schreiben.>

Hier folgt ein Abschlußblatt, datiert auf den 28. Juni 1977, danach ein alphabetisches Namenregister. Ich zähle ab, in wieviel Menschenleben wir ergeben hineingekrochen sind, ergeben, übergeben (ein Wortspiel!):

A: 4 Stück, 8 Erwähnungen; B: 7, 22; C: 1, 2; D: 6, 16; E: 10,

29 (von den zehn sind neun Esterházys – wie der große Palatin sagen würde: »in gevatterlich Liebe« [z. B. S. 541]; F: 3, 7; G: 4, 16; H: 2, 4; I J: 5, 21; K: 7, 29; L: 3, 9; M: 1, 1; N: 6, 17; O, Ö: – (die Glückspilze: weder Örley noch Ottlik noch die Jungfrau von Orleans) P: 8, 41; R: 3, 10; Sz: 4, 7; T: 2, 3; U, Ü: –; V, W: 2, 11; Z: 2, 3; Zs: –

Ich kann das ganze Alphabet um Verzeihung bitten.

VIERTES DOSSIER

Es fängt mit einem Inhaltsverzeichnis an, dessen letzte Eintragung lautet: Ich habe Band IV des Dossiers Nr. H-117999 Dn. Csanádi GI. mit der Seriennummer 78 und der Seitenzahl 264 abgeschlossen. 29. III. 1980. Hptm. Prókai.

< Endlich habe ich mich aufgerafft, den behandelnden Arzt meines Vaters anzurufen. Am Dienstag treffen wir uns. Die Kreise schließen sich. >

< Dies ist ein nachträglicher Einschub, ich sollte ihn gar nicht in spitze Klammern setzen. Gestern bin ich die Treffpunkte meines Vaters abgegangen, die Espressos (»die Kreise schließen sich«), und habe mir dabei Notizen gemacht, die ich jetzt übertrage.

Ich werde doch nicht überall einen Schnaps trinken, das wäre zu theatralisch. Und was könnte ich mir auch davon erhoffen. Ich entschied mich für eine andere Art von Theatralität, oder sie ergab sich eher von selbst, eine metaphysische, heute ist Karfreitag. Es hat sich bis jetzt hingezogen, ich brachte es nicht übers Herz, die Arbeit zu unterbrechen. Chronologisch ist das also die letzte Eintragung. Dies sind meine letzten Worte. <u>Mehr Licht</u>, um es (zu) einfach auszudrücken. Und natürlich: <u>mehr nicht</u>!

Was für ein Glücksfall, ich bin gerade auf dem Weg zum Fény (auf deutsch Licht). Das gibt es nicht mehr. »Gott sieht, daß ich an der Schnellbahnhaltestelle Richtung Római-Bad in der Sonne sitze.« Die Kneipe, in der mein Vater ein und aus gegangen ist, ist längst abgerissen. Das Bohnengulasch war dort sehr gut, unverlangt gab es scharfen Paprika dazu.

Es gibt also das Fény nicht mehr (nur die Neoninschrift), es ist jetzt ein Antiquitätenhandel, BÁV AG. Annahmestelle für Gold, Kunstobjekte, Gemälde, Silber, Porzellan. Ich gehe nicht hinein. Im Schaufenster ein Christus mit dem Kreuz (Maler des XIX. Jh.) für hunderttausend Forint. Durch und durch häßlich, wenn auch passend zur Sonne.

Ich wollte über die Margaretenbrücke schlendern, aber S. K. hielt neben mir mit dem Wagen, ich hatte ihn lange nicht gesehen, freute mich sehr. Als wäre er mir zu Hilfe geschickt worden. So nahm ich es auch.

Vorne an der Pozsonyi-Straße ist aus dem Samowar eine Bierkneipe geworden, Gyros, Dreher-Bier, Billard, abends Musik. Ich genieße das Mineralwasser Theodora (mit Kohlensäure). Gern würde ich etwas essen, aber ich habe mir vorgenommen, das Fasten einzuhalten. Ich würde mir Hühnermagengulasch bestellen. Oder Brassoer Pfefferfleisch. *Das Brassoer Pfefferfleisch wurde von meinem Vater zu Beginn der fünfziger Jahre erfunden* (S. 122). In Wirklichkeit war es Onkel Bandi Pap (Matthiaskeller); sein Sohn hat mir die Geschichte überlassen, Misi G. hat sie ausgemalt.

Rechts ein Spielautomat, wer gewinnt, gewinnt dreißig Silberlinge, enorm geistreich, links ein Johnnie-Walker-Plakat. The whisky that goes with a swing. Gegenüber die Toiletten, Benutzung dreißig Forint. Ist es Blasphemie, das Leid meines Vaters an den heutigen Tag zu knüpfen? Judas und Christus sind ein Paar. Ich muß weiter, ich kann nicht soviel Zeit hier verbringen, wie mein Vater es konnte.

An der Stelle des legendären Luxor befindet sich eine Galerie. Zuletzt sah ich hier noch ein Selbstbedienungsrestaurant. Ich will weitergehen, sehe aber drinnen einen großen Nádler, ich trete ein. An einer Wand Hencze, Nádler und Klimó nebeneinander. Sie stützen nicht nur sich, sondern auch mich. Jedenfalls nehme ich es so. Ich gehe schnell hindurch, um weitere Leute einzusammeln; Imre Bak, El Kazovszkij, Pál Deim, feLugossy, danke schön. Ich muß mit den Nádlers reden, bevor das Buch erscheint. Wie wird es ablaufen ... Ich sitze da und telefoniere herum? Und wenn einer nicht zu Hause ist?

Ins Europa gehe ich gar nicht erst, es ist zu neu. Obwohl, ein zu poetischer Gedanke: ich wäre *keineswegs* überrascht, wenn in einem Espresso mein Vater säße und mir einen Platz anböte. Ich habe mich nicht ein einziges Mal mit ihm betrunken. Weil ich vorm Saufen Angst hatte. Vielleicht sollte ich dieses feine Vatererlebnis meinen Kindern gönnen ... Aber ich betrinke mich so selten ...

Wenn ich so wie ein Zsigmond Móricz mitten in der Menschenmenge auf dem Bürgersteig stehenbleibe und mir Notizen mache, ist es, als würde ich Selbstgespräche führen. Ein närrisch dastehender Selbstläufer.

Anstelle des Tünde-Espressos: Senator Poker Center. Ich gehe trotzdem hinein. Entschuldigung, wissen Sie nicht, was das hier früher war? Nein. Ildi, weißt du es nicht? Sie weiß es auch nicht. Vielleicht ein Espresso oder so. Ist doch jetzt egal, oder? Nichts ist egal, sage ich, wie aus Versehen aggressiv, woraufhin sie mir einfach den Rücken zukehren.

Ich bin nicht gerade ein Egon Erwin Kisch, seit zwanzig Minuten irre ich um den Marx-Platz herum, der in Nyugati-Platz umbenannt ist, um das Restaurant Sabaria zu finden. Höchstwahrscheinlich ist es jetzt eine Bank. Urplötzlich auch glaube ich mich an es zu erinnern, ein schäbiger Ort, Paprikasoße in einem grünen Bohneneintopf.

Das Restaurant Alkotmány in der Bajcsy-Zsilinszky-Straße finde ich nicht, staubige Scheiben, wegen Umbau geschlossen, New York Bagel; aber auch das könnte ein Restaurant gewesen sein, denn da hängt ein Aufkleber:»Menü Bonus«. Das Kis Dóm-Espresso finde ich auch nicht, daraus scheint ein Delikateßladen geworden zu sein, und aus der Konditorei Carmen entweder Seiko-Service oder Fotex oder die Konditorei Rétes. Dahinein gehe ich, unglaubliche Düfte; wie üblich mein Mineralwasser. Sonst noch etwas? Schon nichts mehr, sage ich mir tiefsinnig und setze mich neben eine Esterházy-Torte. Hab' ich einen Hunger! Wäre ich Voltaire, würde ich überall auffallend viel Fleisch essen, Fleisch mit Fleisch, hier gibt es übrigens auch Sandwiches mit passiertem Fleisch. Wozu, in einem Strudelladen? Drückende Teigwärme, ich schwitze im Rücken, und ich bin gelangweilt.

Gelangweilt bis zur Anspannung.

Hätte ich getrunken, wäre ich ganz schön breit, erst recht auf leeren Magen. Ich täte mir selbst leid. Eigentlich hat G. (nicht Gitta) gesagt, ich solle nicht trinken, lieber hinterher, zu Hause, das habe ich sofort eingesehen, aus stilistischen Gründen. Jemand sagt laut meinen Namen (oder den meines Vaters), er bestellt gerade ein Stück Torte, als sollte ich provoziert werden, ich springe auf, gehe zur Tür, auf Wiedersehen, niemand, der meinen Gruß erwiderte.

Gegenüber die Basilika. Die hat immer alles gesehen.

Auf das Gebäude des Keringő werfe ich nur einen Blick; auch daraus ist eine Bank geworden.

Ich bin in der Innenstadt. Aus dem Donaukorso ist ein Restaurant geworden. Der Karfreitag hat eine Ziehkraft, aber auch Nachteile – jetzt könnte ich es mit einer Kalbshaxe versuchen.

Ich habe hier schon mal gute Kalbshaxe gegessen. (Auch schlechte.)

Ein Taxifahrer parkt ein, kommt auf mich zu, ich sitze am Tisch, er wünscht mir gute Arbeit, sagt, er habe mich schon einmal nach Hause gefahren und auf meine Frage, welcher Unterschied zwischen der Tag- und der Nachtfahrt bestehe, geantwortet, am Tage komme man von Punkt A nach Punkt B, in der Nacht von Punkt A nach Punkt G, worauf ich gesagt hätte, daß ich das in meinem nächsten Roman unterbringen würde.

Dann hole ich es jetzt nach, sage ich jovial und beginne, mir Notizen zu machen – diese hier.

In der Váci-Straße lief mir T. über den Weg, ein Freund der Familie aus Kindheitstagen (siehe »Produktionsroman«). Er rief mir hinterher, ich wußte nicht, woher die Stimme kam, erkannte sie aber sofort. Ich habe ihn jahrelang nicht gesehen. Seit Weihnachten kämpfen sie entschlossen gegen den Gehirntumor seiner Frau. Davon erzählt er. Er ist ein »richtiger Mann«, ich indes sehe in ihm immer noch das Kind von früher. Währenddessen gesellt sich jemand zu uns, er gratuliert ihm zu seinem Erfolg als Trainer und mir zu meinem als Schriftsteller. Wir lachen, es hat sich doch gelohnt, seit sechs Uhr morgens hier herumzustehen, was, Alter?! Dann spaziert K. vorbei, der große Dichter, und tippt mir an die Schulter. Später setze ich mich mit ihm ins Anna-Espresso, Arbeitspflicht für mich. Er habe einen Spazierlusttag, sagt er. Ich auch, er soll's nicht weitersagen, aber ich suche die Lieblingsplätze meines Vaters auf. Die Lieblingsplätze! – Und ich werde nicht einmal rot.

Wieder ein letzter Tag.

Ferenc-Ring, Híd-Espresso, endlich habe ich etwas vorgefunden, aromalos, geruchlos, ein unangenehmer Ort.

Was mag er hier getrunken haben? Vielleicht Rum. Einen

Lánchíd. Wäre ich ein freier Mensch (und kein Katholik – ein Scherz!), würde ich jetzt ein Eis essen.

Es ist dreiviertel drei. Aus dem Híd-Espresso ist eine Westernkneipe geworden. Ich würde gern einen Zwiebelrostbraten essen. Die schöne L. verspricht mir seit wer weiß wie langem schon einen Zwiebelrostbraten. Ich werde es an ihr abessen. Oder von ihr. Mit ihr.

Ich schleppe mich in den Fußspuren meines Vaters durch das staubige Budapest. In der Üllői-Straße will ich mir Frau R.s Zigarettenladen ansehen. Eine Pilgerfahrt. Im Schaufenster eines Antiquariats: Wegweiser des Lebens (Bibliothek »Die Pester Zeitung«). Ich sollte es lesen. Ein Optikerladen oder daneben ein Autoverleih befinden sich unter der mir bekannten Adresse. Das tut mir nicht mehr gut, weder außen noch innen. Ich laufe meine Runden wie ein Dreschgaul, kreise im Kreis.

Auch den Imbiß gibt es nicht mehr; wird umgebaut, nicht zu erkennen, von was in was. Anstelle des Caraván ein Admiral-Club.

Ich fuhr mit der Straßenbahn zum Oktogon. Ein betrunkenes Paar krakeelt. Ekelhaft. (Das verbessere ich nicht in »abstoßend«.) Ich schaute bei der Autorenbuchhandlung vorbei, niemand da, wegen Inventur geschlossen. Ich ging näher heran, vielleicht doch irgendwas, aber vergeblich. Vergeblich. Jetzt sitze ich wie ein Rentner auf einer Bank am KöröND. In der Stadt wimmelt es, die Füße brennen mir. Ich bin lange nicht mehr soviel herumgegangen. Es bringt nichts Gutes. Ich ging ins KöröND-Restaurant, um zu pinkeln und kam wieder raus.

An der Ecke Üllői-Straße/Ferenc-Ring, quasi dem Imbiß gegenüber, stehen junge, ordinäre Mädchen, sie rauchen. Hast du'n Tausender, fragt eine die andere, hab ich nicht, in demselben Rhythmus dreht sie sich zur andern Seite, hast du einen, hab ich keinen, sie dreht sich, sie mag sechzehn sein, zu mir, der ich

gerade vorbeigehe, und sagt, alter Knabe, ich blas dir einen für
'nen Tausender. (Sehen Sie, Gizella, es wurde ein Motiv!) Ich
überlege, ob das ein lukratives Angebot ist, aber mir fehlt der
Bezugsmaßstab. Offenbar ist nicht nur die Betragssumme zu
prüfen. Mir scheint, die Leninjungs hätten meinen Großvater so
genannt: alter Knabe. (Ich habe nachgesehen, nein: Papa, S. 509).

Es ist nicht mehr viel übriggeblieben. Capri ist vorbei, Garzon
ist vorbei, Taxi! Oder wie mein Mamachen zu sagen pflegte:
Táxi! (»Ich nehme ein Táxi.« – Oder war es Nádas' Tante?)

Am Morgen des Karsamstag. Der Titel der heutigen Glosse von
Ervin Lázár sollen die letzten Worte sein: Über meinen Vater
durch einen Spiegel gesehen.>

Dann also los. Baronin G., die ehemalige Direktorin des »Horthyistischen Roten Kreuzes«, ist das neue Opfer. 83 Jahre alt, in guter
gesundheitlicher Verfassung. Kehrte kürzlich von einer mehr-
monatigen Auslandsreise heim...

Sie öffnete die Tür, erkannte mich nicht sogleich, aber als ich
meinen Namen nannte, freute sie sich sehr. »Was die Jahrhunderte aufgetragen, das wischen wir als Schande weg«: In unserem
Fall passiert es genau umgekehrt. Die Tugend der Jahrhunderte
(den Schandequotienten lassen wir jetzt mal beiseite) wischt der
Agent weg und schmiert bei jeder neuen Vorstellung die Schande
drauf. Dieser Bericht an sich ist schon Dreck. Sie erhält hingegen
manchmal Pakete vom bayerischen Prinzen Albrecht für hiesige
Hilfsbedürftige, die sie dann benachrichtigt; täglich zwischen
2 und 4 am Nachmittag ist sie immer zu Hause, dann holt man
die Pakete ab. Sie sagte, daß auch I. A. eine bedürftige Person geschickt habe.

Ich teile mit, daß ich die für den IV. Monat 1968 geplante
Reise nach Österreich – BRD verschieben muß, da mein Wiener

Verwandter etwa zur gleichen Zeit seine Reise hierher plant. Dennoch reicht er den Reiseantrag ein und meldet, wen er aufsuchen will (bekannte Namen, aus dem Bisherigen oder/und aus meiner Kindheit).

O weh. Abschreiben, schweigen. Ich berichte, daß Péter Esterházy (geboren in Budapest am 14. April 1950, wohnhaft unter der und der Adresse), am Budapester Piaristischen Gymnasium sein Abitur ablegt, bisher erwies er sich als vorzüglicher Schüler. Er meldet sich zur Immatrikulation an der Budapester Lóránd-Eötvös-Universität an, Fachgebiet Mathematik. Ich bitte Organ des Innenministeriums, sofern er bei der Aufnahmeprüfung die notwendige Punktzahl erreicht, seine Aufnahme zu unterstützen. Csanádi.

Auswertung: (...) Auf Grund seiner guten Arbeit empfehle ich die Unterstützung seines Gesuchs. »Wie der rote Stern am Himmel zieht: Es lohnt sich!« Maßnahme: Empfehle auf dem Dienstweg Mitteilung an die zuständige Unterabteilung des MdI zwecks Aufnahme.

Der sorgsame Papa. Ein ordentlicher Bursche, dieser Csanádi. Und anständig. Er bittet nur um Hilfe, wenn sein Sohn die nötige Punktzahl erreicht. Allerdings, *wenn* er die notwendige Punktzahl erreicht (seinen Erinnerungen zufolge kam er auf neunzehn von zwanzig Punkten), warum, zum Satan, muß er dann auch noch unterstützt werden? Ob die sich aus der Esterházyhaftigkeit und dem Piaristengymnasiumsgetue ergebenden Nachteile durch die Agentenzaubernummer aufgewogen werden sollten? Woraus wir auch schon ersehen können, daß so eine Diktatur kein großes Geschäft ist.

Auch Pollacsek unterstützt den Antrag. Ein ordentlicher Bursche, dieser Pollacsek. Alle sind sehr ordentlich. Im übrigen war ich nicht immer ein Bestschüler, manchmal war ich nur sehr gut.

Im dritten Halbjahr bekam ich, wenn ich mich noch recht erinnere, von Lehrer Pogány eine Zwei. Wie habe ich mich da geschämt.

Die im Mai bei der möglichen Auslandsreise anfallenden Aufgaben erörtern die beiden ordentlichen Burschen. Der eine, der Agent, soll zu der Mutter von R. gehen und von ihr Nachricht oder Brief in Empfang nehmen.

Frau R. bekam ein Enkelkind! Aus operativer Sicht ist es wichtig, daß sie über unseren Agenten ihrem Sohn Nachricht zukommen läßt.

Der Agent ist nach Österreich gefahren, und ich habe bei den Piaristen mein Abitur absolviert. Ich glaube, mein Vater hat auf meine Lehrer einen guten Eindruck gemacht. Ich war froh, wenn er zum Elternabend ging. Um es so auszudrücken, durch ihn bekamen meine Lehrer einen besseren Einblick in meine (relative) Vortrefflichkeit. Angesichts meines Vaters war zu erkennen, daß aus mir noch etwas werden könnte. <Es fällt mir überhaupt nicht schwer, im »früheren Ton« über ihn zu schreiben: mich zu erinnern genügt. Ich habe diese Fähigkeit nicht verloren, obwohl ich sehr darum gebangt habe.>

[Aus einer deutschen Besprechung von »Harmonia Cælestis«: »Und am Ende wird man den Verdacht nicht los, das große Ganze ist ein Monument für Péter Esterházys eigenen Vater Mátyás Esterházy, einen willensstarken (!!!), plebejischen Intellektuellen, der ein Leben geführt hat, auf das Martin Walser sehr sehr neidisch wäre.« Armer Martin Walser. Das nenne ich – dieses Ganze – Humor mit Struktur. Die Welt ist witzig, stöhne ich.]

<»Schwört beim Gotte der Magyaren, / schwört den Eid,! schwört den Eid, daß ihr vom Joche / euch befreit!« tönt Petőfi aus dem

Radio, es ist der 15. März. Ich habe noch die Kokarde, die meine Mama genäht hat; sie ist schon ganz ausgeblichen. Am Morgen des 15. hat sie sie uns immer an die Jacke geheftet. Mein Vater stellte sich auch dazu, als wäre er das fünfte Kind, und Mama befestigte die Kokarde mit einer Sicherheitsnadel am Revers seiner Jacke. Eine winzig kleine Kokarde. Manchmal hätten wir gern eine größere gehabt, aber unsere Mutter berief sich auf irgendeinen Geschmack. Was die Familientradition betrifft, so herrschte über die Revolution von 1848 eine leichte Verwirrung, aber die Person meines Vaters schien sie aufzuheben. Ein guter Ungar, Beschützer der Armen, selbst auch arm und insgeheim auch noch Graf. Es lebe die Freiheit! Es lebe das Vaterland! T >

Gnadenlos lange (14 und 11 Seiten) Berichte über die Auslandsreise; intelligente, detaillierte Zusammenfassungen. Wer das schrieb, ist klug und hat ein gutes Gedächtnis. Nicht interessant, ich picke nur ein paar Rosinen raus. W. umarmte mich, begrüßte mich freudig. (…) Er ermahnte mich erneut, vorsichtig zu sein, besonders beim Briefeschreiben. Nochmals: Verraten kann man eben nur alles. (…) Vor lauter Wohlstand wissen sie nicht, was sie noch tun sollen, als Beispiel erwähnt er den Sohn des Außenministers der BRD, Brand (?), der auf einer Studentenversammlung alle Bonner Minister an den Galgen wünschte, einschließlich des eigenen Vaters, zur Versammlung jedoch mit dem Mercedes fuhr, den er kurz zuvor von seinem Vater bekommen hatte.

Meine Ausgeglichenheit, meine Kraft habe ich zwar nicht von ihm, doch durch ihn erfüllte oder vervollkommneten sie sich. Mein Vater spielte eine Rolle in mir. Ich bin abgehärtet und zäh, zumal ich ihn gesehen habe, den abgehärteten, zähen Mann. <An der Grenze zu T, aber ich unterdrücke sie, es reicht …!> Jetzt sind mir diese Eigenschaften nützlich. Ich wünsche ihn zwar nicht an den Galgen, stelle ihn auch nicht an den Pranger.

Ich erzähle nur seine Geschichte. <Und ich bitte euch, meine Brüder, fratres – T T>

Er hat R. besucht, den Politik nicht interessiert (wozu dann soviel Energie vergeuden?!), dessen Hobby sind Spielzeugeisenbahnen, er hat dem Agenten einen Brief in die Heimat mitgegeben, bittet um ein Kindheitsfoto und eines von seinen Eltern. Schließlich bittet er um ein Grammelpogatschen-Rezept.

In München traf der Agent Imre Mikes, den »Gallicus« von Radio Freies Europa, dem er eine Nachricht von Miklós Wesselenyi überbrachte. Sie sprachen über das RFE und die Zukunft der Emigration; laut Mikes wimmelt es beim Sender von eingeschleusten Ávo-Leuten.

[Gestern im Bekanntenkreis wurde darüber geredet, von wie vielen Leuten es sich in Deutschland herausstellt, daß sie mit der Stasi zusammengearbeitet haben, aber daß das keine besonderen Folgen hat, die westliche Gesellschaft ist dessen müde geworden. Hat der Delinquent Ausdauer und ist auch nicht depressiv, übersteht er es. Das ist nicht richtig, sagte ich streng wie ein affektierter Moralbürokrat und tunkte den Tintenfisch in seinen eigenen Saft.]

Oh, oh, das ist interessant. Im Zusammenhang mit den zu I. A. gestellten Fragen habe ich folgendes zu berichten. An der Genannten sowie ihrem Bekanntenkreis (Gy. K.s, P., J. P.s etc.) hatte ich weder in persönlicher noch in materieller oder sonstiger Hinsicht etwas auszusetzen. Ich habe von ihr keinerlei Auftrag erhalten, weder bezüglich des A.-Vermögens noch von etwas anderem, was ich eventuell nicht erfüllt hätte, so daß daraus keine Konfrontation entstehen konnte. Das alles deshalb: Den auf dem Weg der K-Kontrolle abgefangenen Brief ließen wir durch Agenten kontrollieren. Im K-Material ist vom Agenten die Rede. Der Brief wurde aus der BRD von den Gy. K.s an I. A. geschickt, die wir unter Einarbeitung führen. Auf Grund des Briefes läßt sich schlußfolgern, daß Agent in bezug auf die fraglichen Personen eventuell unrichtig verfahren ist und sie ihm grollen. Da der Agent von derartigem nichts weiß, heißt es: Infolgedessen muß eindeutig darauf geschlossen werden, daß Agent der Zielperson verdächtig ist und deren Vertrauen nicht genießt. Deshalb kann er im weiteren nicht beschäftigt werden.

Ich schlage vor, Agent hat sich eine Zeitlang unter den ehemaligen Aristokraten zu bewegen. [Oder *nicht* zu bewegen? Möglich, daß ich falsch abgeschrieben habe. Egal, total egal. E, daß man wegen »Verbesserte Ausgabe« »Harmonia Cælestis« *hassen* wird. Daran denke ich jetzt mit größerem Schrecken, lachhaft, als an irgend etwas anderes. Daß man mich, meine Familie, meine Geschwister, alle Esterházys – das ist egal, aber daß ich womöglich Leser verliere … Total egal, hatte ich schon der Symmetrie halber schreiben wollen, aber ich habe dies sofort als Vereinfachung und übertrieben (»zuviel«) empfunden. Grundfrage: Was ist es, was nicht total egal ist? Wenn wir am Leben bleiben wollen, müssen wir auf den Dingen beharren, die nicht total egal sind. Denke ich jetzt nicht von meinem Vater, daß ihm alles total egal geworden war? Ein Wunder, daß er am Leben geblieben ist. Nun könnten wir uns noch eine Runde Schwermut leisten, was für ein Leben das denn war, an dem er geblieben ist – aber er hat derweil ja gearbeitet, uns am Leben erhalten, hat existiert. Noch mal: diese Diszipliniertheit im totalen Nichts, in der Leere, der Verdorbenheit und gewiß im Leid – aus was heraus?!]

Kleines soziologisches Panorama, ohne Anspruch auf Vollständigkeit, zum Einmarsch in die Tschechoslowakei: In der Schnellbahn Szentendre hörte ich Gesprächsfetzen, denen zufolge noch am 20. VIII. ein Geheimtreffen zwischen Kádár und Dubček stattfand. Die Gesprächspartner konnte ich nicht identifizieren. Wir können es niemandem gutschreiben. M. K.: Die militärische Einmischung sei logisch, aber er hätte sie nicht für möglich gehalten.

< Ich habe eine Liste angelegt, wen ich alles vor dem Erscheinen des Buchs informieren muß, Dóra, Marcell, Zsófi, Miklós, dann »Pégyömima«, György, Mihály, Marci (wie wir nicht Gyuri sagen, sondern nur György, so auch nicht Márton, sondern nur Marci), dann die entfernteren Familienmitglieder, damit sie es nicht aus der Zeitung erfahren, und dann meine Freunde. Ein großes Abendessen geben? Oder in Kleingruppenarbeit? Jetzt erst einmal meinen guten Verleger G.; auch er muß sich vorbereiten. >

Unverhoffte Nachricht aus des Autors flüchtiger Jugend: Bericht erfolgt außerhalb meines Aufgabenbereichs. Man setzte mich in Kenntnis, weil ich es ihm erzählt hatte daß in Siófok am 16. des lfd. Monats gegen 11^h abends eine Gruppe von 7–8 Jugendlichen den Bahnübergang passierte, obzwar die Schranken heruntergelassen waren. Obzwar. Eine gerade vorbeikommende Polizeistreife zog eine Buße von 20 Forint pro Kopf ein. Also unverhältnismäßig viel. Als sich die Jugendlichen entfernten, rief ihnen einer der Polizisten hinterher: »Ihr Gesindel von einer dreckigen Hurenmutter!« Woraufhin Péter Esterházy, wie schön und schwungvoll er meinen Namen schreibt! 18 Jahre, wohnhaft die und die Adresse, zurückrief: »Das vielleicht doch nicht!« Daraufhin wurde er zurückgeholt, bekam auf der Stelle zwei Ohrfeigen, ich riß, wie in einem ulkigen Zeichentrickfilm, einen Holzzaun ein, wurde in einen Polizeiwagen gestoßen, da erschrak ich sehr zur Wache gebracht und dort weiter geohrfeigt. Wenn er bestritt, daß er frech geworden sei, dann deshalb, wenn er es »zugab«, dann deshalb. Daran erinnere ich mich nicht, oder aber mein Vater konfabuliert – seine bisherigen Berichte untermauern dies nicht –, oder ich habe für ihn konfabuliert, ich halte es nicht für ausgeschlossen. [Nach diesem Erlebnis, nun ja, »Erlebnis«, entstand dieser Passus der »Spionnovelle« (der Chef belehrt den jungen Spion): Na, diesen Gesichtsausdruck von dir mag ich. Blöd sollst du natürlich nicht sein, du kannst auf deine Dummheit bauen, nicht aber auf deine Tölpelhaftigkeit. Ab und an mußt du blitzschnell sein. Wenn du beispielsweise bemerkst, daß an einem bestimmten Ort und zu einer bestimmten Zeit die Zahl der irrtümlich erhaltenen Ohrfeigen mit der Hausnummer deines bei der Aufnahme der Personalien angegebenen Wohnortes übereinstimmt, dann mußt du bei nächster Gelegenheit sagen, du wohnst in der 128/B, da kannst du zwar die Ohrfeigen nicht vermeiden, aber du kriegst auf keinen Fall 128, und wenn doch, so sind sie mit dem B völlig überfordert. Das ist ein Beispiel.] Schließlich fragte man ihn, wohin er gehen werde, für jede Antwort bekam er eine Ohrfeige, bis sie schließlich die Antwort »zu meiner dreckigen Hurenmutter« zufriedenstellte und er nach Mitternacht entlassen wurde. – Die Jugendlichen hatten vorher keinen Alkohol getrunken. Csanádi.

Warum hat er diesen Bericht gegeben? Offensichtlich war er wütend … Indem er die ordinären Ausdrücke wörtlich zitierte, haute er sie ihnen quasi in die Fresse zurück … Ist er wütend geworden, weil die Polizisten nicht im Bilde waren, daß wir auf derselben Seite stehen? (Es trifft doch schon für meine eigenen Kommentare zu: nicht kommentieren, abschreiben.) Zu ihrer Rechtfertigung sei gesagt, daß meinerseits kein »konkludentes Verhalten« vorlag. – Ich hatte mein Abitur gemacht, war immatrikuliert worden, ich habe geglaubt, die Welt gehört mir, dämliche Bullen, Arschlöcher von Kommunisten, ihr könnt mir mal auf dem Rücken den Buckel markieren. Oder hatte er als mein fürsorglicher Vater seine Beziehungen nutzen wollen, anläßlich meiner Immatrikulation? Oder hatte er befürchtet, daß der Vorfall eventuell gemeldet werden würde, und deshalb vorbauen wollen?

Im übrigen war ich nicht entlassen worden, sondern hatte vor dem Wachraum auf dem Flur gestanden, sehr lange, keiner hatte mir etwas gesagt, und war einfach durch die Tür hinausspaziert. Die kraftvolle literarische Aufarbeitung des Falls ist in »Indirekt« nachzulesen.

Im September wurde ich zum Militär eingezogen, um zu lernen, daß die Welt nicht mir gehört. Ich habe es auch gelernt, und ich habe es auch nicht gelernt.

Ein Bericht vom August. Dann: eine »Dienstnotiz« vom 10. X. 1968, Csanádi berichtete über das, was er im Café Hungaria gesehen hatte. 19. XII.: Agent erstattete keinen Bericht. Beim Treff erörterten wir seine weitere fällige Arbeit auf kulturellem Gebiet. Er bekam zur Aufgabe, das Café Hungaria, den reservierten Tisch für die »Schriftsteller« im hinteren Teil, zu beobachten. Wie peinlich. Wen mag er verpfiffen haben? Meines Wissens hat er nicht viele Schriftsteller gekannt. Über seinen alten Freund Miklós (Onkel) Hubay István Vas, dann traf er auch mit Ferenc Juhász zusammen, mit Endre Vészi, Cini Karinthy. – Jammere nicht, schreib nur ab.

13. III. 1969. Drei Monate ausgesetzt? Das Gespräch, zu dem Agent mit Tibor Pető den Anstoß gab, dient der Einführung Csanádis in Sachen Dn. »Felvidéki« die Zielperson V. Sz. betreffend.

25. III. 1969. Der Agent gab keinen Bericht, da er aus operativer Sicht nichts Wesentliches zu berichten wußte.

17. IV. 1969. Der Agent gab keinen Bericht, da er aus operativer Sicht nichts Wesentliches zu berichten wußte.

22. IV. 1969. Von den Berichten des Agenten Csanádi habe ich die vom 1. XI. und 14. XI. 1968 sowie den vom 25. III. 69 vernichtet, da sie keinen operativen Wert besaßen. Aber warum vernichtet? Das ist bisher noch nie vorgekommen. Hat er irgend etwas Unangenehmes geschrieben? – Zu jener Zeit wird seine Krankheit ihren Anfang genommen haben. Im Herbst '68 besuchte er mich noch in der Kaserne. Er brachte paniertes Hühnchen mit. Mama hatte es Stück für Stück eingepackt. Es war nur zuwenig, sie hatte nicht damit gerechnet, daß ich es mit den anderen teilen mußte.

2. V. 1969. Sie lassen ihn nicht in Frieden. Bei einem Sondertreffen bekam er die Aufgabe, ins Restaurant Újlaki zu gehen, zu beobachten, was für eine Zusammenkunft dort stattfindet und ob sich die Person dort befindet, die ihm auf dem Foto gezeigt wurde. Atemberaubend!!!

8. V. 1969. Mir fällt auf, daß der Agent genauso alt ist wie ich. Ich bin sogar heute, am 6. VI. 2000, acht Tage älter als er damals. Am angegebenen Tag um 6^h nachmittags war ich mit meiner Familie dort. Gott, Vaterland und Familie als Maske, Schmiere und Camouflage. Den Mann vom Foto sah er nicht.

22. V. 1969. Und nun ist er sechs Tage älter. Wie unterschiedlich unsere Leben geworden sind. Wir haben andere Sätze im Mund. Zu dem Zeitpunkt, fünfzigjährig, war er auf dem Tiefpunkt seines Lebens, »konnte weder vorwärts noch zurückschauen«, war nervlich zerrüttet, zusammengebrochen, kam ins Krankenhaus. Ich bin jetzt oben und unten zugleich, nicht subjektiv, sondern in einer allgemeinen Art neuen, unbekannten Bankrotts. Die Welt kommt mir plötzlich unbekannt, neu und unwahrscheinlich vor – so daß ich alles nur auf die subjektivste Weise zur Kenntnis nehmen kann. Zum geplanten Treffen erschien der Agent nicht.

16. VI. 1969. Imre Nagy und Joyce... nicht erschienen. Bei mei-

ner Kontrolle stellte ich fest, daß Csanádi wegen eines Nerven-
zusammenbruchs derzeit im Krankenhaus liegt. Verreckt doch.
(Kurze Pause, tausend Kartätschen.) [Unlängst wurde ich in
einem Interview des Norddeutschen Rundfunks gefragt, was es
ist, das ich den Kommunisten übelnehme. Was es iiist? rief ich
aus, halt alles! Alles! Sie blickten bei diesem Ausbruch befremdet
drein, hatten sie doch cinc kleine, feine, sachliche Analyse des
hoffnungsvollen Wesens linker Bewegungen zu Beginn des Jahrhunderts erwartet. Wir sprachen aneinander vorbei, wir hatten
es wie üblich versäumt, unsere Begriffe, die wir wahrscheinlich
benutzen würden, aufeinander abzustimmen.] Wegen seines Zu-
stands ist er im Krankenhaus nicht zu besuchen.

Donnstag, 8. Juni 2000
Mehr über die Krankheit weiß György, er war zu Hause, ich in
der Kaserne. Für uns war es der Schnaps, Delirium tremens.
»Euer lieber Vater ist müde.« Er wollte ständig schlafen. Und als
er dann aus dem Krankenhaus kam, begann seine Frömmler-
Periode.

[Ich habe einen Stapel Bücher heruntergestoßen, darunter auch
»Harmonia«. Das Buch hat sich auf Seite 447 aufgeschlagen: …
als hätte er mit alldem nichts zu tun, weder mit seiner Kindheit
noch mit dem Krieg, und danach mit überhaupt nichts mehr,
neues, fremdes Land; er hatte nichts, nur noch uns: wirklich
nichts. So als hätten wir nun die Erklärung. Wenn wirklich nichts,
wenn nichts mit nichts zu tun hat, dann doch alles mit allem.
Aber ist das nicht zu pathetisch? Nicht zu sehr die Grafen-
perspektive? Daß er nämlich aus seiner Welt herausgeschleudert
worden ist und fortan nur noch schweben würde… Aber schwebt
nicht so gesehen fast ein jeder, oder könnte so schweben? (Über
solche Dinge sprach auch B.) Daß es ihn selbst also doch noch

gäbe: als nicht-Nichts. Mehr als das ist *normalerweise* auch nicht drin. (Über den Terrorangriff von New York schreibt Saramago in einem schönen, stürmischen und ungläubigen Artikel, es sei nicht so, wie Nietzsche schreibt, daß, wenn es Gott nicht gibt, alles möglich sei, im Gegenteil, alles sei möglich, weil es Gott gibt, es gibt ihn, auf ihn kann man sich berufen.)

Mir schmerzt der Rücken, ich kann mich nicht normal bükken, hocke stöhnend auf dem Fußboden, überm Buch buchstabiere ich das Schicksal meines Vaters. S]

< Ich sehe im Fernsehen neben »Excalibur« »Die Tragödie des Menschen«. E: Mein Vater, die Tragödie des Menschen. In einer Pause äußert sich der Regisseur, das Universum sei von unendlicher Hoffnung und nicht von unendlicher Hoffnungslosigkeit durchdrungen. Ich behaupte nicht, daß das kleinbürgerliche Selbsttäuschung ist, nichtsdestoweniger läßt weder das Stück noch mein Vater darauf schließen. Es *scheint* nicht durch. >

22.VIII.1969. (Habe die Militärzeit hinter mir.) Dienstvermerk: Der Agent ist seit geraumer Zeit krank, das Treffen kam auf seine Bitte zustande. Er erzählte, sein Sohn Mihály sei in Wien geblieben. Tatsächlich. Nach den Ausführungen des Agenten geschah dies nicht mit seiner Billigung, er bat ihn, nach Hause zurückzukehren, was das Kind jedoch verweigerte. Der Agent wird seine Verwandtschaft brieflich ersuchen, den Sohn nicht zu unterstützen und ihn nach Hause zu schicken. Das geschah nicht. Vom Ergebnis berichtet Agent nach dem Eintreffen vom Antwortbrief.

IX.1969. Dienstvermerk. Jetzt habe ich wieder Mitleid mit ihm, gehetzt und zerbrechlich, wie er damals war, seelisch und physisch ausgeliefert, und trotzdem fallen sie sofort über ihn her, obgleich sie doch sehen, daß er es nicht schafft. – Aber er schafft es.

Beim Treff setzten wir uns über persönliche Probleme des Agen-ten auseinander (sein Sohn blieb im Westen). Freilich, es ist wich-tig, jemanden zu haben, mit dem man reden kann!

< Ich erinnere mich, welch eine Freude es für Sascha Anderson war, von seinem Führungsoffizier ein Geburtstagsgeschenk zu bekommen. Allemal entsteht eine sog. menschliche (!) Bindung, denn ihr Leben ist verschmolzen. Sie verbringen miteinander mehr Zeit vielleicht als mit irgend jemandem sonst.

Ich blättere in meinen in Berlin entstandenen Notizen. Wie viele Bücher es darüber in den neunziger Jahren gab! Wissen-schaftliche Erhebungen, Studien, persönliche Berichte, Inter-views mit Spitzeln, mit Opfern, Opfer sprechen mit ihren De-nunzianten – das Funktionieren einer Gesellschaft wird sichtbar. Dort ist das die Bedingung des Überlebens: Sprechen. Sprechen und schweigen. Das Schweigen allein hilft nicht, ist lediglich ein Verschweigen. Auch dagegen stünde dieses Buch. Die Vergan-genheit, schreibt Peter Schneider, wirft in Deutschland einen grö-ßeren Schatten als anderswo. In Ungarn scheint es nicht einmal Schatten zu geben. Oder nichts als Schatten, nämlich Dunkelheit. Zum Schatten braucht es (Mittelschullehrstoff) Licht, und zum Licht Mut. Willen.

Die Berichte eines Anderson oder einer »Karin Lenz« sind un-gleich ernster als die meines Vaters, sie enthalten Analysen, Rat-schläge, Innovationsideen (z.B., daß die Spitzel nur für eine be-stimmte Zeitspanne und nicht für immer, sagen wir fünf Jahre, eingesetzt werden sollen, das sei seelisch leichter zu verkraften – sieht aus wie eine Sache mit Hand und Fuß, ziemlich deutsch).

Ich hatte immer Angst, sagte diese »Karin Lenz« in einem er-schütternden Gespräch mit ihren zwei Freundinnen, die sie de-nunziert hatte. Die Bibliothekarin im Wissenschaftskolleg, Frau Rein, hatte sie gekannt, eine kaputte Persönlichkeit, sagte sie.

Jede Seele hat ihre Grenzen. Und wenn die Seele leer ist, dann ist sie leer, sagt ein anderer berühmter Spitzel (vielleicht der namens Böhme). Und wenn Anderson gefragt wird, ob er ein schlechtes Gewissen habe, antwortet er in seiner unangenehmen Manier, er habe kein schlechtes Gewissen, sondern ein sehr, sehr differenziertes.

Aufrichtigkeit ist eine unbrauchbare Kategorie. (Das konnte man auch schon im Fall Hrabals sehen.) Die Geschichte ist bereits unentwirrbar, und das Überleben-Wollen verheddert sich natürlich zu immer neuen Knäueln. Eines wird deutlich: die Zerbrechlichkeit des Menschen. Ich glaube, jeder kann zum Spitzel werden. Wenn ich die Berichte dieser unglücklichen Menschen lese, sehe ich, daß in jedem von uns diese Möglichkeit gegeben ist, wegen der Zerbrechlichkeit und der Schwäche. Viel braucht es nicht dazu, das Zusammentreffen einiger unglücklicher Umstände genügt schon; arrogant gebluſft: ein bißchen Einsamkeit, Empfindlichkeit plus eine Mutter, die, sagen wir, Alkoholikerin ist, etwas Ehrgeiz und Erfolglosigkeit in der Pubertät, die vom Talent nicht kompensiert werden kann, denn das liegt ja wohl vor, das Talent, bloß vielleicht nicht, wie es sein müßte, nicht so groß, plus eine gewaltige Ohrfeige – genug, ich formuliere es nicht ganz richtig, im Grunde versuche ich die menschliche Unausgewogenheit zu umschreiben, daß es auf so viele Arten passieren kann … Ich rede nicht von Ausflüchten, ich will nichts relativieren.

Ich habe nachgelesen, was die Nazikinder über ihren Vater gesagt haben, vielleicht bringt es mich weiter. Übertreibung hoch drei.

Mengeles Sohn. Öffentliche Entschuldigung, Schande. Der Vater ist fortgegangen, der Sohn muß die Bürde seines Vaters mit sich schleppen. Mein Vater, auch dann mein Vater. – Auch hier kein großer Spielraum.

Hans Frank, Generalgouverneur in Polen. Einer seiner Söhne grämt sich still vor sich hin. Er weine heute noch oft über seinen Vater, sagt seine Frau. Und daß der Vater das Leben seines Sohnes ruiniert habe. Meines hat er nicht ruiniert. Und daß er, nach allem, was sein Vater getan hat, glaube, kein Recht mehr zu haben, glücklich zu sein. – Recht ist es nicht, sondern die Fähigkeit vielleicht. Daß er ihn irgendwohin herunterreiße, runter in irgendeinen Sumpf, so daß er kaum noch Luft bekomme. Das ist bisher nicht passiert. Ich atme etwas schwerer, das stimmt.

Ich denke jeden Tag an ihn, sagt dieser Sohn (ein Mann, älter als ich).

Der andere Sohn haßt ihn mit ganzer Kraft, er hat auch ein Abrechnungsbuch über ihn geschrieben. »Der Vater. Eine Abrechnung.« »Ein Mörder«, »eine schwache, eitle, charakterlose, kleine Kreatur«, »feige Marionette«, »schmieriger Heuchler und Trottel« usw. röchelt er.

Ihr Vater hat sich in der »Nacht der langen Messer«, als Hitlers SS-Männer im Stadelheimer Gefängnis SA-Leute niedermetzelten, widersetzt, woraufhin Hitler ihn grob gerügt hat. »In diesem Moment hatte sich mein Vater verkauft.« – Wann gab es diesen Moment im Leben meines Vaters? Immerhin ist Pollacsek doch kein Hitler. – Genug.

Auf die Frage, warum ihr Vater das gemacht hat, was er gemacht hat, haben sie keine Antwort. »Unbegreiflich.« »Auf der einen Seite habe ich das Bild eines guten Vaters, und das andere Bild ist das eines wegen Verbrechen angeklagten Mannes vor dem Gericht.«

Der stillere Sohn sagt noch, er hätte sich nicht einen anderen Vater gewünscht, sondern einen »stärkeren«. Ich möchte überhaupt keinen anderen Vater, sondern einen stärkeren.

In seinem neuen Buch beschreibt Harry Mulisch Hitler als ein Nichts, nicht Mensch, nicht Mann, nicht der Mann ohne Eigenschaften (darin irrt er sich meines Erachtens), sondern das mit Eigenschaften versehene Nichts, die Leere. Das Unmögliche, das möglich geworden ist. Das Das-gibt-es-nicht, was es gibt. – Auf der Hand liegende Parallelen zeichnen wir jetzt nicht auf. Mulisch hat meiner Meinung nach das gleiche Problem wie ich: Was hat die Hauptgestalt unseres Romans mit der wirklichen Person zu tun, die existiert hat? Beziehungsweise es ist nicht das Problem von Mulisch, sondern nur eines seines Buches. Bei mir ist die Lage genau umgekehrt.

9. X. 1969. Dienstvermerk. Sie arbeiten wieder. Agenten habe ich auf die Person G. K. H. hin in Verbindung mit einer Aktion in der Paßabteilung orientiert.

16. X. 1969. Der erste Bericht nach der Krankheit. Seine Schrift hat sich nicht verändert, vielleicht sind die Buchstaben kleiner geworden. Er berichtet über G. K. H. (eine Person aus dem Observations-Dossier). Er sagte, daß er sich neben der Malerei auch mit Krebsforschung beschäftigt und eine Abhandlung von 1300 Seiten über die Neutronen geschrieben habe, er möchte sie dem ZK der Partei für den ungarischen Atomreaktor zusenden. Auf meinen Einwand, dafür bekäme er auch im Ausland Geld, erwiderte er, er sei mindestens ein so guter Patriot, daß er seine Erfindung Ungarn ertragbringend zur Verfügung stellen möchte. Zum Mißgeschick des Agenten wartete an der Tür zur Paßabteilung auf sein Opfer dessen Sohn, die Observation mußte deshalb abgebrochen werden. Seine neuen Freunde luden ihn nach Tihany ein (wo sie wohnen).

Zudem berichtet er über den Verbleib seines Sohnes im Westen, seine in Wien ansässige Tante benachrichtigte sie, erst durch die Blume, dann unmißverständlich. Maßnahme: Auf dem zuständigen Präsidium ist der Abgang seines Sohnes zu melden. Aufgabe: keine.

Ich sehe nach, wieviel ich noch abzuschreiben habe. Schätzungsweise sind es sechs Arbeitsstunden. Was kommt noch. Was wird das Ende sein, am Ende. Und danach.

Vor ca. 2 Wochen hat Frau Móricz Esterházy geschrieben, daß sie eine Traueranzeige erhalten habe, wonach Gy. K. in München verstorben sei. Die Stränge laufen wie in einem Roman zusammen.

Aber wir nehmen auch alte Stränge auf, er soll I. P. besuchen und von sich erzählen, er komme gerade aus dem Krankenhaus, sein Sohn sei im Westen geblieben. Er soll sie in politische Gespräche verwickeln usw.

Die Zeit vergeht, wir schreiben bereits 1970. Nur Frau K. war zu Hause, sie erzählte, der ehem. General C. habe das Farbmaterial bemängelt, irgendeine Textilieneinfärbung als Zuarbeit für eine Genossenschaft, komplett Amerika! aus diesem Grund arbeite P. nicht mehr dort. Es geht wieder los mit diesem klebrigen Herumschleichen, diesem kleinlichen Belauern.

Er beschreibt I. A.s nationale und internationale Verbindungen, Namen, Adressen. Die Zielperson befaßt sich mit der Unterstützung der in Ungarn lebenden Aristokraten. Sie zu verpfeifen zeugt von einem besonders empathischen Charakter und von hochgradiger Solidarität mit seiner Klasse. Der Bericht ist wertvoll und geeignet, über die Landessparkasse seine Inlandkontakte zu kontrollieren etc.

Drei Monate Pause, oder es liegt hier zumindest kein Bericht vor. Hihi, da auch nicht: Agent erstattet keinen Bericht, da ich ihn in der Öffentlichkeit traf, weil die G-Wohnung renoviert wird. Nach

Ansicht meiner Mama muß man alle zehn Jahre streichen und lackieren lassen. Besorgt zählte ich die Jahre, damit es nicht zufällig früher gemacht wird.

Plötzlich E: die hechelnde Boulevardpresse. Ich las heute am Zeitungsstand: Kriszta Egerszegi trägt einen Sohn unterm Herzen!, und daneben: Orbáns Bruder heiratet. Jedermanns Vater war Agent! Ein Esterházy schon wieder Verräter nach der Dreyfus-Affäre, das ist nicht gut, ist zu kompliziert. Eher so: Es ist nicht alles Graf, was glänzt. Das ist gut, man muß es nur umdrehen: Es ist nicht alles Glanz, was graft!

Klar, wenn so etwas kommt, werde ich sicher nicht eine solche große Schnauze haben. Tausend Kartätschen, so groß ist sie jetzt auch nicht, ich strample nur, um nicht zu versinken.

In bezug auf J. K. berichte ich folgendes: Die Tochter des genannten (verstorbenen) I. K., etwa 48, groß, braun, kräftige Augenbrauen, hübsch. Sie steht in einem intimen Verhältnis zu Herzog A. – J. K. tauchte durch K-Kontrolle auf, wir haben unseren Agenten Dn. »Tamás Kun« eingeführt bzw. er hat an I. A. einen Unterstützungsantrag gegeben. A. schrieb an obigen Namen das heißt an J. K. in Deutschland und bat um ein IKKA-Hilfspaket auf den fraglichen Namen.

Was für Wanzen, dieser Csanádi und Tamás Kun.

Aufgabe: Was wurde aus G. A.s Nachlaß? (Da mittlerweile auch er gestorben ist.)

1. X. 1970. Fast fünf Monate Pause. Oder hat er auch anderweitig »gearbeitet«? Ich werde es nicht herausfinden. Ein neuer Führungsoffizier, Major Béla Kállai, die neue Aufgabe ist der Übersetzer L. T. Er rief also T. an, wir kennen uns aus dem Übersetzerbüro OFFI, mein berufliches Umfeld ist jetzt solcherart, daß ich zusätzliche Arbeit nicht annehmen könnte, andererseits habe ich »Klienten« von früher, ich kann von dieser eleganten, zielstre-

bigen Verwendung der Anführungszeichen nicht genug bekommen; das kann vielleicht nur – verzeih! – Krasznahorkai so präzise setzen die ich nicht übergehen möchte, ich stelle also die Frage, ob er Zeit und Lust habe, mit mir zu kooperieren. Seine Antwort war ein entschiedenes Ja.

Was für ein Kinderspiel für ihn, jemanden übers Ohr zu hauen. Keine Chance. Ich höre seine Stimme, diese natürliche, freundliche, männliche, hilfsbereite Arie … Man kann ihm nur glauben. Und er hat sich dabei noch nicht einmal vorgestellt. Agent hat unter Nutzung seiner natürlichen Möglichkeiten seine Aufgabe bisher geschickt gelöst. (...) Die ersten Eindrücke T.s sollten so sein, daß er sein Gefallen findet. Sie werden so sein, keine Bange, darauf verstand er sich.

Luxor-Espresso. Mit dem fachlichen Teil war ich rasch fertig, dann unterhielten wir uns. Er sagte, er habe drei Söhne und eine Tochter, ich sagte, einer meiner Söhne sei »draußen geblieben« … Nicht mal für die Tschechoslowakei bekommt T. einen Reisepaß, im Zusammenhang mit '56 hat er acht (!) Jahre gesessen. … ohne jede Aktion – stell dir vor, was ich gekriegt hätte, wenn ich tatsächlich was gemacht hätte …

Mein erster Eindruck ist, er vertraut mir. Er bedankte sich mehrmals, daß ich die Arbeit ihm gegeben hatte – wobei neben dem Materiellen vielleicht auch ein wenig Snobismus mitspielt. No comment, wie Gromyko es zu sagen gewohnt war, wir treten unserem Brechreiz routiniert entgegen, ich stelle nur fest: Hier ist also ein 56er, knasterfahren, geprügelt, ein Mann mit vier Kindern und schwerem Los, und da ist der Agent, der ihn gerade denunziert, und der hat noch die Dreistigkeit, hochmütig, von oben herab aufzutrumpfen (von Kumpanenhaftigkeit ganz zu schweigen)! Scheißgraf!!! – Kurze Pause. Warum, warum, warum. Die bisherige Aufgabe hat er gut gelöst, Dekonspiration fand nicht statt.

Jetzt war T. in Eile, sie setzten sich nicht ins Luxor, sondern fuhren vom Marx-Platz zusammen mit der Straßenbahn, Linie 52. T. hatte im Gefängnis auf Weisung eine Übersetzerabteilung geleitet, daher die Idee, daß er auf diesem Gebiet weiterarbeiten soll. Er dankt dem Agenten für dessen Vertrauen. Die Übersetzung läuft unter dem Namen des Agenten, wenn das Honorar kommt, treffen sie sich wieder. Aufgabe: Briefmarken sind zu sammeln, da T. sich en gros mit Briefmarken befaßt. Mir fällt ein, eine Zeitlang durften wir keine Briefmarken wegwerfen, was schwer zu verstehen war, und irgendwie »entstanden« auch Briefmarkenalben.

Das Briefmarkensammeln ist im Gange, aber es gibt noch nicht so viele, daß ich sie ihm ohne Aufsehen übergeben könnte. Übersetzungen konnte er ihm auch nicht geben, da T. nur ins Ungarische übersetzt. Agent löst seine Aufgabe mit Verzug, deshalb ermahnte ich ihn. Richtig... Seine frühere Aufgabe wird dadurch erweitert, daß es während des Parteitags viele verzuglose halten wir kurz inne! Was schön ist, ist schön, auch wenn es der Terror gebar: verzuglose! Übersetzungen gab, wobei der Agent es bedauern sollte, daß T. nicht in fremde Sprachen übersetzt, das hätte ihn bestimmt interessiert usw. Mit dem Ziel, daß zwischen ihnen auch Gespräche politischen Gehalts einsetzen, so daß wir T.s gegenwärtiges politisches Antlitz kennenlernen.

Zu Ehren des Jahres 1971 ein neues Kapitel, Garzon-Espresso, unerwartet wieder der Erzählertrick: Beim Gespräch war auch Mátyás Esterházy anwesend. T. erkundigt sich nach den Ereignissen in Polen, Esterházy trifft die Frage unverhofft. So wie einmal Gert Jonke (gerade zehn Jahre ist es her, an Jochen Jungs Geburtstag) von Kafka sagte, er sei »irrsinnig komisch«, so ist auch dies irrsinnig komisch, Esterházy trifft die Frage unverhofft. Mein Vater plaudert mit Flaubert, von Mann zu Mann, während ich mit Maupassant auf Weiberjagd hätte gehen können. (Wie wenig das hierhin gehört, dieses Spiel, also ich.) < Plötzlich wird klar, warum er es so schreibt! Weil sie zu mehreren in der Gesellschaft waren, und es sollte im Bericht keine Person geben, die hervorstach, denn er wäre dann sofort aufgeflogen. Darum geht es, meine ich, um das Verwischen von Spuren, um die Ali-Baba-Methode, das Zeichen nicht vom Tor zu wischen, sondern an alle Tore Zeichen zu machen. >

Der Agent erzählt, man habe einen Pfarrer namens Turi festgenommen, der auch in Római-Bad gelegentlich aushalf. (Dann habe ich ihm ministriert.) Er übergab T. die Briefmarken (BRD, Österreich, Australien), der sich darüber sehr freute. T. lud ihn zu einem Besuch ein, Esterházy versprach es, um so mehr, als er von seiner Tante vor kurzem einen VW erhalten hatte. Mit einer kalt geplanten, gemeinen Reihe von Aktionen, die ich hier zu schildern nicht die Möglichkeit habe, trieben mein Bruder und ich unserem Vater das Autofahren innerhalb von zwei Wochen aus (er *wagte* es nicht, sich hineinzusetzen) – über den moralischen Nutzen dieser Errungenschaft waren wir uns nicht im klaren. T.s Schwager, ein gewisser B. in Amerika, war Parteimitglied der Pfeilkreuzler. Der Agent provoziert sein Opfer mit der Negerfrage (die Neger sind faul und manche sind – hauptsächlich Geschlechtskrankheiten gegenüber – im Gegensatz zu den Weißen immun; zweifellos gibt es Übergriffe, aber die sind in vielfacher Hinsicht verständlich…). Aus dem Bericht geht hervor, daß T. zu ihm als Klassenfremdem aufblickt und ihn respektiert.

T. ist für zwei Wochen nach Görömböly-Tapolca verreist. Er bekam Briefmarken. War froh. Kurzes Gespräch über die polnisch-deutschen Verhandlungen, die T. überrascht haben, warum verhandeln sie, wo sie doch so verschieden sind. Aufgabe: Für die Zeit nach T.s Rückkehr sind möglichst Übersetzungen zu beschaffen, damit soll das zuvorkommende, aufmerksame, freundschaftliche Verhältnis weiter ausgebaut werden. Seiner zuvor bestimmten Aufgabe entsprechend ist ihm mit Briefmarken eine Freude (!) zu machen. Gespräche mit politischer Färbung auf religiöser Ebene suchen usw.

Der Agent zu Besuch in T.s Wohnung, kündigt regelmäßige Übersetzungsarbeiten an, der Betreffende würde sich unter Berufung auf ihn melden. Es war ein Fehler von seiten des Informators, nicht darauf einzugehen, wo T. über die Wahlen sprach. Interessant hingegen, daß T. dem Problem gleichgültig gegenübersteht und ausweicht, da er seit zehn Jahren kein Wahlrecht hat und sowieso keine Möglichkeit zur Veränderung erkennt. (...) Ein weiterer Fehler war, daß er, als T. über die Begegnung mit seinem ehemaligen Gefängnisgefährten gesprochen hat, dieses Thema nicht verfolgte und keine Initiative ergriff.

T. lieh dem Agenten das Buch mit dem Titel »Parkinsons Gesetz«.

Informator hält beständig telefonischen Kontakt mit seiner Verwandtschaft in Wien, obiges erklärte er nur auf Nachfrage, desgleichen, daß eine Soziologin aus Wien zu ihm zu Besuch kommt. Nanu. Maßnahme: Wir priorieren die Wiener Adresse sowie die Soziologin. So etwas ist mir bisher noch nicht begegnet, eine Soziologin priorieren ... Ist es möglich, daß ich bisher noch überhaupt nicht prioriert habe?! Wir empfehlen, das Telefon in der Wohnung des Informators Abhörverfahren zu unterziehen. Ich hatte es immer für lächerlich, Wichtigtuerei und osteuropäische Paranoia gehalten, wenn man sagte, wir werden bestimmt auch abgehört. Aber wo, warum, wieso sollte man uns abhören?!

Informator hat seine Aufgabe durchgeführt. Er hat eine Kurzinformation über ein in englischer Sprache geschriebenes »philosophisches« Buch geschrieben, das wir im Original zur weiteren

Nutzung dem Genossen Pol. Major Sándor Szebeni übergaben. Was soll das? Schreibt er Gutachten? Er gibt denen sein Hirn.

Abschließend brachte T. seine Hoffnung zum Ausdruck, daß ich zu Ostern viele Grußkarten bekomme und hinsichtlich der Briefmarken an ihn denke. In die Wohnung einladen, klären, wer die Holländer sind.

Führungsoffizier und Agent führten Telefonate miteinander – und wenn ein Kind dabei das »Erzi« (Erwachsenenzimmer) betrat, wie hätte es da verstehen können, daß sein Vater es anschnauzte! [Wieder E: Was für ein Glück ich hatte, es bis jetzt nicht gewußt zu haben. Ich kann nicht dankbar genug sein, daß ihm stets soviel Kraft geblieben war, seine schreckliche Schuld für sich zu behalten.]

Kleines Malheur, hihi: Zielperson hat so hohen Respekt vor dem Agenten, daß sie, sosehr dieser auch das Gespräch auf eine politische Ebene lenken will, nicht redet, sondern am liebsten den lieben langen Tag nur die klaren Analysen des Agenten anhören möchte. Bevor er sich erneut mit T. trifft, meldet er sich telefonisch an. Wir werden ihn erst unmittelbar vor dem Treff auf das zu führende Gespräch und sein Verhalten hinweisen. Auch das ist hochspannend.

2.–3. VII. 1971. Aufgenommen von Pollacsek! Der Agent mußte auszugsweise Artikel aus der Zeitung »Encontier« (Begegnung) referieren. Intelligente Zusammenfassungen. P. Bernard Lewis: »Freunde und Feinde« (Ursachen des Arabisch-Israelischen Kriegs von 1967) oder: John Morgan [wenn ich es richtig lese; ich merke meiner Schrift an, daß ich mich sehr beeilt oder/und gelangweilt hatte]: »Drei junge Russen« (Moskauer Interviews). Die bei geheimen Nachforschungen gefundenen Materialien sind in operativer Hinsicht wertvoll. Wahrscheinlich haben sie sich von T. die Zeitung besorgt (geklaut).

336

Zwischen Juli 1971 und März 1972 nichts.

2. III. 1972. Pol. Hptm. Péter Balogh übernahm ihn. Ein neuer Mann. Der Vermerk wurde am 8. Mai getippt, sie hatten es nicht eilig. Ungarische Partei- und Regierungsdelegation in Bukarest. Gemeinsam können wir uns »besorgt fragen«, ob der ungarischen Minderheit in Siebenbürgen dieser Besuch half. Am 2. VIII. berichtet er, daß sich T. jeden Donnerstag zwischen halb fünf und halb sechs Uhr im Haus der Briefmarkensammler in der Vörösmarty-Straße aufhält (MABEOSZ). Maßnahme: Die Möglichkeit von Kontrolle bei Mabéosz überprüfen. – Sie langen überall hin.

Bis zum nächsten Bericht vergeht fast ein Jahr. Warum diese Spärlichkeit? Wir haben erwähnt, daß die Konsolidierung die Zahl der Pro-Kopf-Denunziationen nicht verringert. Vielleicht sind sie verlorengegangen. Oder er arbeitete derweil in anderer Richtung.

28. V. 1973. Am Kőbányaer Ausstellungsort der Budapester Internationalen Messe mußte er mit Cs.-H., dem Budapester Leiter der westdeutschen Firma Rhode und Schwarz, Bekanntschaft schließen. Er würde in der »Budapester Rundschau« über die Firma schreiben. Am Anfang war das Gespräch ziemlich formal (höfliche Anrede usw.), später wurde es vertraulicher (duzen, kritische Bemerkungen über seinen Chef); ich empfahl ihm, »Die entlassene Legion« von Moldova zu lesen, er wiederum empfahl mir die »Wasserscheide« von Szilvási. Na ja, wenn zwei an Gadamer geschulte Geschmäcker zusammentreffen! Zum Spaß oder zur Pönitenz könnte man sie lesen. Moldova habe ich gelesen, aber das ist schon sehr lange her. Mein erster Eindruck war, daß er ein sehr intelligenter Mann von schneller Auffassungsgabe ist.

– Cs.-H. ist die engste, am wahrscheinlichsten nachrichtendienstlich tätige ungarische Verbindung zu dem BRD-Staatsbürger Dn. »Fekete«. Cs.-H.s unberechtigte Außenhandelstätigkeit sollte (unter anderem) aufgeklärt werden.

Wieder fast ein Jahr, 7. III. 1974, aufgenommen von: Dezső Gaál, Pl.-Vizeoberst. Ort: Wohnung Dn. »Óbuda«. Wir sind wieder bei T., Garzon-Espresso, Briefmarken, Freude; T. hat einen Antrag auf Rehabilitation gestellt, denn er möchte, wie er sagt, noch mit seiner Frau ein wenig reisen, bevor er gänzlich alt werde. – Nach den Kontrolldaten ist Dr. T. weiterhin passiv.

11. IV. 1974. Er berichtet über einen ehemaligen 56er, am 9. V. über einen Übersetzer, dem er Arbeit in Aussicht stellt. [Ich sah gerade seinen Namen in der Zeitung, in einem für mich sympathischen Zusammenhang. Mir brannten die Ohren vor Scham, ich bekam kaum Luft. Solche Reaktionen des Körpers kannte ich bisher nicht.] <O doch: Erröten, Magenkrämpfe, Schweißausbrüche – es braucht nur die Aufregung oder das Verliebtsein … oder einen III/IIIer Vater, das tut es auch.>

21. V. 1975. Wieder ein Jahr. Gegeben von: Dn. GI »Csanádi«. Jetzt ist er das erste Mal ein GI, ein Geheimer Informator. [Ein GI ist, wer es aus prinzipieller Überzeugung macht, ein Agent wird gezwungen oder bezahlt. Mit anderen Worten muß er also nicht mehr gezwungen werden …] Gegenstand: Erweiterung seiner nachrichtendienstlichen Möglichkeiten. Nachrichtendienstler, das klingt besser als Spitzel. Obschon es in der Diktatur keinen Unterschied macht. Ach, wie schade, daß wir in einer Diktatur gelebt haben! (Ad notam: Ach, wie schade, daß die Beilage kalt ist. Ach, wie schade, daß mir ausgerechnet heute abend ein Pickel auf der Nase wächst! Es gibt soviel »ach, wie schade«.)
Wenn es mich interessiert, soll ich kommen, ich ging. Das

hätte, vom Stil her, auch ich schreiben können. Wieder einmal: Ich habe ganz schön viel von ihm gelernt. An diesem Tag, dem 21. Mai 1975, hatte ich gut ein Jahr Universität hinter mir, hatte »Fancsikó und Pinta« abgeschlossen, woraus, große Aufmerksamkeit erweckend, Auszüge erschienen, und ich war seit elf Tagen Vater von Dóra. Ich war sehr glücklich, glücklich wie ein stolzes Gleichnis, und dachte viel Gutes von der Schöpfung.

Der Geheime Informator aber lernte unter anderem gerade den Vertreter der CA (Creditanstalt) in Budapest kennen; aus operativer Sicht Aufmerksamkeit verdienende Kontakte.

Ein kleines Durcheinander, hier ist ein Bericht vom Februar über T. eingefügt. Besuch, Briefmarken, viel Arbeit, aber im Hinblick auf die Rente bereut er es nicht. Allgemein macht er den Eindruck eines ausgeglichenen, zufriedenen Menschen. Maßnahme ist nicht erforderlich.

Dann plötzlich ein Abschlußblatt vom 28. Juli 1977. Eine Lücke von zwei Jahren.

Freitag, 9. Juni 2000
[Irgendwie bin ich steckengeblieben, obwohl ich hier nur abschreibe. Seit einem halben Tag sitze ich vor der letzten Zeile, ich müßte weitermachen, und es käme: Ich erschaudere nicht mehr jedesmal… Und auch jetzt erschaudere ich nicht, ich könnte eher sagen, daß ich ein einziger Schauder bin, ein regloser Schauder. Dieser Scheiß erdrückt mich. Nein, er erdrückt mich nicht. Nicht weil ich stark wäre, sondern weil es nicht um Kraft geht, nicht um Durchhalten. Grundsätzlich denke ich, daß der Mensch alles aushält, denn was er nicht mehr aushält, das bemerkt er nicht, sieht es nicht mehr. Ich sehe verhältnismäßig viel, aber ich sehe auch, daß ich manchmal blind bin.]

Ich erschaudere nicht mehr jedesmal, ich komme ins Amt für Geschichte, als würde ich nach Hause gehen. Obgleich ich jetzt nicht mehr sagen würde: zu meinem Vater. Ich sehe, es gibt kein Geheimnis mehr, das ich lösen könnte. Was hat ihn bewogen? Nicht Gemeinheit, auch nicht Überzeugung. Hilflosigkeit? Resignation? Zynismus? Aber meine eigene zeitweilige Resignation, die er manchmal (fälschlicherweise) für Zynismus hielt, hat ihn doch sehr irritiert.

Oder: Hat man ihn erpreßt, verschreckt, hat er sich erschrokken, hat er Fehler gemacht und war zu schwach, das Ganze loszuwerden? Und hat er sich verwickelt, immer tiefer hinein, und hat sich dann damit abgefunden, ist teilnahmslos geworden? Aber was war es dann, diese – fast würde ich sagen – übermenschliche Kraft, mit der er den Anschein dennoch gewahrt hat? Daß er uns erzog, ja, sogar in vielem ein Beispiel gab. Der Mensch ohne Haltung gab Haltung.

Ich hätte gestern in der Victor-Hugo-Straße zu tun gehabt, aber ich ging aus der U-Bahn-Station in die falsche Richtung und fand mich in der Csanády-Straße wieder. Eine Straße wurde nach ihm benannt, richtig. Rostbraten à la Csanádi. [In einem anderen Buch könnte man schön erzählen, daß es zwar eine hübsche Sache ist, Mitglied von Akademien zu sein, doch mittlerweile stehe ich auf der Speisekarte eines sehr guten Frankfurter Restaurants, das ist der Höhepunkt meiner Laufbahn, höher geht's nicht… – Aber das hier ist nun einmal dieses Buch.]

Heute werde ich wahrscheinlich mit dieser Arbeit fertig. Ein kleines, lächerliches Pathos.

VIII. 1977. Formal anders als bisher, es ist nicht registriert, wer es aufnahm, und da steht: Maschinenabschrift Ø, ist also auch nicht abgeschrieben. Meiner Aufgabe gemäß nenne ich aus der Erinnerung einige Personen, die mir direkt oder indirekt interessante Kontakte verschaffen können. Er geht nach Städten vor, Budapest (hauptsächlich österreichische Diplomaten), Wien (er trägt ein: mein Sohn, nicht fluchen, abschreiben), München. Nicht gerade eine konzentrierte Arbeit.

6. X. 1977, langer, sechsseitiger Bericht über die Kieler Woche, an der er als Korrespondent der »Budapester Rundschau« teilnahm; der Bericht »hängt in der Luft« wie der obenstehende. Mit mir zusammen reisten Katalin Bossányi vom »Magyar Hírlap« und Sándor Hankóczy vom »Esti Hírlap«. Sachlich, langweilig, hier ein Empfang, dort ein Fabrikbesuch. Ein kurzes Gespräch auch mit dem schleswig-holsteinischen Ministerpräsidenten Stoltenberg, er hat ihn gefragt, worin er das Hindernis zwischen dem RGW und der EG sehe usw. Rückfrage: »Sind Sie sich sicher, daß die Tschechen, Ungarn und Rumänen das wollen?« Er spielte offen darauf an, daß in diesem Fall solche Beziehungen hauptsächlich der Sowjetunion dienen würden.

12. XII. 1977. Gerade noch bemerke ich, daß dieser Bericht nicht für III/III angefertigt wurde, sondern (es steht links oben) für das Innenministerium, Unterabteilung III/II-5/B [die, wenn ich es richtig dechiffriere, eine grenzüberschreitende Operativabteilung der Spionageabwehr ist; wir wußten nichts, auch nicht, ob er Seitensprünge machte, obwohl es vorstellbar gewesen wäre, nicht aber, daß er nicht rechtzeitig nach Hause kam, weil er Spione abzuwehren hatte, das war undenkbar; er hatte einen Schnaps gekippt, den konnte er also nicht abwehren, aber er wehrte noch gleich im Sitzen einen Spion mit ab – jetzt reicht es aber!]

Ich habe »Csanádi« ausführlich berichten lassen, [unerwartet T, T! Es ist nicht mein Tag heute. Ich hatte gedacht, mein Freund würde mich beschützen. Das hat mich gerührt. Wie ein Kind, denn was würde hier »beschützen« heißen? Vor dem Zerreißen?

341

Das kann er auch nicht.] was er über den Verband der Wiener Zeitungen weiß, wen er von den (...) Auslandsjournalisten nachrichtendienstlicher Aktivität verdächtigt. Das Ergebnis war ganz und gar negativ. Die grundlegende Ursache liegt daran, daß der GI bisher als Übersetzer gearbeitet hat, seine gegenwärtige persönliche (berufliche, ausländische) Bekanntschaft außerordentlich beschränkt ist und er sich nun seiner neuen Aufgabenstellung (Leseredakteur) entsprechend entfalten muß. Was das Entfalten angeht, so hat er sich noch nie entfaltet, »bis jetzt war ich der Sohn meines Vaters, nun werde ich immer mehr zum Vater meiner Söhne«. [(S. 631)]

Auswertung: Mit Abschluß der Ausarbeitung des Kombinationsplans Dn. »Parnaß« warteten wir bis zum angegebenen Treff. (...) Auf Grund des Ergebnisses klärte sich, daß »Csanádi« entfaltbare Möglichkeiten in diesen Richtungen hat, diese lassen sich momentan jedoch im Einsatz- und Kombinationsplan nicht konzipieren.

Parnaß – das ist offenbar irgendeine Denunzierungssache auf künstlerischem Gebiet. Was für ein Glück, daß es uns so schwerfiel, miteinander zu reden, so daß er durch mich nichts erfuhr. Er stellte auch keine Fragen. Ich brauchte seinerzeit noch zwei Wochen bis zum Abschluß des »Produktionsromans«. Ich arbeitete wie im Flug. »Unverkrampft, heiter frei«, schrieb Nádas über den Roman (das Manuskript) ein halbes Jahr später. Als ich also unverkrampft, heiter frei flanierte, wußte ich nicht, daß ich auf einem Seil balancierte, über einem gewaltigen Abgrund, in dem wilde Krokodile nach mir schnappten, millimeternah vor meinem Gesicht. Oder andere Katachresen.

Ich war damals einmal mit meinem Vater im Café Hungaria verabredet, unten, im sogenannten »Tiefwasser-Saal«. Ich erinnere mich nicht, mit wem er zusammensaß. Nur daran, daß mir die Brille beschlug, als ich den Raum betrat, ich nahm sie ab, wischte an ihr, schmierte rum, ich fing damals als Brillenträger gerade an, ich hatte gedacht, daß ich auch sehen könnte, wenn ich sie nicht aufhabe, aber ich sah nichts, sondern versuchte so, blinzelnd, immer zu nahe an die Tische herantretend, ihn zu finden (cherchez le Vater); das Parodistische dieses halbblinden Herumstolperns ahnend, rief ich schließlich, wobei ich zu dick auftrug wie in einem Volksstück, laut und fast über sein Gesicht gebeugt: Mein lieber Vater! Theoretisch mußte er sich gereizt zurücklehnen.

Eine natürliche Möglichkeit zur erneuten Kontaktaufnahme mit seinem Freund und Kollegen in bezug auf Z. P. ist zu suchen, der als Dissident im Westen lebt und gegen den nachrichtendienstlicher Verdacht besteht. Ermessen usw., von wem hier in Ungarn seine Adresse beschaffbar ist usw. Pol. hptm. Sándor Prókai.

25. V. 1978. Eigenartige Zeitbehandlung, wir springen fünf Monate. Der GI erkundigt sich bei der Witwe J. S.s nach Z. P.; J. S. ist also inzwischen gestorben, die Anthroposophie hat er umsonst gelernt, beziehungsweise non J. S., sed vitae discimus. (Erneut stellt sich die Frage, was das für ein Leben ist, für welches wir so lernen.) Als Zweck meines Kommens gab ich an, ein bestimmtes Buch zu suchen (das sie nicht hatte), sie hat sich sehr gefreut und erzählte ungefragt, daß sie mit P. in brieflichem Kontakt stehe. Was mich sehr »erfreute« … Und daß er im Sommer privat nicht in den Westen reisen könne, da seine Frau krank sei (gewiß, sehr krank), aber im Herbst schon, offiziell, und dann dies und das, und P.

14. VIII. 1978. Zwei Jahre später wird an diesem Tag Mama sterben. Am 4. des lfd. Monats hatte ich in einer K-Wohnung einen Treff mit dem erwähnten GI, das vom Genossen Dr. Károly Dejcső, Unterabteilungsleiter und Polizeioberst, überprüft wurde.

(...) Von der Einreise der Frau Sz. einer Verwandten mütterlicherseits habe er nichts gehört, obgleich sie mit den B.s in einem sehr engen Verhältnis stehen, die Frau meine Tante sei täglich bei ihnen, sie helfe der kranken Frau des GI im Haushalt. Es ist möglich, daß er noch dieses Jahr für einige Tage nach Basel und Rom reist. (...) Der einzige ernsthafte Hinderungsgrund ist die schwere und dauerhafte Krankheit der Frau des GI (Thrombose).

Auswertung: Vorbereitung und Fundierung der Reise an konkrete, auf Grund der Anbietung von »Csanádi« anzupeilende Zielorte gehen planmäßig voran. Wir begannen und versuchen weiter auszuarbeiten, dies auf natürlichem Weg auch in Richtung Frau Sz. auszudehnen, bevor er die BRD-Zielpersonen – mit festgelegter offensiver Verhaltensstrategie – besucht. Auch in Richtung des Genannten bestimmten wir eine ähnliche, halb offen ausgerichtete, Initiative ergreifende Verhaltensstrategie.

Glatter Wahnsinn, mein Vater als potentieller Doppelagent! Offensiv ausgerichtete Verhaltensstrategie, schöne Sprache, die Sprache des (Kalten) Krieges. Das ist schon ein anderes Niveau, eine andere Klasse…

Im Gespräch führten wir das Thema so ein, daß wir »Csanádi« < jetzt plötzlich stören mich diese Anführungszeichen, als wäre er nicht einmal als Csanádi gut, sondern nur als – ein gefälschter – »Csanádi« …> bewußt werden lassen, daß wir es für möglich halten, daß das die Verwendbarkeit des GI nachweisende Material auch durch die dortigen Bekanntschaftskreise von Frau Sz. – als über einen der Kanäle – zur zentralen Datenverarbeitung vordringen könnte. Was für ein Ding, von wem, für wen und weshalb? Da in dieser Hinsicht keinerlei Grenzen gezogen sind, erweitern wir deshalb die Verhaltensstrategie und Aktivität seiner Weiterempfehlung auch in dieser Richtung. [Das habe ich jetzt erst (wenn überhaupt) verstanden: daß vielleicht Frau Sz. selbst eine Spionin ist, die Tante Ica, ich zucke nicht einmal mehr mit den Wimpern, aber mein Vater soll davon nichts wissen.]

Wir waren bestrebt – und nach unserer Einschätzung erfolgreich –, daß »Csanádi« nicht denken durfte, daß für uns in erster Linie Frau Sz. und ihre dortigen Kontakte von Interesse sind.

GI betonte auf unsere Frage wiederholt, er habe sich bislang im Westen im allgemeinen so verhalten, solche Äußerungen gemacht und in entsprechenden Kreisen sei er so verbucht worden, daß er hier in der Heimat auf Grund der zwingenden Umstände und vor allem wegen der Familie zur Assimilation genötigt gewesen wäre, was jedoch nicht bedeutete, daß er unser System auch liebte, und er daher nicht bereit wäre, sich im Interesse der Wiedererlangung seines alten Vermögens und Ansehens einzusetzen. Bemitleidenswert. Würde ich es nicht sehen, glaubte ich es nicht. Hochwertige Wetten in sinnvoller Valuta würde ich nur deshalb nicht abschließen, weil ein Gentleman nicht wettet, wenn er sich seiner Sache sicher ist.

Das [was? total egal!] wird zur gegebenen Zeit ausführlich entschlüsselt, in erster Linie, damit wir deutlicher sehen, ob von ihm nicht ein widersprüchliches Bild zum feindlichen Nachrichtendienst gelangt ist beziehungsweise ob er nicht schon vorher auf Anwerbung abzielende Angebote »vornehm« abgelehnt hat. Alle diese – auf Zielpersonen aufgeschlüsselte – Verhaltensstrategien werden wir bei weiterer Bestimmung berücksichtigen.

Es existiert eine andere Welt (mein Vater), eine nicht sichtbare, aber ebenso reale Welt wie diese. Die Welt als irgendein Agentenfilm aus den siebziger Jahren. Le Carré als Gott …

< Ich sprach vorhin mit einem Freund. Heute um halb zwei Uhr hat mein Hausarzt bei mir Lungenkrebs festgestellt. So schlicht ausgesprochen habe ich »diesen« Satz noch nie gehört. Alter, flüsterte ich, als hätte ich gehört, daß er einen Sechser im Lotto

hat. Absurd, E: er habe mich überboten. Nächste Woche will ich ihm hiervon erzählen, ihm sagen, daß er es sei, der von uns beiden besser dastehe, das fiel mir ein. Entschuldigung. – Ich möchte nicht immerfort Grabreden halten, kam mir in den Sinn, und dann, warum ich denn so herumjammere. Der Mensch ist sterblich. Andere sind auch schon im Alter von fünfundfünfzig Jahren gestorben. Jetzt stirbst du, dann ich. Urplötzlich kam in mir Zorn gegen ihn hoch. Ich mag es, wie er meine Bücher liest. Ich Idiot, zuerst habe ich diesen Satz in der Vergangenheitsform geschrieben. Die Vergangenheitsform ist im Ungarischen dürftig.>

[Wieder habe ich einen Satz aufgeblättert, der einen neuen Sinn erhält: Mein Vater war im Grunde genommen ein schlechter Mensch, eine gemeine Wanze, aber im wesentlichen kam das nie heraus, es kam nicht dazu. – Doch.]

<Der vorgestrige Tag. – Zuviel. Ich dachte, ich würde nur meine Angelegenheiten regeln. Zuerst brachte ich Gizella das dritte Heft. Sie schreibt den Text mit schwerem Schwung, vermag sich kaum von ihm zu lösen. Endlich fragte ich sie, wovon ich schon so oft geträumt hatte (beziehungsweise ständig): Na, Gizella, jetzt weinen Sie wohl doch den Zeiten nach, als Sie noch wegen eines »Blasens« jammerten. Sie hörte mich lachend an, sagte dann: Tausend Kartätschen. Und nach einer kurzen Pause: Aber Sie haben sich ja auch entwickelt. Ich sagte, auf diese Weise ist es nicht schwer. Ich bekam sogar einen Kaffee.

Danach fuhr ich mit der Straßenbahn zu T., der seinerzeit meinen Vater behandelt hatte. Ich war froh, bei ihm zu sein. Meine Mutter hatte großes Vertrauen zu ihm gehabt. Auch zu seiner Frau. Ich sah mir, wie ich das immer tue, seine Bücher an, ich sah viele, die ich kannte. Im Prinzip erzählte er die Geschichte einer

Alkoholtherapie. Mein Vater bekam Antetil (oder Antetyl?), wobei man nicht trinken darf, weil es Übelkeit verursacht, »und dein Vater hielt sich auch daran, man merkte, ein Gentleman, der sein Wort hält«. Aber vom schnellen Entzug wurde ihm unwohl. Deine Mutter rief an, daß es Probleme gibt. Ich nahm sofort ein Taxi ... Bibbernd, in Decken gehüllt, lag Mátyás gekrümmt auf dem Bett, die Knie bis zur Brust hochgezogen, in der Haltung eines Embryos. In der Haltung eines Embryos. Armer, armer Papa. T T. Aber das sind nicht einmal T, weil mir keine Tränen mehr kommen, nur trockenes Schluchzen schüttelt mich. Ich habe genug von diesen stilistisch und dramaturgisch vollkommen überflüssigen Weinanfällen. So oft schon habe ich geweint – geheult in den letzten zwei Jahren. Die Tränen strömten nur so aus meinem sensiblen, einfältigen Leib.

So ein verdammt starkes Delirium tremens hatte ich noch nie gesehen. Aber dein Vater hielt unglaublich stand. Ein dünner, zäher Körper! Paradoxerweise besaß er große seelische und körperliche Kraft. Und da hätte ich ihn theoretisch in die geschlossene Abteilung einweisen müssen, aber er ließ sich trotz der Anweisung des Chefarztes nicht darauf ein, ich mußte deinen Vater jedoch in ein Netzbett legen, damit er nicht herumgeistert. Man hätte sich mehr um ihn kümmern sollen, aber auch so kam es zu zwei langen Gesprächen zwischen uns; wie Lava strömten die Worte aus ihm. Dein Vater hatte ein extrem großes Schuldbewußtsein. (Auf der Stelle E: daß es ihm im Himmel gutgeschrieben werden kann.) Dieses unbewältigte Schuldbewußtsein drängte ihn zum Trinken. Überwältigt hörte ich deinem Vater zu. All das klang wie ein Märchen, das wahre Märchen von meinem Vater, einem armen, unglücklichen, leidenden Menschen.

Ich holte tief Luft, ob man etwas über die Gründe seines Schuldbewußtseins wissen könnte. Zunächst antwortete T. nicht, welch schlimme Stille, mein Gott, ein Schatten lief mir durch den

Körper, der zentnerschwere Schatten meines Lebens, um poetisch zu werden. Sicher der Schnaps und die Familie, das war es, versuchte ich ihm zu helfen. T. nickte ein paarmal, ich sah, daß er an anderes dachte, ja, die Verantwortung gegenüber der Familie, und dann gibt es noch etwas, worüber er wegen der ärztlichen Schweigepflicht nicht sprechen könne. Ich verstehe, sagte ich mit rotem Gesicht. Ich wäre gern davongelaufen, und ich hätte ihn gern ausgefragt. Jede Familie hat eine Leiche im Keller, sagte er noch. Um zu rauchen, gingen wir auf die Loggia hinaus, dort unterhielten wir uns weiter. Damit wir nicht abgehört werden, kam mir in den Sinn, in diesen neuen. (…)

Danach ging ich zum Verlag, um den Schleier zu lüften, denn allmählich mußte schon konkret überlegt werden, was wie werden sollte. Noch im Herbst hatte ich zu G. gesagt, daß das neue Buch eine Art Krimi werden würde, weshalb ich von ihm als Verleger »männliche Geheimhaltung« bis zum Erscheinen erwarte. Die nächste Stufe war, zu erzählen, daß ich jenes Dossier gefunden hätte, mir jenes Dossier gezeigt worden sei, das seit 1956 über die Familie zusammengespitzelt worden sei. Und ich würde die Frau (!) kennen, die die Berichte verfaßt habe. (Darin besteht meine Schlauheit, Spuren zu verwischen … kein Kommentar, die Angst ist ein großer Meister.) Und daß »das Material schrecklich ist«. Aber noch viel schrecklicher, als man es sich so vorstellen könne. Weißt du, Alter, die Konkretheit, sie macht es so unermeßlich beängstigend.

Jetzt las ich nicht mehr das Vorwort vor, sondern erzählte, im Grunde, pamparam-pampam, habe es keinen Sinn, drum herumzureden, auch wenn ich es gern täte, aber beim Öffnen des Dossiers hätte ich sofort die Handschrift meines Vaters erkannt.

Ich starre G. ins Gesicht. Auch von ihm würde ich gern sagen, daß er mich dumm anschaut. Mándy würde schreiben, ein abgebürstetes Gesicht. Der Ärmste hat drei Sekunden, um zu begrei fen, wofür ich zwei Jahre Zeit hatte (habe), und ich schüttle auch nur den Kopf, nein, nein, nein.

Tiefes Schweigen liegt zwischen uns. Es nimmt mich mehr mit, als ich dachte, mir brennt das Gesicht, als würde ich mich aufregen, und ich bin müde, als hätte ich Schwerstarbeit verrichtet. Alea iacta est, es ist jetzt in die Welt hinausgelangt – und seit diesem Augenblick erfüllt mich das mit wachsender Beklemmung. (Ich glaube, nur am Schreibtisch mutig (oder nur konsequent) zu sein, es stimmt aber auch, daß ich fast ausschließlich dort bin.) Es ist nicht gut jetzt.

Ich ließ ihm das erste Heft da (das ich bereits von Gizella zurückbekommen hatte). Am Abend rief er mich an, er konnte kaum sprechen. Es ist entsetzlich, sagte er. Fast hätte ich gereizt zurückgeblafft, das weiß ich auch! Und ist es gut? fragte ich schamlos, als wäre ich ein Schriftsteller, er ein Verleger und das da ein Manuskript, das heißt, die Welt wäre die Welt und mein Vater mein Vater, konkret mein teurer guter lieber Vater, und ich heule doch nicht los, daß ihn das Hurenleben voll ins Maul ficken soll, wie die guten Katholiken sagen. Es dauerte lange, bis G. antwortete, ich hörte ihn Luft holen. Ich wäre nicht überrascht gewesen, wenn er geweint hätte. Es ist gut, sagte er schließlich, und jetzt hörte ich in seiner Stimme Gereiztheit. Oder eher Verbitterung.

Wir einigten uns auf das Erscheinungsdatum Mitte Mai. Keine zwei Monate mehr bis dahin. Jetzt müßte man noch … aber was? Alles das, was danach nicht mehr geht. A. in Hort besuchen, mit ihm über die guten alten Zeiten reden, die alten Freunde meines Vaters treffen … G. meint, daß ich die Gemeinheiten politischen Charakters auf keinen Fall mit heiler Haut überstehen würde. Ich habe keine Angst, meine innere Position ist klar, aber mir ist bange. Am Anfang hatte ich Angst, daß nur Ekel und Verachtung für meinen Vater übrigbleiben würden. Ich hatte ihn

nicht verlieren wollen. Jetzt aber sehe ich, daß meine Liebe geblieben ist und, so möchte ich lachend und weinend sagen, Schat-
tierungen bekommen hat. Aber es ist mir bange darum, was werden wird. Um das Toleranzvermögen der heutigen ungarischen
Gesellschaft ist es schlecht bestellt. Dieses Buch nimmt keine
Rücksicht darauf, und das wird sicher seinen Preis haben. Den
ich bereitwillig zahle; nur kann ich für die ganze Zeche aufkommen? Was werden die anderen mit dem Schmerz machen? S,
aber ich möchte es vor G. verbergen.

Gestern in Leipzig auf der Buchmesse. Ich bin ungeduldig und
unaufmerksam. Zufällig treffe ich Sascha Andersons Verleger
(Lektor). Ich stelle ihm unverhältnismäßig viele Fragen. Dann
erzähle ich Martin Lüdke von meinen Eindrücken über seine
Fernsehsendung mit Anderson. Gutes Gespräch zu dritt mit C.
(Der wichtige, aber schwer in Argumente zu fassende Unterschied zwischen dem Ladendiebstahl und dem Verrat, die Moral
als Privatsache. L. hat sofort einen dazu passenden Habermas-
Text parat über das Legitimationsproblem des Spätkapitalismus
und die auftretende Werteerosion. – Wie sehr kommt einem in
solchen Fällen die sattelfeste Tradition deutschen Denkens zu-
gute. Überhaupt jegliche Tradition. Kultur. Daß es etwas gibt,
worauf man sich stützen kann, daß man nicht alles allein neu
erfinden muß... Gerade diese Tradition ist freilich zweifelhaft geworden.) Meine Erregtheit ist, denke ich, schwer zu verstehen. –
Es gab noch ein Gespräch in diesem Zusammenhang, M. gegenüber erwähnte ich ebenfalls die Version der Familienobservie-
rung; plötzlich sagte sie: Ach, wie stolz dein Vater auf dich wäre!
Ich fing daraufhin zu lachen an oder zu wiehern, wären wir in
einem Roman, würde ich von homerischem Gelächter sprechen.
Ich sah, wie M. mich mißtrauisch anschaute, als hätte sie es er-
raten. Weil es schon zwei Personen wissen, bin ich schamloser,

es war meinem Lachen anzuhören. Auch ich hörte, daß dies in meinem Lachen steckte, daß mein Lachen beredter war als mein Reden. In meiner neuen Frivolität sagte ich auch noch, daß das der schönste Satz des Buches werden würde: Ach, wie stolz dein Vater auf dich wäre.

Schnell machte ich mich in Leipzig aus dem Staub, schnell nach Hause, hierher, zu dem Heft.>

[In einem Fahrstuhl in Paris – ich reise »Harmonia« hinterher – sind rundum Spiegel, von überall her gucke ich zurück, ich kann nicht widerstehen, trete näher, starre mir ins Gesicht, als ich darin plötzlich das meines Vaters erkenne. Ich sehe, da ist mein Vater, er ist erschienen, als wäre er auferstanden, ich rühre mich nicht, um ihn nicht zu verscheuchen. Ich sehe in meinem Auge sein Auge, Papika, ich seufze auf (irgendwoher aus frühester Kindheit), ich sehe seinen blinzelnden, lustigen, zweifelnden Blick, als er noch zeushaft gut gelaunt war, doch wenn er darauf noch einen trinken wird, braucht es dann nicht mehr allzu lang… Diese Unsicherheit entdecke ich in meinem Gesicht, diese Unzuverlässigkeit, die ich jetzt so nahe spüre wie ihn, samt und sonders, jetzt, in diesem reichlich funkelnden französischen Fahrstuhl. – Die Dossiers sind weit weg, ich habe sie lange schon nicht gesehen, man sieht es mir an.]

5. IX. 1978. Der GI hat seiner Aufgabe entsprechend die gerade in Budapest weilende Frau Sz. aufgesucht und sie gefragt, ob er bei ihr wohnen könne; aber natürlich, mein liebster Mátyás.

Auf einem Botschaftsempfang der BRD <E: Ich soll im Goethe-Institut aus »Harmonia Cælestis« lesen, und auch das bis Mitte Mai!> lernt der GI jemanden vom Bonner Außenministerium kennen, der sich mit ungarischen Journalisten treffen möchte. Halb im Scherz empfahl ich ihm Péter Rényi, den stellvertretenden Chefredakteur der Népszabadság, der ausgezeichnet deutsch spricht und auch gut informiert ist. Wie ich diese seine Witze kenne! Früher hätte ich gesagt: diese feinen und mutigen Witze. Auf seinen Einwand, wonach Rényis Informationsbereitschaft gewiß von seiner Parteimitgliedschaft bestimmt würde, merkte ich an, daß ich eben parteilos sei. Viele hätten Angst, sagte der Deutsche, dazu sagte ich, daß ich mir diese Art »Angst« abgewöhnt und Angst um meine Position nie gehabt hätte.

Mein Gott. Tatsächlich hätte ich fast K. herangewinkt, der in der Ecke des Lesesaals arbeitet, um ihm zu zeigen, wie geistreich und unverschämt der Alte war; K. kannte ihn. Vor diesem »fast« erschrak ich wie noch nie. Langsam ist es so, als hätte ich nur noch vor mir selbst und vor K. Angst. Und, wie immer, vor dem Ohrwurm. Ein sprechender Ausdruck, zufällig...

Der Plan für die Januarreise liegt z. Z. dem Institut für Kulturelle Verbindungen vor, ich gehöre zu den für die Delegation Vorgeschlagenen. [Ich war 1979 wegen eines DAAD-Stipendiums dort. Es war wie im Film. Ávo-Leute, zischelte ich in mich hinein. Die Sekretärin, wie sie ihre Nägel feilt und nicht aufschaut, als ich eintrete. An der Seite zwei Genossen. Die Frau gibt mir ein Zeichen, ich solle hineingehen, aber sie sagt weiter nichts. Vielleicht in diesem Zimmer haßte ich das System am heftigsten. Weil es mir den Blick auf meine eigene Ausgeliefertheit freigab, die nicht unabhängig davon war, daß ich – zum ersten Mal in meinem Leben – etwas vom Staat wollte, ich wollte, daß er mich gnädigerweise nach Berlin reisen läßt. Ich mußte ein ausgefülltes Formular dort abgeben.]

Meiner obligatorischen Aufgabe entsprechend versuche ich, meine Beziehungen, auch zu Pressekreisen, zu vertiefen und der vorgegebenen Verhaltenslinie zu folgen. – Auswertung: An GI ist unseren Zielen entsprechend wachsendes Interesse aus bestimmten Kreisen zu beobachten.

[Nach einer Lesung auf deutsch gratulierte mir (wieder einmal) jemand, ich hätte die grauenhaften Dinge »um Ihren armen Vater« so elegant dargestellt, daß das Lesen beinahe eine Erleichterung sei. Ich zischelte kalt etwas über die Beschaffenheit der Katharsis und daß das Grauenhafte grauenhaft sei – wobei ich wie an irgendeinen Racheplan an dieses Buch gedacht habe. Lies das, Darling, und finde es dann erleichternd. – Sogar daraus ziehe ich Nutzen.]

< Apropos Nutzen, ich füge dies hier ein. Mehrmals schon habe ich auf diesen Seiten Anlauf genommen, davon zu sprechen, welche Folgen es hat, wenn wir mit der Geschichte in Berührung kommen. Das Unglück meines Vaters und ein freundschaftliches Gespräch waren es, denen ich einen Blick darauf verdanke. (Daß sie mir die Augen öffneten – wäre zuviel gesagt.)

In »Verbesserte Ausgabe« habe ich die (neue, verbesserte, verschlechterte, eine andere, die andere) Geschichte meines Vaters erzählt, die, um es so zu sagen, für meinen Vater nicht typisch ist, auch für meine Familie nicht, weder für diese Familie im engeren Sinn noch für jene weitläufige, die historische, ist sie typisch, das heißt, sie repräsentiert uns nicht. Doch sehr wohl repräsentiert diese Geschichte die Situation des Landes nach 1956, zumindest etwas davon. (»’56 schüttelte das Land das System von sich ab wie der Hund das Wasser, später jedoch wußte man nicht mehr, wie weit der Hund reicht und wo das Wasser beginnt.«)

Die in »Harmonia Cælestis« erzählte Geschichte ist genau, denn sie beschönigt nicht, sie stilisiert die Familie, den Vater nicht zu Opfern; sie beschönigt auch in Hinblick auf den Zweiten Weltkrieg nicht, denn die Figuren »benahmen sich gut« in jener unheilvollen Zeit, wir haben den Nuntius angehalten, die richtige Richtung einzuschlagen, wir haben Horthy unsere Meinung gesagt, die Nazis haben Großvater sofort eingesperrt, und wir sind zu Recht stolz auf unseren entfernten Onkel János, der im slowakischen Parlament als einziger gegen das Judengesetz gestimmt hat.

Nun erzählt aber das Buch nicht nur die Geschichte der Familie, sondern auch die des Landes. Das ist einleuchtend, denn es erzählt nicht die irgendeiner Familie, sondern durchaus einer »repräsentativen Familie«, einer sog. geschichtlichen Familie. So verwickeln wir uns in die Geschichte. Die sozusagen persönliche Geschichte der Familie enthält scheinbar nicht, was die allgemeine Geschichte enthält, und das Buch muß – selbstverständlich – diese Geschichte erzählen. »Die Geschichte ist nicht nur die Geschichte deiner Familie, sondern auch meine. Wo ist die Geschichte meiner Familie?« Hier besteht also ein Defizit, das man einfach so beantworten kann, daß jetzt halt diese Geschichte erzählt wird und nicht eine andere. Aber einerseits bleibt die Frage, warum überhaupt diese Geschichte erzählen (denn das ist eine Frage der Entscheidung), andererseits kann man nur eine ganze Geschichte erzählen, und wenn nicht, muß man auch darüber sprechen, warum nicht (oder schweigen, aber den Grund dafür angeben).

Aber hier geht es nicht nur um das literarische Wie des Auftretens der Geschichte, sondern auch um die Geschichte selbst, um die »repräsentative Geschichte«. Darum, daß die geschichtliche Verantwortung nicht abstrakt ist, sondern persönlich. Daß es also eine tapfere Sache ist, wenn wir uns seinerzeit tapfer verhalten haben, aber dennoch wurden sechshunderttausend Menschen ermordet, und dafür muß man die Verantwortung übernehmen. Mein Großvater war also nicht nur schwach oder skeptisch reserviert, wie es mehr oder weniger von »Harmonia« behauptet wird, sondern er war es auch, der die Morde des Holocaust geduldet hat. Dieser Satz ist für mich nicht mit meinen familiären Erinnerungen und Gefühlen in Übereinstimmung zu bringen, sein Fehlen jedoch nicht mit der Geschichte. Und er bedeutet jene Blindheit, ja sogar Gleichgültigkeit, die mit Menschlichkeit nicht vereinbar ist. Es kann schon sein, daß wir *alles* getan haben, was man tun konnte, wir haben die Juden gerettet und sind unseren Leuten ein guter Graf gewesen, aber irgendwie hat sich doch ein Fehler in die Rechnung geschlichen, nicht wahr?! Um es schnell oder von oben herab auszusprechen: ein Fehler von etwa 600 000.

Müßten wir das nicht auf das entschiedenste festhalten, gemeinsam, als Nation, wo wir doch inzwischen so heftig unser nationales Selbstgefühl pflegen? Genauer, daß auch das zur Pflege und zum Selbstgefühl dazugehört.

Aus der Sicht des Buchs wäre es kein so großes Defizit (»Bücher nehme ich nicht zurück!«), wenn mein Land, überheblich gesagt, wüßte, wovon ich jetzt rede, wenn es also das, was getan werden muß, getan hätte, aber Ungarn interessiert sich für all das nicht, Ungarn interessiert sich nicht für den Holocaust, ich denke, Ungarn glaubt, daß der ein Problem der Juden sei. Diese ungarische historische Unempfindlichkeit hat auch »Harmonia Cælestis« nicht durchbrochen, obwohl es ihr hätte möglich sein können.

Unseren Familiengeschichten zufolge haben immer alle die Juden gerettet und sind mit den Zigeunern menschlich umgegangen und so weiter. Aber aus ihnen entspringt nicht die Geschichte des Landes. Sie würden, selbst wenn sie restlos wahr wären, und das sind sie nicht, nur Lügen erzeugen.

Noch einmal: Mein Großvater beispielsweise war ein tadellos rechtschaffener Mann, eindeutig ein Nazifeind, ihm lag das Geschick des Landes am Herzen, und im Rahmen seiner konkreten Möglichkeiten hat er vermutlich alles unternommen, was er unternehmen konnte. Könnte es sein, daß dabei »nur« herauskam, daß mein Großvater »die Schranken seiner Klasse nicht überschritten hatte«? Wäre es denn zu erwarten, daß jemand über seinen eigenen Schatten springt? Nein, das ist nicht zu erwarten, pflegen wir darauf selbstsicher zu antworten. Aber kehren wir das einmal um. Denn neben diesem Nein sind da *gleichzeitig* meine vielen ermordeten, gedemütigten, entehrten Mitmenschen, allesamt Geschöpfe Gottes, wozu ich doch wohl irgend etwas denken und sagen muß. Als Mensch, als Christ, als Ungar.

Und auch das Land muß dazu etwas denken. Es denkt aber nicht, es drückt sich, es schmiedet sich mit Teilwahrheiten ein Alibi zusammen, versucht mit seinem eigenen wirklichen Leid alles zuzudecken.

Wenn wir alles getan haben, und es ist geschehen, was geschehen ist, dann muß man dies »alles« neu definieren. Wenn der Mensch nicht über seinen eigenen Schatten springen kann, und es ist geschehen, was geschehen ist, dann muß man die Sonne neu definieren. Dieses »es ist geschehen, was geschehen ist« bedeutet nämlich: Während meine Familie »getan hat, was sie tun konnte«, hat sie auch etwas dazu getan(!), daß die Mitglieder anderer Familien nicht als Menschen angesehen wurden.

Ist es nicht leichter, gerade anhand sog. guter Menschen über diese Verantwortung nachzudenken? Etwa in Zusammenhang mit meinem sanften, reinen, tief religiösen Onkel János, der eine außergewöhnlich mutige Tat ausgeführt und dann den Märtyrertod gefunden hat? Oder indem die nicht für seine Person geltende, aber aus »Harmonia Cælestis« bekannte Vortrefflichkeit meines Vaters zusammen mit dieser neuen Geschichte die Amnesie der Geschichtsbetrachtung brechen könnten.

Bei dieser nationalen Selbstprüfung könnte die Familie, hier folgt der Name meines Vaters, eine Rolle spielen, eine schwerwiegende Rolle.

Das Programm der Münchner Reise steht noch nicht fest, der Delegation werden wahrscheinlich Péter Rényi, János Hajdú, János Nemes und Frau T. H. angehören. Vorschlag: Ich schlage vor zu entscheiden, ob wir unter den mit GI Reisenden die vorhandene gesellschaftlich entsprechende Verbindung (eventuell Netz) zu dem Zweck suchen sollen, um durch sie »Csanádis« Verhalten im Ausland zu kontrollieren. Mit der Feder daneben: Er ist auf die Reise nach Rom, die er bei dieser Gelegenheit realisieren kann, vorzubereiten.

Ich bin heute doch nicht fertig geworden, weil mich dieser neue 007-Wahnsinn zu weiterem Abschreiben nötigte. Danach habe ich mich mit R. F. getroffen, einer zauberhaften jungen Frau von fünfundzwanzig Jahren, wir haben uns gut unterhalten, sie hat, wie üblich, unwahrscheinlich schnell gesprochen, immer will sie mindestens drei Dinge auf einmal sagen ... Es war das letzte Mal. Ich hatte nicht bemerkt, daß sie in Not war. Im Gegenteil, ich hatte eine nette junge Frau gesehen, die das Leben noch vor sich hat, die vieles will, und sie wird es auch erreichen. Sie ist aus dem Fenster gesprungen.

< Wenn mir Tod, Leid und überhaupt Unvollkommenheiten der Welt begegnen, denke ich manchmal vorlaut, wie gut sich das in diese neue Welt fügt, die ich durch meinen Vater, den Agenten, kennengelernt habe. Aber das ist selbstverständlich keine neue Welt. Wenn ich mit Gott streite, begreiflicherweise überheblich, denn ich glaube, gute Karten zu haben, als Trumpfas das überflüssig und ungerecht scheinende Leid meines Vaters, und überhaupt soll Gott froh sein, daß ich seine Existenz nicht in Zweifel ziehe, was ja wirklich logisch wäre – dann wünsche ich mir eigentlich einen kleinbürgerlichen Gott. Bei dem meine Freunde nicht wegsterben, die Wunde sofort vernarbt, wenn ich mir das Knie blutig stoße, die Straßen nicht voller Schlaglöcher sind und

auch mein Vater kein Spitzel ist. Der kleinbürgerliche Gott ist ein Zauberer. Statt des Hymnus der Liebe dieses kitschige Chanson auf den Lippen (und den Engeln kumpelhaft auf die Schultern klopfend): Lieben wir uns, Kinder, das Leben ist ein Licht / Ein schönres Wort als Liebe gibt es auf Erden nicht / Das Leben, es geht weiter, das Grab, es schließt uns ein / Lieben wir uns, Kinder, und nun ein Gläschen Wein. Prosit, Kinder. Gott soll's geben, so der Chor der Engel.

Gott leidet unseretwegen auch, worüber *ich* noch weniger Rechenschaft abzulegen vermag als über das Leid meines Vaters.>

Dienstag, 13. Juni 2000
Gittas Geburtstag, für mich der letzte Tag hier. Der Schweiß klebt an mir, so heiß ist es. Ich müßte sehr, müßte extrem erschrocken sein, bin es aber nur sporadisch, dann und wann durchschneidet es mich, wie bei einem Tritt ans Schienbein.

<Wieder fällt mir ein numerierter Satz ein (der 107.): Der Mensch ist eine leidende Kreatur. Jeder Leidende ist gemeingefährlich. Mein Vater ist nicht gemeingefährlich. Er ist nicht leidend. (!) Mein Vater ist kein Mensch. Wie? Wir sehen jetzt, mein Vater war gemeingefährlich, so stand ihm nichts im Wege, leidende Kreatur und Mensch zu sein. Er litt unermeßlich viel, er begrub es voller Scham in sich.

Mit der gleichen Scham war er auch glücklich. Die beiden letzten Jahrzehnte seines Lebens gingen in stillem Glück dahin. Seine gute Freundin E. bedeutete ihm dieses Glück, wofür ich ihr unbedingt dankbar bin. Mit fortschreitendem Alter nahm die Angespanntheit in ihm zu – wegen der Welt im allgemeinen, wegen der Dummheiten und am meisten wegen der Unvernunft. Eine Art der Ungeduld verwandten Gereiztheit war stets bei ihm zu spüren.

Ich erinnere mich an eine wunderschöne Szene, ich fuhr ihn mit dem Auto zu E.s Wochenendhaus, es herrschte starker Verkehr, ich sah von der Seite, wie er mit den Fingern trommelte, Papa, glaub mir, es liegt nicht an mir, es ist nicht meine Schuld, nicht mein persönliches Versäumnis, daß hier so viele Autos fahren, aber wer weiß warum, ihn beruhigte auch das nicht. Doch als wir in den Garten traten! Als wären wir in den Himmel getreten. Harmonia cælestis, wortwörtlich. (Genauer, er in den Himmel, ich in den Garten.) Sein Gesicht veränderte sich, seine ganze Körperhaltung, die Tonlage seiner Stimme, wirklich wie auf Zauberwort. Vor dem Gartentor scharf gezogene Lippen, schwach gekrümmter Körper (Gaulvogel), und, dreißig Zentimeter weiter, gertenschlank und dieses verblüffend entwaffnende Lächeln, ja, Lachen über das ganze Gesicht und vor allem in den Augen. T In jenem Garten, im kleinen Haus, in E.s Nähe war mein Vater immer glücklich und strahlte wie ein Junge.

Auch als er im Sterben lag, hat Gott ihn nicht gequält… dann legte er sich, wie es neuerdings seine Gewohnheit war, zu einem Nachmittagsschläfchen hin, und als er aufwachte, stellte er fest, daß er gestorben war, er wollte hinuntergehen zur Jause, tat einen Schritt und brach zusammen. (…) Man sieht dem Linoleum die Stelle an, wo er mit der Hacke ausrutschte. (S. 403) So war es wirklich. Die Sonne schien, Vogelgezwitscher. So einen Tod bekommt nicht jeder, sagte E. Erwähnenswert ist noch, daß der Herrgott jeden einzelnen (vermaledeiten) Tag, genau um dreiviertel drei, da ist es nämlich geschehen, einen Engel heruntergeschickt, der ein bißchen an der Spur herummacht, damit sie nicht verschwindet. Er paßt seine Hacke ein, dorthin, wo damals die meines Vaters war, und paff, rutscht aus, imitiert sozusagen den Tod. Es kommt immer ein anderer, denn dieser Job kotzt sie tierisch an. Die knallen ordentlich hin (die Engel). Es gibt auch welche, die weinen. Paff!, rutscht aus, fängt zu weinen an. Jetzt natürlich, wo es aus künstlerischen Gründen nötig wäre, keine T!>

Der GI berichtet, sein Vorgesetzter am Arbeitsplatz habe ihm mitgeteilt, daß er zwar nach Ablauf der Dienstreise auf Kosten seines Urlaubs in der BRD bleiben, aber nicht nach Italien fahren dürfe, weil es noch erklärlich sei, daß ich mich auf deutschem Sprachgebiet auch privat im Interesse der Zeitung verwende, aber für Italien gäbe es ein solches Motiv nicht. (...) Unabhängig von obiger Reise hängt die Möglichkeit einer privaten Reise zu einem späteren Zeitpunkt in erster Linie vom Gesundheitszustand meiner Frau ab; Einladungen sind kein Problem usw. Interessant, daß es soviel Scherereien mit dem Arbeitsplatz gibt. Als existierte eine vom MdI usw. unabhängige Zivilgesellschaft, auf deren »Erscheinungsbild« man achten müßte. Sie existierte nicht, aber der Schein wurde anscheinend ein wenig gewahrt.

Auswertung: Wir zogen die Möglichkeit in Betracht, daß GI das italienische Visum unter Inanspruchnahme der Hilfe seiner BRD-Freunde und gleichzeitig sich diesen verpflichtend als Sonderblatt das Visum wird nicht in den Paß gestempelt, sondern auf ein beiliegendes Blatt, so daß im Paß keine Spur bleibt, genauso wurde es bei meinem Berliner Visum gemacht, im Zeichen des großen europäischen Kompromisses freuten sich die Westler, daß jemand mit einem westdeutschen Stipendium in Berlin, Entschuldigung, in Westberlin war, auf diese Weise verletzten wir nach Kräften das Viermächteabkommen und quittierten die Ostler zufrieden, daß die zunehmend schwächer werdenden Kapitalisten das Visum nicht in den Paß zu stempeln wagten beantragen und heimlich zu seiner als Deckadresse geführten Kontaktperson in einer für uns mit von der Partie (?) seienden Sache reisen soll. »Csanádi« wagt es jedoch nicht auf sich zu nehmen, weil nach seiner Überzeugung seine Vorgesetzten davon Kenntnis bekommen würden, was für ihn außerordentlich nachteilig wäre. So läßt sich die Italienreise erst im Sommer als Sonderprogramm lösen. Und daß der GI seine Treffen mit jenen vorbereitet hat, bei denen ein geheimdienstlicher Hintergrund als Tatsache zu nehmen oder stark vermutbar ist. (...) wir werden eine Verhaltensstrategie in bezug auf seine Anbietung erarbeiten.

Er ist also noch kein Doppelagent, er wird sich erst anbieten. Was wird sein? Was das »ist« betrifft, so habe ich zu diesem Zeitpunkt den »Produktionsroman« seit einem Jahr beendet, es hätten die ersten Fahnen kommen können, ach ja, und Marcell wird auch bald zwei. Wegen des DAAD-Stipendiums hatte ich alle möglichen offiziellen Stellen zu besuchen, ich erinnere mich an keinerlei »Hinweis«. Möglich, daß die Abwehr schon damals profihaft funktionierte und die »anderen« nichts wußten? Mama war schon sehr krank, geschmacklos gesprochen, bereitete sie sich auf die Hauptrolle in den »Hilfsverben des Herzens« vor.

5. II. 1979, langer Bericht über die Reise. Er erzählt von den Veranstaltungen und davon, mit wem er gesprochen hatte (mit einem ARD-Mitarbeiter, einem Stuttgarter Chefredakteur usw.) ... augenscheinlich fand er mich sympathisch. Fragen stellte er nicht, auch nicht indirekt. – Meine ungarischen Kollegen nahmen kommentarlos zur Kenntnis, daß ich noch »einige Tage« im Ausland blieb.

Er besuchte K. S. (der war kurz zuvor in den Westen abgehauen, bis zum heutigen Tag sehe ich ihm an, daß er meine Mama mochte – achtete, daß er *große* Stücke auf sie hielt – ein gutes Gefühl) und B. D. (sprach nicht über seine Arbeit oder politische Fragen).

Sieh an. Mit A. E., einem Freund der Familie, flog er nach Berlin. Ich kenne ihn auch, wenn er zu Besuch kam, hatte er meinem Vater immer einen Calvados mitgebracht, Père Magloire. [Die

Zeit ist ein guter Konstrukteur. Vor einigen Tagen bekam ich von A. E. einen sehr freundlichen Brief, er habe HC auf deutsch gelesen. Und daß mein Vater (»mein Vater«) so ein Mensch war, den er verehrt und bewundert habe, und daß ihm die Gespräche aus den siebziger Jahren und die liebenswürdige Gastfreundschaft meiner Mutter unvergeßlich seien und daß er dank des Buchs jetzt wieder und wieder an sie denke.] < Ihn muß ich auch anrufen.> Nach anfänglichen Bedenken nahm ich das Programm hauptsächlich deshalb an, weil unser Berliner Quartiermacher der dortige »political officer« war, P. S. In Wien hatte er dessen Sohn besucht. Hihi. An der Grenze beschlagnahmte der Zollbeamte vier Bücher, um sie der Landesbefehlsstelle vorzulegen. Ich habe das auch meinem Dienstvorgesetzten gemeldet, der versprach, gegebenenfalls zu bestätigen, daß ich die Bücher für meine Arbeit benötige (was ja auch stimmt). Namen, Daten, präzise.

Einzelne Momente weisen darauf hin, daß die Persönlichkeit des GI und seine eventuelle Verwendbarkeit studiert wurden und der Prozeß sich fortsetzt.

Eine Woche später wieder davon, detaillierter. »Csanádi« betonte auch mündlich, daß seine Gesprächspartner im allgemeinen politische Themen mieden. (...) Bei keinem von ihnen bemerkte er gezielte Äußerungen oder Bemerkungen, die mit seiner Anwerbung in Verbindung gebracht werden könnten. (...) Die Verbindung zu G. und M. scheint unsererseits veranlaßbar und stimulierbar, bei S. wäre sie auffällig, bei den anderen unbegründet.

Ich blättere, es ist das letzte Schriftstück. Feierlich halte ich es in der Hand. Unverhoffte Wendung, wie in einem Krimi: Im Laufe des Gesprächs teilt »Csanádi« seinen Entschluß mit, sobald als möglich in Rente gehen zu wollen, vornehmlich seiner Frau wegen, die unheilbar krank und allein zu Hause liegt. (Ihre Krankheit scheint von Dauer zu sein.) GI weist auch darauf hin, daß er seine Berentung auch auf unsere Verbindung ausdehnen will. Ich höre seine Stimme wieder, diese ironische, fast englische Distanzhaltung. Vorerst verblieben wir so, daß er nach der endgültigen Entscheidung und Regelung mit seiner Arbeitsstelle die Sachverhalte aufschreibt und danach mit meinen Kommandeuren und mit ihm gemeinsam über alles Weitere entschieden wird.

Maßnahme: Erkundigungen über R. M. sind bei den Staatssicherheitseinrichtungen der DDR einzuholen. A. E. lassen wir durch »Csanádi« beim nächsten Treff genau charakterisieren, zumal entschieden werden soll, ob es lohnend und möglich ist, ihn zwecks Einbindung zu prüfen. – Pol.hptm. Sándor Prókai.

Das ist die letzte Eintragung ins Dossier, eine wohlwollende Kommunistische-Jugendverband-Charakteristik: Er und seine Frau sind überaus religiös, seine Ehe nimmt er sehr ernst, gleichzeitig ist er äußert aktiv und packt alles an. Ein zielstrebiger, guter Organisator. Ich hatte den Eindruck, daß er mich schätzt, und ihn interessierte sehr, was ich ihm über das Vorkriegsungarn erzählte, im letzten Augenblick verrät er noch einmal alles < wundervoll oder verblüffend oder trivial: In diesem Moment klingelte das Telefon. Heute ist der 24. März, morgen der Geburtstag meines Vaters. Aus diesem Anlaß rief I. an, »die geniale Tante«, in liebevollen Worten pries sie das Andenken des Gefeierten. Fuck off die Einzelheiten, wie es im Witz heißt. Sie fragte auch, woran ich arbeite. Ich habe drum herumgeredet. Auch sie werde ich anrufen müssen. Oder besuchen. Sie ist eine robuste Frau, robust und gläubig, sie wird es verkraften. Morgen habe ich noch eine »Harmonia«-Lesung in Tatabánya. Zum letzten Mal werden die Leute meinen Vater so sehen, wie ich es immer wollte. Ich werde das mit seinem Geburtstag erzählen. Das wird sie rühren, mich auch. – I. sagte noch: Wie groß dein Vater war, das weiß ich durch dich, mein Hündchen. Ich schwieg. Sie fragte noch, wie es uns geht, gut, sagte ich, nur die Hüfte tut mir ein bißchen weh. > als um zehn Jahre Jüngerer konnte er aus jener Zeit nicht allzuviel wissen.

Bp. 12. III. 1979

Csanádi

Ende. Nur noch eine Namenliste und dann ein Abschlußblatt vom 29. III. 1980. Zur Archivierung abgeschlossen. Prókai, Hptm. MdI III/II-5/B. Es ist der 13. Juni 2000, elf Uhr neunundfünfzig. Ich bin an das Ende meines Vaters gelangt.

Ich betrachte die vier Dossiers, ich mag noch nicht gehen, dabei habe ich hier nichts mehr zu tun. Wohin soll ich gehen? < Diese Arbeit hat mich auch geschützt. Von nun an bin ich schutzlos, wie es sich gehört.> Ich schreibe mir noch die Namen heraus, falls ich sie im Text streiche, habe ich sie.

Meinem Vater können wir – wir, Menschen, die er verraten und die er nicht verraten hat – nicht verzeihen, da er sich vor uns zu seiner Tat nicht bekannt und sie nicht bereut hat; er hat nicht bereut, daß er von der dunkleren Hälfte seiner Seele besiegt wurde. So kann man ihn bemitleiden, ihn hassen und auch mißachten. Ausspucken nach ihm oder auf ihn pfeifen: Das ist das Schicksal meines Vaters.

Über die gerade angebotenen (und von mir angenommenen) Möglichkeiten hinaus liebe ich ihn auch noch, diesen Mann, dessen erstgeborener Sohn ich bin. T [T] < T > < Jetzt würde ich ihn so gern, so gern retten, was wollt ihr denn von ihm, laßt ihn in Rude, laßt ihn in Ruhe, er »büßte hart genug / Schuld für alle Zeiten«... Kurze Pause, tränennasse Gesichter trocknen, Gleichmaß suchen, Disziplin. >

Édesapám, mein lieber Vater: ein in Wahrheit unübersetzbares Wort. Wie oft habe ich dieses schöne Wort im Laufe von fast zehn Jahren geschrieben! Und jedes einzelne Mal wie das geheime Bekenntnis eines Sohnes. In diesem Zusammenhang, in meinem neuen Zusammenhang, habe ich es nun (wahrscheinlich) zum letzten Mal in meinem Leben geschrieben. Meine zehn Jahre verändern sich. Wofür. Wohin. Wozu.

Bestialische Hitze. Ich schließe die Dossiers, öffne sie, ich versuche, sie mir einzuprägen. Sie lange anschauen, in Erinnerung behalten. Das erste ist rosanes, stärkeres Papier, das zweite glänzend braun, das dritte etwas heller, das vierte matt. Man kann sie mit einem schwarzen Band zusammenbinden, das dritte mit einem weißen. Ich habe sie oft angefaßt, sie sind, man sieht es, durch viele Hände gegangen, es sind abgegriffene Dossiers, dick, prall, besonders das zweite und das dritte. Das Leben meines Vaters ist ein unmittelbarer (und abstoßender) Beweis für die Freiheit des Menschen.

ANMERKUNGEN UND
ERLÄUTERUNGEN

Seite 5   *Amt für Geschichte* – (seit 1997); hier kann man die Akten der inneren Abwehr einsehen. Dieses Amts bedienen sich auch Stellen der Gerichtsbarkeit, um über öffentliche Personen Informationen einzuholen. Nicht jedermann kann jedoch alles lesen, deshalb mußte P. E. einen besonderen Antrag stellen.

Seite 7   *1956er-Institut* – Dokumentations- und Forschungszentrum der Geschichte der ungarischen Revolution 1956.

Seite 12   *ÉS-Essen* – ÉS (UND), umgangssprachliche Abkürzung für die literarisch-politische Wochenzeitung »Élet és irodalom (Leben und Literatur)

Seite 19   *KISZ* – kommunistischer Jugendverband 1957–1989; Mitgliedschaft war quasi Pflicht für quasi jeden.

Seite 20   *Gaffiot-Lexikon* – Anspielung auf den Schlußsatz des Kapitels »Agnes« aus Péter Esterházys Erzählung »Wer haftet für die Sicherheit der Lady?« (Salzburg 1986)

–   *»Produktionsroman«* – 1979 erschienener Roman Péter Esterházys, deutsche Übersetzung in Vorbereitung

Seite 28   *Jelenits* – István Jelenits (1932 geb.), von P. E. verehrter Piarist seiner Schulzeit

–   *silnyj kak dub* – russisches Zitat aus den Schulbüchern

Seite 30   *III/III* – die Abteilung der inneren Abwehr des Innenministeriums

Seite 34   *»Ende eines Familienromans«* – 1977 erschienener Roman von Péter Nádas (dt. Erstveröffentlichung 1979)

Seite 35   *Béla Szász* – (1910–1999), Schriftsteller, Übersetzer. Lebte als angehender Kameramann von Jean Renoir in Paris und Argentinien. 1946–1954 wieder in Ungarn, erhielt er 10 Jahre Haft nach konstruierter Anklage, vorzeitig entlassen, lebte ab '56 in England. Sein w. u. (Seite 253) erwähntes Buch »Freiwillige für den Galgen. Die Geschichte eines Schauprozesses« erschien 1963 u. d. Pseudonym Vincent Savarius in Brüssel, 1989 in Ungarn. (Dt. Ausgabe in der »Anderen Bibliothek«)

Seite 37   *Zsigmond Móricz* – Schriftsteller, Redakteur (1879– 1942)

Seite 42   *Ávo* – Staatsschutz – Behörde, Vorgängerin des BM ÁVH (Staatssicherheitsbehörde des Innenministeriums)

Seite 47   *»Abschiedssymphonie«* – »Abschiedssymphonie (Der Getreidehändler)«. Komödie in 3 Akten« (1996) von Péter Esterházy, Thomas Sessler Verlag, Wien o. J. (Typoskript); hier Seite 26 ff.

Seite 50   *schreibe ich Ottlik ab* – zum 70sten Geburtstag Géza Ottliks (1912–1990) schrieb P. E. 1982 Ottliks Roman »Iskola a határon« (Schule an der Grenze) auf ein einziges weißes Blatt Papier ab

Seite 51   *»Muk«* – Abkürzung von »Márciusban újra kezdünk« (im März fangen wir noch einmal an), einer nach der Niederschlagung der Revolution von 1956 gängigen Parole

Seite 54   *Mikszáth* – Kálmán Mikszáth (1847–1910), Schriftsteller und Journalist

Seite 57   *Fall Tar* – 1999 wurde publik, daß der Schriftsteller Sándor Tar (geb. 1941) von 1978 an als Agent tätig war. Der Fall erschütterte die ungarische Intelligenzija

Seite 58   *»Einführung in die schöne Literatur«* – 1986 erschienener enzyklopädischer Sammelband P. E.s, in dem der Autor u. a. auch frühere seiner Werke (»Die Hilfsverben des Herzens«, »Kleine ungarische Pornographie«, »Fuhrleute«, »Wer haftet für die Sicherheit der Lady?« u. a.) in neuem Kontext zusammenstellte. (Deutschsprachige Ausgabe in Vorbereitung)

Seite 60   *»Fuhrleute«* – 1983 erschienener Roman P. E.s

Seite 64   *Tildy* – Zoltán Tildy (1889–1961), reformatorischer Seelsorger, Journalist. Vor und nach dem 2. Weltkrieg Mitglied des

Parlaments, 1945–46 Ministerpräsident, 1946–48 Staatspräsident. 1958 zu 6 Jahren Haft verurteilt.

– *Bibó* – István Bibó (1911–1979), Anwalt, Historiker, im November 1956 10 Tage lang Staatsminister. 1957 lebenslängliche Haftstrafe, 1963 amnestiert. Ab dann Bibliothekar, Verfasser wichtiger politologischer und soziologischer Schriften

–– *Göncz* – Árpád Göncz (1922 geb.), Schriftsteller, Übersetzer, 1990–2000 Staatspräsident

Seite 69 *Csurkas Bekenntnis* – István Csurka (1934 geb.) Schriftsteller, Dramatiker, heute rechtsextremer Politiker, Chef der rechtsextremen Partei MIÉP. Auf politischen Druck bekannte er sich 1993 zu seiner Agententätigkeit, hat aber, nach eigener Darstellung (in »Durchleuchtung«), keine Berichte »erstattet«.

Seite 72 *ein klingender Name* – gleichlautend mit Sándor Weöres (1913–1989), dem Lyriker, Übersetzer und Dramatiker (vgl. w. u. Seite 233)

Seite 73 *Tőkes* – László Tőkes (1952 geb.), Bischof der reformierten Kirche Siebenbürgens. Wegen seiner Kritik an der Zerstörung der Dörfer und Anprangerung der Zustände der Kirche wurde er verbannt. Die (Massen-)Bewegungen um seine Rehabilitierung lösten die rumänische Revolution 1989 in Temesvár aus.

Seite 77 *Kleine ungarische Pornographie* – Anspielung auf den 1984 erschienenen Roman P. E.s (dt. 1987)

Seite 85 *Mari Jászai* – bedeutende Schauspielerin (1850–1926), Heldin klassischer Tragödien, von 1872 bis zu ihrem Tod Mitglied des Nationaltheaters Budapest.

Seite 87 *»Die Hilfsverben des Herzens«* – 1985 erschienener Roman P. E. Seite (dt. 1985) zum Andenken an seine Mutter

Seite 92 *ÁFÊSZ* – (Allgemeine Verbrauchs- und Verwertungsgenossenschaft); 1844 im englischen Rochdale gegründet, in Ungarn seit 1846

Seite 100 *Illyés, »Vaterland auf der Höhe«* – Gedicht von Gyula Illyés (1902–1983), Schriftsteller, Lyriker, Übersetzer

Seite 102   *Miklós Zrínyi* – Dichter, Prosaschriftsteller, Staatsmann, Heeresführer (1620–1664)

Seite 107   *Berkovits* – György Berkovits (1940 geb.), Schriftsteller, Soziologe. 1999 veröffentlichte er in der Zeitschrift »Budapester Anwesenheit« die Agentenberichte über sich, wodurch der »Fall Tar« ans Licht kam

Seite 118   *butterfarbene Schattierung* – so lautet der Titel eines 1988 erschienenen Photoalbums von P. E. und Andras Szebeni.

Seite 123   *esthajnal* – zur Etymologie des Namens ›Esterházy‹ vgl. »Harmonia Cælestis«, Berlin Verlag 2001, Seite 11 und 16

Seite 142   *Martinovics* – Ignác Martinovics (1755–1795), Franziskanermönch, Naturwissenschaftler, Mathematiklehrer, später Priester. Führende Gestalt der sogenannten ungarischen Jakobinerbewegung; 1794 in Wien verhaftet, verriet er die Bewegung und wurde 1795 hingerichtet.

Seite 149 f.   *Gizi Bajor* – (1893–1951), Schauspielerin am Nationaltheater. Zugunsten mittelloser Schauspieler sammelte sie Gelder, gründete Fonds. 1951 fand man sie mit ihrem Mann, einem Arzt, zusammen tot auf.

Seite 158   *Nádas-Zitat* – aus: Péter Nádas: Armer Sascha Anderson. In: Kursbuch 108 (Juni 1992), »Heroisierungen«, Seite 163–188; hier Seite 164 resp. 168

Seite 164   *»Sprechende Jahre«* – »Sprechende Jahre. Die Geschichte der Kádár Ära. Erster Teil 1957–1968«. Mit einer Einleitung von Péter Esterházy (2000). Ursprünglich als Fortsetzungsgeschichte in der Zeitschrift »Der Sprecher« erschienen.

Seite 167   *Kaddisch* – Variation des Romantitels von Imre Kertész, »Kaddisch für ein nicht geborenes Kind«

Seite 168   *Haus des Terrors* – ein 2002 eröffnetes Museum für die Opfer der faschistischen und kommunistischen Diktatur.

—   *Der Ort, an dem* – Anspielung auf P. E.s Geschichte »Der Ort, an dem wir uns befinden«, in: Péter Esterházy: Thomas Mann mampft Kebab am Fuße des Holstentors. Geschichten und Aufsätze. Salzburg 1999, Seite 5–13

Seite 265   *Hans Joachim Schädlich* – Hans Joachim Schädlich: Die Sache mit B. In: Kursbuch 109 (September 1992), »Deutschland, Deutschland«, Seite 81–89; hier Seite 89

Seite 274   *Anna Kéthly* – (1889–1976), sozialdemokratische Politikerin, 1922–1948 Parlamentsabgeordnete, Ausschluß 1948, danach Verurteilung in einem Schauprozeß, 1956 Ministerin unter Imre Nagy, Emigration. Von 1957 an Präsidentin des Ungarischen Revolutionsrats in Straßburg

Seite 275   *»G«-Wohnung* – Geheimwohnung, dient wie die konspirative K-Wohnung (w. u. Seite 343) den Treffen zwischen Agenten und Führungsoffizieren, gehört aber nicht der Staatssicherheit

Seite 282   *György Aczél* – (1917–1991), kommunistischer Parteifunktionär, zu seinem Ressort gehörten die kulturellen Angelegenheiten

Seite 295   *Horn, Orbán* – ungarische Ministerpräsidenten, Gyula Horn von 1994–1998, Viktor Orbán von 1998–2002

Seite 305   *Lili Csokonai* – unter diesem Pseudonym ließ P. E. 1987 seinen Roman »Siebzehn Schwäne« erscheinen

Seite 322   *Indirekt* – 1981 erschienenes Buch P. E. s (vgl. auch Anm. zu »Einführung in die schöne Literatur«, w. o. Seite 58)

Seite 325   *Die Tragödie des Menschen* – Drama von Imre Madách (1823–1864), eine Art ungarischer »Faust«

INHALT

Redaktion László Kornitzer
Die Originalausgabe erschien 2002 unter dem Titel
Javított kiadás – melléklet a Harmonia cælestishez –
bei Magvető, Budapest
© 2002 Péter Esterházy
Für die deutsche Ausgabe
© 2003 Berlin Verlag, Berlin
Alle Rechte vorbehalten
Umschlaggestaltung:
Nina Rothfos und Patrick Gabler, Hamburg
Gesetzt aus der Caslon Buch und Castellar MT
durch Offizin Götz Gorissen, Berlin
Druck & Bindung: Friedrich Pustet, Regensburg
Printed in Germany 2003
ISBN 3-8270-0497-7